中国古典
诗词品汇

CHONGWENGUAN

辛弃疾词品汇

王兆鹏　郭红欣　撰

长江出版传媒
崇文书局

图书在版编目（CIP）数据

辛弃疾词品汇 / 王兆鹏，郭红欣撰 . -- 武汉 ：崇
文书局，2024.6
（中国古典诗词品汇）
ISBN 978-7-5403-7656-7

Ⅰ . ①辛… Ⅱ . ①王… ②郭… Ⅲ . ①辛弃疾（
1140-1207）－宋词－诗歌欣赏 Ⅳ . ① I207.23

中国国家版本馆 CIP 数据核字 (2024) 第 101416 号

出 品 人　韩　敏
责任编辑　黄振华
封面设计　甘淑媛
责任校对　董　颖
责任印制　李佳超

辛弃疾词品汇

XINQIJI CI PINHUI

出版发行　　长江出版传媒　崇文书局
地　　址　武汉市雄楚大街 268 号 C 座 11 层
电　　话　(027)87677133　邮政编码　430070
印　　刷　湖北新华印务有限公司
开　　本　880 mm×1230 mm　1/32
印　　张　12.5
字　　数　310 千
版　　次　2024 年 6 月第 1 版
印　　次　2024 年 6 月第 1 次印刷
定　　价　68.00 元

（如发现印装质量问题，影响阅读，由本社负责调换）

前　言

人们常说诗如其人，辛弃疾词亦如其人。我们要读懂辛弃疾的词，必须先了解他的为人。

一

辛弃疾是英雄。他常常以英雄自许，说"年少胸襟，忒煞英雄"（《金菊对芙蓉》）。年华老大，英雄无用武之地，就感叹"不念英雄江左老，用之可以尊中国"（《满江红》）；"谁念英雄老矣，不道功名蕞尔，决策尚悠悠"（《水调歌头》）。

辛弃疾有英雄般的外表：身材魁梧，壮健如虎，红颊青眼，目光有棱，眼睛一瞪，光芒直射，威严冷峻。友人陈亮说他"眼光有棱，足以照映一世之豪"（《辛稼轩画像赞》）；词友刘过也称赞他"精神此老健于虎，红颊白须双眼青"（《呈稼轩》）。

他更有英雄的崇高理想、执着信念。他时刻忧虑着国土分裂、山河破碎："南共北，正分裂"（《贺新郎》）；心心念念着："要挽银河仙浪，西北洗胡沙"（《水调歌头》）；与友人相互激励："男儿到死心如铁。看试手，补天裂"（《贺新郎》），"待他年，整顿乾坤事了，为先生寿"（《水龙吟》）。

他也有英雄壮举，年轻时就投身抗战。趁着金主完颜亮率兵南下侵宋、北方兵力空虚时，二十二岁的辛弃疾在家乡济南聚众二千，起兵抗金，后投奔义军领袖耿京，任掌书记。他在《美芹十论》里说："辛巳岁（1161），逆亮南寇，中原之民屯聚蜂起，臣尝鸠众二千，隶耿京为掌书记。"他起兵抗战的动机是雪洗国耻、收复中原，故与耿京图谋"恢复，共籍兵二十五万"。

任掌书记时，辛弃疾曾以雷霆手段处置投敌叛将。当时有位义端和尚，带领千余人归顺耿京。不承想这义端为人不义、行为不端，加入耿京的队伍不久，就偷走辛弃疾掌管的军印潜逃。辛弃疾料定义端是叛逃至金兵军营邀功请赏，于是抄近路拦截。义端见辛弃疾追来，求饶说："我能看出你的前身是犀牛，力大无比，请勿杀我。"辛弃疾毫不手软，果断地斩其首级，夺回军印。耿京自此更加信任辛弃疾。

因金朝政局变化，南侵江南的军队全部撤回北方，义军难以生存。辛弃疾即献策，建议耿京率部投奔南宋。耿京听从辛弃疾南下投诚的计策，即委派辛弃疾等人前往南宋接洽。辛弃疾一行到达建康（今江苏南京），受到宋高宗的接见和嘉奖。就在辛弃疾等人返回山东途中，接到情报，说义军领袖耿京被叛将张安国杀害，张安国率部投降了金人，数十万义军已瓦解溃散。辛弃疾闻讯大惊，当机立断，率领五十人马潜回山东，经过细心侦察、精心谋划，潜入有五万之众的金兵军营，生擒张安国，将其绑缚马上，昼夜不停，越过淮河，押至临安（今浙江杭州）问斩。此次壮举，体现出辛弃疾超卓的智慧、超凡的胆略和超人的勇力。

辛弃疾又极具战略智慧和远见卓识。他三十三岁时（1172）就预言金朝六十年后一定灭亡，并提醒说金朝灭亡后南宋的忧患更大，后来果然应验。金亡后不久，南宋连半壁江山也不能保全，最终为元所灭。辛弃疾的预言，是有历史和现实依据的战略分析与政治预判。他在《美芹十论》里，从人心向背与皇位继承权争夺不定两个方面来分析判断金朝之必亡。金朝内部民怨深重、不可化解，皇位继承的嫡庶不定也埋下永久祸根，这两重矛盾不断激化，加之外部势力的进击，金朝非亡不可。辛弃疾如良医切脉，切中金朝的脉理，故能料定其结局。

辛弃疾不仅预言金朝必亡，而且也预言过南宋开禧北伐必败。嘉泰四年（1204），南宋朝廷在韩侂胄的主导下准备北伐，辛弃疾时知镇江府，为之做开战的准备。他多次派遣间谍至金，侦察金人兵骑之数、屯戍之兵、将帅之名、军备物资屯储之地等，并拟招募沿边丁壮以应敌。后来，在深度了解韩侂胄的所作所为后，辛弃疾又大失所望，预言北伐必然失败，并曾对友人分析过北伐必然失败之因和兵败之地。果然，两年后，即开禧二年（1206）五月，南宋下诏伐金，北伐大军接连受挫，完全如辛弃疾所料。辛弃疾的远见谋略，着实令人惊叹！

他有智慧韬略，也临事果断，处事有方。淳熙七年（1180），辛弃疾在长沙任潭州知州兼湖南安抚使时创建飞虎军，以加强地方防御力量。飞虎军营寨将成，适逢秋雨连月，负责施工的部下向辛弃疾呈报，军营需要的二十万片瓦无法筹措，问辛弃疾如何解决。辛弃疾很干脆地说不日可办，僚属不信。辛弃疾随即命令厢官，除官舍、神祠外，号召每户居民取沟瓦二片。结果不到两天，二十万片瓦就全部备齐，僚属为之叹服不已。这是《宋史·辛弃疾传》记载的传奇故事。罗大经《鹤林玉露》所载情节略有不同：属吏报告辛弃疾"唯瓦难办"，辛弃疾即"命于市上每家以钱一百赁檐前瓦二十片，限两日，以瓦收钱。于是瓦不可胜用"。记载虽不同，但几日内置瓦二十万，如同诸葛亮草船借箭般的神奇，体现出辛弃疾随机应变的智慧和解决危机的超强能力。罗大经对此评论说："大凡临事，无大小，皆贵乎智。智者何？随机应变，足以弭患济事者是也。"

辛弃疾的同代人也称他为张良、诸葛亮式的英雄。刘宰《贺辛待制弃疾知镇江》就赞美辛弃疾"卷怀盖世之气，如圯下子房；剂量济世之策，若隆中诸葛"。黄榦《与辛稼轩侍郎书》称辛弃疾有"果毅之资、刚大之气"，"真一世之雄也"。刘宰《上安抚辛待制》又说辛弃疾"命世大才，济时远略，挺特中流之砥柱"，"雅有誓清中原之志，乾旋坤转，虎啸风生"。辛弃疾的英雄气质、宏大志向、远见卓识、谋略智慧，为世人所共仰。只可惜他生不逢时，无法实现英雄的人生理想。然而，辛弃疾虽没能在战场上建功立业，却在词坛上创造了辉煌！

二

辛弃疾的英雄气质、文韬武略，来源于何处？他在《新居上梁文》中自称："稼轩居士，生长西北"，"家本秦人真将种"。他明明是山东济南人，为何说"生长西北"？他果真是将门之后么？最近，我们参照乾隆六年（1741）修的《菱湖辛氏族谱》进行史料发掘和考证，确知辛弃疾所言不虚，进而明白辛弃疾的家世家风及其精神渊源。

原来，辛弃疾的先世是陇西辛氏。秦朝有大将辛腾，辛腾的曾孙辛蒲，汉初迁居陇西狄道，是为陇西辛氏始祖。辛蒲曾孙辛柔，生子武贤，武贤生庆忌，庆忌生茂、遵、通。辛茂的后人辛汉，生毗，毗生敞，敞生伯真。伯真生孟兴、孟兴生恩，恩生子焉，子焉生裕。辛裕五世孙辛晁生敬宗、敬宗生灵宝、灵宝生徽、徽生季庆。季庆有子名公义，公义有子名亮。辛亮十八世孙惟叶，由陇西狄道迁居济南，遂为济南辛氏始祖。这一世系和相关人物，都可以从唐代以前的正史、《元和姓纂》及出土墓志中找到依据。

弄清了陇西狄道的辛氏世系，我们进而知道，陇西辛氏世家，从秦汉至隋朝，有十几代人做过将军。秦朝有大将辛腾，西汉有破羌将军辛武贤，皆以武略著称。辛武贤之子辛庆忌，为左将军；庆忌三子，皆有将帅之风。西晋有左卫将军辛洪，西凉有骁骑将军辛渊，其子辛绍先卒赠冠军将军，绍先之孙辛祥亦赠冠军将军；辛祥之琨、贲、匡三子，分别为北魏轻车将军、平东将军、龙骧将军。辛祥的叔父辛穆为征虏将军。隋朝辛公义，为扫寇将军。辛公义的从祖父辛琛，北魏时为龙骧将军；辛琛之子辛俊，卒赠征虏将军；辛琛的族子珍之，历任中坚将军、征东将军、卫将军、骠骑将军；辛琛的族孙辛雄，北魏时历任辅国将军、平东将军、镇南将军、镇军将军、卫将军、车骑大将军；辛雄从兄辛纂历任骁骑将军、辅国将军、中军将军。正史里记载的这些辛氏前辈将军，辛弃疾都应该耳熟能详。

辛弃疾的先世居陇西狄道，世代为将。直系祖先辛公义，是隋朝受人爱戴的刺史。辛公义故里，在今甘肃康乐县康丰乡辛家集。也就是说，辛弃疾的祖籍地在陇西狄道，即今甘肃康乐，故辛弃疾自称"生长西北"，"家本秦人真将种"。

弄清楚了辛弃疾的家世，我们就可以知道辛弃疾祖上是将军世家。辛弃疾有自觉的家风意识，他在词里曾不止一次提到"自家香底家风""老子旧家风"。作为将门之后，他祖上传下的家风，大约有三个方面：

其一，武功传家，崇尚英雄。辛弃疾自称"家本秦人真将种"，既是家族记忆，也是家风传承。他的血液里，流淌着先世将军们的勇武基因。正因为传承着辛氏武将的家风，自幼习武，且武功高强，所以，二十二岁的辛弃疾敢于率众起义，有胆识勇气和底气追杀叛徒义端、擒获叛将张安国。武将多崇尚英雄，争当英雄。出身世代为将之家，辛弃疾也崇拜英雄、赞美英雄，在词里多次盛赞英雄。可以说，他是唐宋词史上最向往英雄伟业的英雄词人。

其二，家国情怀，使命担当。军人的职责就是保家卫国，舍身忘我，不怕牺牲。将门之后的辛弃疾，在祖父辛赞的引导下，少年就立志"克复神州""誓清中原"，以统一国家为己任。他在《美芹十论》中，记载祖父辛赞"每退食，辄引臣辈登高望远，指画山河，思投衅而起，以纾君父所不共戴天之愤"。对于世代为将又行伍出身的"真将种"辛弃疾来说，爱国不是空谈，家国重任并非停留在理念上，而是从小就做好实战准备。祖父曾几次利用进入燕山的机会，带领辛弃疾熟悉山川地理，侦察金兵虚实，获取军事情报，以期有朝一日，可为"恢复"之用。他也具有舍身报国的信念，曾在《淳熙己亥论盗贼札子》中表示"事有可为，杀身不顾"，在《满江红》词里高歌"马革裹尸当自誓"，生动表现了他誓死卫国的精神和一往无前的勇气。

其三，刚正英烈，忠肝义胆。辛弃疾《永遇乐·戏赋辛字送茂嘉十二弟赴调》词上阕写道："烈日秋霜，忠肝义胆，千载家谱。得姓何年，细参辛字，一笑君听取。艰辛做就，悲辛滋味，总是辛酸辛苦。更十分，向人辛辣，椒桂捣残堪吐。"他追溯辛氏"千载家谱"，发现其中载满了刚正英武、忠肝义胆的先祖余烈；深入探究辛氏自得姓以来的家族史，不仅有艰辛、悲辛、辛酸、辛苦，还富有辛辣的血性。辛弃疾说的家风，实有历史依据。《汉书·朱云传》记载，丞相安昌侯张禹，深受汉成帝的信任和倚重。有一次，朱云在朝堂上当着成帝的面指责张禹"上不能匡主，下无以益民，皆尸位素餐"，力请斩除张禹，以警其余。成帝大怒，命人推出斩首。当时没有人敢于出面劝谏阻拦，危急时刻，左将军辛庆忌摘下官帽和印绶，以死谏争说：朱云以狂直著称于世，如果他说得正确，不可诛；如果不正确，也应该宽容。成帝这才释放了朱云。辛庆忌的刚烈正直，就是辛弃疾词里所说的"烈日秋霜，忠肝义胆"。辛弃疾也传承着这种家风，豪爽尚气节，"生平刚拙自信"，常常"不为众人所容"（《淳熙己亥论盗贼札子》），傲然独立，决不随波逐流。他曾在《水调歌头》词中坚定宣称："昂昂千里，泛泛不作水中凫。"乾道六年（1170），他应召入对延和殿，为孝宗分析南北形势，建言恢复大计，"持论劲直，不为迎合"（《宋史·辛弃疾传》）。他个性刚直，行事果敢，任湖南安抚使时，为增强地方防御能力，筹建飞虎军。可当军营建造进行到中途，朝廷却听信谗言，降御前金字牌，勒令停止。辛弃疾自信是保民为国而建军，拒不听命，坚持建成飞虎军。后来，飞虎军"雄镇一方，为江上诸军之冠"，发挥了重要作用。

所以说，辛弃疾的忠肝义胆，果断作风，既是个人的性格气质使然，也来源于其家风和家族传统的熏陶浸染。

三

辛弃疾存词600多首，全面展现了他的情感世界和生活世界。本书选评160首，希望藉此可以领略感受辛弃疾的人格精神、心态情感、日常生活和他精心描绘的自然山水、乡村风物。

词作文本，主要依据邓广铭先生《稼轩词编年笺注》修订本（上海古籍出版社 1993 年版）录入。个别字句，参酌其他版本做了校正。

注释，亦多参考《稼轩词编年笺注》，同时参考了徐汉明先生《辛弃疾全集校注》（华中科技大学出版社 2012 年版）、林玫仪先生整理的郑骞先生《稼轩词校注》（台湾大学出版中心 2013 年版）、辛更儒先生《辛弃疾集编年笺注》（中华书局 2015 年版）和吴企明先生《辛弃疾词校笺》（上海古籍出版社 2018 年版），谨此致谢！

评析，既得益于前贤时彦相关著述的启迪，亦有编者自己的感悟和心得。不当之处，幸读者方家有以教之。

目　录

声声慢

嘲红木犀^①。余儿时尝入京师禁中凝碧池^②，因书当时所见

开元盛日^③，天上栽花，月殿桂影重重。十里芬芳，一枝金粟玲珑^④。管弦凝碧池上^⑤，记当时风月愁侬^⑥。翠华远^⑦，但江南草木^⑧，烟锁深宫。　　只为天姿冷淡，被西风酝酿，彻骨香浓。枉学丹蕉^⑨，叶展偷染妖红^⑩。道人取次装束^⑪，是自家香底家风。又怕是，为凄凉长在醉中。

【注释】

① 木犀：俗称桂花。红木犀，即丹桂。

② 京师：此指北宋都城开封。辛弃疾少年时代曾随祖父辛赞居京师。他的《美芹十论·奏进札子》说："臣之家世，受廛济南。……大父臣赞，以族众拙于脱身，被污虏官，留京师。"当时开封为金人所占。凝碧池：辛弃疾说在禁中。明李濂《汴京遗迹志》卷八则载凝碧池"在陈州门里繁台之东南，唐为牧泽，宋真宗时改为池"。邓广铭《稼轩词编年笺注》云："陈州门为开封外城南门之一，非皇城门，所记凝碧池之方位与稼轩所云在禁中者不合，不知何故。"辛更儒《辛弃疾集编年笺注》卷九据《中州集》卷四所载郦权《木樨》诗"昔游汴离宫，识此倾城姝"句，认为"凝碧池乃北宋离宫，故仍可谓之禁中"。

③ 开元：唐玄宗年号，开元纪年凡二十九年（713—741），为唐代最强盛之时。杜甫《忆昔》："忆昔开元全盛日，小邑犹藏万家室。"

④ 金粟：指桂花。玲珑：形容桂花清秀。

⑤ "管弦"句：典出《明皇杂录·补遗》：天宝末，安禄山陷两京，

大掠文武朝臣及黄门、宫嫔、乐工、骑士，获梨园弟子数百人，集群贼会于东京洛阳凝碧池，宴伪官数十人。乐既作，梨园旧人不觉歔欷，相对泣下。群贼皆露刃，拉满弓弦相威胁。乐工雷海清投乐器于地，西向恸哭，逆贼缚海清于戏马殿支解以示众，闻之者莫不伤痛。时王维被拘洛阳菩提佛寺中，闻之赋诗曰："万户伤心生野烟，百官何日更朝天。秋槐叶落空宫里，凝碧池头奏管弦。"唐长安禁苑中也有凝碧池。明何景明《雍大记》卷十一："凝碧池，在长安城东东内苑。"

⑥侬：我。

⑦翠华远：指宋徽宗、钦宗被金人所掳北去。翠华，皇帝仪仗中以翠羽为饰的旗帜。

⑧江南草木：指从江南运来的花石草木。宋徽宗时设花石纲，搜刮南方的奇花异木、奇石珍禽至京师。

⑨丹蕉：即红蕉，花红色美人蕉。白居易《东亭闲望》："绿桂为佳客，红蕉当美人。"

⑩染妖红：语本苏轼《浣溪沙·徐州藏春阁园中》："化工余力染天红。"天红，即"妖红"，艳丽鲜红。

⑪道人：得道的高人，修道求仙之人。此喻木犀。取次装束：随便妆扮。芍药花有一品种叫取次妆。《芍药谱》谓："取次妆，淡红多叶也。色绝淡，条叶正类绯，多叶，亦平头也。"

【评析】

此词作年无确考。吴企明《辛弃疾词校笺》系乾道元年（1165），谓："本词云'江南草木，烟锁深宫'，既云江南，又云深宫，乃指吴中之木犀花，则本词当作于乾道元年漫游吴地时。"按，邓广铭《辛稼轩年谱》考辛弃疾离任江阴（今属江苏）签判后，乾道元年至三年间（1165—1167），为广德军（治今安徽广德）通判；而蔡义江、蔡国黄《辛弃疾漫游吴楚考——探索其史传中的一段空白》与蔡国黄《再谈辛弃疾江阴签判卸任后的行踪——兼论稼轩任广德军通判之说不可信》则谓，辛弃疾此间于吴楚地漫游。兹依蔡、吴说。

始于繁华，终于凄凉。此词借写木犀境遇之改变，以喻王朝命运之变迁。唐宋两朝，自长安至洛阳，再至开封，禁苑中皆有凝碧池，临池均植木犀花。而"开元盛日"之仙影婆娑、"金粟玲珑"，安史乱中之哀管凄弦、愁情无限，靖康难后之"天姿冷淡"、"凄凉"醉颜，随着唐王朝的极盛、中衰与北宋王朝的消亡，木犀之姿态、色泽都在发生变化。但即便"翠华远"而"西风"凉，其仍"彻骨香浓"，葆有"自家香底家风"，让人心生敬佩。

而词序却云"嘲红木犀"。所谓"嘲"，当是苦涩无奈的戏嘲，好像是在说，眼前你个"红木犀"，怎么就没赶上盛唐"金粟"木犀的好时候呢？就像我这个北宋遗民的后代，由金地而南归，不也一样"凄凉长在醉中"？又且，曰木犀本"儿时"所见，现在追忆起来，自带有浓重的世态况味与身世之感。"枉学"二句，看似讽语，实乃谑言；后云"香底家风"未改，于"醉"中消解"凄凉"，即说明其未学丹蕉之取媚于人。

但也有认为"嘲"乃真嘲者。如有谓："上片咏儿时所见汴京凝碧池黄木犀，下片嘲红木犀，盖以红木犀虽不脱木犀香之家风，然毕竟又学丹蕉，于叶底偷染妖红也。结语所谓凄凉长醉，乃不免于南宋高宗父子两代难继北宋繁华而有所嘲讽也。""时宋高宗远在临安，故有'江南草木烟锁深宫'语。"（辛更儒《辛弃疾集编年笺注》卷九）

恋绣衾

无题

夜长偏冷添被儿，枕头儿移了又移。我自是笑别人底^①，却元来当局者迷^②。　　如今只恨因缘浅，也不曾抵死恨伊^③。合手下安排了^④，那筵席须有散时。

【注释】

①底：相当于"的"。

②元来：即"原来"。当局者迷：语出《旧唐书·元行冲传》："当局称迷，旁观见审。"

③抵死：宋时方言，意为总是、老是，格外、分外。

④合：应该，应当。手下安排：犹预先着手准备。

【评析】

此词作年无确考。邓广铭《稼轩词编年笺注》谓似辛弃疾"中年居官时所作"。吴企明《辛弃疾词校笺》则系乾道二年（1166），云："本词之生活情调，非居官时所作，或为乾道初漫游吴楚时作，姑系于乾道二年。"

此为一篇失恋情歌。上片写失恋后的烦乱心绪。长夜难眠，添被移枕，自笑和别人一样，身陷失恋境地而无法自拔。下片写自我开解。还是算了吧，缘浅无须恨人，筵席终有散时，应该看开些，不必自苦。全词怨而不怒，哀而不伤，虽内心有苦有痛，却又能理智节制感情，感性让位于理性，体现出一种健康、智慧的对待失恋的态度，值得称道。

在艺术表达方面，"细腻真切的心理描写，是最突出的一点"，"全篇都采用主人公自白的方式，加强了抒情的效果，显得更亲切、真挚、感人"（杨庆存《宋词经典品读》）。"添被儿"与"枕头儿移了又移"的细节描写，也真实、真切，形神毕肖，与《祝英台近·晚春》之"鬓边觑，试把花卜归期，才簪又重数"，异曲同工。语言上，"通篇都是用口语、俗话、谚语写成，通俗自然，为表现主人公的真诚的感情，发挥了积极的作用"（同上）。且虽写感情挫折，读来却轻盈活泼，兴味盎然。杰出的作家，都会探求不同的语言风格。辛词于庄重的书面雅言外，又有如此生动的俗语篇什，就显出了这种探求与探求的实绩。

水调歌头

寿赵漕介庵①

千里渥洼种②，名动帝王家③。金銮当日奏草，落笔万龙蛇④。带得无边春下，等待江山都老，教看鬓方鸦⑤。莫管钱流地⑥，且拟醉黄花。　　唤双成⑦，歌弄玉⑧，舞绿华⑨。一觞为饮千岁，江海吸流霞⑩。闻道清都帝所⑪，要挽银河仙浪，西北洗胡沙⑫。回首日边去⑬，云里认飞车⑭。

【注释】

　　①赵介庵：即赵彦端，字德庄，号介庵。宋宗室。乾道四年（1168），赵彦端在建康任江南东路转运副使。转运司，俗称漕司；转运使，简称"漕"。

②渥洼种：神马。《史记·乐书》载汉武帝"尝得神马渥洼水中"。杜甫《遣兴》："君看渥洼种，态与驽骀异。"

③名动帝王家：南宋张端义《贵耳集》卷上载："赵介庵名彦端，字德庄，宗室之秀。能作文，赋西湖《谒金门》：'波底夕阳红绉。'阜陵（孝宗）问谁词，答云：'彦端所作。''我家里人也会作此等语。'喜甚。"

④万龙蛇：指字如龙蛇飞舞。唐温庭筠《秘书省有贺监知章草题诗笔力遒健风尚高远拂尘寻玩因有此作》："落笔龙蛇满坏墙。"

⑤鬓方鸦：鬓发尚黑，指年轻。鸦，黑。

⑥钱流地：《新唐书·刘晏传》说刘晏善理财政，"能权万货重轻，使天下无甚贵贱而物常平，自言如见钱流地上"。

⑦双成：仙女名。《汉武帝内传》载王母命"董双成吹云和之笙，石公子击昆庭之金，许飞琼鼓震灵之簧"。

⑧歌弄玉：即"弄玉歌"的倒文，指弄玉在歌唱。弄玉，仙女名。《列仙传》：箫史者，秦穆公时人，善吹箫，能致孔雀、白鹤。穆公女弄玉好之，公妻焉。遂教弄玉作凤鸣，后夫妇随凤飞去。

⑨舞绿华："绿华舞"的倒文。绿华，仙女名。《真诰》："萼绿华者，女仙也。上下青衣，颜色绝整。"双成、弄玉、绿华，代指宴席上能歌善舞的歌伎。

⑩流霞：仙酒。汉王充《论衡·道虚》载曼都被仙人带上天，居月之旁，其寒凄怆，口饥欲食，"仙人辄饮我以流霞一杯，每饮一杯，数月不饥"。

⑪清都帝所：天帝所居之所。《列子》："王实以为清都紫微，钧天广乐，帝之所居。"

⑫"要挽"二句：语出杜甫《洗兵马》："安得壮士挽天河，净洗甲兵长不用。"李白《永王东巡歌》："但用东山谢安石，为君谈笑静

6

胡沙。"

⑬日边：喻朝廷。李白《永王东巡歌》："南风一扫胡尘静，西入长安到日边。"

⑭云里认飞车：喻将获重用，青云直上。

【评析】

邓广铭《稼轩词编年笺注》系此词于乾道四年（1168）九月，云："据《赵公墓志铭》及《景定建康志》，赵氏于乾道三年冬至五年春领江东漕事，其时稼轩亦正通判建康，此词必即是时所作。邱崈《文定公词》有'为赵漕德庄寿'之《水调歌头》一阕，后章云：'记长庚，曾入梦，恰而今。柹黄橘绿，可人风物是秋深。九日明朝佳节，得得天教好景，供与醉时吟。从此寿千岁，一岁一登临。'据知赵氏生辰当在重阳节前一二日，与此词'醉黄花'句亦正相符也。"辛弃疾时为建康通判，赵彦端（介庵）为江南东路转运副使；转运司署亦在建康。

祝寿词须用真情、热情，激情则不多见。而此词激情淋漓，大气磅礴，足可动人心魄。词赞赵彦端有七"非常"：身世非常，声名非常，才华非常，青春非常，豪气非常，心志非常，前程非常。而果真如此否？即如赵彦端时年四十八岁（韩元吉《赵公墓志铭》），与"青春非常"不符；年近五十而犹为一转运副使，与"前程非常"不符，其终官浙东路提点刑狱，也最终证实了这种不符。然位卑心高，胸怀国事，气概豪健，则与辛弃疾同。故辛弃疾引为忘年交，即便为之贺寿，也激情奔涌，不可遏止，不说寿比南山，而说胡沙可洗，功业可待。词写人，也说己；既祝愿他人，也是对自身之期许。

显示这种激情的手法，是神话故实的多用与巧用，"巧为比拟，选用神话故实，奇思丽想，文笔飞动"（朱德才选注《辛弃疾词选》）。

运用故实，而又含蕴丰富，落笔于眼前，贯通于前后。如"莫管"二句，"称颂赵任职建康时的政绩，比之为唐代刘晏"，"二句有三用：一是赞对方理财之能，二是应合重阳节令和祝寿的场景，三是趁此将意思转入下片开头的劝酒征歌上去，用笔十分经济"（刘扬忠评注《辛弃疾词选》）。

此词乃辛词中作年较早的篇目之一。所谓"笔作剑锋长"（《水调歌头·席上为叶仲洽赋》），英雄气概与文士才学在词中得到了完美融合。辛弃疾初登词坛，即显如此特质与身手，令人赞叹。

祝英台近

晚春

宝钗分①，桃叶渡②，烟柳暗南浦③。怕上层楼，十日九风雨。断肠片片飞红，都无人管，更谁劝、流莺声住。鬓边觑，试把花卜归期④，才簪又重数。罗帐灯昏，哽咽梦中语：是他春带愁来，春归何处，却不解、带将愁去⑤。

【注释】

①宝钗分：南宋盛行分钗定情之风。情人分手时，女子将头上的金钗分为两股，双方各持一股以为信物。

②桃叶渡：在建康秦淮口，晋王献之曾在此与其妾桃叶分别。《诗话总龟》前集卷七《桃叶歌》载："桃叶，王献之爱妾名也，其妹曰桃根。词云：'桃叶复桃叶，桃叶连桃根。'今秦淮口有桃叶渡，即其事也。"

③南浦：南朝梁江淹《别赋》："送君南浦，伤如之何！"后泛指送别之地。

④ 花卜：以花瓣数来占卜。

⑤ "是他"三句：似从唐雍陶《送春》"今日已从愁里去，明年更莫共愁来"化出。

【评析】

此词作年无确考。邓广铭《稼轩词编年笺注》谓似辛弃疾"中年居官时所作"。郑骞《稼轩词校注》则因"桃叶渡在金陵"，"姑编于乾道四、五年金陵诸词之后"。吴企明《辛弃疾词校笺》云："郑氏所析有道理，词人因金陵桃叶渡起兴，忆念他在乾道初年吴楚等地漫游时所结识之女子。"兹姑系乾道五年（1169），时辛弃疾在建康通判任。

此词伤春怀远，"温柔缠绵，一往情深"（唐圭璋《唐宋词简释》）。至有评云："风流妩媚，富于才情，若不类其为人矣。……盖其天才既高，如李白之圣于诗，无适而不宜。故能如此。"（魏庆之《诗人玉屑》卷二一）"稼轩词以激扬奋厉为工，至'宝钗分，桃叶渡'一曲，昵狎温柔，魂销意尽，才人伎俩，真不可测。"（沈谦《填词杂说》）确实，观"断肠""是他"数句，"飞红"飘飞而"无人管"，"流莺"声碎而"更谁劝"；春来"带愁来"，春归不"带将愁去"，幽怨之情，直无可过之！又"鬓边觑"数句，"'觑''卜''才簪''重数'，辗转反侧之情，传神阿堵，语极痴，情极挚"，"稼轩词中，此种语实不多觏，真所谓摧刚为柔者"（陈匪石《宋词举》卷上）。

而此词以重语写柔情，又与其他柔情词不同。"词作说闺怨，尽管未曾摆脱惜春、怨春，离愁、别恨那一套，但因用语、用情不一样，其所体现风韵及感人效果，也就不同。例如上片说晚春送别及别后情景，在布置、安排景物的过程中，一般作者常以柔语写柔情，将断带分钗场面写得令人'魂销意尽'。但此词则不然。它以重语写柔情，

9

景物布置、安排突出一个'暗'字。谓重重烟柳，迷蒙笼罩，使得分手处——与君相别之南浦显得一片昏暗。既切合晚春景象，又是其时心境之体现。这是别时场景。接着说及别后情景，由风雨、飞红、啼莺，或虚或实，渐次推出。谓分别之后，怕上层楼，不愿意见到因十日九风雨所造成的残败景象。而且更加令人不堪的是，落红遍地，无人收拾，黄莺叫唤，无人阻止。所谓景语、情语，分量都十分沉重。因而经此层层加码，别后情景之昏暗程度，达到了比别时更无以复加之程度。这是别后情景。由于所用乃重语，因使得此词所写之别时场景与别后情景，'于风情中时带苍凉凄厉之气'（陈匪石《宋词举》卷上）。这就是此词与众不同之处。"（施议对《辛弃疾词选评》）

在点化前人词句方面，此词也有不同乃至反胜前人处。"《耆旧续闻》云：'辛幼安词"是他春带愁来，春归何处，却不解、带将愁去"，人皆以为佳。不知赵德庄《鹊桥仙》词云："春愁元自逐春来，却不肯、随春归去。"盖德庄又体李汉老《杨花词》："蓦地便和春，带将归去。"大抵后辈作词，无非前人已道底句，特善能转换耳。'按，前后人情景相同，而因景写情，则各有其境。语或有同，而意有不同。幼安'春带愁来'与德庄'愁逐春来'便不同；'带将愁去'与'随春归去'亦不同。观上'怕上层楼'及'花卜归期'等句可知矣。至幼安、德庄与李汉老词，又皆有不同矣，非剿袭也。"（张伯驹《丛碧词话》）"雍陶《送春》诗云：'今日已从愁里去，明年更莫共愁来。'稼轩词云：'是他春带愁来，春归何处，却不解和愁将去。'虽用前语，而反胜之。"（刘克庄《后村诗话》前集卷一）

此词又有所谓本事及托意者。"张端义《贵耳集》云'吕正己为京畿吏，有女事辛幼安。因以微事触其怒，竟逐之。稼轩《桃叶渡》词因此而作'云。然而宋人说部，未可遽信。但此词态妍意婉，如有物在喉，必非为伤春而作，可断言也。"（梁启勋《词学》下编）"这首词本来就是闺怨词，它形象鲜明，意境完整，自是一件不能拆碎的精美艺术品，从中找不出什么政治寄托的痕迹。可是古来对它的解释颇有歧义。有人认为它是借闺怨以言志，如果要这样理解，见仁见智，也未尝不可。有人从此词总的意象上去体会它，说它是伤悼时局的衰落，盼望政治好景到来。这样按象征意义来解释词意，虽未必是作者的初衷，但总可以说是读者联想的自由。不过如果像某些古代学者那样穿凿附会地指实什么啼莺喻'小人得志'，点点飞红是'伤君子之弃'，等等，那就显得荒谬不足信了。至于南宋有人进行无聊附会，硬说此词是写作者与一吕姓女子的私情，那就更与词意不合，毫无事实根据。"（刘扬忠评注《辛弃疾词选》）

青玉案

元夕①

东风夜放花千树②，更吹落，星如雨③。宝马雕车香满路。凤箫声动，玉壶光转，一夜鱼龙舞④。　　蛾儿雪柳黄金缕⑤，笑语盈盈暗香去。众里寻它千百度，蓦然回首，那人却在，灯火阑珊处⑥。

【注释】

①元夕：即元宵，正月十五夜。

②花千树：指花灯繁多。《武林旧事·元夕》："山灯凡数千百种，极其新巧，怪怪奇奇，无所不有。"

③星如雨：指烟花之盛。《武林旧事·元夕》："宫漏既深，始宣放烟火百余架。于是乐声四起，烛影纵横。"

④ 玉壶、鱼龙：均指彩灯。

⑤ 蛾儿、雪柳：女子头上戴的饰品。《大宋宣和遗事》："京师民有似云浪，尽头上戴着玉梅、雪柳、闹蛾儿，直到鳌山下看灯。"

⑥ 阑珊：冷清，冷落。

【评析】

邓广铭《稼轩词编年笺注》云，此词"见于四卷本甲集"，"据词中观灯、寻芳之情节，疑作于首次官临安时"。"首次官临安"，指辛弃疾乾道六年（1170）至七年（1171）在临安为司农寺主簿。吴企明《辛弃疾词校笺》系于乾道七年正月，谓："乾道六年岁杪，辛赴京上任司农寺主簿，故本词必作于乾道七年正月。此时，稼轩因召对不称上意，只任闲散京官，政治上不得意，却又不肯与人同流合污，借观灯以抒写自己坚持政见的高贵品格。"

此词有冷、热两境。热者，花灯满树、星雨满天、车马满街、箫声满耳、翠蛾满眼也；冷者，灯火阑珊，伊人独处也。灯火阑珊，不是说灯火将熄、灯事将了，而是说热闹场景外，别有灯火冷清、观者不到处，是说地，不是说时；而所"寻"伊人，则正处其地。"伊人"何以要独处冷清之地，她不也夜出观灯、夜深未归吗？这正见出她于常人外，有常人所未及处；她是"众里"独有的那一个，即"那人"。她或许是"星中织女"，"亦复吹落人世"吧（卓人月汇选、徐士俊参评《古今词统》卷十）。而"我"正是在这一点上与之契合，故瞩目于彼，钟情于彼，千寻万寻，千回百转，终尔"蓦然"得见。至于"我"与她前此已经结缘，或是今夕始倏然目成，倒显得无关紧要了。或许，"那人"本来就不存在，仅是词人"自己人格的象征"，"是写自己被统治阶级所排斥而又不肯趋炎附势的品格"吧（夏承焘、盛静霞《唐宋词选讲》）。

理解此词，最关键的即此末三句。"自起笔至'笑语'句，皆纪'元夕'之游观。惟结末三句别有会心。其回首欲见之人，岂避喧就寂耶？或人约黄昏，有城隅之俟耶？含意未申，戛然而止，盖待人寻味也。"（俞陛云《唐五代两宋词选释》）此词"意境之高超，可谓独绝"（梁启勋《词学》下编）；所谓"高超""独绝"者，也主要在末三句。王国维于末三句之外，又回引"众里"一句，谓乃"古今之成大事业、大学问"三境界之"第三境"（《人间词话》）。此"第三境"，即热中见象，冷中见真，穿越浮世繁华，付出艰辛努力，耐得冷清寂寞，始能寻出人生目标，实现人生理想；即便寻找不到、实现不了，也可称人生的真正实践者、拥有者。即如当时的辛弃疾，于主和之"热境"外，偏寻主战之"冷境"，尽管一生志业未成，仍不失为一世英雄，尽管是失意的英雄。进一步，此"冷境"中又深含悲凉意，"自怜幽独，伤心人别有怀抱"（梁令娴《艺蘅馆词选》丙卷附梁启超语），"结尾只用'那人却在，灯火阑珊处'一语，即把多少不易说出的悲感和盘托出了"（俞平伯选注《唐宋词选释》）。于辛弃疾，其悲意产生的背景乃是："乾道……六年，孝宗召对延和殿。时虞允文当国，帝锐意恢复，弃疾因论南北形势及三国、晋、汉人才，持论劲直，不为迎合。作《九议》并《应问》三篇、《美芹十论》献于朝，言逆顺之理，消长之势，技之长短，地之要害，甚备。以讲和方定，议不行。"（《宋史·辛弃疾传》）

木兰花慢

滁州送范倅①

老来情味减②，对别酒、怯流年③。况屈指中秋，十分好月，不照人圆。无情水、都不管，共西风、只管送归船。秋晚莼鲈江上④，夜深儿女灯前⑤。　　征衫便好去朝天⑥。玉殿正思贤⑦。想夜半承明⑧，留教视草⑨，却遣筹边⑩。长安故人问我⑪，道愁肠殢酒只依然⑫。目断秋霄落雁，醉来时响空弦⑬。

【注释】

①滁州：南宋时属淮南东路，今属安徽。范倅（cuì）：指滁州通判范昂。倅，州府通判的简称。

②情味：情趣。

③怯流年：担心年华流逝。苏轼《江城子》："对尊前，惜流年。"

④莼鲈江上：用张翰典。《世说新语》载：吴郡人张翰在洛阳为官，见秋风起，乃思吴中菰菜、莼羹、鲈鱼脍，曰："人生贵得适意尔，何能羁宦数千里以要名爵？"于是命驾而归。

⑤"夜深"句：化用黄庭坚《寄上叔父夷仲三首》其三诗句："弓刀陌上望行色，儿女灯前语夜深。"

⑥征衫：征途所穿衣衫。朝天：朝见天子。

⑦玉殿：宫殿。代指皇帝。时为孝宗皇帝。

⑧承明：承明殿的旁屋，即侍臣值宿所居。《汉书·严助传》："君厌承明之庐，劳侍从之事。"注云："承明庐在石渠阁外，直宿所止曰庐。"

⑨视草：起草诏书。南宋王观国《学林》卷五："凡臣僚掌制语文字，谓之视草。"

⑩筹边：筹划戍边事务。

⑪长安：此代指南宋都城临安。

⑫殢酒：醉酒。唐韩偓《有忆》："愁肠殢酒人千里，泪眼倚楼天四垂。"

⑬目断：极目望尽。空弦：典出《战国策·楚策》更赢为魏王引弓虚发而下雁事。

【评析】

邓广铭《稼轩词编年笺注》系此词于乾道八年（1172）。词中云"屈指中秋"，当作于是年中秋节前。是年春，辛弃疾离京出知滁州（今属安徽）。秋，通判范昂离任，辛弃疾乃为其饯行，并作此词。

乍看首尾"老来情味减，对别酒、怯流年""目断秋霄落雁，醉来时响空弦"句，颇给人"老骥伏枥，志在千里，烈士暮年，壮心不已"之感。有人即认为此词是"稼翁晚年笔墨"（陈廷焯《云韶集》卷五），"'长安'二句，有唐人'归去朝端如有问，玉门关外老班超'诗意。结处言壮心未已，闻秋雁尚欲以虚弦下之，如北平飞将，老去犹思射虎也"（俞陛云《唐五代两宋词选释》）。而实际上，辛弃疾此年不过三十三岁，何以竟有暮岁之感？盖因南归已十年，而朝廷一味妥协苟安，北伐无期，壮心空落，悲怆迟暮之感遂大生，年轻犹似年老，盛年犹似暮年耳。"情味减"之"减"，"怯流年"之"怯"，"只依然"之"只"，"响空弦"之"空"，看似轻笔落下，实则惊心动魄，不啻有万钧之力。整篇亦如此，虽为送别词，而"力量"绝"大"（陈廷焯《词则·放歌集》卷一），"只信手写去"，即"如闻饿虎吼啸之声"，使"古今词人"不得不"望而却步"（陈廷焯《云韶集》卷五）。

对比手法的运用，在词中也有很好的体现。"夜半承明，留教视草，却遣筹边"，是说友人；"怯流年"，"都不管"，"愁肠殢酒"，是说自己。"秋晚莼鲈江上，夜深儿女灯前"的惬意、温馨，属于友人；身为江南游子，故乡远在大河之北，只能"殢酒"以慰"愁肠"、"响空弦"聊增"情味"，则是自己。悲情由此更进一层。

慨叹功业未成而时光流逝，是辛词的主题之一。此词即可视为此主题的典范作品之一。

声声慢

*滁州旅次，登奠枕楼作，和李清宇韵*①

征埃成阵②，行客相逢，都道幻出层楼③。指点檐牙高处，浪涌云浮④。今年太平万里，罢长淮、千骑临秋⑤。凭栏望，有东南佳气，西北神州⑥。　　千古怀嵩人去⑦，应笑我、身在楚尾吴头⑧。看取弓刀陌上⑨，车马如流。从今赏心乐事⑩，剩安排、酒令诗筹⑪。华胥梦⑫，愿年年、人似旧游。

【注释】

①奠枕楼：辛弃疾乾道八年（1172）在滁州所建。奠枕，即安枕、安居之意。南宋周孚《滁州奠枕楼记》载辛弃疾语云："吾之名是楼，非以奢游观也，以志夫滁人至是始有息肩之喜，而吾亦得以偷须史之安也。"李清宇：名扬，滁州属官。

②征埃：路上行人和车马扬起的尘土。

③ 幻出：奇迹般地出现。层楼：高楼。

④ 檐牙：屋檐边上翘起的尖角。浪涌云浮：从《古诗十九首》"西北有高楼，上与浮云齐"化出，极写楼之高。

⑤ "罢长淮"句：意谓金兵停止了对淮河沿线的侵扰，今年天下太平。南宋崔敦礼《代严子文滁州奠枕楼记》载："乾道元年，疆陲罢兵，烽火撤警，边民父子收卷戈甲，归服田垄。天子轸念两淮，休养涵育，俾各安宇。"淮河沿线自乾道元年罢兵，至此已有八年。

⑥ 佳气：吉祥之气。语出《后汉书·光武帝纪》："气佳哉！郁郁葱葱然！"神州：此指沦陷的中原之地。

⑦ 怀嵩人：指唐代李德裕，其曾贬为滁州刺史，建怀嵩楼，取怀归嵩洛之意，后回归北方，并任宰相。李德裕《怀嵩楼记》："周视原野，永怀嵩峰。肇此佳名，且符夙尚。"

⑧ 楚尾吴头：滁州居古时楚国之东、吴国之西，故称。

⑨ 弓刀陌上：有兵丁持武器巡逻的道路。语本黄庭坚《寄叔父夷仲》："弓刀陌上望行色，儿女灯前语夜深。"

⑩ 赏心乐事：古人说良辰、美景、赏心、乐事为人生四大美事。

⑪ 剩：尽，尽管。诗筹：饮酒时雅事，即用抽签的办法限韵赋诗。筹，写有诗题和韵脚的竹签。

⑫ 华胥梦：语出《列子·黄帝篇》，黄帝有次白天睡觉时"梦游于华胥氏之国"，那里国无师长，民无嗜欲，自然而已。

【评析】

邓广铭《稼轩词编年笺注》系此词于乾道八年（1172），云："玩词中语意，当是作于奠枕楼初成之时。"按，是年春，辛弃疾出为滁州知州，并在滁州建奠枕楼。因词中有"临秋"语，则楼成、词成，皆在是年秋；是年十月三日，真州州学教授周孚尝为作《滁州奠枕楼记》。然词序曰"滁州旅次"，又给人途经滁州并作短暂停留之惑。其实，辛弃疾是把任职滁州看作他众多宦游历地之一。或者说，他家本在山东，即把留处异乡皆称为"旅次"。即如终南宋一朝，仍视开封为京师，而称杭州为"行在""临安"一样。梁启勋《稼轩词疏证》、吴企明《辛弃疾词校笺》皆系此词于乾道九年（1173）秋。

词中所写，有忧有乐。南归十年，辛弃疾终于得到了一个比较重要的职位，即滁州知州。既然不能投身抗金恢复大业，则为政一方，以益国家，以惠百姓，也是一种慰藉。《宋史》本传即载："出知滁州，州罢兵烬，井邑凋残。弃疾宽征薄赋，招流散，教民兵，议屯田。"于是，在不长的时间内，滁州生产和经济都得到了恢复和发展，政通人和，百姓乐业，"乃创奠枕楼、繁雄馆"。奠枕楼为滁人游观之地，繁雄馆为客商荟萃之所。词中"征埃""行客""太平万里""车马如流"之写，即可见当时繁荣景象。身为知州，观而乐之，当为真乐，一如当年作《醉翁亭记》的太守欧阳修。然乐不泯忧。"凭栏"而望"西北神州"，又自嘲"怀嵩人""应笑我"，正显其忧，即忧怀国事，忧中原犹在人手，故土尚未归复。此忧，乃真忧、大忧、志士之忧。

分层而言，上阕，"赞叹层楼高耸，再就登楼远望，描述社会环境，其间有近景，有远景，有可喜的现象，有可忧的氛围"；下阕，"先写滞留南方的忧念，次写当地环境安宁，转忧为喜，末以祝愿大家安乐收结。反映了作者在滁州尽心职务，勤政爱民，念念不忘忧国"（刘乃昌编选《辛弃疾集》）。而若言"看取"以下至末尾，表现了词人"强装达观、苦中作乐的心情"，"最大的'赏心乐事'应是光复神州，安排酒令诗筹，原非作者所愿。但在目前环境中，只得如此消遣了"；"'华胥梦'三句，以希望繁华景象长久作结，其中虽有对自己建设滁州政绩的欣赏，但也流露了不安于此之意"（刘扬忠评注《辛弃疾词选》），似显牵强。

菩萨蛮

金陵赏心亭为叶丞相赋 [①]

青山欲共高人语 [②]，联翩万马来无数。烟雨却低回 [③]，望来终不来。　　人言头上发，总向愁中白。拍手笑沙鸥，一身都是愁 [④]。

【注释】

① 金陵：即建康，今江苏南京。赏心亭：在建康西下水门之城上。《方舆胜览》卷十四："赏心亭，下临秦淮，尽观览之盛。丁晋公谓建。"叶丞相：指叶衡。叶衡字梦锡，婺州金华人。绍兴十八年（1148）进士及第，累官至右丞相兼枢密使。

② "青山"句：语出苏轼《越州张中舍寿乐堂》："青山偃蹇如高人，常时不肯入官府。高人自与山有素，不待招邀满庭户。"高人，指叶衡。

③ 低回：流连，萦绕。

④ "拍手"二句：从白居易《白鹭》诗化出："人生四十未全衰，我为愁多白发垂。何故水边双白鹭，无愁头上亦垂丝。"

【评析】

淳熙元年（1174）春，辛弃疾由知滁州迁江南东路安抚司参议官；安抚司署在建康。"叶丞相"为叶衡，此年正月为江南东路安抚使兼建康留守，二月召赴行在，六月为参知政事，十一月拜相。邓广铭《稼轩词编年笺注》即系此词于淳熙元年，而词中"烟雨"云云，显非此年叶衡拜相后冬时景致，则邓说不能成立。蔡义江、蔡国黄《辛弃疾年谱》系于淳熙二年（1175）春，云："春游蒋山，登赏心亭，均有词上叶衡。"或是。

词凸显出一个"趣"字。一者，青山见高人而热情奔来，欲与之共语，却又因烟障雨滞，终未来至眼前。二者，水边沙鸥通身皆白，好像比愁白头的人忧愁更多；刚还因青山未至而焦急失落，忽就见亭下多愁沙鸥而拍手大笑。一青山一白鸥，一本静而动，一本动而静，一热情急迫，一静然淡漠，跳荡转换，"趣语解颐"（卓人月汇选、徐士俊参评《古今词统》卷五）。有谓烟雨也是独立的存在，与青山一样，都渴慕"高人"，但青山"像万匹骏马，联翩奔驰而来"，烟雨却"犹豫不决，盼望前来，又始终未来"（施议对《辛弃疾词选评》）。又有谓，青山不是被烟雨阻隔，而是它自己忽而减了热诚，"在烟雨中徘徊不前，盼望它来，终于未来"（喻朝刚、周航主编《分类两宋绝妙好词》）。这些也都是有趣的解读。

至于词中是否还别有深意，也仁者见仁，智者见智。有谓："这首作品写满腹壮志及壮志难酬的愁闷心结，却不曾直接披露，只是借登临赏心亭，就眼前景物加以发挥，妙在鲜龙活跳，风趣诙谐，不着痕迹，皆因词人善于活用比拟、联想、隐喻手法。上片写青山似万马奔腾，可以想见词人胸中有多少雄兵；而望来终不来，又可想见词人南渡以来有多少郁闷失望。下片将一腔愁绪，只以嬉笑打趣带过，聊以自我宽解而已，其中蕴藏多少无奈。"（郑小军编注《众里寻他千百度：辛弃疾词》）也有谓："苏长公为游戏之圣，邢俊臣亦滑稽之雄。苏《赠舞鬟》云：'春入腰支金缕细，轻柔，种柳应须柳柳州。'盖柳州用吕温嘲宗元诗'柳州柳刺史，种柳柳江边'也。邢作花石纲应制云：'巍峨万丈与天高，物轻人意重，千里送鹅毛。'末用成句，以讽徽宗也。若稼轩之《重叠金》云：'人言头上发，总向愁中白。拍手笑沙鸥，满身都是愁。'便不成词意。"（沈雄《古今词话·词品》

卷下）"词意"都不成，更别说深意。

还有一点须注意，叶衡也是主战派人士，故辛弃疾对其非常敬重，在词中称之为"高人"。叶衡对辛弃疾也推重有加。《宋史·辛弃疾传》即载："辟江东安抚司参议官，留守叶衡雅重之。衡入相，力荐弃疾慷慨有大略。召见，迁仓部郎官、提点江西刑狱。"

太常引

建康中秋为吕叔潜赋①

一轮秋影转金波②，飞镜又重磨③。把酒问姮娥④：被白发、欺人奈何⑤！　　乘风好去，长空万里，直下看山河。斫去桂婆娑，人道是、清光更多⑥。

【注释】

① 吕叔潜：名大虬，著名诗人吕本中的子侄，吕祖谦的父辈。

② 金波：指月亮。语出《汉书·礼乐志》："月穆穆以金波，日华耀以宣明。"

③ 飞镜：语出李白《把酒问月》："皎如飞镜临丹阙，绿烟灭尽清辉发。"

④ 姮娥：即嫦娥。

⑤ 白发欺人：语出唐薛能《春日使府寓怀》："青春背我堂堂去，白发欺人故故生。"

⑥ "斫去"三句：化用杜甫《一百五日夜对月》"斫却月中桂，清光应更多"句意。

【评析】

此词作年无确考。邓广铭《稼轩词编年笺注》系淳熙元年（1174），谓："吕叔潜始末既未得详，右词作年因亦难得的知。但据'白发欺人'句推之，似以作于二次官建康时为较合。"时辛弃疾在建康任江南东路安抚司参议官。梁启勋《稼轩词疏证》则系乾道五年（1169），蔡义江、蔡国黄《辛弃疾年谱》系乾道六年（1170），时辛弃疾尝为建康通判。兹姑依邓说。词题"中秋"，点时令。

词之引人处，首先在想象的奇异。把月亮当镜子来"重磨"，又把"重磨"的月亮当镜子来照"白发"；要"乘风"直上到空中，不是逃离人间，而是更好地"看山河"；为让月光更亮，想要把月中桂树"砍去"：这些都是常人难想处。且想象中又包含有绝大力量。上片，把月亮当镜子来磨，谁能有那么大的力气和本事？问嫦娥，也不是真想问去掉白发的办法，而是在诉说自己功业难成的巨大忧愤。下片，即使自己白发垂空，也豪情不衰、壮志不减，"长空""万里""直下""山河""砍去"等之写，境界阔大，豪迈劲健，迫人眼目。故足可称其"以劲直胜，后人自是学不到"（陈廷焯《词则·放歌集》卷一），赞其"心眼自高，腕下能写"（顾从敬类选、沈际飞评正《草堂诗余·别集》卷一）。

词中用典，也可谓推陈出新、夺胎换骨。如"砍去"二句，"杜甫原来诗句创造了'砍却月中桂'的奇特意境，本为抒发思乡之情，辛词却用来写爱国情思，意境更为开阔，因而它的意义就显得更加深刻了"（唐圭璋、钟振振主编《宋词鉴赏辞典》邓广铭、辛更儒解析此词）；"用杜诗意，亦有所刺"（陈廷焯《词则·放歌集》卷一），"桂婆娑"者，"所指甚多，不止秦桧一人而已"（周济《宋四家词选》）；且换杜诗"砍却"为"砍去"，亦更显凌厉气势，为原诗所不及。又有论者云："周济指出'桂婆娑'有象征意义，是颇有见地的，但仅指反对收复中原的投降势力，却是不够的。要知道词中的婆娑桂树，是在作者翱翔长空，'直下看山河'之后而产生斫去之想的。作者在长空俯视的山河，不仅是南宋王朝的地区，还应当包括在金人统治下的北方大片土地。作者是盼望整个大地清光照耀的。因此，这带给人民黑暗的婆娑桂影，既指南宋朝廷内外的投降势力，也包括了金人的势力。这才是符合作者的思想实际的。"（上海辞书出版社文学鉴赏辞典编纂中心编《唐宋词鉴赏辞典》邱俊鹏解析此词）把"山河"与"桂婆娑"再加引申，亦成一解。

水龙吟

登建康赏心亭

　　楚天千里清秋，水随天去秋无际。遥岑远目①，献愁供恨，玉簪螺髻②。落日楼头，断鸿声里③，江南游子。把吴钩看了④，栏干拍遍，无人会、登临意⑤。　　休说鲈鱼堪脍，尽西风、季鹰归未⑥。求田问舍，怕应羞见，刘郎才气⑦。可惜流年⑧，忧愁风雨，树犹如此⑨。倩何人⑩，唤取红巾翠袖⑪，搵英雄泪⑫。

【注释】

　　①遥岑远目：语本韩愈、孟郊《城南联句》："遥岑出寸碧，远目增双明。"遥岑，远山。

　　②玉簪螺髻：形容远山如美女头上的碧玉簪和螺形发髻。韩愈《送桂州严大夫》："江作青罗带，山如碧玉簪。"唐皮日休《缥缈峰》："似

将青螺髻，撒在明月中。"

③ 断鸿：离群的孤雁。

④ 吴钩：相传春秋吴王阖闾时铸造的弯形宝刀。此泛指佩刀。

⑤ 会：理解，懂得。

⑥ "休说"二句：用张翰思吴中物产而去官回乡典。张翰字季鹰。

⑦ "求田"三句：用三国陈登、许汜、刘备典。刘郎，指刘备。《三国志·魏书·陈登传》：陈登，字元龙，在广陵有威名。许汜与刘备并在荆州牧刘表坐，表与备共论天下人，汜曰："陈元龙湖海之士，豪气不除。"又曰："昔遭乱过下邳，见元龙，元龙无客主之意，久不相与语，自上大床卧，使客卧下床。"刘备曰："君有国士之名，今天下大乱，帝主失所，望君忧国忘家，有救世之意。而君求田问舍，言无可采，是元龙所讳也。何缘当与君语？如小人，欲卧百尺楼上，卧君于地，何但上下床之间邪？"

⑧ 流年：如水一样流逝的年华。

⑨ 树犹如此：典出《世说新语·言语》："桓公（温）北征，经金城，见前为琅邪时种柳皆已十围，慨然曰：'木犹如此，人何以堪。'"

⑩ 倩：请。

⑪ 红巾翠袖：指佳人。杜甫《丽人行》："青鸟飞去衔红巾。"杜甫《佳人》："天寒翠袖薄。"

⑫ 揾：拭，擦。

【评析】

此词作年有争议。乾道三年至六年（1167—1170），辛弃疾为建康通判；淳熙元年（1174），又在建康任江东安抚司参议官。蔡义江、蔡国黄《辛弃疾年谱》与吴企明《辛弃疾词校笺》皆系此词于乾道三年，梁启勋《稼轩词疏证》系乾道五年，邓广铭《稼轩词编年笺注》、郑骞《稼轩词校注》则系淳熙元年。《稼轩词编年笺注》云："右词充满牢骚愤激之气，且有'树犹如此'语，疑非首次官建康时作。盖当南归之初，自身之前途功业如何，尚难测度；嗣后乃仍复沉滞下僚，满腹经纶，迄无所用，迨重至建康，登高眺远，胸中积郁乃不能不以一吐为快矣。"兹姑系淳熙元年。"千里清秋""秋无际"云云，点出季节。

词上片写景写人，情景交融，句式多倒卷法。"起句破空而来，'秋无际'，从'水随天去'中见；'玉簪螺髻'之'献愁供恨'，从远目中见；'江南游子'，从'断肠落日'中见。纯用倒卷之笔。"（陈洵《海绡说词》）下片则叠用典故，述志叹老，化"裂竹之声"为"潜气内转"（谭献《复堂词话》）。"换头，三用典，委曲之至。'休说'两句，用张翰事，言不得便归。'求田'两句，用刘备事，言不屑求田。'可惜'两句，用桓温事，言己之伤感。"（唐圭璋《唐宋词简释》）结末"倩何人"三句又"风流悲壮"（陈廷焯《词则·放歌集》卷一），"言英雄之泪，未要人怜，倘揾以红巾，或可破颜一笑，极言其潦倒，仍不减其壮怀也"（俞陛云《唐五代两宋词选释》），"豪气浓情，一时并集，如闻垓下之歌"（唐圭璋《唐宋词简释》）。

再者，此词多四字句，而又富于变化，无板滞之感。"填词，一调有一调之体制，一调有一调之气象，即一调有一调之作法。《水龙吟》本非难调，亦无难句，惟前后遍中四字组成之六排句，太整太板，不易讨好。词中遇此等句法，须于整中寓散，板中求活。换言之，即各句下字时，须将实字、虚字、动字、静字，分别错综组织以尽其变。……细玩……稼轩'楚天千里清秋'一首，于此前后六排句，手法何等灵变。又此调二二组成之四字句太多，故讲究作法者，末尾四字句，多用一三句法，亦无非取其变化之意。词之句法，故不嫌变化多方也。如……稼轩之'揾英雄泪'，即其一例。"（蔡嵩云《柯亭

词论》)

菩萨蛮

功名饱听儿童说，看公两眼明如月^①。万里勒燕然^②，老人书一编^③。　　玉阶方寸地^④，好趁风云会^⑤。他日赤松游，依然万户侯^⑥。

【注释】

① "看公"句：化用苏轼《台头寺雨中送李邦直赴史馆》"看君两眼明如镜"诗句。

② "万里"句：用东汉窦宪故事。《后汉书·和帝纪》载，永元元年（89）六月，车骑将军窦宪出鸡鹿塞，大破匈奴于稽落山，追至私渠比鞮海，窦宪遂登燕然山，刻石勒功。

③ "老人"句：用张良故事。《史记·留侯世家》载，张良未遇时，在下邳圯上，有老人"出一编书，曰：读此，则为王者师矣"。

④ "玉阶"句：出唐员半千《陈情表》："陛下何惜玉陛方寸地，不使臣披露肝胆乎？"玉阶，同"玉陛"，指朝廷。

⑤ 风云会：喻君臣相得，多用于贤臣得明君的信用。《魏书·张衮传》："遭风云之会，不建腾跃之功者，非人豪也。"

⑥ "他日"二句：语出《史记·留侯世家》："（张良）家世相韩，及韩灭，不爱万金之资，为韩报仇强秦，天下振动。今以三寸舌为帝者师，封万户，位列侯，此布衣之极，于良足矣。愿弃人间事，欲从赤松子游耳。"司马贞《索引》："赤松子，神农时雨师，能入火自烧，昆仑山上随风雨上下也。"

【评析】

此词作时作地及作意，盖有两解。一谓作于淳熙二年（1175）闰九月辛弃疾平定茶商赖文政暴乱后，其时在赣州（今属江西）。本年四月，赖文政在湖北起事，不久即攻入湖南、江西，屡败官军。六月，因宰相叶衡荐，"以仓部郎中辛弃疾为江西提刑，节制诸军，讨捕茶寇"（《宋史·孝宗本纪》）。七月，辛弃疾抵达赣州，组织平乱；闰九月，"诱赖文政杀之，茶寇平"（同上）。词起首所谓"功名"，或即指剿灭茶商叛乱之功；"饱听"者，乃谓赣州城内外，老老少少都在颂说他的平叛功绩，对他表达敬意。时赣州通判罗愿即在《送辛殿撰自江西提刑移京西漕》诗中说："峨峨郁孤台，下有十万家。喧呼隘城阙，恋此明使车。……公今有才气，功名安可涯。愿低湖海豪，磨砻益无瑕。凌烟果何晚，犹有发如鸦。""看公"之句，说自己也因平乱功成而容光焕发、精神伟健，以为未来大有可期。"万里"句后，即梦想君臣遇合、风云际会之境，憧憬着像窦宪那样立功边塞，像张良那样为帝王师，功成名就，封万户侯，然后飘然身退，跟随赤松子云游四方。而现实却是冰冷的，最终，辛弃疾虽"平剧盗赖文政有功"，却只"加秘阁修撰，调京西转运判官"（《宋史》本传）了事。这当是辛弃疾始料未及的。

二谓作于淳熙十四年（1187）前闲居信州上饶（今属江西）时（邓广铭《稼轩词编年笺注》），有即系淳熙十四年者（吴企明《辛弃疾词校笺》），则此为赠人词。"公"者，即词所赠予之人；因其平时总说"功名"，"儿童"辈"饱听"而受感染，亦"说"功名。前六句，"从自己对被送者的良好印象出发，表达了作者对被送者的热情赞颂和良好祝愿，也曲折地表达了自己的雄心壮志"；结末二句，"使用张良功成身退的典故，劝其功成名遂之后，要激流勇退，及早抽身，既能保全自己，又'依然万户侯'，可以名利双收"，"这是历史经验的总结，也是出于对被送者根本利益的考虑"（朱德才、薛祥生、邓红梅《辛弃疾词新释辑评》）。

菩萨蛮

书江西造口壁①

郁孤台下清江水②，中间多少行人泪。西北望长安③，可怜无数山。　　青山遮不住，毕竟东流去④。江晚正愁余，山深闻鹧鸪⑤。

【注释】

①造口：位于今江西万安县西南的赣江边上，又称皂口。在宋代，此处是渡口，又是驿站。与辛弃疾同时的杨万里曾经过此地，写有《宿皂口驿》诗。

②郁孤台：在今赣州市区西北贺兰山顶，是城区制高点，下瞰赣江。

③长安：代指帝都，此指北宋故都汴京。

④东流去：化用唐崔湜《襄城即事》："子牟怀魏阙，元凯滞襄城。……为问东流水，何时到玉京？"

⑤鹧鸪：鸟名，叫声类似"行不得也哥哥"。

【评析】

邓广铭《稼轩词编年笺注》系此词于淳熙二、三年间（1175—1176），云："郁孤台为赣州附近一名胜，亦稼轩任江西提刑时所时常经行之地，则此词必作于此时期内。"蔡义江、蔡国黄《辛弃疾年谱》与吴企明《辛弃疾词校笺》系淳熙三年。按，淳熙二年六月，以仓部郎中辛弃疾为江西提刑，平定茶商赖文政暴乱；闰九月，乱平。约淳熙三年秋，辛弃疾调任京西转运判官，自赣州北上赴任。则当其途经吉州万安（今属江西）造口驿时，写下此词，并书于驿壁。

词既书"造口壁"，则开篇之"清江水"，指辛弃疾北行所见赣江从郁孤台至造口一段江水。"行人泪"者，指南宋隆祐太后及其随行人员所下之眼泪。建炎三年（1129）十一月，"虏人追隆祐太后御舟至造口，不及而还"（罗大经《鹤林玉露》甲编卷一），"太后自万安陆行如虔州（按即赣州）"（《宋史·高宗本纪》），"兵卫不满百"，"太后及潘妃以农夫肩舆而行"（《宋史·后妃传》）。一朝太后，竟被敌兵追击，陷入如此凄惨、狼狈之境地！辛弃疾顺江而行，怀思四十六年前此段往事，不由"慷慨生哀"（陈廷焯《词则·大雅集》卷二），亦当为之下泪。以下从"西北望长安"至"毕竟东流去"，或继续从隆祐太后方面着笔，写故都汴京难以望到，更难还归。末二句方转至词人。"愁余"者，写其为神州陆沉、民族苦难、国势衰微而愁绪萦心，不能释怀。通观全篇，乃追说隆祐太后遭遇及所象征之国事，"忠愤之气，拂拂指端"（卓人月汇选、徐士俊参评《古今词统》卷五）；至于"血泪淋漓"，"音节之悲，至今犹隐隐在耳"（陈廷焯《云韶集》卷五）。

而有谓此词落笔隆祐太后仅是起兴，中心乃写词人自己，"怀人恋阙，望远思归，悉纳其中"（俞陛云《唐五代两宋词选释》）。"下片说江水毕竟要东流去，重叠的山是不能遮断它的去路的。这也许是作者比喻自己百折不回的报国壮志和决心。但是江上暮色苍茫的时候，又听见鹧鸪的啼声，好像说：'行不得也哥哥！'使他想到恢复之业，还是困难重重，引起他无限的忧愁。"（夏承焘《唐宋词欣赏》）又有对鹧鸪意象别作解析云："鹧鸪的喻意，过去的注本往往解释为：鹧鸪的叫声'行不得也哥哥'比喻抗金大业难以实现。其实，这是一种误解。……鹧鸪鸟的叫声古人所拟的谐音计有五种，是随着时代的发展和人们感情的变化而产生的，宋以前最通行的谐音是'但南不北'。据汉杨孚《异物志》记载：'鹧鸪其志怀南，不思北，其鸣呼飞，但南不北。'所以李白、郑谷等诗人的作品中常把它比作'离北南来'的'迁客游子'。辛弃疾是青年时代从济南沦陷区'决意南归'的爱国志士，所以本词中的鹧鸪，正是作者的自比，是正面形象。因此，本词最后两句的解释应是：天色已晚，词人在江边正为国事担忧的时候，忽然从春山中传来鹧鸪'但南不北'的叫声，使词人立刻想起了这种鸟儿'其志怀南'的可爱形象。作者感到即使自己的恢复大计尚未实现，但也一定要像鹧鸪一样留在南方，决不能北去向金人屈膝。于是他更坚定了当初南归报国的志向！"（唐圭璋、钟振振主编《宋词鉴赏辞典》吴新雷解析此词）又有说此词"惜水怨山"（周济《宋四家词选》），甚至说青山喻指"敌人"及"投降派"，"东流"水"喻正义所向"者（上海辞书出版社文学鉴赏辞典编纂中心编《唐宋词鉴赏辞典》邓小军解析此词）。由此，可见出此词之言约意丰、耐人寻味，且《菩萨蛮》词调能"如此大声镗鞳"，"未曾有也"（梁令娴《艺蘅馆词选》丙卷附梁启超语）。

摸鱼儿

观潮上叶丞相[①]

望飞来、半空鸥鹭，须臾动地鼙鼓[②]。截江组练驱山去，鏖战未收貔虎[③]。朝又暮，悄惯得、吴儿不怕蛟龙怒[④]。

风波平步。看红旆惊飞，跳鱼直上，蹙踏浪花舞⑤。　　凭谁问，万里长鲸吞吐⑥，人间儿戏千弩⑦。滔天力倦知何事⑧，白马素车东去⑨。堪恨处，人道是、属镂怨愤终千古⑩。功名自误。谩教得陶朱⑪，五湖西子⑫，一舸弄烟雨⑬。

【注释】

① 观潮：观钱塘潮。叶丞相：叶衡。

② "望飞来"二句：写潮初来时的形态和声响。南宋周密《武林旧事》卷三《观潮》："浙江之潮，天下之伟观也。……大声如雷霆，震撼激射，吞天沃日，势极雄豪。"可为印证。枚乘《七发》曾谓江水逆流、海水上涨初起时"若白鹭之下翔"，"半空鸥鹭"语意本此。动地鼙鼓，语本白居易《长恨歌》："渔阳鼙鼓动地来，惊破霓裳羽衣曲。"

③ "截江"二句：写潮水的气势。组练，即铠甲战袍。《左传·襄公三年》："春，楚子重伐吴。……使邓廖帅组甲三百、被练三千以侵吴。"注："组甲被练皆战备也。组甲，漆甲成组文；被练，练袍。"貔虎，猛兽。亦喻勇猛的将士。此二句既写水势，也写水军的演习。南宋周密《武林旧事》卷三《观潮》："每岁京尹出浙江亭教阅水军，艨艟数百，分列两岸。既而尽奔腾分合五阵之势，并有乘骑弄旗标枪舞刀于水面者，如履平地。倏尔黄烟四起，人物略不相睹，水爆轰震，声如崩山。烟消波静，则一舸无迹，仅有敌船为火所焚，随波而逝。"

④ 悄：浑，直。惯：纵容。吴儿：指弄潮儿。

⑤ "看红旆"三句：写弄潮儿在潮头舞旗表演。红旆，红旗。蹙，同"蹴"，踩。

⑥ 长鲸吞吐：指潮水汹涌，如从长鲸口中喷射而出。语本左思《吴都赋》："长鲸吞航，修鲵吐浪。"

⑦"人间"句：五代时吴越国曾用数百强弩射潮头，如小儿游戏。苏轼《八月十五日看潮》："安得夫差水犀手，三千强弩射潮低。"

⑧滔天力倦：指潮水渐渐退去。

⑨"白马"句：形容潮水退去时情景。语出枚乘《七发》，曲江波涛"其少进也，浩浩溰溰，如素车白马帷盖之张"。

⑩属镂（lú）怨愤：即伍子胥的怨愤。《太平广记》卷二九一《伍子胥》："伍子胥累谏，吴王赐属镂剑而死。临终戒其子曰：'悬吾首于南门，以观越兵来，以鲣鱼皮裹吾尸投于江中，吾当朝暮乘潮以观吴之败。'"属镂，剑名。

⑪谩：徒然。陶朱：范蠡。《史记·越王句践世家》载，范蠡助句践灭吴后，功成身退，"浮海出齐，变姓名，自谓鸱夷子皮。耕于海畔，苦身戮力，父子治产，居无几何，致产数十万"。

⑫五湖：太湖别称。西子：即西施。

⑬"一舸"句：指范蠡助越王勾践灭吴后，携西施泛舟隐居五湖。《越绝书》："西施亡吴国后，复归范蠡，同泛五湖而去。"

【评析】

此词作时，有三种说法。一是淳熙元年（1174）八月，"辛弃疾在临安任仓部郎官，与叶衡一起观看钱塘江潮时所写"（喻朝刚、周航主编《分类两宋绝妙好词》）；梁启勋《稼轩词疏证》、郑骞《稼轩词校注》持此说。然本年十一月，叶衡始"为右丞相兼枢密使"（《宋史·孝宗本纪》），故此说不能成立。二是淳熙二年（1175）秋七月前。邓广铭《稼轩词编年笺注》云："稼轩于淳熙二年被召，入为仓部郎官，此词当作于七月赴江西提刑任之前。"而词中所写，显为八月中旬钱塘潮盛潮景象，故此说亦不能成立。三是淳熙三年（1176）秋，"稼轩由江西提点刑狱改官京西路转运判官，赴任途中过临安述职，适值钱塘观潮，应时往观，作此呈叶丞相"（刘乃昌编选《辛弃疾集》）；蔡义江、蔡国黄《辛弃疾年谱》与吴企明《辛弃疾词校笺》皆持此说。第三说当可信。叶衡淳熙二年九月罢相，词题以旧职称之，乃出于敬重之意。

词写钱塘潮。上片着眼潮起潮涌，与常人无异；下片着眼潮退潮落，则与常人有别。盖词不惟描摹潮起潮落之整体景象，更欲借此抒写对世事升沉起伏之感慨。"前半叙述观潮，未见警动。下阕笔势纵横，借江潮往事为喻。钱王射弩，固属雄夸，即前胥后种，泄怒银涛，亦功名自误，不若范大夫知机，掉头烟雾也。词为上叶丞相而作，其蒿目时艰，意有所讽耶？"（俞陛云《唐五代两宋词选释》）"下片写潮退有感，乘机议论，借景抒怀。先写潮升潮落，非人力能左右，隐寓宦海浮沉，顺逆难定。继写连天怒潮，力倦东归，再借伍子胥忠而被谗，为忠义之士鸣不平。末以范蠡功成身退，逍遥泉林，宽慰叶相。"（刘乃昌编选《辛弃疾集》）宋末陈人杰《沁园春·浙江观澜》乃以词评词曰："尤奇特，有稼轩一曲，真野狐精。"

菩萨蛮

西风都是行人恨，马头渐喜归期近。试上小红楼，飞鸿字字愁[1]。　　阑干闲倚处，一带山无数。不似远山横[2]，秋波相共明[3]。

【注释】

①"飞鸿"句：语本秦观《减字木兰花》："困倚危楼，过尽飞鸿字字愁。"

②远山：指眉。《西京杂记》："文君姣好，眉色如望远山。"

③秋波：指眼。

【评析】

此词或作于淳熙三年（1176）秋，时辛弃疾由临安赴任京西路转运判官，北行转道京口（在今江苏镇江）居第。据邓广铭《辛稼轩年谱》，辛弃疾南归之绍兴三十二年（1162），即"与范邦彦（子美）之女、范如山（南伯）之女弟"成婚，并"定居京口"；乾道九年（1173）冬，其"因病离滁州守任"，亦"回京口居第"。京西路转运司署在襄阳（今属湖北），赴任途中转道省亲，自属情理中事。词中所写秋景，亦与此次赴任时令合。

词两面兼写。首二句从"行人"，即词人方面落笔，写其逆"西风"而行，行速迟滞，不由生"恨"；而毕竟离家渐近，人在马上，"喜"亦渐生。接四句，转写伊人于家中盼归。她登楼远眺，却只见鸿雁飞过、远山重叠，而不见行人踪影，愁亦遂生。"试上""闲倚"云云，是说她已经知道他这些天要回来，但又不知确切时间，故而登楼望之；此虽不似"过尽千帆皆不是"（温庭筠《望江南》）那般坚定执着，却更符合实际情形，也更生活化。末二句又转向"行人"一方，写他想象伊人眉头皱损、眼含愁怨的样子；她的眉不再似一抹远山，眸不再似一汪秋水，却因深情而更加动人。且欢聚时的舒眉展目、楚楚嫣然，又是可以想见的。

唐宋人诗词作品中，"送别怀人者，或从居者着想，或从行者着想，能言情婉挚，便称佳构"（俞陛云《唐五代两宋词选释》）。而此词两面兼写，构思及表意效果均进一层。相类作品，杜甫有《月夜》诗："今夜鄜州月，闺中只独看。遥怜小儿女，未解忆长安。香雾云鬟湿，清辉玉臂寒。何时倚虚幌，双照泪痕干。"欧阳修有《踏莎行》

词："候馆梅残，溪桥柳细，草薰风暖摇征辔。离愁渐远渐无穷，迢迢不断如春水。　　寸寸柔肠，盈盈粉泪。楼高莫近危阑倚。平芜尽处是春山，行人更在春山外。"皆可以参看。其实，写想象中的伊人，是为了进一步地写行人或作者自己，且是行人或作者情感抒发的着落处与立足点，笔虽曲折，情韵更长。

水调歌头

和马叔度游月波楼①

客子久不到②，好景为君留。西楼著意吟赏③，何必问更筹④。唤起一天明月，照我满怀冰雪，浩荡百川流。鲸饮未吞海⑤，剑气已横秋⑥。　　野光浮，天宇迥，物华幽。中州遗恨⑦，不知今夜几人愁。谁念英雄老矣，不道功名蕞尔⑧，决策尚悠悠⑨。此事费分说，来日且扶头⑩。

【注释】

①马叔度：辛弃疾友人。南宋喻良能《香山集》卷九《贤良马叔度和周内翰送予倅越诗见贻次韵奉酬》曾提及其人。月波楼：湖北黄州有月波楼，南宋祝穆《方舆胜览》卷五十谓"在（黄州）郡厅后"。邓广铭《稼轩词编年笺注》考云，北宋王禹偁《黄冈竹楼记》中有"远吞山光，平挹江濑，幽阒辽夐，不可具状"之述，"与词中'野光浮，天宇迥，物华幽'相合，知即指黄冈月波楼"。

②客子：离乡在外漂泊之人。此指马叔度。

③西楼：指月波楼。

④更筹：古代计时工具，借指时间。

⑤鲸饮：豪饮，如鲸鱼一样饮。杜甫《饮中八仙歌》："饮如长鲸吸百川。"

　　⑥横秋：横贯秋日夜空。

　　⑦中州：即古豫州，因处九州之中，故称。此指沦陷的中原地区。

　　⑧蕞（zuì）尔：微小。

　　⑨决策：指朝廷的北伐大计。悠悠：遥远，飘忽不定。

　　⑩扶头：饮酒。此指醉酒。

【评析】

　　邓广铭《稼轩词编年笺注》系此词于淳熙四年（1177），云："稼轩本年差知江陵府兼湖北安抚，词或作于是时。"吴企明《辛弃疾词校笺》亦云："月波楼既在黄冈，则本词必作于淳熙四年稼轩任江陵知府时。"关于马叔度，辛更儒《辛弃疾集编年笺注》考为亳州人马万顷，淳熙四年秋尝试贤良方正，未中，后布衣终身；则此词"当作于马氏应举失利之后，西游黄冈之时"。词中"剑气已横秋"点"秋"，时令亦与马叔度落第时间合。本年冬，辛弃疾已迁知隆兴府兼江西安抚使。

　　上片写登楼所见之月夜景色，及由此引发的豪迈情怀。首四句写宾主二人心情之开朗畅爽。"久"盼之客至，"好景"为客"留"，一切都适情惬意，怎不令人"著意吟赏"，而不论时间之早迟。接下三句，好像"一天明月"是被二人之吟赏"唤起"似的；月光洒落处，但见我"满怀冰雪"、眼前"百川"竞流，而这也正与我磊落之胸怀、光洁之人格、奔放之激情、浩荡之心志相映相衬。进而，这月光也更激发了我豪迈之情怀、风发之意气，所谓"鲸饮未吞海，剑气已横秋"是也。至此，词人用笔之俊逸、心绪之飞扬已达于极点。下片之承续，则随着词人目光由月光之明朗转向"物华"之深"幽"，笔调

36

与心绪也陡然为苍凉与悲抑所代替。"物华幽"者，大有象征"中州"河山仍旧蒙尘之意，则如何面对此羞、此"恨"，就逼出了"中州遗恨，不知今夜几人愁"之问。"这一疑问，问出了作者的痛心和担忧，是全篇的'意眼'所在。特别是其中'几人'下得含蓄，余味无穷。'几人'，有不确定的意思。可以表示怀有中州遗恨的人很多，这是一个全民族感知的巨大痛苦；也可以表示怀有此恨的人已经非常稀少了，民族的遗恨，在统治者一误再误、一延再延的'韬略'消解下，已经如落花流水，所余无几了。而无论是极言其多，还是感慨其少，作者内心的忧愤悲凉之情，都宛然可见。"（朱德才、薛祥生、邓红梅《辛弃疾词新释辑评》）显然，词人是在这"几人"之中的。且自己不惟怀有此"恨"、此"愁"，更有消弭此"恨"、此"愁"的"英雄"志力。词人时年三十八岁，南归已十五六年，所谓"英雄老矣"非指其年老，而是夸张之辞，指其等待实现"英雄"功业时日之漫长，及时光迅忽之迫促感与时不我待之使命感。但与之相对，当权者却一味屈辱求和，北伐中原之"决策"遥遥无期、"悠悠"难定。面对于此，词人无可奈何，无从"分说"，惟有借酒浇愁一途而已。至此，上片所言之"吞海"豪气、锋锐"剑气"，已全然摧折、淹没于惨淡昏暗的现实中了。

通观全词，境界阔大，意象雄浑，顿挫抑扬，起伏跌宕，无论写景、抒情，还是写英雄之志的高扬与悲抑，都给人以非同寻常的力量感，显示出辛弃疾豪放词特有的风貌与特质。"这首词一气贯注，如大河奔流，滔滔莽莽，很有气象。它在艺术表现上不以含蓄蕴藉取胜，而以纵横驰骋见长。但它又不是一味驰骋，流入滑易叫嚣的邪道，而是以沉挚厚重的风骨为基础的，因此能使其浓郁迸发的感情激动人心。此词虽非辛词的名篇，却较好地体现了他的主导风格。"（刘扬忠《稼轩词百首译析》）按，此词并不见于辛词早期刊本，延至清代，方有人从《永乐大典》中辑出，而广为世人所知。

霜天晓角

赤壁①

雪堂迁客②，不得文章力③。赋写曹刘兴废④，千古事、泯陈迹。　　望中矶岸赤⑤，直下江涛白。半夜一声长啸⑥，悲天地、为予窄⑦！

【注释】

①赤壁：此指苏轼贬地黄州（治今湖北黄冈）赤壁，而非赤壁大战发生地蒲圻（今湖北赤壁）赤壁。

②雪堂迁客：指苏轼。苏轼贬谪黄州时，曾筑室，名雪堂。

③"不得"句：语本刘禹锡《郡斋书怀寄江南白尹兼简分司崔宾客》："谩读图书三十车，年年为郡老天涯。一生不得文章力，百口空为饱暖家。"

④赋：指苏轼《前赤壁赋》。曹刘：即曹操和刘备。

⑤矶岸赤：指赤鼻矶，在黄州城西北江滨，截然如壁，壁色赭赤，故称。矶，突出江边的岩石或小石山。

⑥长啸：语本苏轼《后赤壁赋》："划然长啸，草木震动，山鸣谷应，风起云涌。"

⑦"悲天地"句：语出杜甫《送李校书》："每愁悔吝作，如觉天地窄。"

【评析】

据邓广铭《辛稼轩年谱》，淳熙四年（1177），辛弃疾由京西路转运判官差知江陵府（治今湖北荆州江陵故城），兼荆湖北路安抚使；本年冬，又徙知隆兴府（治今江西南昌），兼江南西路安抚使。词题"赤壁"，或作于其赴知隆兴府途中经黄州（治今湖北黄冈）时。"南宋初，帅府路安抚使总一路兵政"，而绍兴后，"每路设安抚使（帅司）之制虽存，但军政事归属都统制司……安抚使特虚名而已"（龚延明《宋代官制辞典》）。且此次调任，因由是："江陵统制官率逢原纵部曲殴百姓，守帅辛弃疾谓曲在军人，坐徙豫章。"（周必大《龙图阁学士宣奉大夫赠特进程公大昌神道碑》）可知辛弃疾此次徙任的心情是很郁闷乃至郁愤的。

辛弃疾此次赴任，当走长江水路。水行至黄州，"望中"见苏轼尝流连凭吊并写下《念奴娇》怀古词的"赤壁"，不由得感慨万千。宋王朝号称文治，苏轼"文章"冠天下，却并没有得什么文章之"力"而一帆风顺、青云直上，反因文获罪贬黜，实在令人唏嘘。其在黄州又留下了千古不朽的《赤壁赋》、赤壁词，文名更胜，但又有什么用呢？连他笔下的英雄曹操、刘备、孙权辈，不也"浪花淘尽"、"陈迹"泯灭了吗？但面对此样不平人生、霸业"兴废"，辛弃疾并没有走向虚无幻灭或顿悟超脱之境，斩截高耸、似血浴染的赤壁，汹涌澎湃、奔腾不息的江涛，反而更激发了他的凌云雄心，及雄心无法安放的巨大伤痛，并由此逼出结末划破夜空、震撼天地的悲怆之句："半夜一声长啸，悲天地、为予窄！"就这样，苏、辛两代豪放词人，各以他们的慨然之作，在黄州赤壁下奇妙地相遇了。

品读此词，可与其他作家作品做多方面的对比。如，"将辛词'赤壁'与苏词'赤壁怀古'并读，可以感到苏词虽流露壮志难酬、自觉苍老之感，但善于自解自慰，以举酒赏月收煞；辛词则更多执著现实，耿耿国忧，故结处有长啸凄楚、天狭地窄之叹。由此足见东坡词偏于清雄超旷，稼轩词趋于沉郁悲壮"（刘乃昌编选《辛弃疾集》）。又有论者尝曰："白居易赋性旷达，其诗曰：'无事日月长，不羁天地阔。'此旷达者之词也。孟郊赋性褊隘，其诗曰：'出门即有碍，谁谓天地宽？'此褊隘者之词也。然则天地又何尝碍郊，孟郊自碍耳！"（吴处厚《青箱杂记》卷七）如果说孟郊的"出门即有碍，谁谓天地宽"是性格狭隘的牢骚人语，那么，辛弃疾的"悲天地，为予窄"，则是胸怀阔大、锐意进取而又请缨无路的英雄者的悲怆之言！又，李白虽也喊出过"大道如青天，我独不得出"（《行路难三首》其二）的惊人之语，但这仅是一种痛快淋漓的宣泄，让人读之而为之拍手称快。相比之下，辛弃疾的半夜"长啸"所显现出的被压抑的巨大忧苦和郁愤，是只会让人感慨、感愤，而无从让人喝彩、称快的。

鹧鸪天

离豫章，别司马汉章大监^①

聚散匆匆不偶然^②，二年历遍楚山川^③。但将痛饮酬风月，莫放离歌入管弦^④。　　萦绿带^⑤，点青钱^⑥，东湖春水碧连天^⑦。明朝放我东归去^⑧，后夜相思月满船^⑨。

【注释】

①豫章：治今江西南昌。司马汉章：名倬，司马朴之子，曾知襄阳府。大监：司马倬时任江南东路提点刑狱，带监察性质，故称。

②聚散：犹言离合。欧阳修《浪淘沙》："聚散苦匆匆，此恨无穷。"

③ "二年" 句：化用张孝祥《鹧鸪天·淮西为老人寿》句 "农桑欲遍楚山川"。

④ "但将" 二句：此二句句法，出自杜牧《九日齐安登高》"但将酩酊酬佳节，不用登临恨落晖"。莫放，莫使，不要让。

⑤ 萦绿带：形容柳枝。语出唐杨系《小苑春望宫池柳色》："拂地青丝嫩，萦风绿带轻。"

⑥ 点青钱：形容荷叶。语本杜甫《绝句漫兴九首》其七："糁径杨花铺白毡，点溪荷叶叠青钱。"

⑦ 东湖：在今南昌市区，宋代已是名胜。春水碧连天：化用韦庄《菩萨蛮》词 "春水碧于天，画船听雨眠" 句。

⑧ 东归：临安在南昌之东，故说 "东归"。

⑨ "后夜" 句：出自南宋张孝祥《鹧鸪天·荆州别同官》："今宵拚醉花迷坐，后夜相思月满川。"

【评析】

词题 "豫章"，治今江西南昌，古为豫章郡，南宋时为隆兴府治所。此词作于淳熙五年（1178）春。据邓广铭《辛稼轩年谱》，是年春，辛弃疾由知隆兴府、兼江西安抚使召为大理少卿。行前与友道别，作此词。

首二句自述两年来频繁迁职并局促于楚地的情形，含有明显的不满、无奈意味。"稼轩于淳熙三年由江西提刑调京西转运判官，四年差知江陵府兼湖北安抚，其年秋冬间又迁知隆兴兼江西安抚，二年之内所至莫非楚地。"（邓广铭《稼轩词编年笺注》）"南宋统治集团对有才能、有抱负的爱国志士，从来不肯信任，即使安排他们一定的工作，也总是调来调去，使其难以有所建树。这种 '诏墨未干而改除，坐席未温而易地'（《宋史·庄夏传》）的现象，是投降派打击、排斥主战派的结果，辛弃疾对此深有感受。词中的'聚散匆匆不偶然，二年历遍楚山川'，流露了作者对当权者不能任人以专的不满情绪。话虽然说得比较含蓄，但含意是很深的。"（喻朝刚《辛弃疾作品选粹》）

然二句之后就改了笔调，只说风月、风景、相别、相思，而不说风云、仕宦、失意、苦闷。若说"词写对现实的不满和对豫章友人的眷恋之情"，"不偶然"三字"道出难言之隐"，三、四句"但醉风月，莫放离歌，似旷实郁"（朱德才选注《辛弃疾词选》），这些都与词意合。但就全词来看，则非"似旷实郁"，旷是主，郁是宾，虽旷中含郁，但主调仍是旷达明丽的。

此词看似信手写来，实则大量化用了他人诗句、词句。特别一提的是，"二年"句及"明朝"二句，分别化用张孝祥《鹧鸪天·淮西为老人寿》及《鹧鸪天·荆州别同官》中词句。辛弃疾仅小张孝祥八岁，而化用其词，可见其对当世词人的熟悉与借鉴。有容乃大，正因其厚古而不薄今，博采众长，才能卓然成为大家。

下片写景、抒情也很有特色。"前三句紧承风月，勾画东湖美景，清丽如画，体现依依难舍之情。结处想象别后殷切思友，情景交融，韵味深长，言简意赅。"（刘乃昌编选《辛弃疾集》）特别是"后夜"句，是情语，也是景语，月满船，相思也满船，月也相思，人更相思；七字之中，言有尽而意无穷。

霜天晓角

旅兴

吴头楚尾①，一棹人千里②。休说旧愁新恨，长亭树、今如此^③。　　宦游吾倦矣^④，玉人留我醉^⑤。明日万花寒食^⑥，得且住、为佳耳^⑦。

【注释】

①吴头楚尾：指南昌。《方舆胜览》卷十九引《职方乘记》云："豫章之地，为吴头楚尾。"古豫章郡（治江西南昌），位于旧吴地长江的上游、楚地长江的下游，好像首尾衔接，故称。

②一棹：即一桨。

③"长亭树"句：用《世说新语·言语》典：东晋权臣桓温北征，经金城，见前官琅邪时种柳皆已十围，慨然曰："木犹如此，人何以堪。"

④"宦游"句：用司马相如故事。《史记·司马相如列传》："相如归，而家贫，无以自业，素与临邛令王吉相善。吉曰：'长卿久宦游不遂，而来过我。'"

⑤玉人：佳人。

⑥寒食：即寒食节。宋代冬至后一百零五日为寒食节，在清明节前三天，与冬至、元旦并为宋人三大节日。

⑦"得且住"句：晋人帖："天气殊未佳，汝定成行否？寒食只数日间，得且住为佳耳。"亦说此为颜真卿《寒食帖》。

【评析】

此次稍后于上词《鹧鸪天》（聚散匆匆不偶然），为辛弃疾淳熙五年（1178）春召赴大理少卿而初离隆兴府时作。邓广铭《稼轩词编年笺注》谓："据此词起句，知是离豫章时作。稼轩前后二次帅江西，第二次之去职，事在淳熙八年冬季，与此词所述时令不合，知此词作于淳熙五年。"隆兴府即古豫章郡，治所在今南昌。

词题"旅兴"，乃写旅途中兴致。上片写舟行，下片写暂驻，"一棹人千里"之轻快，"明日万花寒食"之期待，都是正笔。"旧愁新恨"、"宦游"倦意当然是有的——淳熙元年（1174）至今，五年间迁换八任官职——但都被"休说"一词尽皆扫去。就是说，我难得有这样风行水上、万花尽赏的好时候、好心情，就暂"且"把那些愁啊倦啊的全部抛去吧。"千里"、"万花"，境界开阔、色彩明艳，确然是触景生情，由好景致而带来了好心情。从结构上看，畅情快意的句子恰处于首末两端，是否也有把那些愁情倦意暂且掩去甚至销解的作意？

当然，也有把这首词解为写愁倦和退隐之意的。如云："上片以舟行千里点题起兴，翻出'旧愁新恨'。'休说'，从反面提唱，意似否定，实将词意推进一层。……下片直抒胸臆，正面揭出'宦游吾倦'题旨。"（朱德才选注《辛弃疾词选》）"采取的是一气直下、直抒胸臆的写法。需要注意的是，这里表露的不过是一种'急性'发作的退隐心愿而已，并不代表作者一贯的思想。整首词所抒写的，是志士的牢骚、志士的苦闷，切不可作为一般士大夫的那种闲愁来看待。"（刘扬忠评注《辛弃疾词选》）

再者，词中"长亭树"、"得且住"二句分别化用晋人语典，以文为词，自然巧妙。"晋人语本入妙，而词又融化之如此，可谓珠璧相照矣。"（杨慎《词品》卷一）"之乎者也，出稼轩口，便有声有色，不许村学究效颦。"（卓人月汇选、徐士俊参评《古今词统》卷四）

念奴娇

书东流村壁 ①

野棠花落 ②，又匆匆、过了清明时节。划地东风欺客梦^③，一枕云屏寒怯^④。曲岸持觞^⑤，垂杨系马^⑥，此地曾轻别。楼空人去，旧游飞燕能说^⑦。　　闻道绮陌东头^⑧，行人曾见，帘底纤纤月。旧恨春江流不断，新恨云山千叠^⑨。料得明朝^⑩，尊前重见，镜里花难折^⑪。也应惊问，近来多少华发^⑫。

【注释】

① 东流：指池州东流县，今属安徽东至。

② 野棠：即野生海棠，春二月开白色花。南朝梁沈约《早发定山》："野棠开未落，山樱发欲然。"

③ 刬（chǎn）地：无端地，平白地。欺客梦：即惊客梦。

④ 云屏：画有云山的屏风。寒怯：怯寒，怕冷。

⑤ 曲岸持觞：语出王羲之《兰亭集序》："引以为流觞曲水，列坐其次。"

⑥ 垂杨系马：苏轼《渔家傲》："垂杨系马恣轻狂。"

⑦ "楼空"二句：言人去楼空，物是人非，只有燕子能说当年的游踪。暗用燕子楼诗典。白居易《燕子楼》诗序："徐州故张尚书有爱妓曰盼盼……尚书既殁，归葬东洛。而彭城有张氏旧第，第中有小楼，名燕子。盼盼念旧爱而不嫁，居是楼十余年，幽独块然，于今尚在。""旧游飞燕能说"，即"飞燕能说旧游"，因平仄而变换句式。

⑧ 绮陌：繁华的街道。此指风景秀美的乡间道路。

⑨ "旧恨"二句：秦观《江城子》："便做春江都是泪，流不尽，许多愁。"苏轼《书王定国所藏烟江叠嶂图》："江上愁心千叠山，浮空积翠如云烟。"

⑩ 料得：料想。

⑪ "镜里"句：喻面对佳人，却难亲近。黄庭坚《沁园春》："镜里

拈花，水中捉月，觑着无由得近伊。"

⑫ 华发：同"花发"，花白的头发。苏轼《念奴娇·赤壁怀古》："多情应笑我，早生华发。"

【评析】

此首为题壁词，作于淳熙五年（1178）春辛弃疾赴任大理少卿而经池州东流县时。邓广铭《稼轩词编年笺注》谓："据词中起语，知为清明过后所作。淳熙十五年前，稼轩宦游踪迹之可考者，唯淳熙五年自江西帅召为大理少卿，其时间适在清明节左右。"东流县位于长江南岸，南宋人舟行常停泊于此。杨万里有《解舟雷江过东流县》诗，韩淲亦有《归舟过东流丘簿清足轩》诗。陆游《入蜀记》卷三亦载曰："（乾道六年七月）二十八日，过东流县。"辛弃疾经行此地，心有所感，遂题词于村壁。

词人所感，在之前于"此地"曾有的一段情感经历。故地重到，当年离别之"旧恨"，与如今前缘难续之"新恨"，遂如"春江"奔涌、"云山千叠"，不可遏止。故有云，此篇乃"一首感旧情歌"（吴世昌《词林新话》），"念昔怀人，缠绵婉曲"（朱德才选注《辛弃疾词选》）。至于"料得"五句之解，有谓"不言重遇云英，自怜消瘦，而由对面着想，镜里花枝，相见争如不见，老去相如，羞入文君之顾盼"（俞陛云《唐五代两宋词选释》），有谓"设想相见，却害怕相见"（施议对《辛弃疾词选评》），又有谓"伤重见之难"（唐圭璋《唐宋词简释》），皆可成理。又"帘底纤纤月"句，有解为"以月喻足"，有责之"此句歧解最误人，起因于有误以为指美人足"（吴世昌《词林新话》）。"纤纤月"实乃以月喻人。有析云："苏轼《江城子》词：'门外行人，立马看弓弯。'龙沐勋《东坡乐府笺》云：'弓弯，谓美人足也。'稼轩词"闻道绮陌东头，行人曾见，帘底纤纤月"，疑从坡

46

词脱化。'按：苏词'弓弯'应指新月，不指美人足。辛词'帘底'句当系指帘里美人。但周密《浩然斋雅谈》亦谓：'辛幼安尝有句云："闻道绮陌东头，行人曾见，帘底纤纤月。"则以月喻足，无乃太亵乎！'"（邓广铭《稼轩词编年笺注》）

此篇写艳情，辛弃疾仍施以健笔，似"弓刀游侠"而"大踏步出来"（谭献《复堂词话》），与苏轼之《江城子》（玉人家在凤凰山），异曲而同工。尤其"旧恨"二句，"矫首高歌，淋漓悲壮"（陈廷焯《云韶集》卷五），且"于悲壮中见浑厚"，绝不似后来"动托苏、辛"而实乃"苏、辛罪人"者之"狂呼叫嚣"（陈廷焯《白雨斋词话》卷六）。

当然，若谓此词乃借艳情而写"南渡之感"（梁令娴《艺蘅馆词选》丙卷附梁启超语），末句"华发"乃因壮志难酬而生，亦可成理，甚或"亦无疑问"（唐圭璋《唐宋词简释》）。

鹧鸪天

送人

唱彻《阳关》泪未干①，功名余事且加餐②。浮天水送无穷树，带雨云埋一半山③。　　今古恨，几千般，只应离合是悲欢④？江头未是风波恶，别有人间行路难。

【注释】

①唱彻：唱完。阳关：《阳关曲》，又名《阳关三叠》，由王维《送元二使安西》入乐而成，是唐宋时期最流行的送别歌曲。

②加餐：《古诗十九首》："努力加餐饭。"

③“浮天”二句：句法出自宋初杨徽之《嘉阳川》诗句：“浮花水入瞿塘峡，带雨云归越隽州。”

④“只应”句：苏轼《水调歌头》：“人有悲欢离合，月有阴晴圆缺，此事古难全。”

【评析】

此词作年无确考。邓广铭《稼轩词编年笺注》谓作于淳熙五年（1178），"为本年自豫章赴行在途中所作"。是年春，辛弃疾由知隆兴府、兼江西安抚使召为大理少卿。

此乃送别词，情真而意切。兹从“泪未干”“且加餐”，即足可见之。然此词并非以别情胜，而以发抒感慨胜。其所感慨者，乃世路之艰难、功名之难成，至于国是之艰危、政治之黑暗。相较于离别之恨、之悲，此“恨”与“悲”，不知要高过几重几倍。"写送别而不沾滞于送别，写友情而不为友情所囿，而是从私人之间的离愁别恨引出家国之深仇大恨，从自然界的风波而联想到政坛上的风波，以旅途的艰难来暗示抗战派人士斗争之艰难。"（刘扬忠评注《辛弃疾词选》）"词题为‘送人’，不专写离情别绪，而是强调‘别有人间行路难’，重点在对黑暗现实进行批判。作者认为，古今恨事千千万万，希望友人勿以暂时的离别为意而过于悲伤。词中‘几千般’的‘今古恨’，主要是指中原沦陷、南北分裂的亡国大恨。稼轩对此耿耿于怀，念念不忘。"（喻朝刚《辛弃疾作品选粹》）由此，可见出此词之"思路开阔，托意深刻"（刘乃昌编选《辛弃疾集》）。

另，“浮天”二句、“江头”二句，皆堪称妙语名句。前二句对偶工切、写景如画，尤其一“埋”字，可谓机杼别出、惊心动魄。后二句对比，显明而又骇人心目，直可让人轻忽江头风波之“恶”，而深惧人间行路之“难”。

48

鹧鸪天

代人赋

　　扑面征尘去路遥，香篝渐觉水沉销^①。山无重数周遭碧^②，花不知名分外娇。　　人历历，马萧萧^③，旌旗又过小红桥。愁边剩有相思句^④，摇断吟鞭碧玉梢^⑤。

【注释】

　　① 香篝：一种燃香料的熏炉。篝，熏笼、熏炉。水沉：即沉水香。西晋嵇含《南方草木状》卷中："交趾有蜜香树，干似柜柳，其花白而繁，其叶如橘。欲取香，伐之经年，其根干枝节，各有别色也。木心与节坚黑，沉水者，为沉香。"销：香燃尽。

　　② 山无重数：即"无数重山"。语出北宋贺铸《感皇恩》："回首旧游，山无重数。"周遭：四面，周围。刘禹锡《金陵五题·石头城》："山围故国周遭在。"

　　③ 历历：排列成行。萧萧：马叫声。《诗经·小雅·车攻》："萧萧马鸣。"

　　④ 剩有：更有，多有。

　　⑤ 碧玉梢：指碧玉装饰的鞭梢。

【评析】

　　关于此词作时作地，有两种意见。一种谓因"词中有'去路遥'及'山无重数'句"，乃作于淳熙五年（1178）春辛弃疾"自豫章赴行在途中"（邓广铭《稼轩词编年笺注》）。一种谓因此词又题"东阳道中"，乃辛弃疾淳熙五年至临安任大理少卿后，"因事从临安去东阳时在路途上即兴之作"（刘扬忠《稼轩词百首译析》）。东阳，即婺州东阳县（今属浙江），在临安南。相较而言，后者与词意似更贴合。盖前二句，"去路"分明言离家行人，"香篝"分明言在家思妇，与辛弃疾由隆兴府（豫章）赴临安情形大异；且其自身即在途中，写途中所见所感即可，大可不必作一曲折，去"代人"而"赋"。而至临安后因事赴东阳，于"道中"赋作，则可成理。

但就作品本身看，写行人行途思乡怀人，应无疑问。且"征尘"与"人历历，马萧萧"者，并非写"奔赴前方的征人"（徐培均评注《唐宋词小令精华》）；要不，山"周遭碧"，花"分外娇"，过"小红桥"，吟"相思句"，"摇"碧玉鞭，就色调不谐，无着落处。亦即，词中所写人、景、事，几无战事气氛，而更似随员众多的重要官员（如帅臣）出行之类；而作为行者的词人，即随员中一个，或即官员自身。

再者，就整体而言，此篇的长处"主要在于以清丽幽婉之笔，写明媚的自然景色与深挚的相思之情"，"为我们创造的一种婉约绮丽的意境美和风格美，这是辛词中与雄壮豪放之美相对应的另一种美"（刘扬忠《稼轩词百首译析》）；且所写"信手拈来，自饶姿态"（陈廷焯《词则·放歌集》卷一），别有妙处。

念奴娇

西湖和人韵①

晚风吹雨，战新荷、声乱明珠苍璧。谁把香奁收宝镜，云锦红涵湖碧②。飞鸟翻空③，游鱼吹浪④，惯趁笙歌席。

坐中豪气，看君一饮千石⑤。　　遥想处士风流⑥，鹤随人去，已作飞仙伯。茅舍疏篱今在否⑦，松竹已非畴昔。欲说当年，望湖楼下⑧，水与云宽窄。醉中休问，断肠桃叶消息⑨。

【注释】

①西湖：指杭州西湖。

②云锦：语出北宋文同《守居园池杂题》："一望见荷花，天机织云锦。"

③飞鸟翻空：语本苏轼《鹧鸪天》："翻空白鸟时时见，照水红蕖细细香。"

④游鱼吹浪：语出杜甫《城西陂泛舟》："鱼吹细浪摇歌扇，燕蹴飞花落舞筵。"

⑤石：古代计量单位，十斗为一石。

⑥处士：指宋初著名隐士林逋。北宋沈括《梦溪笔谈》卷十："林逋隐居杭州孤山，常畜两鹤，纵之则飞入云霄，盘旋久之，复入笼中。逋常泛小艇游西湖诸寺，有客至逋所居，则一童子出，应门延客坐，为开笼纵鹤。良久，逋必棹小船而归。盖尝以鹤飞为验也。"

⑦茅舍疏篱：指林逋故居。

⑧望湖楼：在西湖之滨。苏轼《六月二十七日望湖楼醉书五首》其一："卷地风来忽吹散，望湖楼下水如天。"

⑨桃叶：晋王献之妾名。此代指心仪的女子。

【评析】

词题"西湖"，知作于临安（今浙江杭州）。邓广铭《稼轩词编年笺注》系此词于乾道六、七年间（1170—1171），云："右词见四卷本甲集，当是仕宦期内之作。查稼轩于赋闲居信州前凡三次居官临安，其任期较长者，厥唯乾道六七两年任司农寺主簿时，兹姑假定此词即该期内所作。"梁启勋《稼轩词疏证》系乾道六年。而吴企明《辛弃疾词校笺》则据词中"欲说当年，望湖楼下"句，谓"知非首次来临安"（即为司农寺主簿）时作；而淳熙二年（1175）二次官临安（为仓部郎中）又时间过短，"无暇赏景作词"，则词当作于淳熙五年（1178）夏三次官临安（任大理少卿）时。兹姑依吴说。

全词层次清晰，表意明了。"上叙西湖景，傍花随柳以酌酒；下追处士家，驾鹤腾云以兴怀。"（吴从先辑《新刻李于鳞先生批评注释草堂诗余隽》）写景摹物，足称"胜览"，且遣词用字飞动浏亮，"字字敲打得响"（顾从敬类选、沈际飞评正《草堂诗余·正集》卷四）。而若分说上片"有海阔天高之襟期"，下片"有羽化登仙之风度"（《新刻李于鳞先生批评注释草堂诗余隽》），则似有割断前后意脉之嫌。盖"襟期"为实，"风度"为虚，因心之所期迟迟未能实现，方转羡他人逍遥闲适之"风度"；表面称羡他人，实乃反说自己英雄志业之不可得与不能舍。辛弃疾时年三十九岁，青春正富，豪情正满，怎会真去向往过弄梅伴鹤的日子？不过眼见南归已十六七年，不能金戈铁马、驰骋疆场，心不甘而又无奈耳。"飞鸟翻空"之"翻空"，"休问桃叶消息"之"休问"，不可止以闲笔视之。

也因此，如果说此词不过辛弃疾"早期尝试"之作，"显得较幼嫩"，"景与情配搭得甚为贴切，但只是如此而已，尚未见稼轩面目"（施议对《辛弃疾词选评》），就还有再斟酌商量的余地。

水调歌头

舟次扬州，和杨济翁、周显先韵①

落日塞尘起②，胡骑猎清秋③。汉家组练十万④，列舰耸层楼⑤。谁道投鞭飞渡⑥，忆昔鸣髇血污，风雨佛狸愁⑦。季子正年少，匹马黑貂裘⑧。　　今老矣，搔白首⑨，过扬州。倦游欲去江上，手种橘千头⑩。二客东南名胜⑪，万卷诗书事业⑫，尝试与君谋。莫射南山虎⑬，直觅富民侯⑭。

【注释】

①舟次：停舟。杨济翁：杨炎正，字济翁，庐陵人，著名诗人杨万里族弟，有词集《西樵语业》传世。周显先：其人未详。梁启超《辛稼轩先生年谱》说，杨炎正和周显先似是辛弃疾幕僚，故"相随同行"。此词是和杨炎正、周显先词韵。杨炎正原唱是《水调歌头·登多景楼》："寒眼乱空阔，客意不胜秋。强呼斗酒发兴，特上最高楼。舒卷江山图画，应答龙鱼悲啸，不暇顾诗愁。风露巧欺客，分冷入衣裘。　　忽醒然，成感慨，望神州。可怜报国无路，空白一分头。都把平生意气，只做如今憔悴，岁晚若为谋。此意仗江月，分付与沙鸥。"周显先词，佚而不存。

②塞尘：边塞扬起烟尘，喻发生战争。此指绍兴三十一年（1161）九月，金主完颜亮经过多年的精心策划，亲率四路大军南下侵宋，兵力六十万，号称百万。十月渡过淮河，攻陷扬州。宋将刘锜、李显忠、杨存中等率兵抗击。

③胡骑：指金国骑兵。猎：打猎，实指侵略。古代西北游牧民族常

53

在秋天马壮膘肥之时，以打猎之名南下侵扰。

④组练：组甲披练。《宋史纪事本末·金亮南侵》载当时"杨存中、成闵、邵宏渊诸军皆集京口，凡二十余万"。

⑤"列舰"句：指大船高舰像几层高的大楼在江边排列迎敌。金主完颜亮指挥金兵渡江之时，南宋大臣虞允文至采石矶犒师，由于主将王权被调换，继任大将李显忠未及到任，南宋官军无人统一指挥。于是允文"召诸将，勉以忠义"，将战船为五个战队痛击金兵，又伏击焚烧敌船，在与金兵殊死战斗后大败金人，"焚其舟三百"。（事见《宋史纪事本末》卷七十四《金亮南侵》）这就是"列舰耸层楼"的战斗场景。

⑥投鞭飞渡：典出《晋书·苻坚载记》："（坚曰）以吾之众旅，投鞭于江，足断其流。"《晋书·杜预传》载，杜预道部将率奇兵八百泛舟夜渡以袭乐乡，吴都督孙歆震恐，曰："北来诸军乃飞渡江也。""谁道投鞭飞渡"，即指金主完颜亮临江筑台，指挥金兵渡江事。

⑦"忆昔"二句：用典隐写绍兴三十一年十一月完颜亮南侵至扬州，而兵败采石矶后，在瓜洲渡被部属乱箭射杀事。典出《史记·匈奴传》：匈奴太子冒顿作鸣镝，曾令左右："鸣镝所射而不悉射者斩之。"后从其父猎，以鸣镝射其父，左右皆随鸣镝而射杀之。鸣镝（xiāo），响箭。佛狸（bìlí），北魏太武帝拓跋焘小字。焘曾率师南侵至长江北岸。此借指金主完颜亮。

⑧"季子"二句：用苏秦典。《战国策·秦策》载，苏秦游说秦王而策不行，"黑貂之裘敝，黄金百斤尽"。季子，苏秦字。

⑨搔白首：语出杜甫《梦李白二首》其二："出门搔白首，若负平生志。"

⑩"手种"句：《襄阳耆旧传》载，李衡每欲治家，妻辄不听。后密遣客十人于武陵龙阳洲上作宅，种橘千树。临死，敕儿曰：汝母每恶吾治家，故穷如是。吾州里有千头木奴，不用汝衣食。岁上一匹绢，亦

54

当足用。

⑪ 二客：指杨济翁、周显先。名胜：名贤胜士。

⑫ "万卷"句：指以胸中万卷书而致君为尧舜。语出杜甫《奉赠韦左丞丈》："读书破万卷，下笔如有神。……致君尧舜上，再使风俗淳。"

⑬ 南山虎：《史记·李将军列传》载，李广曾在蓝田南山中射猎，见草中石，以为虎而射之，中石没镞，视之，石也。

⑭ 富民侯：《汉书·西域传》载，汉武帝初通西域，因连年征战，海内虚耗，颇悔远征，于是不复出军，"封丞相车千秋为富民侯"，以明休养生息之意。

【评析】

辛弃疾淳熙五年（1178）春为大理少卿，数月后，约于是年晚秋，即出为荆湖北路转运副使。赴任途中经扬州，作此词。邓广铭《稼轩词编年笺注》谓，"稼轩行踪，唯于淳熙五年由大理少卿出领湖北漕时有溯江之行，且必即由其早年寓居之京口出发，外此则均往返于湖、赣之间，扬州非所路经"，故此词"必淳熙五年所作"。按，湖北转运司治所在鄂州（在今湖北武汉）。

此行因经扬州，辛弃疾不由追忆起绍兴三十一年（1161）金主完颜亮南侵，宋军获采石矶大捷、完颜亮被部属射杀，及第二年自己在山东率众起义、归并耿京，后又生擒张安国南归诸事。这是南宋抗金大业的高光时刻，也是辛弃疾一生事业的高光时刻，而皆凝聚于本词上片的激情描摹中。其中，南宋抗战是背景，"匹马""年少"之自己是主体形象，即"追忆自己二十三岁，在金主亮南侵失败时，在山东奉耿京命渡江的壮举"（夏承焘、盛静霞《唐宋词选讲》）。下片则紧承上片歇拍二句，"说他倦于宦游，深感岁月虚度，一事无成，因而产生了归隐田园的念头"；"结拍'莫射南山虎，直觅富民侯'，是一种愤激之辞，表达了作者对投降政策的强烈不满"（喻朝刚《辛弃疾作品选粹》）。

对比手法的运用、众多典故的化用，是此词写法上的主要特点。而笔力雄健、激情淋漓，即使叹老言悲，也丝毫感觉不到衰飒气，则是辛词的基本风格和风貌所在。前人即评此词云："笔力高绝，落地有声，字字警绝。笔致疏散，而气甚遒炼。结笔有力如虎。"（陈廷焯《云韶集》卷五）

南乡子

舟中记梦

攲枕橹声边[1]，贪听咿哑聒醉眠。梦里笙歌花底去，依然，翠袖盈盈在眼前[2]。　　别后两眉尖，欲说还休梦已阑[3]。只记埋冤前夜月[4]，相看，不管人愁独自圆。

【注释】

①攲（qī）枕：斜倚着枕头。攲，倾斜。苏轼《祝英台近》："攲枕听鸣橹。"

②翠袖：指歌女。盈盈：仪态美好的样子。《古诗十九首》："盈盈楼上女，皎皎当窗牖。"

③梦已阑：梦已尽，梦已断。

④埋冤：埋怨。

【评析】

词题"舟中"，词曰"橹声"，则词作于江行途中。邓广铭《稼轩词编年笺注》谓，此词见于《稼轩词》之"四卷本甲集"，而"甲集刊成于淳熙十四年"，"该年以前江行之可考者，唯淳熙五年之出领湖北漕一事"，故疑此词作于淳熙五年（1178）辛弃疾由临安赴任湖北转运副使途中；时在晚秋。而淳熙十四年之前，辛弃疾淳熙六年自湖北转运副使赴湖南转运副使任，亦舟行走水路，由长江、汉水至潭州（治今长沙），故此词抑或作于此时。吴企明《辛弃疾词校笺》即系淳熙七、八年间（1180—1181）。兹姑依邓说。

舟行摇摇，江程漫漫。连绵而单调的"咿哑"橹声中，词人和醉而眠，入于梦乡；而又橹声"聒"耳，酣眠不得。梦"阑"而醒，犹依稀记得梦中情形。梦到的，是行前情难割舍的佳人：她"盈盈"眼前，"眉尖"微蹙，埋怨月"自圆"而人不团圆。由思而梦，由梦而醒，醒又记梦，梦、醒之间，深情在焉。此词虽写伤情，却"清丽爽畅，精湛宜人"（刘乃昌编选《辛弃疾集》）。末三句化用苏轼《水调歌头》"不应有恨，何事长向别时圆"之句，又情景毕现，声口在耳，描摹细腻，别有胜处。

前人评辛词云，"其浓纤绵密者，亦不在小晏、秦郎之下"（刘克庄《辛稼轩集序》），"中调短令，亦间作妩媚语"（邹衹谟《远志斋词衷》）。此类作品即是。

南歌子

万万千千恨，前前后后山。傍人道我轿儿宽，不道被他遮得、望伊难 ①。　　今夜江头树，船儿系那边。知他热后甚时眠 ②，万万不成眠后、有谁扇 ③。

【注释】

① 他：指"前前后后山"。

② 后：语助词。相当于"啊"。"眠后"之"后"与之同。

③ 万万：万一，如果。

【评析】

词言"江头""船儿"，当作于江行途中。邓广铭《稼轩词编年笺注》谓此词与上词《南乡子·舟中记梦》（敲枕橹声边）一样，疑均作于"淳熙五年之出领湖北漕"途中，时在晚秋。然亦有可能作于淳熙六年（1179）辛弃疾自湖北转运副使赴任湖南转运副使途中。

此篇与上词可谓同时而作之姊妹篇。上词从行人角度写，此篇从佳人角度写。"轿儿"即言佳人，"望伊"即望行人。有谓"伊"指"作者所思念的情人"，且下片也表现了"作者对恋人的关切"（刘扬忠《稼轩词百首译析》），乃误。古时，"伊"不专指女性，亦可指男性。上片写白天为他送别情形。他坐"船儿"行，"我"乘"轿儿"回；"我"又情不能舍，在轿中望他，还又被前后层叠的群山遮住。下片写夜晚"我"对他的惦念和关心，担心他夜宿江头，天热难眠；难眠时又会不会有人给他扇扇子。全词语浅情深，痴情一片、温柔细心、体贴入微的佳人形象，跃然纸上。

此篇与上篇相较，在用辞表意上，有明显的雅俗之别。"它纯用当时流行的民间口语写成，因此显得浅黯通俗，明白如话。稼轩词大部分属于所谓'雅词'，但也有一小部分像《南歌子》这样的'俗词'。它们不用典，不用书面成句，不事铺张排比，不讲究典雅凝重与吞吐含蓄，而是纯用白描和俗辞，自然真率，质朴清新，雅俗共赏。"（同上）

满江红

题冷泉亭[①]

直节堂堂[②]，看夹道、冠缨拱立[③]。渐翠谷、群仙东下，佩环声急[④]。谁信天峰飞堕地[⑤]，傍湖千丈开青壁。是当年、玉斧削方壶[⑥]，无人识。　　山木润，琅玕湿[⑦]。秋露下，琼珠滴[⑧]。向危亭横跨，玉渊澄碧[⑨]。醉舞且摇鸾凤影，浩歌莫遣鱼龙泣。恨此中、风月本吾家[⑩]，今为客。

【注释】

①冷泉亭：在杭州飞来峰下。《咸淳临安志》卷二三："冷泉亭，在飞来峰下。唐刺史河南元藇建，刺史白居易记，刻石亭上。"白居易《冷泉亭记》："（冷泉）亭在山下水中央，寺西南隅。高不倍寻，广不累丈，而撮奇得要，地搜胜概，物无遁形。……山树为盖，岩石为屏，云从栋生，水与阶平。坐而玩之者，可濯足于床下；卧而狎之者，可垂钓于枕上。"

②直节：指竹。

③冠缨：指松。

④佩环声急：指水声。柳宗元《至小丘西小石潭记》："隔篁竹，闻水声，如鸣佩环。"

⑤天峰飞堕地：指飞来峰。《咸淳临安志》卷二三引晏殊《舆地志》云："晋咸和元年，西天僧慧理登兹山，叹曰：此是中天竺国灵鹫山之小岭，不知何年飞来。佛在世日多为仙灵所隐，今此亦复尔邪！因挂锡造灵隐寺，号其峰曰飞来。"

⑥"是当年"句：意谓飞来峰是当年神仙用玉斧从方壶山削下来的。

玉斧，用玉斧修月故事。唐段成式《酉阳杂俎》卷一载："（一仙人）曰：君知月乃七宝合成乎？月势如丸，其影日烁，其凸处也，常有八万二千户修之，予即一数。因开幑，有斤凿数事。"方壶，海上仙山。《列子·汤问》载，渤海之东有五山："一曰岱舆，二曰员峤，三曰方壶，四曰瀛洲，五曰蓬莱。其山高下周旋三万里。"

⑦ 琅玕（lánggān）：青色美玉，代指绿竹。杜甫《郑驸马宅宴洞中》："主家阴洞细烟雾，留客夏簟青琅玕。"

⑧ 琼珠：形容冷泉的水珠。

⑨ 玉渊：指冷泉下水潭。

⑩ 吾家：我的家乡济南。济南有趵突泉等名胜。

【评析】

词题"冷泉亭"，在临安（今浙江杭州）。邓广铭《稼轩词编年笺注》系淳熙五年（1178），谓"据广信书院本顺序"，此词"必作于本年在临安任大理少卿时"。而词中"秋露下"云云，显在秋时。吴企明《辛弃疾词校笺》据此谓，"此年秋，稼轩已出为湖北转运副使，时序与词意不合"，别系乾道七年（1171）秋；时辛弃疾为司农寺主簿。然辛弃疾出湖北转运副使时间并无确考，辛更儒《稼轩先生辛弃疾年谱》即考之为"晚秋"，则邓说依然成立。兹姑依邓说。

词写冷泉亭之景，似白居易《冷泉亭记》与欧阳修《醉翁亭记》，皆由远而近，移步换景，步步推进。先说夹道两旁是堂堂直节的翠竹和拱手而立的苍松，沿路而下，是翠绿的山谷；山谷中水声潺潺，如群仙东下时佩环叮咚。沿山谷前行，即是飞来峰。飞来峰好似天峰飞堕地上，又像是当年神仙用玉斧把方壶仙山削修而成。飞来峰下，有润泽的林木、琅玕般的翠竹。竹林下冷泉流过，形成澄清碧绿的玉渊潭；冷泉亭就横跨潭上。景物摹写中，又运用了比喻、拟人手法，将景物人格化、动作化。如把夹道而立的竹子写成直节堂堂的大丈夫，把松树写成衣冠楚楚、拱手而立的士大夫，把泉声想象为群仙下凡时佩玉碰触的声响，将静止的飞来峰想象成天峰飞堕地面，是神仙辟削出的仙山，等等。此皆想落天外，而又在情理之中。

末"醉舞"四句，则转写思乡怀家之情。"'吾家'指济南。按济南有大明湖、趵突泉诸名胜，景色佳丽，略似西湖，故稼轩有此联想。"（邓广铭《稼轩词编年笺注》）且乡情中，又蕴含"故国沦丧之恨，客居江南之感"，"乐极生哀，忧愤深广"（郑小军编注《众里寻他千百度：辛弃疾词》）。由此回观前文，则有为后文铺垫蓄势之意。"上片末用'无人识'三字，已暗逗下片自身遭遇的感慨。'醉舞'二句，是故作旷达，说自己不必有牢骚，发'浩歌'，随遇而安、趁醉而舞好了。这样反而增加末了一个'恨'字的分量。恨的是什么呢？飞来峰的传说，正好让作者用来借题发挥说自己。……因'靖康之变'，故土沦亡、南宋小朝廷从赵构开始，就将北方起义来归的爱国志士，都称为'归正人'，意思是改邪归正的人，语带轻蔑之意。……这就难怪辛弃疾要借词寄托'无人识''今为客'的感慨了。"（蔡义江《唐宋词鉴赏课》）同时，又"寄托了词人要求收复中原、统一祖国、重返故土的爱国之情"（喻朝刚《辛弃疾作品选粹》）。有谓此词"前作富贵缠绵，后作萧散俊逸"（卓人月汇选、徐士俊参评《古今词统》卷十二），则未知道着何处。

摸鱼儿

淳熙己亥，自湖北漕移湖南①，同官王正之置酒小山亭②，为赋

更能消、几番风雨③，匆匆春又归去。惜春长怕花开早，何况落红无数。春且住。见说道、天涯芳草无归路④。怨春不语。算只有殷勤，画檐蛛网⑤，尽日惹飞絮。　　长门事⑥，准拟佳期又误⑦。蛾眉曾有人妒⑧。千金纵买相如赋⑨，脉脉此情谁诉。君莫舞。君不见、玉环飞燕皆尘土⑩。闲愁最苦。休去倚危栏⑪，斜阳正在，烟柳断肠处。

【注释】

①漕：转运司简称。

②同官：即同僚。王正之：名正己，字正之，楼钥姑父。王正己时任湖北转运判官，是辛弃疾的同僚下属，故称"同官"。小山亭：在湖北转运司官署内。

③消：承受，经得起。

④"见说道"句：化用苏轼《桃源忆故人》词句意："楼上望春归去，芳草迷归路。"

⑤画檐蛛网：苏轼《虚飘飘》："画檐蛛结网。"

⑥长门事：用汉武帝时陈皇后失宠居长门宫事。

⑦准拟：料想，希望。

⑧蛾眉：女子美丽的容貌，此代指美女。唐戴叔伦《宫词》："贞心一任蛾眉妒，买赋何须问马卿。"

⑨相如赋：指司马相如为陈皇后所写《长门赋》。

⑩ 玉环：唐玄宗宠妃杨玉环。飞燕：汉成帝皇后赵飞燕。其本为阳阿公主家歌女，善歌舞，入宫后先为婕妤，后为皇后。平帝即位后被废自杀。

⑪ 危栏：高楼上的栏杆。李商隐《北楼》："此楼堪北望，轻命倚危栏。"

【评析】

词序"淳熙己亥"，为淳熙六年（1179）。此年，辛弃疾由湖北转运副使移任湖南转运副使，词乃离湖北前作。小山亭，在鄂州（治今武汉市武昌区）湖北转运司署衙内。又据词中"匆匆春又归去""天涯芳草无归路""画檐蛛网，尽日惹飞絮"之写，知时在本年暮春。黄昇《花庵词选·中兴以来绝妙词选》卷三录此词，即题作"暮春"。

上片写春景，又分春归、惜春、留春、怨春四层，极抒伤春之情；下片写宫怨，也分期误、被妒、斥妒、苦妒四层，尽显伤妒之意。全词从佳人着眼，上片起兴，"曲折说来，总之不过感'美人'之'迟暮'"（刘永济《唐五代两宋词简析》）；下片入于本意，说"迟暮"之因，即被人嫉妒谣诼而失重受君恩之"佳期"。"'佳期'二字，是全篇点睛"，"果有'佳期'，则不怨春矣"（陈洵《海绡说词》）。但这只是表层意思，其内里，乃写国势之危与身世遭遇。"全词运用比兴手法，抒写对国事的忧虑和自己遭谗被妒、不得重用的愤懑之情。上片以春归花落的暮春景象，象征国家残破、形势岌岌可危的局面；并通过惜春、留春、怨春的缠绵曲折之情，表达壮志未酬、不能自已的一番苦心。下片以美女遭妒比喻爱国志士受到种种打击和迫害，谴责投降派专权误国的罪行。"（喻朝刚《辛弃疾作品选粹》）又有说"算只有"三句是指"张俊、秦桧一班人"（王闿运《湘绮楼评词》），"'斜阳'以喻君也"（许昂霄《词综偶评》），也可成理。罗大经《鹤林玉露》甲集卷一说孝宗皇帝"见此词，颇不悦"，即见其讽喻国事之锋芒。就辛弃疾自身言，其南归已十八年，流转迁徙，心志空落，且屡遭谗毁打击，处境艰危，内心之郁愤可知。其本年到湖南后所作《淳熙己亥论盗贼札子》即曰："臣孤危一身久矣。……臣生平刚拙自信，年来不为众人所容，顾恐言未脱口而祸不旋踵。"故此词之作，乃"借晚春以寄慨"（俞陛云《唐五代两宋词选释》），至于"凄怨处略逾分寸"，"怨而近怒，微欠和平"（陈匪石《宋词举》卷上），甚至于"怨而怒矣""怒甚"（陈廷焯《白雨斋词话》卷一），亦不为过。

全词借佳人失宠写英雄失志，"肝肠似火，色貌如花"（夏承焘《唐宋词欣赏》），"词意殊怨，然姿态飞动，极沉郁顿挫之致"（陈廷焯《白雨斋词话》卷一），其或"回肠荡气，至于此极，前无古人，后无来者"（梁令娴《艺蘅馆词选》丙卷附梁启超语）。时知鄂州赵善括有和作《摸鱼儿·和辛幼安韵》云："喜连宵、四郊春雨，纷纷一阵红去。东君不爱闲桃李，春色尚余分数。云影住。任绣勒香轮，且阻寻芳路。农家相语。渐南亩浮青，西江涨绿，芳沼点萍絮。　　西成事，端的今年不误。从他蝶恨蜂妒。莺啼也怨春多雨，不解与春分诉。新燕舞。犹记得、雕梁旧日空巢土。天涯劳苦。望故国江山，东风吹泪，渺渺在何处。"两词比较，即可知辛词之卓越处。

水调歌头

淳熙己亥，自湖北漕移湖南，周总领、王漕、赵守置酒南楼[①]，席上留别

折尽武昌柳[②]，挂席上潇湘[③]。二年鱼鸟江上[④]，笑

我往来忙。富贵何时休问⑤，离别中年堪恨，憔悴鬓成霜。丝竹陶写耳⑥，急羽且飞觞⑦。　　序兰亭⑧，歌赤壁⑨，绣衣香⑩。使君千骑鼓吹⑪，风采汉侯王⑫。莫把离歌频唱⑬，可惜南楼佳处⑭，风月已凄凉。在家贫亦好⑮，此语试平章⑯。

【注释】

① 周总领：指时任湖广总领周嗣武。《氏族大全》卷十一载其轶事云："周嗣武，字功父，乾道中，除夔漕，居官尽心国事，取平板方尺余，墨涂之，置枕傍，夜卧究思，有得，伸臂扪板，画粉暗书为记，晨起以次施行。晦翁以为有德君子。"王澜：即前首《摸鱼儿》词序中所称"同官王正之"。赵守：即赵善括，时任鄂州知州，淳熙六年九月被罢职。南楼：故址在今武昌蛇山山顶之白云阁。当时黄鹤楼毁圮，南楼成为一时名胜。

② "折尽"句：古人有折柳送别的习俗，留别之地在武昌，故说"折尽武昌柳"。武昌柳，用陶侃故事。《晋书·陶侃传》："（侃）尝课诸营种柳，都尉夏施盗官柳植之于己门。侃后见，驻车问曰：'此是武昌西门前柳，何因盗来此种？'施惶怖谢罪。"按，陶侃所守武昌，为今湖北省鄂州市，即苏轼《前赤壁赋》"西望夏口，东望武昌"的武昌。今日武汉市的武昌，南宋为鄂州治所，又称夏口，有时也称武昌。词中"武昌"，指今武汉市的武昌。

③ 挂席：犹挂帆，扬帆。潇湘：本为水名，在湖南，此借指湖南。因湖南在武昌上游，由武昌乘船去长沙是逆水而上，故曰"上潇湘"。

④ "二年"句：语出苏轼《常润道中有怀钱塘寄述古五首》其三："二年鱼鸟浑相识，三月莺花付与公。"

⑤ "富贵"句：语本《汉书·杨恽传》："人生行乐耳，须富贵

何时。"

⑥"离别"三句：即中年离别。典出《世说新语·言语》："谢太傅（谢安）语王右军（王羲之）曰：'中年伤于哀乐，与亲友别，辄作数日恶。'王曰：'年在桑榆，自然至此。正赖丝竹陶写。'"陶写，即怡悦性情，宣泄苦闷。

⑦急羽且飞觞：指连续急饮。劝酒时羽毛放在酒杯上，羽沉则罚，以示急饮。《文选》左思《吴都赋》"飞觞举白"注云："行觞疾如飞也。"

⑧序兰亭：即永和九年（353）王羲之所作《兰亭集序》。

⑨歌赤壁：指苏轼《赤壁赋》和《念奴娇·赤壁怀古》，二者都是歌咏赤壁之作。

⑩绣衣香：指官员为政清廉，为世人称颂。《北史·高道穆传》："臣虽愚短，守不假器，绣衣所指，冀以清肃。"绣衣，指官员。唐清江《月夜有怀黄端公兼简朱孙二判官》亦曰："四科弟子称文学，五马诸侯是绣衣。"

⑪使君：汉代称太守。千骑鼓吹：太守的威仪。此当泛指周总领、王漕、赵守三人。

⑫"风采"句：谓周总领、王漕、赵守三人风采如汉代的侯王。

⑬离歌：离别之歌。

⑭南楼佳处：用庾亮南楼谑咏故事。《世说新语·容止》："庾太尉在武昌，秋夜气佳景清，使吏殷浩、王胡之之徒，登南楼理咏。音调始道，闻函道中有屐声甚厉，定是庾公。俄而率左右十许人步来，诸贤欲起避之。公徐云：'诸君少住，老子于此处兴复不浅。'因便据胡床，与诸人咏谑，竟坐甚得任乐。"东晋时庾亮谑咏的南楼，是在武昌县，即今湖北鄂州市。北宋时于鄂州（治今武汉市武昌区）蛇山山顶也建了一座南楼。两楼同名，常常被混淆。

⑮"在家"句：宋时流行语。陆游《老学庵笔记》卷四："今世所

66

道俗语，多唐以来人诗。……'在家贫亦好'，戎昱诗也。"

⑯平章：评说，品评。

【评析】

从词序"淳熙己亥"，知此词与上篇《摸鱼儿》（更能消几番风雨）一样，同作于淳熙六年（1179）辛弃疾由湖北移任湖南前。因谢安、王羲之诸人兰亭聚会在"暮春之初"，则词点"序兰亭"，暗示辛弃疾行前与周嗣武等宴聚并作此词，亦在暮春。不过，上篇所示与王正己宴饮是在黄鹄山（即蛇山）北麓之小山亭，这次乃在山顶之南楼。

在山顶南楼，眼界自然更为开阔。词人从楼上俯瞰长江，不由想到两年来的仕宦经历。从淳熙四年（1177）由知江陵府兼荆湖北路安抚使徙知隆兴府兼江南西路安抚使，到淳熙五年（1178）春召为大理少卿，又在夏秋之交出为荆湖北路转运副使，此又徙任湖南，在长江上匆匆折返往来，简直就要成江上"鱼鸟"的伙伴，难怪它们要"笑我"了。说是鱼鸟笑我，其实是我在自笑。在这样的匆促迁徙奔波中，什么功名、富贵、志业，都成了笑谈，只是在一次次的别离中，"憔悴鬓成霜"，人不觉已到了中年。既然从南归至今，十八年来都无所作为，那还能奢望求得什么呢？就且听"丝竹"，且传"飞觞"，舒放性情，得乐且乐吧。即如现在的别宴，我们也无须唱什么"离歌"，而应好好回想、回味曾经相聚、游赏的美好时日。但毕竟是别离，欢乐有尽，"风月"最终也会归于"凄凉"。由此，就有了结末之想：要是不追求什么功名志业，而是一直"在家"安居，不就没有这些奔忙之苦，也没这些别离之悲了吗？即便是"贫"居，也是"好"的。表面上看，比起上篇《摸鱼儿》的怨怒来，此词好像通达、平和了许多，实际上这是词人在努力、刻意地宽慰自己，在貌似的自我宽慰中，

67

两年来，甚至南归以来的失意和愤懑不仅没有减弱，反而又增添了更多的苦涩和无奈。

融汇典事，是辛词特征之一，此词亦然。即如下片，"拉杂古今宴饮集会、名胜之文采风流、官职典章，以自壮声势、情采"（于永森《稼轩词选笺评》）。又，从此词中，或可寻出辛弃疾与金代词人蔡松年（伯坚）的关联痕迹。"词中'富贵何时'五句，与蔡松年《雨中花》中的'忆昔东山，王谢感慨，离情多在中年。正赖哀弦清唱，陶写余欢'是如此的相似，以至于很难说是巧合。并且，类似情形在辛词中还并不少见。这说明，辛弃疾早年受到过蔡氏及其《明秀集》的熏染，甚至可能存在师生关系。"（谢永芳《辛弃疾诗词全集·汇校汇注汇评》）即使"无从蔡氏受学之事"，从中也可知"稼轩早年从事于乐府歌词之写作，有曾师法蔡伯坚之可能"（邓广铭《辛稼轩年谱》）。

满江红

江行简杨济翁、周显先①

过眼溪山，怪都似、旧时曾识②。还记得、梦中行遍，江南江北③。佳处径须携杖去，能消几纳平生屐④。笑尘劳、三十九年非，长为客。　　吴楚地，东南坼⑤。英雄事，曹刘敌⑥。被西风吹尽，了无尘迹。楼观甫成人已去⑦，旌旗未卷头先白。叹人间、哀乐转相寻⑧，今犹昔。

【注释】

　　①江：指长江。简：书信。此指写信、寄信。杨济翁：即杨炎正。周

显先：其人未详。

　　②旧时曾识：语出李清照《声声慢》："雁过也，正伤心，却是旧时相识。"

　　③"还记得"二句：岑参《春梦》："枕上片时春梦中，行尽江南数千里。"王维《送沈子福归江东》："唯有相思似春色，江南江北送君归。"

　　④几緉（liǎng）平生屐：典出《世说新语·雅量》，阮遥集好屐，有客见阮"自吹火蜡屐，因叹曰：未知一生当着几量屐"。量，用同"緉"，犹今所言"双"。

　　⑤"吴楚地"二句：化用杜甫《登岳阳楼》"吴楚东南坼，乾坤日夜浮"诗句。坼，裂开。

　　⑥"英雄事"二句：典出《三国志·蜀书·先主传》，曹操曾对刘备说："今天下英雄，唯使君与操耳。"曹刘，即曹操和刘备。

　　⑦"楼观"句：苏轼《送郑户曹》："楼成君已去，人事固多乖。"甫，才、刚。

　　⑧转相寻：折转循环。

【评析】

　　此词作时，邓广铭《稼轩词编年笺注》谓与前词《水调歌头》（落日塞尘起）一样，"均为江行之作，且均与杨、周二人相唱和者，自必作于同时"，即同作于淳熙五年（1178）辛弃疾由临安赴任荆湖北路转运副使途中，"是年稼轩三十九岁"（《稼轩词编年笺注》）。又因词中有"笑尘劳三十九年非"之句，后人几无例外，皆从邓说。而其实，当以作于淳熙六年（1179）为是，是年辛弃疾四十岁。依据有三：一者，"三十九年非"，是活用《淮南子·原道训》所谓"蘧伯玉年五十，而知四十九年非"之典故，说"四十九年非"，而蘧伯玉实"年五十"。用此法者，如王安石四十岁时，说自己知"三十九年非"；其《省中二首》之二，即有"身世自知还自笑，悠悠三十九年非"之句。辛弃疾《临江仙·壬戌岁生日书怀》亦尝自言："六十三年无限事，从头悔恨难追，已知六十二年非。"故作此篇时，辛弃疾当为四十岁。二者，词中有"吴楚地，东南坼"句，乃化用杜甫《登岳阳楼》诗"吴楚东南坼，乾坤日夜浮"句。杜诗乃咏洞庭湖，辛词亦当借以咏洞庭湖，辛弃疾时或亦经洞庭湖。三者，此词与《水调歌头》（落日塞尘起）不"必"作于同时。虽二词词题都提到杨济翁、周显先，而一为"次扬州"而"和"二人韵，一为"江行"中"简"寄二人词，时、地都可有差异。鉴此，词当作于淳熙六年（1179），时辛弃疾自湖北转运副使调任湖南转运副使，自鄂州（治今武汉市武昌区）由长江舟行过岳阳，观洞庭湖，再逆湘水而至湖南转运司治所潭州（治所在今湖南长沙）。词题"江行"之"江"，当为湘江（湘水），而非长江。改湖南转运副使既在本年暮春三月（邓广铭《辛稼轩年谱》），则此词当作于春、夏间。

辛弃疾上年夏、秋之交调任湖北转运副使，本年三月又改任湖南转运副使。如此，其自淳熙元年（1174）以来，六年间已迁换九任官职（江东安抚司参议官、仓部郎官、江西提刑、京西转运判官、知江陵府兼湖北安抚使、知隆兴府兼江西安抚使、大理少卿、湖北转运副使、湖南转运副使）。"笑尘劳""长为客"，即言此。"佳处径须携杖去"，乃反说频繁迁徙奔波之劳倦，及南归十八年一事无成之悲凉。但即便如此，下片仍缅怀"了无尘迹"之英雄业绩，以发抒恢复大业未成、"旌旗未卷头先白"之巨大悲感，令人读之，可生"长使英雄泪满襟"之慨（卓人月汇选、徐士俊参评《古今词统》卷十二）。

应特别注意的是，下片所追怀的古代英雄是孙权，而不是曹操和刘备。"孙权承父兄的遗业，割据和经营江南六郡八十一州，成就了几十年的霸业，使得魏、蜀二国不敢小觑。他的雄才大略，只有并世而立的曹操和刘备堪与匹敌。作者有一首《南乡子》中也称赞孙权：'天下英雄谁敌手？曹刘。生子当如孙仲谋。'《永遇乐》中也说：'千古江山，英雄无觅孙仲谋处。'可见作者对这位历史人物的景仰和推崇。有的注家认为这里是歌颂曹刘。这不对。作者行经东吴旧地，自然应该想到的是孙权，只是没有点出孙权之名而已。曹刘在这里只是作为对比人物而出现的。"（刘扬忠《稼轩词百首译析》）

再则，"《满江红》词易于纵笔，以稼轩之才气，更如阵马风樯，但豪放则易近粗率，此作独疏爽而兼低回之思"（俞陛云《唐五代两宋词选释》）。所谓"低回之思"，"还记得""笑尘劳""叹人间"者，即是。

满江红

贺王帅宣子平湖南寇①

笳鼓归来②，举鞭问、何如诸葛③。人道是、匆匆五月，渡泸深入④。白羽风生貔虎噪⑤，青溪路断鼪鼯泣⑥。早红尘、一骑落平冈，捷书急⑦。　　三万卷，龙头客⑧。浑未得，文章力⑨。把诗书马上⑩，笑驱锋镝⑪。金印明年如斗大⑫，貂蝉却自兜鍪出⑬。待刻公、勋业到云霄，湄溪石⑭。

【注释】

① 王宣子：即王佐，字宣子，会稽山阴（治今浙江绍兴）人。绍兴十八年（1148）状元及第，淳熙六年（1179）知潭州兼湖南路安抚使。这

年正月，郴州宜章县民陈峒暴乱，王佐起用流人冯湛为权湖南路兵马钤辖，于五月分五路进兵，并亲自督战，陈峒兵败被诛。"平湖南寇"，即指此事。后王佐因平寇有功调任升迁，辛弃疾代之而知潭州、兼湖南安抚使。

②笳鼓归来：指王佐平叛凯旋。辛弃疾时与王佐同官长沙，故说"归来"。《南史·曹景宗传》载，景宗曾以竞、病二字为韵赋诗曰："去时儿女悲，归来笳鼓竞。借问行路人，何如霍去病。"

③举鞭：典出《晋书·山简传》：山简镇襄阳，每出嬉游，儿童歌曰："举鞭问葛疆，何如并州儿。"诸葛：指诸葛亮。

④渡泸深入：诸葛亮《出师表》："五月渡泸，深入不毛。"泸，指泸水。王佐平郴寇陈峒，亦在五月。

⑤白羽风生：融合诸葛亮与陆法和故事。晋裴启《语林》载，诸葛武侯"乘素舆，葛巾白羽扇，指麾三军"。《北齐书》卷三二《陆法和传》载：侯景遣将任约击梁湘东王于江陵，法和乃诣湘东乞征约。"至赤沙湖，与约相对。……遂纵火舫于前，而逆风不便，法和执白羽麾风，风势即返。约众皆见梁兵步于水上，于是大溃，皆投水而死。"貔（pí）虎：泛指猛兽，喻将士。噪：高呼。

⑥青溪路断：指北宋末睦州青溪人方腊叛乱被平。此处借指陈峒乱被平。鼪鼯（shēngwú）：两种鼠名，对寇盗的蔑称。鼪，俗称黄鼠狼。

⑦"早红尘"二句：谓捷报迅速传至朝廷。语本杜牧《过华清宫》："一骑红尘妃子笑。"平冈：平野。

⑧龙头：借指状元。王佐是状元出身，故称其为"龙头客"。

⑨"浑未得"二句：刘禹锡《郡斋书怀寄江南白尹兼简分司崔宾客》："一生不得文章力，百口空为饱暖家。"浑，几乎。

⑩诗书马上：《史记·郦生陆贾列传》载："陆生时时前说称《诗》《书》，高帝骂之曰：'乃公居马上而得之，安事《诗》《书》！'陆生曰：

'居马上得之，宁可以马上治之乎？'"

⑪ 锋镝：泛指兵器，此代指军队。锋，刀刃。镝，箭头。

⑫ 金印如斗大：指封侯拜相。《晋书·刘隗传》载周𫖮言："今年杀诸贼奴，取金印如斗大系肘。"

⑬ "貂蝉"句：指因军功而升官。《南齐书·周盘龙传》载，盘龙年老才弱，不可镇边，求解职，见许，还为散骑常侍、光禄大夫。世祖戏之曰："卿着貂蝉，何如兜鍪？"盘龙曰："此貂蝉从兜鍪中出耳。"貂蝉，即貂蝉冠，高官所戴。兜鍪，武士所戴头盔。

⑭ 浯溪石：指湖南浯溪《大唐中兴颂》摩崖石刻，唐大历六年（771）刻。欧阳修《集古录跋尾》卷七《唐中兴颂》载："右《大唐中兴颂》，元结撰，颜真卿书。书字尤奇伟，而文辞古雅，世多模以黄绢，为图障。"石刻今犹存。

【评析】

邓广铭《稼轩词编年笺注》系此词于淳熙六年（1179），辛弃疾时任湖南路转运副使。词贺知潭州（治所在今长沙）兼湖南路安抚使王佐，其本年五月初平定郴州宜章（今属湖南）县民陈峒暴乱。关于此次平乱，陆游《渭南文集》卷三四《尚书王公墓志铭》详记云："淳熙六年正月，郴州宜章县民陈峒窃发，俄破道州之江华，桂阳军之蓝山、临武，连州之阳山县。旬日，有众数千。郴、道、连、永、桂阳军皆惊。公（按即王佐）奏乞荆鄂精兵三千，未报。公度不可待，而见将校无可用者，流人冯湛适在州，公召与语曰：'君能有功，不特雪前罪，且遂为朝廷用，北乡恢复，自此始矣。'湛请行。公曰：'请行易耳。今当不俟奏报，以兵相付。既受此命，即以群盗授首为期。一有弗任，军法非某敢贷也。'遂檄湛带元管权湖南路兵马钤辖，统制军马。即日令湛自选潭州厢禁军及忠义寨，凡八百人，即教场誓师遣行。仍命凡兵之分屯诸州县者，皆听湛调发，违慢皆立诛。又出军令牌付湛，军士所过，秋毫扰民，及临敌不用命，或既胜而攘贼金帛使得窜逸者，皆必行军法。上奏以擅遣湛待罪，且请亟发荆鄂军。……上独是公策，命公躬至军前节制。……五月朔日诘旦，分五路进兵。贼初诈降，实欲缮治寨栅，阻险以抗官军。公得其情，督兵甚峻，及驰入隘口，贼果立寨栅，未及成，闻官军至，狼狈出战。既败，又退失所凭，乃皆溃走。是日，夺空冈寨，驻兵十二渡。贼之起也，假唐源淫祠，以诳其下，日杀所虏一人祭神。至是斩像，焚其祠。湛遂诛陈峒，函首来献。……宥其胁从，发仓粟振贷安辑之。案功行赏，悉如初令，且上其事于朝，振旅而还。诏以公忠劳备著，起拜显谟阁待制。湛亦由此复进用。"又，邓广铭《辛稼轩年谱》载，约"淳熙六年秋冬之交"，王佐拜显谟阁待制后徙知扬州，辛弃疾遂"擢知潭州兼湖南安抚"。此词当作于是年夏。

辛弃疾淳熙二年（1175）任江西提刑时，尝督捕平定赖文政茶商之乱。惺惺相惜，其对王佐此次平叛之功不吝美词，大加赞赏。上片写战事。开篇写军马在笳鼓声中，浩荡凯旋。人们纷纷称赞主帅王佐如卧龙诸葛先生再生，用兵如神，马到成功。接回写平叛经过。再写传送捷报的战马在"平冈"上飞驰，极富画面感与动态美。下片乃贺战功。过片写王佐本是饱读诗书的状元，此前没有因"文章"之才而升迁，今日却"诗书马上"，谈笑击贼，大获全胜。有此军功，来年一定会青云直上，拜相封侯。结末充分肯定王佐此次平叛的历史功绩。

词中用典繁密，而又出神入化。即如上片，几乎句句用典，又句句写实。王佐于五月平定民变，用诸葛亮五月渡泸平定南方史事写之，时、地都十分贴合。又用北宋末方腊事件写宜章民变的结局，事件性质及结局也十分切合。且前者是古时之"典"，后者是今世之"典"，妙用古"典"，而又活用今"典"，手法灵动多变。"白羽"二句写战争场景，用典之外，又属对精工，对比绝妙，也令人叹赏。

而令人没有想到的是，传说王佐看到此词，却颇为不满。"辛幼安以词贺之，有云：'三万卷，龙头客。浑未得，文章力。把诗书马上，笑驱锋镝。金印明年如斗大，貂蝉元自兜鍪出。'宣子（按王佐字）得之，疑为讽己，意颇衔之。"（周密《齐东野语》卷七）其实，这是对辛弃疾的误解。"殊不知陈后山（按陈师道）亦尝用此语送苏尚书（按苏轼）知定州云：'枉读平生三万卷，貂蝉当复作兜鍪。'幼安正用此。"（同上）

满江红

汉水东流①，都洗尽、髭胡膏血②。人尽说、君家飞将③，旧时英烈。破敌金城雷过耳④，谈兵玉帐冰生颊⑤。想王郎、结发赋从戎⑥，传遗业。　　腰间剑，聊弹铗⑦。尊中酒，堪为别。况故人新拥，汉坛旌节⑧。马革裹尸当自誓⑨，蛾眉伐性休重说⑩。但从今、记取楚楼风⑪，裴台月⑫。

【注释】

①汉水：发源于陕西汉中，流经湖北襄阳等地，至武汉入长江。

②髭胡：指金兵。女真人多胡须，故称。

③飞将：指汉代李广。《史记·李将军列传》载李广"居右北平，匈奴闻之，号曰汉之飞将军"。

④金城：城坚固如金。贾谊《过秦论》："自以为关中之固，金城千里，子孙帝王万世之业也。"

⑤玉帐：主将的营帐。南宋张淏《云谷杂记》："玉帐，乃兵家厌胜之方位。谓主将于其方置军帐，则坚不可犯，犹玉帐然。"冰生颊：谓谈论兵事，严肃冷峻，脸颊如生冰霜。苏轼《浣溪沙》："论兵齿颊带风霜。"

⑥王郎：指三国时期的王粲。王粲曾赋《从军诗》五首，此借指投笔从戎的友人。结发：古代男子二十岁束发，表示成年。语本《史记·李将军列传》："广结发与匈奴大小七十余战。"

⑦"腰间剑"二句：用冯谖典。《战国策·齐策》载，冯谖初为孟尝君门客，被轻视，于是弹剑而歌曰："长铗归来乎，食无鱼。"

⑧汉坛旌节：指登坛拜将。《汉书·高帝纪》载，"汉王斋戒，设坛场，拜（韩）信为大将军"。旌节，信符。《旧唐书·职官制》："旌节之制，命大将帅及遣使于四方，则请而佩之。旌以专赏，节以专杀。"

⑨马革裹尸：《后汉书·马援传》载马援语："男儿要当死于边野，以马革裹尸还葬耳，何能卧床上在儿女子手中邪！"

⑩蛾眉伐性：亲近美女过多会伤损男子汉的雄风。枚乘《七发》："皓齿蛾眉，命曰伐性之斧。"

⑪楚楼：在湖南长沙城上。

⑫裴台：在长沙城南。

【评析】

邓广铭《稼轩词编年笺注》系此词于淳熙四年（1177），时辛弃疾为江陵知府、兼湖北安抚使。其云："据'汉水东流'与'记取楚楼风、裴台月'数句，知此词应为稼轩任湖北安抚使时送别李姓友人之官他地之作。其中'想王郎、结发赋从戎'二句意，系谓此友人取法王粲之赋《从军诗》，而结发从戎以传飞将李广之遗业也。王粲字仲宣，本山阳高平人，为避董卓之乱而至荆州依刘表，其《从军诗》即在荆山所赋。《舆地纪胜》谓南宋时江陵府城东南隅尚有仲宣楼，故词中语及之也。"持此说者为数不少。其实，词中所言"楚楼"指潭州（治所在今湖南长沙）城楚楼，所言"裴台"也在潭州城南。祝穆《方舆胜览》卷二三《潭州》载曰："楚楼，在郡城上。"张栻《南轩集》卷一《和吴伯承》云："一苇湘可航，风涛逮春深。裴台咫尺地，勇往复雨淫。"《南轩集》卷四又有《二月十日野步城南晚与吴伯承诸友饮裴台分韵得江字》《二月二十五日登裴台坐上口占》等诗，即皆作于潭州。故此词应是淳熙六年（1179）辛弃疾在潭州作。是年三月，辛弃疾由湖北转运副使改湖南转运副使（转运司治所在潭州），不久又改知潭州、兼湖南安抚使。

因词中有"君家飞将"语，"飞将"指飞将军李广，则此词应为李姓友人作。"故人新拥，汉坛旌节""马革裹尸""记取楚楼风，裴台月"云云，则友人为一将军，领新命出征，将离潭州。淳熙六年九月，"金主秋猎"（毕沅《续资治通鉴》卷一四七）；"秋猎"者，隐含战争意味，辛弃疾《水调歌头》（落日塞尘起）词中之"胡骑猎清秋"，即指金兵南侵。友人此次领兵离潭，或与此背景相关。抗击金兵、立功疆场，正辛弃疾一生心愿，故词中把将出征之友人写得壮怀激烈、英武无比，称扬、勉励中，又颇含艳羡意。"'马革裹尸当自誓'，铁血之辞，掷地有声，勉友亦自勉。……全篇格调高昂雄放，读之令人鼓舞。"（朱德才选注《辛弃疾词选》）

另者，从题材、意象上看，此词是典型的英雄词。词中"飞将""英烈""破敌""谈兵玉帐""从戎""剑""铗""旌节""马革裹尸"等密集的军事意象群，构成了词史上罕见的别样风景。这类军事意象，是行伍出身的英雄辛弃疾词作特有的风格标识。在唐宋词史上，似乎没有第二个词人像辛弃疾这样爱用军事意象、战争意象来熔铸词境，书写英雄气概。故此类作品堪称特立、卓异之作。

木兰花慢

席上送张仲固帅兴元 ①

汉中开汉业 ②，问此地、是耶非？想剑指三秦 ③，君王得意，一战东归 ④。追亡事、今不见 ⑤，但山川满目泪沾衣 ⑥。落日胡尘未断，西风塞马空肥。　　一编书是帝王师 ⑦，小试去征西。更草草离筵，匆匆去路，愁满旌旗。君思我、回首处，正江涵秋影雁初飞 ⑧。安得车轮四角 ⑨，不堪带减腰围 ⑩。

【注释】

① 张仲固：名坚，高宗时参知政事张纲之子，润州丹阳（今属江苏）人，绍兴二十四年（1154）进士。淳熙七年（1180），张坚除知兴元府（治所在今陕西汉中），并兼利州东路安抚使，故辛弃疾称其"帅兴元"。

② "汉中"句：谓汉高祖刘邦以汉中为根基，开创汉朝基业。《史记·高祖本纪》载，项羽自立为西楚霸王，"更立沛公为汉王，王巴、蜀、汉中，都南郑"。

③ 剑指三秦：《史记·高祖本纪》载，项羽"三分关中，立秦三将"，章邯为雍王，司马欣为塞王，董翳为翟王。

④ 一战东归：《史记·高祖本纪》载，高祖用韩信策，从故道袭雍王，定雍地。三个月后，塞王、翟王皆降汉。

⑤ 追亡事：指萧何追韩信事。《史记·淮阴侯列传》载，韩信先不受高祖重用，"信数与萧何语，何奇之……信度何等已数言上，上不我用，即亡。何闻信亡，不及以闻，自追之"。

⑥ "但山川"句：语出唐李峤《汾阴行》："山川满目泪沾衣，富贵荣华能几时。"

⑦ "一编书"句：用张良故事。《史记·留侯世家》载，张良游下邳圯（桥）上，遇一老父出一编书，曰："读此，则为王者师矣。"张良视之，乃《太公兵法》。

⑧ "正江涵"句：语出杜牧《九日齐山登高》："江涵秋影雁初飞。"

⑨ "安得"句：车轮生四角，无法转动，人就会迟些远行。语本陆龟蒙《古意》："愿得双车轮，一夜生四角。"

⑩ 带减腰围：典出南朝梁沈约《与徐勉书》："老病，百日数旬，革带尝应移孔。以手握臂，率计月小半分。"欧阳修《岁暮书事》："跨鞍惊髀骨，数带减腰围。"

【评析】

吴企明《辛弃疾词校笺》系此词于淳熙七年（1180）秋，时辛弃疾知潭州（治所在今湖南长沙）、兼湖南安抚使。是年，张坚（仲固）由江南西路转运判官除知兴元府（治所在今陕西汉中）、兼利州东路安抚使。江西转运司署在隆兴府（治南昌、新建〔今南昌市〕），张坚赴兴元府当过潭州，辛弃疾乃亲为迎送，并于席间赋此词相赠。词云"正江涵秋影雁初飞"，示秋时。本年冬，辛弃疾已改知隆兴府、兼江西安抚使。

此为送别词。下片点"离筵"，并从双方着眼来写；对方是"愁满旌旗""思我""回首"，我则希望"车轮四角""不堪带减腰围"，写足别情。而全词着力处，还在上片，显出借古讽今、忧国伤时之旨。"开篇设问，将古与今联系在一起。但此设问，并非为着证实兴元之地理位置，而在于借以前故事与眼下偏安江左之局面相比较，以提醒注意，引起思考。其讽今之意已十分明显。接着，进一步追述往事，谓楚汉分立，汉高祖君臣如何善于用人，共图帝业，而感叹今不如昔，不再见有'追亡事'。其讽今之意，更是十分明确。然后，其讽刺矛头直接针对现实，谓异族不断入侵（'落日胡尘未断'），宋廷不战而和（'西风塞马空肥'），希望改变这一现实。"（施议对《辛弃疾词选评》）同时，汉中又是宋高宗即位之初，李纲等人主张建立行都、出击金人的地方，战略地位十分重要。张坚此行乃赴边域，可谓"去征西"，这正是辛弃疾一生心志之所在，故既勉励友人报效国家，又对之充满向往之情。

另，刘邦典事中"汉中"之"汉"与"汉业"、汉族之"汉"应，"一编书"典故中又取张坚本家张良故事，都巧妙而贴切，别具情味与深意。结构上，上下两片分别以"追亡事今不见""君思我回首处"句承上启下，"一编书"二句又起到连接上下片之津梁作用，都值得称道。

沁园春

带湖新居将成 ①

三径初成 ②，鹤怨猿惊，稼轩未来 ③。甚云山自许，平生意气，衣冠人笑 ④，抵死尘埃 ⑤。意倦须还，身闲贵早，岂为莼羹鲈鲙哉 ⑥。秋江上，看惊弦雁避，骇浪船回 ⑦。东冈更葺茅斋，好都把轩窗临水开 ⑧。要小舟行钓，先应种柳；疏篱护竹，莫碍观梅。秋菊堪餐，春兰可佩 ⑨，留待先生手自栽 ⑩。沉吟久，怕君恩未许 ⑪，此意徘徊。

【注释】

① 带湖：在信州（治今江西上饶西北）府城北门灵山门外。原为一狭长无名湖泊，辛弃疾依湖建成新居，因"前枕澄湖，如宝带"（南宋洪迈《稼轩记》），故名之"带湖"。

② 三径：汉代蒋诩隐居时庭院开三径，后人以此为隐士园圃代称。汉赵岐《三辅决录》载：蒋诩字元卿，舍中三径，惟羊仲、求仲从之游。二仲皆推廉逃名之士。陶渊明《归去来兮辞》："三径就荒，松菊犹存。"

③ "鹤怨"二句：因辛弃疾尚未归隐，鹤也怨，猿也惊讶。鹤怨猿惊，语出南朝齐孔稚圭《北山移文》："蕙帐空兮夜鹤怨，山人去兮晓猿惊。"

④ 衣冠：指官员、士大夫。

⑤ 抵死：总是，老是。尘埃：红尘，指官场。

⑥ 岂为莼羹鲈脍：意谓归隐不是为了莼羹鲈脍，而是对官场已疲倦，即"意倦须还"。

⑦ 惊弦雁避，骇浪船回：比喻官场仕途的险恶。白居易《送客南迁》："客似惊弦雁，舟如委浪萍。"

⑧ 轩窗临水开：在水边开一扇窗户。苏轼《再和杨公济梅花十绝》其三："小轩临水为花开。"

⑨ "秋菊"二句：化用屈原《离骚》"夕餐秋菊之落英""纫秋兰以为佩"句意。

⑩ 手自栽：王安石《书湖阴先生壁》："茅檐长扫静无苔，花木成畦手自栽。"先生，词人自指。

⑪ 君恩未许：南宋叶梦得《再任后遣模归按视石林四首》其一："岩石三年别，君恩未许归。"

【评析】

邓广铭《辛稼轩年谱》考淳熙七年（1180）事云："稼轩盖尝买地于江南东路上饶县城灵山门（北门）之外，本年内于长沙写有《新居上梁文》，知其已经始构筑房舍。文末以稼轩居士自称，知其以稼轩为称号，至晚亦当始于本年。"邓广铭《稼轩词编年笺注》谓，此词乃作于"淳熙八年（1181）秋"带湖新居将成时。时辛弃疾知隆兴府（治所在今江西南昌）、兼江西安抚使，年四十二岁。

此词着意展现辛弃疾对是否退隐无法决断的矛盾心理。构筑新居，表明其前此已有退隐打算。其因，一是南归已近二十年，而朝廷一味奉行退让求和政策，恢复中原遥遥无期，遂生倦怠退隐之意，即所谓"意倦须还，身闲贵早"。二是"他多年的抗战理想"不仅"没有得到实现"，"还不断受到当权集团的排挤打击，心情非常痛苦和矛盾"，"看到官场上尔虞我诈、竞谋私利的惊涛骇浪，他预感到自己这样的正直之士将会遭受更大的打击，于是渐渐滋生了消极退隐、独善其身的念头"；即如近几年，"作者任职湖南、江西期间，因勇于负责，严格执行政令，受到了好些人的反对与指责，谗言四起，朝官已在酝酿弹劾他，他的处境实在危险"，"作为一个封建官吏，他找不到积极而妥当的办法来渡过这个难关，只好向后退"（刘扬忠《稼轩词百首译析》）。也即，辛弃疾看惯了官场上"惊弦雁避，骇浪船回"的凶险环境，因而有意规避之。而"三径初成"，新居并未最终完成，柳竹花草种种，还要"留待先生手自栽"，这就为词人欲"来"而"未来"时的"沉吟"与"徘徊"留下了余地。这说明他还是心有不甘的，不愿轻易丢弃有朝一日驰骋疆场、收复失地的南归初心和人生愿望，还对孝宗皇帝抱有幻想。然"怕君恩未许"者，终究只是辛弃疾的一己之想，仅数月后，本年十一月，他即被改除两浙西路提点刑狱，旋又

"以言者落职"（《宋史·辛弃疾传》），回到上饶，无奈地成为带湖新居的主人。且从四十二岁到五十三岁，一居就是十一年，盛年时光就这样消磨在了一带静烟闲水中。英雄悲剧，于此可见。

陈廷焯尝评此词云，"起笔高绝，洒落如此，真名士也。抑扬顿挫，跌宕生姿。字字幽雅，不减陶令。款款深深，一往不尽"（《云韶集》卷五）；"急流勇退之情，以温婉之笔出之，姿态愈饶"（《词则·放歌集》卷一）。若以辛弃疾作此词不久即遽落职任看，这些评价未免过于诗情画意。倒是黄苏之评更为客观："稼轩忠义之气，当高宗初南渡，由山东间道奔行在，竭蹶间关，力图恢复，岂是安于退闲者！自秦桧柄用，而正人气沮矣。所谓'惊弦''骇浪'，迫于不得已而思退，心亦苦矣。末又云：'怕君恩未许，此意徘徊。'退不能退，何以为情哉！"（《蓼园词选》）

另，洪迈同时所作《稼轩记》，有对带湖新居形貌的细致勾画。记云："郡治之北可里所，故有旷土存，三面傅城，前枕澄湖，如宝带。其纵千有二百三十尺，其衡八百有三十尺，截然砥平，可庐以居。而前乎相攸者，皆莫识其处。天作地藏，择然后予。济南辛侯幼安最后至，一旦独得之。既筑室百楹，度财占地什四。乃荒左偏以立圃，稻田泱泱，居然衍十弓。意它日释位而归，必躬耕于是，故凭高作屋下临之，是为'稼轩'。而命田边立亭曰'植杖'，若将真秉耒耨之为者。东冈西阜，北墅南麓，以青径款竹扉，锦路行海棠。集山有楼，婆娑有室，信步有亭，涤砚有渚。皆约略位置，规岁月绪成之，而主人初未之识也。绘图畀予曰：'吾甚爱吾轩，为我记。'"此可与辛词对读。

水调歌头

盟鸥 ①

　　带湖吾甚爱，千丈翠奁开 ②。先生杖屦无事 ③，一日走千回 ④。凡我同盟鸥鹭，今日既盟之后 ⑤，来往莫相猜。白鹤在何处，尝试与偕来。　　破青萍，排翠藻，立苍苔。窥鱼笑汝痴计 ⑥，不解举吾杯。废沼荒丘畴昔 ⑦，明月清风此夜 ⑧，人世几欢哀。东岸绿阴少，杨柳更须栽 ⑨。

【注释】

　　① 盟鸥：与白鸥订立盟约。因鸥鸟只与没有心机的人亲近，对有心机的人敬而远之，故与之盟约。古人常把白鸥视为隐士的伙伴。黄庭坚《登快阁》："万里归船弄长笛，此心吾与白鸥盟。"

　　② 翠奁：翡翠做的梳妆盒。

　　③ 杖屦（jù）：拄杖漫步。屦，鞋子。

　　④ "一日"句：化用杜诗句意。杜甫《三绝句》其二："门外鸬鹚去不来，沙头忽见眼相猜。自今已后知人意，一日须来一百回。"

　　⑤ "凡我"二句：语出《左传·僖公九年》："秋，齐侯盟诸侯于葵丘，曰：'凡我同盟之人，既盟之后，言归于好。'"

　　⑥ "窥鱼"句：谓可笑白鹭你只知一味地窥探鱼儿动静。黄庭坚《刘邦直送早梅水仙花四首》其二："白鹭窥鱼凝不知。"

　　⑦ "废沼"句：意为此地往日是废池荒丘。畴昔，往昔。

　　⑧ "明月"句：化用苏轼《后赤壁赋》句："月白风清，如此良夜何！"

⑨"东岸"二句：化用杜甫《舍弟占归草堂检校聊示此诗》句："东林竹影薄，腊月更须栽。"

【评析】

淳熙八年（1181）十一月，辛弃疾"改除两浙西路提点刑狱公事"（邓广铭《辛稼轩年谱》）；十二月二日，以"言者论列"，被污以"奸贪凶暴，帅湖南日虐害田里"，"落职罢新任"（《宋会要辑稿·职官七二》）。此词乃"作于九年（1182）春初"（邓广铭《稼轩词编年笺注》），即辛弃疾归信州带湖新居后未久。此为归隐带湖时期的首篇作品。

词写对带湖新居的喜爱。开篇说"甚爱""千丈翠奁开""一日走千回"，爱意已无以复加。但仍觉不够，结末又说"东岸绿阴少，杨柳更须栽"，打算继续经营，让其更好，爱意更进一层。中间部分则以鸥鸟为中心展开来写。先写与鸥鸟性同，皆喜湖水，又无心机，乃引为知己，与之盟约。后再写与鸥鸟之异，虽同生活在一处湖水，而彼只专注于"窥鱼"，不似我能举杯忘世，轻松惬意。一者"爱"带湖风光，一者"笑"鸥鸟"痴计"，词人似乎完全从险恶官场中解脱出来，而达于逍遥"欢"乐之境。其实则不然。"盟鸥"之举，"一方面表现了作者性格的洒脱可爱，另一方面也暗示了作者政治上缺少知音的苦闷心情：既受诬陷而丢官，无人了解自己，孤单单下乡隐居，当然只好与飞鸟作伴了"；"欢哀"之"哀"，也"流露了作者此时犹在忧念时世、叹惜自己的政治抱负不得实现的恶劣心情"；"词的大部分篇幅的确是写隐居生活的乐趣，但也看似无意、实则有心地表露了志士失意的苦闷心情"（刘扬忠评注《辛弃疾词选》）。换言之，"作者的隐退，并非出于自愿，他和那些忘情于世、逃避现实的人不同，内心充满了矛盾和苦闷。这首词所表现的，正是这种复杂的思想感情。

作者一方面以悠闲自得的情调，描述归隐带湖的生活；另一方面又情不自禁地流露出难以言状的寂寞与悲哀。词人有心与鸥鹭结盟，但鸥鹭却只知'窥鱼'，毫不理解自己；他本想有所作为，可如今只能闲着两手，到东岸去栽杨插柳。这些地方都曲折地表现了英雄无用武之地的抑郁和愤懑"（喻朝刚《辛弃疾作品选粹》）。

词中用典，也有应特别注意处。比如出于《左传》之"凡我"三句，"近日辛幼安作长短句，有用经语者。《水调歌头》云：'凡我同盟鸥鹭，今日既盟之后，来往莫相猜。'亦为新奇。"（陈鹄《西塘集耆旧续闻》卷五）又有谓："辛稼轩词肝胆激烈，有奇气，腹有诗书，足以运之，故喜用《四书》成语，如自己出。如'今日既盟之后''贤哉回也''先觉者贤乎'等句，为词家另一派。"（李调元《雨村词话》卷三）

此词用语朴质，亦为一特色。"稼轩词有以朴处见长，愈觉情味不尽者。如《水调歌头》结句云：'东岸绿阴少，杨柳更须栽。'信手拈来，便成绝唱，后人亦不能学步。"（陈廷焯《白雨斋词话》卷六）"此词一味朴质，真不可及。胜读鲍明远《芜城赋》。结二语愈直朴，愈有力。"（陈廷焯《云韶集》卷五）

水调歌头

汤朝美司谏见和①，用韵为谢

白日射金阙②，虎豹九关开③。见君谏疏频上，谈笑挽天回④。千古忠肝义胆，万里蛮烟瘴雨⑤，往事莫惊猜。政恐不免耳⑥，消息日边来⑦。　　笑吾庐，门掩草，径封苔^⑧。未应两手无用，要把蟹螯杯^⑨。说剑论诗余事^⑩，醉舞狂歌欲倒，老子颇堪哀^⑪。白发宁有种，一一醒时栽^⑫。

【注释】

① 汤朝美：即汤邦彦，字朝美，镇江府金坛县（今属江苏常州）人。淳熙元年（1174）曾任左司谏，故称"司谏"。有《颐堂集》。

② "白日"句：白日照耀着金阙。金阙，仙人或天帝所居的黄金屋，此指皇宫。

③ "虎豹"句：闯开了虎豹把守的九重天门。语出屈原《招魂》："魂兮归来，君无上天些。虎豹九关，啄害下人些。"

④ 挽天回：挽回天意，即劝谏皇上改变旨意。

⑤ "万里"句：指汤邦彦被贬南荒。淳熙三年（1176）四月，汤邦彦出使金国，求还河南之地，因无功而返，而被编管新州（治所在今广东新兴）。

⑥ 政恐不免：只怕难免还要做官。典出《世说新语·排调》："初，谢安在东山居，布衣，时兄弟已有富贵者，翕集家门，倾动人物。刘夫人戏谓安曰：'大丈夫不当如此乎？'谢乃捉鼻曰：'但恐不免耳。'"

⑦ 消息日边来：起复为官的消息会从京城传来。

⑧ "门掩草"二句：门被荒草所掩盖，门前的道路也长满了青苔。喻罢官闲居后门庭冷落，没有人来探访。

⑨ "未应"二句：谓人虽闲来无用，两只手还是有用的，一只手可以吃螃蟹，另一只手可以举杯痛饮。典出《世说新语·任诞》："毕茂世云：一手持蟹螯，一手持酒杯，拍浮酒池中，便足了一生。"

⑩ 说剑论诗：语本苏轼《与梁左藏会饮傅国博家》："将军破贼自草檄，论诗说剑俱第一。"

⑪ "老子"句：语本《后汉书·马援传》："宾客故人，日满其门。诸

87

曹时白外事，援辄曰：'此丞掾之任，何足相烦！颇哀老子，使得遂游。'"

⑫"白发"句：反用黄庭坚《次韵裴仲谋同年》"白发齐生如有种，青山好去坐无钱"诗意。

【评析】

这首词与上词《水调歌头·盟鸥》为同时之作，即亦作于淳熙九年（1182）春。所谓"汤朝美司谏见和，用韵为谢"，即友人汤邦彦（朝美）于上词有和作，辛弃疾乃再作此词为答。按，汤邦彦于淳熙三年（1176）因出使金国有负使命，被贬新州（治所在今广东新兴）；后量移信州，与辛弃疾交游唱和；淳熙末，回归故里镇江府金坛县（今属江苏常州）。邓广铭《稼轩词编年笺注》考云："刘宰《颐堂集序》谓汤朝美于淳熙三年被谪，谪后八年始得归。韩元吉《送汤朝美还金坛》诗有'几年卧新州……朅来灵山隈'等句，知汤氏于谪居新州数年后又量移近里之信州。据此词推考，汤氏至晚于淳熙八年冬已移居信州矣。"按，灵山在信州城北。

上片从汤邦彦落笔。汤邦彦尝力主抗金，深得宰相虞允文和孝宗皇帝信任。《京口耆旧传》卷八《汤邦彦传》载："中乾道壬辰博学宏词科。丞相虞允文一见如旧，除枢密院编修官。允文宣抚四川，辟充大使司干办公事。明年，允文薨。……时孝宗锐意远略，邦彦自负功名，议论英发，上心倾向之，除秘书丞、起居舍人兼中书舍人，擢左司谏兼侍读。论事风生，权幸侧目。上手书以赐，称其'以身许国，志若金石，协济大计，始终不移'。及其他圣意所疑，辄以谘问，御笔具藏于家。使金还，坐贬。淳熙末，复故官，归乡里，其才益老，朝廷将收用之，未几卒。"词中所写，即汤邦彦为官、遭贬情形，及起复之前景，既有颂扬，又有勉励、祝愿，笔力雄健，气势充沛，富有光彩。

下片说到自己，而适与汤邦彦形成反差。彼是"消息"将从"日边来"，己则"门掩草"而"径封苔"，"两手无用"，"醉舞狂歌"，处境"堪哀"，愁不能解。"我们可以说，全词的重心和主旨是在下片。虽然是赠答之作，但它是以写别人为宾，写自己为主，以宾衬主。全篇艺术技巧上最大的特点，就是这种对比反衬的描写。"（刘扬忠《稼轩词百首译析》）

篇末"白发"二句，亦须拈出一说。因愁而生白发，李白说"白发三千丈，缘愁似个长"，杜甫说"白头搔更短，浑欲不胜簪"，皆用夸饰之辞写白发之长短，出人意表。此词写来又别开生面：白发像是有根有"种"似的，待人酒醒之后，一根根培"栽"在头上。此将自然的生理现象转化为主观的动态过程，读来颇有妙趣。

踏莎行

赋稼轩①，集经句

进退存亡②，行藏用舍③，小人请学樊须稼④。衡门之下可栖迟⑤，日之夕矣牛羊下⑥。　　去卫灵公，遭桓司马⑦，东西南北之人也⑧。长沮桀溺耦而耕⑨，丘何为是栖栖者⑩？

【注释】

①稼轩：此指辛弃疾带湖新居。

②进退存亡：语出《易·乾·文言》："知进退存亡而不失其正者，其惟圣人乎！"

③行藏用舍：语出《论语·述而》："用之则行，舍之则藏。"

④"小人"句：语出《论语·子路》："樊迟请学稼，子曰：'吾不如老农。'请学为圃，曰：'吾不如老圃。'樊迟出，子曰：'小人哉，樊须也！'"樊迟，名须，字子迟，孔子弟子。日常语序应是"小人樊须请学稼"，为合平仄而调整。

⑤"衡门"句：语出《诗经·陈风·衡门》："衡门之下，可以栖迟。"衡门，以横木当门，没有门板。极言房屋简陋。栖迟，游息，即游玩与休憩。

⑥"日之夕"句：语出《诗经·王风·君子于役》："日之夕矣，羊牛下来。……日之夕矣，羊牛下括。"

⑦"去卫灵公"二句：语出《论语·卫灵公》："卫灵公问陈于孔子，孔子对曰：'俎豆之事，则尝闻之矣；军旅之事，未之学也。'明日遂行。"《孟子·万章上》："孔子不悦于鲁卫，遭宋桓司马，将要而杀之，微服而过宋。是时，孔子当厄。"桓司马，指桓魋，时为宋国司马，掌军事。

⑧"东西"句：语出《礼记·檀弓上》："今丘也，东西南北之人也。"言居无定所，到处漂泊。

⑨"长沮"句：语出《论语·微子》："长沮、桀溺耦而耕，孔子过之，使子路问津焉。"

⑩"丘何为"句：语出《论语·宪问》："微生亩谓孔子曰：'丘何为是栖栖者与？'无乃为佞乎！"栖栖，惶惶不安的样子。

【评析】

邓广铭《稼轩词编年笺注》云，此词"作年难确定"，然"玩全词语意，当是居于带湖之初所作"，疑"淳熙九年（1182）"作，姑"附次于《盟鸥》词之后"。吴企明《辛弃疾词校笺》则系庆元元年（1195）。兹依邓说。

词序"赋稼轩，集经句"，一说内容主旨，一说艺术特色。而"赋稼轩"，全篇却只有"衡门"二句，来描摹稼轩（即带湖新居）之面貌、情状；其要，乃在写初居带湖之心情。其心情，有表里之不同。表面说，既被解罢，理当遵循儒家"行藏用舍"之训，努力学习"耕""稼"，并以孔子惶惶于道途中心愿不遂为反例，说自己归耕田园之确当。其内里，则在述说盛年而被迫隐居之无奈，并力图宽解自己，是言在此而意在彼。试想，一心于弓刀事业、恢复宏愿的辛弃疾，怎会甘心"栖迟"于田园之间、老死于林泉之下？洪迈《稼轩记》即云："使遭事会之来，挈中原还职方氏，彼周公瑾、谢安石事业，侯盖饶为之。此志未偿，顾自诡迹，放浪林泉，从老农学稼，无亦大不可欤？"

至于"集经句"，是写法上的别开生面。前此集句诗或集句词，都是从前人诗词中集出成句，而辛弃疾则别创一格，全从《易经》《论语》《诗经》《礼记》等经书中集句为词，"百宝装成无缝塔"（卓人月汇选、徐士俊参评《古今词统》卷九）。有谓："徐士俊谓集句有六难：属对一也，协韵二也，不失粘三也，切题意四也，情思联续五也，句句精美六也。……余更增其一难，曰打成一片。稼轩俱集经语，尤为不易。"（沈雄《古今词话·词品》卷上）"此词虽句句集经语，却句句稼轩自道。……用古人语道自己志，天衣无缝，无一笔呆滞。"（吴则虞选注《辛弃疾词选集》）更有详评此词集句之佳者云："从集句的角度来分析，此词'东西''长沮'二句天生七字，不劳斧削；'衡门''日之'二句原为四言八字，各删一字，拼为七言，'丘何'句原为八字，删一语尾助辞即成七言，亦自然凑泊：一佳也。'衡门''日之'二句，一用原作之本意，一赋原作以新意，虽皆出《诗经》而有因有变，手法并不雷同：二佳也。'东西'句尾为'也'字，'丘何'句尾为'者'字，虚字叶韵，且俱为语气助辞，物稀而贵：三佳也。通篇叙事、议论，而'日之'一句景语点缀其间，万绿丛中红一点，动人春色不须多：四佳也。通篇为陈述句式，而'丘何'句以问作结，钟声已断，余韵袅袅：五佳也。至于全词杂用五经，如五金熔铸而成器，五色织锦而成文，五音扬抑而成曲，浑然不镂，佳之佳也，更不待言了。"（上海辞书出版社文学鉴赏辞典编纂中心编《唐宋词鉴赏辞典》钟振振解析此词）既难且佳，自可见辛弃疾运典之功力。此种集经句词，辛词中也仅此一篇，然"历来集经句词，当以辛弃疾此篇为胜"（郑小军编注《众里寻他千百度：辛弃疾词》）。

满江红

送汤朝美司谏自便归金坛①

瘴雨蛮烟②，十年梦、尊前休说③。春正好、故园桃李，待君花发④。儿女灯前和泪拜⑤，鸡豚社里归时节⑥。看依然、舌在齿牙牢⑦，心如铁。　　活国手⑧，封侯骨⑨。腾汗漫⑩，排阊阖⑪。待十分做了，诗书勋业⑫。常日念君归去好，而今却恨中年别⑬。笑江头、明月更多情，今宵缺。

【注释】

　①汤朝美：即汤邦彦，尝任左司谏。自便：指自行选择居住地。宋时官吏得罪贬谪偏远州郡，由当地官员管束，称编管，又称安置。若后遇赦恢复自由，称任便居住，简称"自便"。编管、安置或某处居住，皆谓到指定之地居住。金坛：汤邦彦故里，今属江苏常州。

　②瘴雨蛮烟：指汤邦彦当年贬居之地新州（治所在今广东新兴）。宋人常用之以描写岭南的环境气候。

③ 尊：同"樽"，盛酒器，泛指杯盏。

④ "春正好"二句：表面写故园桃李等待主人回后才开花，隐写汤邦彦家中美人一直在等他归来。典出《唐语林》卷六：韩愈有二妾，一曰绛桃，一曰柳枝，皆能歌舞。韩愈使边，柳枝遁去，韩愈回后赋《镇州初归》诗曰："别来杨柳街头树，摆弄春风只欲飞。还有小园桃李在，留花不放待郎归。"自是专宠绛桃。

⑤ "儿女"句：化用谢景初诗意。《后山诗话》载，谢景初（字师厚）废居邓州，其妹婿王存时任左丞，奉使荆湖，枉道过访，夜至其家，师厚有诗云："倒着衣裳迎户外，尽呼儿女拜灯前。"

⑥ 鸡豚社里：化用韩愈《南溪始泛》："愿为同社人，鸡豚燕春秋。"社，此指春社，古时春耕前祭祀土神以祈丰收。

⑦ 舌在齿牙牢：《史记·张仪列传》载，战国时张仪学成后游说诸侯，尝从楚相饮，已而楚相亡璧，门下意张仪贫而无行，必盗之，共执其掠笞数百。其妻曰："嘻，子毋读书游说，安得此辱乎！"张仪谓其妻曰："视吾舌尚在不？"其妻笑曰："舌在也。"仪曰："足矣！"苏轼《送刘攽倅海陵》："君不见阮嗣宗，臧否不挂口，莫夸舌在齿牙牢。"

⑧ 活国手：治国能手。《南史·王广之传》载，王广之子珍国，仕齐为南谯太守，"时郡境苦饥，乃发米散财以赈穷乏，高帝手敕云：卿爱人活国，甚副吾意"。

⑨ 封侯骨：封侯的骨相。《汉书·翟方进传》载，翟方进为小史时，曾从汝南蔡父相问，蔡父大奇其形貌，谓曰："小史有封侯骨。"后为丞相，封高陵侯。

⑩ 腾汗漫：谓仕途腾达。《淮南子·道应训》："吾与汗漫期于九垓之外，吾不可以久驻。若士举臂而竦身，遂入云中。"汗漫，渺茫不可知，借指仙人或仙界，此指帝王所居。

⑪ 排：推开。阊阖：天门，此指宫门或京城之门。《淮南子·原道

训》：“蹈腾昆仑，排阊阖，沦天门。”

⑫ 诗书勋业：指以胸中诗书成就致君尧舜的事业。

⑬ 中年别：典出《世说新语·言语篇》：“谢太傅语王右军曰：中年伤于哀乐，与亲友别，辄作数日恶。”

【评析】

邓广铭《稼轩词编年笺注》系此词于淳熙十年（1183）春，云：“据刘宰《颐堂集序》，知汤氏之归金坛当在淳熙十年。词中有‘春正好’句，必作于十年春间。”汤邦彦于淳熙三年（1176）尝因出使金国不力，被贬新州（治所在今广东新兴），后量移信州。本年春，又遇赦得“自便”归故里金坛（今属江苏常州）。行前，辛弃疾为其设宴，并作此词。

词写送别，情义深挚。词人先为汤邦彦终于结束“瘴雨蛮烟”的贬谪日子感到庆幸，“休说”含有一切都已过去、尽可忘却之意。如今，“春”色“正好”，不止可以“青春作伴好还乡”，而且作为“活国手”，又有“腾汗漫，排阊阖”、成就“诗书勋业”的大好时机，着实可喜可贺。《京口耆旧传》卷八《汤邦彦传》载，汤邦彦归乡后，“其才益老，朝廷将收用之”，惜“未几卒”，可证辛弃疾所言非全夸饰之词。再者，兹为勉人，也为自勉，包含着英雄辛弃疾永不泯灭的政治理想与自我期许。故即便“下片起六句稍有过誉”（朱德才选注《辛弃疾词选》），也与情理不悖，无须苛责。结末“常日”四句，写本希望友人境遇转好而“归去”，如今友人将去却又不忍分别的矛盾心情，情景融合，情真意切。

此词用典多，而又贴切、自然。如“活国手”句，用南朝齐南谯太守王珍国赈济饥民事，汤邦彦也同样乐善好施。《京口耆旧传》载："邦彦性开爽，善论，乐施与。少时颇有积谷，尽散以拯乡党之急。

平时周人之急，惟力是视。南归坐贫，自譬干义井云。"又，"儿女"句化用谢景初诗意，写家人久别团聚，情境温馨，如出己手；七字包含时间（夜晚）、场景（室内灯前）、人物（汤朝美夫妇及其儿女）、动作（叩拜）、表情（和泪），生动传神，富有画面感。

破阵子

为陈同甫赋壮词以寄之[①]

醉里挑灯看剑[②]，梦回吹角连营[③]。八百里分麾下炙，五十弦翻塞外声[④]。沙场秋点兵。　马作的卢飞快[⑤]，弓如霹雳弦惊[⑥]。了却君王天下事，赢得生前身后名[⑦]。可怜白发生。

【注释】

①陈同甫：即陈亮，字同甫（一作同父），号龙川，永康（今属浙江）人，与辛弃疾最为相知。

②挑灯看剑：北宋刘斧《青琐高议》载高言诗："男儿慷慨平生事，时复挑灯把剑看。"

③梦回：梦醒。亦解为梦中回到。角：号角。

④"八百里"二句：为"麾下分八百里炙，塞外翻五十弦声"的倒装句。八百里炙，牛肉。典出《世说新语·汰侈》：王君夫（名恺）有牛名八百里驳，王武子（名济）对君夫说：我箭术不如你，今天比试，以你的牛为赌注。君夫自恃手快，便爽快答应，并让武子先射，武子一箭中的，叱左右："速探牛心来。""须臾炙至，一脔便去"。五十弦，指瑟。《史记·孝武本纪》："泰帝使素女鼓五十弦瑟。"此泛指军乐器。

⑤的卢：良马名。《三国志·蜀书·先主传》注引《世语》载，刘备所乘马名的卢，骑的卢逃走时堕襄阳城西檀溪水中，溺不得出。刘备急曰："的卢，今日厄矣，可努力。"的卢乃一跃三丈，遂得脱。

⑥弓如霹雳：典出《梁书》卷九《曹景宗传》："景宗谓所亲曰：我昔乡里，骑快马如龙，与年少辈数十骑，拓弓弦作霹雳声，箭如饿鸱叫。平泽中逐獐数肋射之，渴饮其血，饥食其肉，甜如甘露浆，觉耳后风生，鼻头出火。此乐使人忘死，不知老之将至。"

⑦身后名：《晋书·张翰传》："翰任心自适，不求当世。或谓之曰：'卿乃可纵适一时，独不为身后名邪？'答曰：'使我有身后名，不如即时一杯酒。'时人贵其旷达。"

【评析】

此词作年，有说为淳熙十六年（1189）辛弃疾与陈亮鹅湖会之后（如梁启勋《稼轩词疏证》），有说为绍熙四年（1193）陈亮举进士第一后（如蔡义江、蔡国黄《辛弃疾年谱》与吴企明《辛弃疾词校笺》）。其实，兹当以系淳熙十年（1183）秋为宜。陈亮尝有《与辛幼安殿撰书》云："闻往往寄词与钱仲耕，岂不能以一纸见分乎？"淳熙八年（1181）岁暮，辛弃疾即有《西河·送钱仲耕自江西漕赴婺州》词。据邓广铭《辛稼轩年谱》考证，《与辛幼安殿撰书》作于淳熙十年春，则辛弃疾接此信后赋词，当在此后不久；又词中有"沙场秋点兵"句，则当作于是年秋。辛更儒《辛弃疾集编年笺注》即持此说。

词题曰"为陈同甫赋壮词"，实乃自写其经历和遭遇。全词共十句，前九句述早年经历及宏愿，情壮、景壮、事壮、语壮、声壮、人壮、马壮、志壮，切合并凸显一"壮"字。而末"可怜"一句陡转，应首二字"醉里"，写现实之情形与遭遇，悲怆无极。夏承焘《唐宋词欣赏》析云："全首词到末了才来一个大转折，并且一转即结束，文笔很是矫健有力。前九句写军容写雄心都是想象之辞。末句却是现实情况，以末了一句否定了前面的九句，以末了五个字否定前面的几十个字。前九句写得酣恣淋漓，正为加重末五字失望之情。这样的结构不但宋词中少有，在古代诗文中也很少见。这种艺术手法也正表现了辛词的豪放风格和他的独创精神。"顾随《稼轩词说》亦谓："前九句真是海上蜃楼突起，若者为城郭，若者为楼阁，若者为塔寺，为庐屋，使见者目不暇给。待到'可怜白发生'，又如大风陡起，巨浪掀天，向之所谓城郭、楼阁、塔寺、庐屋也者，遂俱归幻灭，无影无踪，此又是何等腕力，谓之为率，又不可也。复次，稼轩自题曰'壮词'，而词中亦是金戈铁马、大戟长枪，像煞是豪放。但结尾一句，却曰'可怜白发生'。夫此白发之生，是在事之了却、名之赢得之前乎？抑在其后乎？……此又是千古人生悲剧，其哀苦愁凄，亦当不得。谓之豪放，亦是皮相之论也。……一部《稼轩长短句》，无论是说看花饮酒，或临水登山；无论是慷慨悲歌，或委婉细腻，也总是笼罩于此悲哀的阴影之中。"亦即，此词的风格为悲壮沉郁，所谓"沉雄悲壮，凌轹千古"（陈廷焯《云韶集》卷五）。其与前之苏轼词、后之陈维崧词不同即在是。"感激豪宕，苏辛并峙千古。然忠爱恻怛，苏胜于辛，而淋漓怨壮，顿挫盘郁，则稼轩独步千古矣。稼轩词魄力雄大，如惊雷怒涛，骇人耳目，天地巨观也，后惟迦陵有此笔力，而郁处不及。"（陈廷焯《词则·放歌集》卷一）

　　此词在用典和句法上也很有特色。全词十句中熔铸六典，而浑然天成。如"八百里"，既是用《世说新语》中八百里驳之典，亦让人联想到"连营"八百里之壮观。词人把前人语典、事典融化成自己独具个性的语汇系统，彰显出高超的文字驾驭能力，既显学问才情，又使词作具有深厚的历史感；每个语典、事典，都沉淀着特定的历史记忆，能唤起读者对特定历史场景的记忆与联想。如用"的卢"典，就让人联想到刘备乘的卢马飞越檀溪的传奇故事，在实写战场景象之外，又多了一层历史的风云与想象。全词句法也奇崛挺异。如"八百里"二句，一般七言诗句词句，都是"二二三式"，而此两句则作"三一三式"，读作"八百里——分——麾下炙，五十弦——翻——塞外声"，句式的挺异与特异的战争场面相合相应、相得益彰。

鹧鸪天

败棋，罚赋梅雨^①

漠漠轻阴拨不开^②，江南细雨熟黄梅^③。有情无意东边日^④，已怒重惊忽地雷。　　云柱础，水楼台^⑤，罗衣费尽博山灰^⑥。当时一识和羹味，便道为霖消息来^⑦。

【注释】

①败棋：即输棋。梅雨：北宋陆佃《埤雅》："今江湘二浙四五月间，梅欲黄落，则水润土溽，础壁皆汗，蒸郁成雨，其霏如雾，谓之梅雨。"

②"漠漠"句：语出韩愈《同水部张员外曲江春游寄白二十二舍人》"漠漠轻阴晚自开"和苏轼《有美堂暴雨》"满座顽云拨不开"诗句。

③"江南"句：杜甫《梅雨》："四月熟黄梅……冥冥细雨来。"苏轼《赠岭上梅》："不趁青梅尝煮酒，要看细雨熟黄梅。"

④"有情"句：从刘禹锡《竹枝词》"东边日出西边雨，道是无晴却有晴"化出。

⑤"云柱础"二句：因天气潮湿，柱础生出云般的图案，楼台滴出水珠。柱础，承柱的础石。础，柱下的石墩。

⑥"罗衣"句：从周邦彦《满庭芳·夏日溧水无想山作》"衣润费炉

烟"化出。博山，即博山香炉。北宋徐兢《宣和奉使高丽图经》卷三十："博山炉，本汉器也。海中有山名博山，形如莲花，故香炉取象。"

⑦和羹、为霖：典出《尚书·说命》"若岁大旱，用汝作霖雨"及"若作和羹，尔惟盐梅"。和羹，本义是指用不同的调味品做成羹汤，后指大臣辅佐君王治理朝政。为霖消息，喻指升迁的消息。霖，久雨，甘雨，喻恩泽。

【评析】

此词作年无确考。邓广铭《稼轩词编年笺注》谓："详其语意，当作于寓居带湖最初之三数年内。"即作于淳熙十一年（1184）左右。兹姑系淳熙十一年。词言"熟黄梅"，显作于夏时。吴企明《辛弃疾词校笺》则系淳熙十五、六间（1188—1189）。

此篇咏梅雨。词题言因"败棋"而"罚赋梅雨"，很有趣味。词中赋梅雨，也意趣盎然，不一而足。一是想去拨开"漠漠轻阴"，以手指之实"拨"轻阴之虚，较苏轼之"满座顽云拨不开"，想象更为奇特，也更难以实现。二是轻阴漠漠、梅雨柔细，背景却是让人"惊""怒"的撼天震地的雷声。三是梅雨本是连绵阴雨，亦间有"东边日出西边雨"之奇景。四是因梅雨天湿气大、霉气重，"罗衣"须得常熏，以致"费尽博山灰"。五是末二句趣言一尝到"和羹"里的梅子味，就说梅雨要来了，果然也就来了。且此二句似含有对朝政清明、复起再任之期待意，而又关合所咏之"梅雨"，含而不露，自然巧妙。"结尾二句化用《尚书》'若作和羹，尔惟盐梅''若岁大旱，用汝作霖雨'两个典故，貌似拓展开去，从梅可和羹讲到为政，其实是前一句取其'梅'字，后一句取其'雨'字，意在进一步坐实'梅雨'二字，以开为合，确有举重若轻、开合自如之妙。"（朱德才、薛祥生、邓红梅《辛弃疾词新释辑评》）

从此词似又知，辛弃疾的棋艺并不甚高。或许这次对弈，本有言在先，输了要罚赋梅雨词一首。此又是一种意趣。宋人爱下围棋。但就我们所知，辛弃疾之外，苏轼、王安石的棋艺似也不敢恭维。苏轼曾说平生有三不如人，即下棋、饮酒、唱曲。王安石倒好像从来没输过，原因是每见输局已定，他就推盘撸子说："不下了，下棋本为高兴，今天尽兴了。"辛弃疾的棋风应该比较好，输了，就老老实实兑现一首词。呵呵！

清平乐

村居

茅檐低小[1]，溪上青青草。醉里吴音相媚好[2]，白发谁家翁媪[3]。　　大儿锄豆溪东，中儿正织鸡笼。最喜小儿亡赖[4]，溪头卧剥莲蓬。

【注释】

① 茅檐低小：语本杜甫《绝句漫兴》："熟知茅斋绝低小，江上燕子故来频。"

② 吴音：指上饶本地方言，上饶旧属吴地，故称。

③ 翁媪（ǎo）：老翁与老妇的并称。

④ 亡（wú）赖：语出《汉书·高帝纪》："始大人常以臣亡赖，不能治产业。"注云："江淮之间，谓小儿多诈狡狯为亡赖。"此处为"顽皮、调皮"意。

【评析】

此词作年无确考。邓广铭《稼轩词编年笺注》谓："详其语意，当作于寓居带湖最初之三数年内。"即作于淳熙十一年（1184）左右。兹姑系淳熙十一年。词言"锄豆""剥莲蓬"，当在夏时。吴企明《辛弃疾词校笺》则系隆兴二年（1164）夏。

词题"村居"，写乡村一户人家的居住环境和生活场景，自然和谐，真切生动。和谐者，表现在两个方面。首先，是人与人之间的和谐。所写是一个家庭，因而人与人的和谐又具体化为了家庭成员之间的和谐。首先映入我们眼帘的，是一对老年夫妇。他们在做什么呢？在聊天，且"相媚"，话来语去，言东道西，没有龃龉，只有相悦。加上吴地方音特有的软媚，以及醉里的口齿缠绵与内心畅快，其中的融乐、满足与幸福，自不待言。再看夫妇二人的孩子们：大儿"锄豆溪东"，二儿"正织鸡笼"，三儿"卧剥莲蓬"。壮者各忙其事，少者自寻其乐。老的、壮的、少的，似乎都在过着他们那个年龄段该有的生活，而且都在尽情体味、尽情享受他们各自生活中的乐趣，自然而和谐，满足而快乐。其次，是人与自然的和谐。一家临溪而居，门外青草如茵。虽然只是低矮的茅草屋，但丝毫没有给人寒酸、寒碜的感觉；相反地，正因为是"茅"屋而且"低小"，才能和周围的青草、小溪，以及溪中的莲花、岸上的豆苗相融相谐、相映成趣。且这户人家似乎也知道，一切都是自然给予的，于是他们善待自然而不去惊扰之，他们的生活就如同门前流过的小溪那样，自然、恬静、澄澈、生动。他们不是自然的主人，而是自然的朋友，或者已化为了自然的一部分。与和谐相应的是生动，"环境和人物的搭配是一幅极匀称自然的图画。老和小写得最生动。'卧剥莲蓬'正是'无赖'的形象化"（胡云翼选注《宋词选》）。看来，辛弃疾不仅擅写景物，也擅写人物呢。

对于词中"醉里"之"醉"者为谁,有不同的理解。认为是"翁媪"者居多,如谓:"一对老年夫妇饮酒闲谈,从柔和的语言里听出他俩安闲的心境。'吴音'句用'相媚'一词,是说初听像是青年情侣,见了才知是'白发翁媪',造句饶有风趣。"(夏承焘、盛静霞《唐宋词选讲》)"本篇客观地写农村景象,老人们有点醉了,大孩子在工作,小孩子在玩耍。……'醉里',犹前录苏轼《浣溪沙》'垂白杖藜抬醉眼'。'吴音相媚好'即指翁媪对话而言,以吴语柔软,'媚好'亦双关。"(俞平伯选注《唐宋词选释》)也有认为是词人,如曰:"以上种种,全由词人'醉里'耳闻目睹,信手写来,寓情于景,意趣横生。与其说作者醉于酒,倒不如说是醉于心。"(吴熊和主编《经典宋词》)"此'醉里'乃作者自醉,犹之'醉里挑灯看剑'之'醉里',皆作者自醉也。若谓翁媪俱醉,作者何由知之?且醉而作吴音,使不醉,即不作吴音乎?'相媚好'者,谓吴音使作者生媚好之感觉,非翁媪自相媚好也。盖作者醉中闻吴语而悦之,然后细视谛听,始知为农家翁媪对话也。……从含醉意的作者眼中来看农村的一个生活侧面,比清醒的旁观者在听醉人说吴语要更富有诗意。"(吴小如《说辛弃疾的〈清平乐〉》)

另,此词语言看似平易晓白,毫不费力,实亦多有渊源典实可考。如有指下片云:"虽似用口语写实,但大儿、中儿、小儿云云,盖从汉乐府《相逢行》'大妇织绮罗,中妇织流黄,小妇无所为,挟瑟上高堂'化出,只易三女为三男耳。末句于剥莲蓬着一'看'字(按此所据版本为'看剥'),得乐府'无所为'的神理。'无赖'……本不是什么好语(按即《汉书·高帝纪》中'无赖'本意),这里却只作小孩子顽皮语,所以说'最喜',反语传神,更觉有力。"(俞平伯选注《唐宋词选释》)

鹧鸪天

　　有甚闲愁可皱眉，老怀无绪自伤悲。百年旋逐花阴转^①，万事长看鬓发知。　　溪上枕^②，竹间棋^③，怕寻酒伴懒吟诗。十分筋力夸强健，只比年时病起时^④。

【注释】

　　① 旋：逐渐。

　　② 溪上枕：《世说新语·排调》："孙子荆年少时欲隐，语王武子，当枕石漱流，误曰漱石枕流。王曰：'流可枕，石可漱乎？'孙曰：'所以枕流，欲洗其耳；所以漱石，欲砺其齿。'"

　　③ 竹间棋：李商隐《即日》："小鼎煎茶面曲池，白须道士竹间棋。"

　　④ 年时：指去年或前年。病起：病愈。

【评析】

　　此词作年无确考。邓广铭《稼轩词编年笺注》谓："详其语意，当作于寓居带湖最初之三数年内。"即作于淳熙十一年（1184）左右。兹姑系淳熙十一年。词题"重九"，点节令。

　　此为节序词。辛弃疾已有《鹧鸪天·重九席上作》词，此为"再赋"，乃同时作。前词云："戏马台前秋雁飞，管弦歌舞更旌旗。要知黄菊清高处，不入当年二谢诗。　　倾白酒，绕东篱，只于陶令有心期。明朝九日浑潇洒，莫使尊前欠一枝。"写饮酒、爱菊，自期自赏，清介"潇洒"。而这后一首，则情调陡变，虽也言"溪上枕，竹间棋"，但因是"老怀"，则"闲愁可皱眉""无绪自伤悲"，酒也

"怕"寻伴，诗也"懒"咏吟；虽也"十分筋力夸强健"，但也仅是相较"年时病起时"而言；人终在老去，时逐"花阴"转，发萦"万事"白，无奈与伤感已然成了生活主调。故二词虽同时作，但心理、情感、情绪相异甚或相反；二词所表现的，也正是辛弃疾闲居带湖期间精神心理的两个侧面，是表里融合、相反相成的。而若说"十分"二句，"还表现了作者力求超拔人生困境的潇洒的生活态度"（朱德才、薛祥生、邓红梅《辛弃疾词新释辑评》），恐未相宜。

此词所用虚字，如"自伤悲"之"自"，"旋逐花阴"之"旋"，"只比年时"之"只"，皆精当传神。"首二句言本无闲愁而伤年老，壮志未伸。'旋逐花阴'之'旋'字，宋人读去声，此处犹'渐'字意。后阕'十分筋力'二句，自奋老犹强健，壮志不衰，而只能比年时病起之时，可见腰脚已大不如前。强言强健，而实已衰老。用此法其传神皆在一、二虚字。"（吴则虞选注《辛弃疾词选集》）

清平乐

检校山园书所见 ①

连云松竹，万事从今足。挂杖东家分社肉 ②，白酒床头初熟 ③。　西风梨枣山园 ④，儿童偷把长竿。莫遣旁人惊去，老夫静处闲看。

【注释】

①检校：巡视察看。山园：辛弃疾在上饶带湖居所的园林。南宋洪迈《稼轩记》即说其居所"东冈西阜，北墅南麓"，故称山园。

②分社肉：《荆楚岁时记》载："社日，四邻并结宗会社，宰牲牢，

为屋于树下，先祭神，然后享其胙。"社，即社日，祭土地神的日子，一般在立春、立秋后第五个戊日。

③床：糟床，酿酒的用具。

④西风：秋风。

【评析】

此词作年无确考。邓广铭《稼轩词编年笺注》谓："详其语意，当作于寓居带湖最初之三数年内。"即作于淳熙十一年（1184）左右。兹姑系淳熙十一年。又词中"分社肉""西风梨枣"云云，显作于秋时，且在初秋。

词中所写，为观览带湖新居山园所见。一见"连云松竹"，环境清幽雅静；二见社日气氛，村民分肉试酒，生活和美丰足；三见村童"偷把长竿"，打食园内"梨枣"，而任其所为，不使"惊"去。关于"拄杖"二句，一般认为是写词人自己，如有谓："三、四两句，自述日常生活的悠闲与满足。秋社祭神的时刻到了，他亲自拄着竹杖去村东头主持祭祀的人家分回自家应得的一份社肉——这肉正好派上用场，自家酒坊里新酿的白酒不是刚从糟床上榨出来吗！平实而简洁的叙事，突显出这位隐居的高士潇洒随和的精神风貌。"（刘扬忠评注《辛弃疾词选》）此解似可商榷。首先，词题既曰"检校山园"，并"书所见"，中间却嵌入自己去村里"分社肉"，又归家品赏新酒，甚觉突兀。再者，辛弃疾本身体强健，时年四十五岁，此又非病中或"病起"，却曰"拄杖"出门，与常理不合。然则，解为词人在园中看到"东家"之邻翁"拄杖"从园边走过，就和他打招呼，听他说去"分社肉"，又说家中白酒"初熟"，似更合理。此外，词中还有一个歧义点，就是若说"下片四句表现的"，是辛弃疾对乡民"恢宏宽厚的达士风度"（同上），似也显牵强。辛弃疾居带湖、瓢泉期间，固然与乡民相处融洽、情谊深切，但这里所表现的，恐怕还是词人对小孩子因嘴馋去偷打人家梨枣，那种既兴奋又慌张的样子，特别是打到了、吃到了，那种既高兴又满足的神情，怀有浓厚的欣赏和期待兴味。这正和杨万里笔下的"闲看儿童捉柳花"（《闲居初夏午睡起二绝句》其一）有神似之处，而与杜甫笔下的"堂前扑枣任西邻"（《又呈吴郎》）相异。

就全词来看，词人所表现的，也不仅仅是表层对闲居生活的满足与适意，即"足""静"且"闲"。作为曾经的将帅人物，辛弃疾原来"检校"的是军马，如今却只能"检校山园"，且同调同题词一写就是两首（另篇首句为"断崖修竹"），还有他词如《永遇乐》题"检校停云新种杉松"，《沁园春·灵山齐庵赋时筑偃湖未成》曰"检校长身十万松"，其伤其哀可知。有评者即云："稼轩隐居带湖，其闲而不适心境，常以正话反说的方式体现。这首词所说'足'与'闲'二字，都是反语。上片说被闲置，在此间检校山园，有连云之松竹，有肉，有酒，万事足矣。此所谓'足'实则不足。因为'管竹管山管水'（《西江月》'万事云烟忽过'），什么都管，就是国家大事不让管，壮志未酬，所以不能满足。下片写'闲'，谓自己被投闲置散，闲得无事可做，只好在静处观看儿童偷梨枣。此所谓'闲'，其中充满着愤慨情绪，亦不闲也。词中用反语，使得看似很平常的生活小事，显得动人心魄。"（施议对《辛弃疾词选评》）

鹧鸪天

元溪不见梅①

千丈冰溪百步雷，柴门都向水边开。乱云剩带炊烟去②，野水闲将日影来。　　穿窈窕③，过崔嵬④，东林试问几时栽⑤。动摇意态虽多竹，点缀风流却欠梅。

【注释】

①元溪：在上饶。明薛瑄《敬轩文集》卷十三《周氏族谱序》："上饶周秉忠示余族谱一帙，求为之序。余观秉忠先世家于上饶者历年滋多谱，所谓元溪者，盖其宗。而元溪之分，则自学录公始。"

②剩：更，又。

③窈窕：指草木丛林。杜牧《题茶山》："柳村穿窈窕，松涧渡喧阗。"

④崔嵬：指山路。

⑤"东林"句：杜甫《舍弟占归草堂检校聊示此诗》："东林竹影薄，腊月更须栽。"

【评析】

此词作年无确考。词题"元溪"，在上饶，则此词当作于闲居带湖时。邓广铭《稼轩词编年笺注》谓："详其语意，当作于寓居带湖最初之三数年内。"即作于淳熙十一年（1184）左右。兹姑系淳熙十一年。吴企明《辛弃疾词校笺》则系绍熙元年（1190）前后。"不见梅"、"冰溪"云云，时当在冬季。

上片写元溪之美。"冰溪"者，示冬寒。然地处南方，不可能冰封溪水，故远远就能听到溪水之声；"冰""雷"，皆夸饰之词，"冰"又含清新、清澈意。来到溪旁，看到人家都临溪而居，柴门向溪，人、溪共处，和谐自然。"乱云"二句，承接"柴门""冰溪"，写炊烟与日影。炊烟袅袅，升至空中，化而成云，却说云"带"炊烟；红日在天，影映水中，也说水"将"其来，都新颖别致。然美则美矣，却仍有不足处。下片即写这不足，即"欠梅"，切应词题之"不见梅"。冬日临溪，词人这次游赏的着力处，或许就在寻梅吧，以感受"疏影横斜水清浅，暗香浮动月黄昏"（林逋《山园小梅》）之意境美。但"穿窈窕，过崔嵬"，一路不辞辛苦，却总不见梅。甚至一直寻到了"东林"地，可竹子尽多，梅影仍无。而冬日的"风流"与魂魄，似乎又全在这梅花上，故憾意也只能留下了。全词的余韵，又似乎全在这"欠"字上，而艺术上又是完足的。

全词构思精巧，意境优美，属对工妙（共三对六句），运笔自如，可称辛词中的精品之作。

水龙吟

甲辰岁寿韩南涧尚书 ①

渡江天马南来 ②，几人真是经纶手 ③。长安父老 ④，新亭风景，可怜依旧 ⑤。夷甫诸人，神州沉陆 ⑥，几曾回首。算平戎万里，功名本是，真儒事、君知否 ⑦。　　况有文章山斗 ⑧，对桐阴、满庭清昼 ⑨。当年堕地 ⑩，而今试看，风云奔走 ⑪。绿野风烟 ⑫，平泉草木 ⑬，东山歌酒 ⑭。待他年，整顿乾坤事了 ⑮，为先生寿。

【注释】

① 韩南涧：即韩元吉（1118—1187），字无咎，号南涧，开封雍丘（治今河南杞县）人，后徙居信州上饶。韩元吉曾任吏部尚书，故称"尚书"。

② "渡江"句：指宋室南渡以来。典出《晋书·元帝纪》："太安之际，童谣云：'五马浮渡江，一马化为龙'"；永嘉中，"王室沦覆，帝与西阳、汝南、南顿、彭城五主获济，而帝竟登大位焉"。

③ 经纶手：治国的雄才高手。杜甫《述古三首》其三："经纶中兴业，何代无长才。"

④ 长安：此借指开封，又泛指中原。《旧唐书·太宗本纪》：太宗至长安，"长安父老，赍牛酒诣旌门者不可胜纪"。

⑤ "新亭"二句：典出《世说新语·言语》："过江诸人，每至美日，辄相邀新亭，藉卉饮宴。周侯（顗）中坐而叹曰：'风景不殊，正自有山河之异。'皆相视流泪。"新亭，故址在今江苏南京市西南。可怜，可叹、可惜。

⑥ "夷甫"二句：典出《世说新语·轻诋》："桓公（温）……与诸僚属登平乘楼，眺瞩中原，慨然曰：'遂使神州陆沉，百年丘墟，王夷甫诸人，不得不任其责！'"夷甫诸人，借指尸位素餐、空谈误国的人。王夷甫，即王衍，西晋末年宰相，喜清谈，废政事。沉陆，指国土沦陷。

⑦ "功名"二句：《荀子·儒效篇》："彼大儒者，虽隐于穷阎漏屋，无置锥之地，而王公不能与之争名。……用百里之地，而千里之国莫能与之争胜，笞棰暴国，齐一天下，而莫能倾也，是大儒之征也。"

⑧ 文章山斗：文坛的泰山北斗。《新唐书·韩愈传》："自愈没，其言大行，学者仰之如泰山北斗。"《两宋名贤小集》卷一百六十《韩元吉传》载，韩元吉"尝师尹焞，与朱熹友善，又得吕祖谦为婿。师傅渊源，

儒林推重"。

⑨桐阴：代指韩元吉家宅第。韩元吉有《桐阴旧话》，记其家世旧事，其京师府第门前有桐木（参陈振孙《直斋书录解题》卷七）。

⑩当年堕地：语本黄庭坚《次韵答邢惇夫》："渥洼骐骥儿，堕地志千里。"堕地，降生。

⑪风云奔走：意指风云际会，大展身手。语出苏轼《和张昌言喜雨》："百神奔走会风云。"

⑫绿野：唐代宰相裴度在洛阳的别墅。《旧唐书·裴度传》：裴度在"东都立第于集贤里"，"极都城之胜概"，"又于午桥创别墅，花木万株，中起凉台暑馆，名曰绿野堂"。

⑬平泉：唐代宰相李德裕在洛阳的庄园。《唐语林》卷七："平泉庄，在洛城三十里，卉木台榭甚佳。……四方奇花异草与松石，靡不置其后。"李德裕有《平泉草木记》。

⑭东山：在今浙江省绍兴市上虞区南，为东晋宰相谢安隐居地。

⑮整顿乾坤：治理国家。杜甫《洗兵马》："二三豪俊为时出，整顿乾坤济时了。"

【评析】

词题"甲辰岁"，为淳熙十一年（1184）。时前吏部尚书韩元吉（南涧）闲居上饶，值其六十七岁寿辰，辛弃疾乃以此词为贺。

韩元吉任吏部尚书在淳熙三年（1176）十一月，五年八月知婺州，六年十二月因言者弹劾放罢，移居上饶，以南涧自号。韩元吉乃中兴之士，忧怀国事，力主恢复，有"壮士志中原"（《次韵子云送儿女至昭亭见寄》）之慨，"名家文献、政事文学，为一代冠冕"（黄昇《花庵词选·中兴以来绝妙词选》卷三）。辛弃疾乾道中尝与韩元吉同任职于建康，此又同遭毁谤贬处一地，自然深慨人事遭际，并互相劝慰勉励。此词作意即在此。"幼安忠义之气,由山东间道归来,见有同心者,即鼓其义勇。辞似颂美,实句句是规励,岂可以寻常寿词例之。"(黄苏《蓼园词选》)具而言之,词虽曰贺寿,却言屈辱"渡江"、"神州陆沉",而秉政者唯求自安、不以国事为怀之现实,并以"平戎万里""整顿乾坤"之"真儒"事业相激励,"寿今日反言寿他年"(顾从敬类选、沈际飞评正《草堂诗余·正集》卷五),格调高迈,境界高远,充分展现了作为英雄志士的胸襟与情怀,及以"经纶手"勉人自励的高度自信与坚定意志,直将祝寿词"写成了一首壮美的政治抒情词"(刘扬忠评注《辛弃疾词选》)。"在辛弃疾的三十多首寿词中,大多数都是应酬文字,未能摆脱俗套,思想艺术价值不高。这首词却不同凡响,鲜明地表现了作者的爱国主义思想。"(喻朝刚《辛弃疾作品选粹》)

　　用典方面,此词也很值得称道。有析云:"本词……引用史乘,比拟今人今事,也很成功。如上片连用'五马渡江''长安父老''新亭风景''神州陆沉'四则东晋典故比拟南宋之事,贴切无伦,移用不得。由于在中国历史上,受非汉族侵凌而南渡偏安的只有东晋和南宋两个朝代,故国情世局不无相似之处。下片以韩元吉比东晋谢安、唐代裴度、李德裕,不但因为韩氏当时的处境,与谢、裴、李三人的某一时期相似,而且还涵蕴着更深一层意思:谢安淝水大破苻坚军,裴度平淮西吴元济之乱,李德裕平泽潞刘稹之乱,这三位古人,都建立了不世之功勋。而韩元吉呢?则长才未及施展而即致仕家居,故作者为之惋惜。以此下接激励韩氏的'待整顿'三句,便很自然而不突兀。"(上海辞书出版社文学鉴赏辞典编纂中心编《唐宋词鉴赏辞典》黄清士解析此词)

鹧鸪天

代人赋

晚日寒鸦一片愁，柳塘新绿却温柔。若教眼底无离恨，不信人间有白头。　　肠已断，泪难收，相思重上小红楼。情知已被云遮断，频倚阑干不自由①。

【注释】

① 不自由：不由自主。

【评析】

此词收入宋四卷本《稼轩词》甲集，而甲集作品均作于淳熙十五年（1188）正月之前。郑骞《稼轩词校注》即云："就词中语气意境推测，知为淳熙壬寅至丁未六年中家居上饶时作。""淳熙壬寅至丁未"，为淳熙九年（1182）至十四年（1187）。吴企明《辛弃疾词校笺》谓作于淳熙十二年（1185）前辛弃疾"上饶家居时"。兹姑系淳熙十二年。词中"柳塘新绿"，点节令。

词写离愁，抒情主人公显为一女子。上片写"离恨"，下片写"相思"。时在早春，日晚尚寒，鸿雁固可以传书，无奈眼前只有"寒鸦"点点，带来的只有春愁"一片"。尽管"柳塘"已幻出"新绿"，"温柔"的柳枝已可以轻拂银塘，但却拂不去这浓浓春愁。因为这春愁是"离恨"生出的，远人未归，这愁如何除得去。紧接"若教"二句，造语奇警，又妙用对偶而不觉，卓尔不凡，信为名句。过片承"若教"二句之议论，写离愁别恨之深重，且补叙上片"眼底"景致，乃一"肠已断，泪难收"之女子"重上小红楼"之所见。且这"重上"与

"频倚阑干"，是全然的不由自主，不受"情知已被云遮断"之理智控制；就像欧阳修《踏莎行》词中，游子因"平芜尽处是春山，行人更在春山外"而劝佳人"楼高莫近危阑倚"，而终究劝不住一样。深情痴意由此更进一层。

　　唐宋登楼望归之词甚多，而此词自有好处。如上下片二歇拍，发"离恨"与"白头"之论，说"情知"与"不自由"之困，就颇具新意。又因全词情意、感受真切，致有人对词题发生疑问道："情有所属，非代人赋也。"（李濂《批点稼轩长短句》卷九）而又有从象征手法解此疑问云："'情知已被'二句，似有浮云蔽日之慨，纵小人在君侧，嫉贤忌能，蛊惑人主，而己一片忠忱，冀君之悟察，此稼轩有所感而发。'代人赋'之题，盖有所忌讳而隐之。"（吴则虞选注《辛弃疾词选集》）或是。

鹧鸪天

代人赋

　　陌上柔桑破嫩芽，东邻蚕种已生些①。平冈细草鸣黄犊，斜日寒林点暮鸦②。　　山远近，路横斜，青旗沽酒有人家。城中桃李愁风雨，春在溪头荠菜花。

【注释】

　　① 蚕种已生些：蚕种已孵化出幼蚕。些，语助词。

　　② 点暮鸦：秦观《满庭芳》："斜阳外，寒鸦万点，流水绕孤村。"

【评析】

此词作年无确考。郑骞《稼轩词校注》云："就词中语气意境推测，知为淳熙壬寅至丁未六年中家居上饶时作。""淳熙壬寅至丁未"，为淳熙九年（1182）至十四年（1187）。吴企明《辛弃疾词校笺》谓作于淳熙十二年（1185）前辛弃疾"上饶家居时"。兹姑系淳熙十二年。"春在溪头荠菜花"，点时令。

这是一首典型的农村词。"稼轩集中多雄慨之词、纵横之笔，此调乃闲放自适，如听雄笳急鼓之余，忽闻渔唱在水烟深处，为之意远。"（俞陛云《唐五代两宋词选释》）词人撷取农村特有的春景、春事画面，尽情展现了生机盎然的乡村风光，表现出词人的闲适之意与欣悦之情。即使词中有"斜日""寒林""暮鸦"等意象，也没有给人以衰飒之感；"'斜日'七字，一幅图画。以诗为词，词愈出色"（陈廷焯《云韶集》卷五）。

此词有两点须注意。其一，词中所写是否为初春、早春景象。已有之解读，几乎全都是肯定的。如云："词写乡村田野初春之景，清新疏淡，生机盎然，极富乡土气息。"（吴熊和主编《经典宋词》）"这是一幅清新秀丽的江南农村初春生活图画。上片所写的柔桑、幼蚕、细草、黄犊等，都是因春而起、生机勃勃的动物和植物。通过将它们有机地编织入画，就饶有生趣地展现出一片欣欣向荣的初春景象。"（刘扬忠评注《辛弃疾词选》）"陌上柔桑，吐出嫩芽。这是自然物象，表示正是初春季节。东邻蚕种，也长些许。这是社会事相，表示农家已孵化出蚕仔来。平冈细草，黄犊鸣叫，这是农家之另一事相。而斜日寒林，暮鸦点点，即为物象。这些物象及事相将初春之农村景象，描画得生意盎然。"（施议对《辛弃疾词选评》）"这首词上片通过柔桑、幼蚕、细草、黄犊等鲜明的形象，描绘出江南农村早春时节欣欣向荣的景象。"（喻朝刚《辛弃疾作品选粹》）"词以一个行路者的眼睛，随意摄取了最能体现出初春乡园气息的风景：柔桑、幼蚕、细草、黄犊、荠菜花等，以之构成一幅江南春日田园风景画卷。……接下来，他以好整以暇的眼睛，看到了这首词中最小的景物——溪头荠菜花开的烂漫风光，并想起似愁风雨而未开的'城中桃李'。"（朱德才、薛祥生、邓红梅《辛弃疾词新释辑评》）然细究桑枝破芽、蚕生、桃李花开、荠菜花开之时间，却是皆在仲春、暮春时。如有说桑芽、蚕生："春蚕期桑叶，是由上年枝条上的冬芽萌发，一般三四月气温逐渐升高，桑芽开始萌动，到 4 月 20 日左右，已开数叶，5 月初，春蚕收蚁，就能采到适熟桑叶。"（杨仁政《桑蚕饲养技术》）"蚕生春三月。"（南朝乐府民歌《采桑度》）说桃花、李花："二月三月桃花开。"（明张道濬《映水曲》）"江城二月城西路，谁惜柔香满翠苔。"（明杨基《李花》）"正月芦花开，二月李花开，三月桃花开。"（《淮安歌谣集》）说荠花："三月三日……是日，男女皆戴荠花。谚云：'三春戴荠花，桃李羞繁华。'"（明田汝成《西湖游览志余》卷二〇）这是不能被忽略的。

其二，"城中"二句所写是否有象征意义。有把此词与秦观《柳梢青》词比照云："'春在梨花'，'春落荠花'，仁见谓仁，智见谓智。"（卓人月汇选、徐士俊参评《古今词统》卷七）有谓二句无象征意义，如云："这首词题作'代人赋'，写的却是作者自己的思想感情。……词里着重地提到柔桑、幼蚕、黄犊那些新生事物，又把城里的愁红惨绿和溪头盛开的菜花构成对照，格外显出乡间一派欣欣向荣的春天景象。这反映了作者爱好农村生活和清新朴素的美学观点。"（胡云翼选注《宋词选》）而大多数认为有象征意义。如谓："'城中'二语，有多少感慨。信笔写去，格调自苍劲，意味自深厚。"（陈廷焯《词则·放歌集》卷一）"'城中桃李'二句，见溪头之荠菜花欣欣向荣，而想到城中桃李反不禁风雨之摧残。春在野而不在城，此显然深有寄慨。"（吴则虞《辛弃疾词选集》）"词中鲜明画出一幅农村生活图像，而末尾二句，可见作者之人生观。盖以'城中桃李'与'溪头荠菜'对比，觉'桃李'方'愁风雨'摧残之时，而'荠菜'则得春而荣茂，是桃李不如荠菜，亦即城市生活不如田野生活也。此词与东坡《望江南》后半阕'微雨过，何处不催耕？百舌无言桃李尽，柘林深处鹁鸪鸣，春色属芜菁'，用意相同，皆以城市繁华难久，不如田野之常得安适。再推言之，则热心功利之辈，常因失意而愁苦，不如无营、无欲者之常乐。此种思想与道家乐恬退、安淡泊之理相合。盖稼轩出仕之时，历尽尘世忧患，退居以来，始知田野之可乐，故见溪头荠菜而悟及此理也。"（刘永济《唐五代两宋词简析》）"表面上看这两句仍属写景，实际上显然有着象征意义，含蓄地点出了这首词的主题：不但赞美农村比城市有生气，而且表达了这样的思想：在朝廷上做官，享受荣华富贵，就像桃花、李花那样娇弱，经不起风雨打击，经常担惊受怕；倒不如在农村里闲居，就像野荠菜那样不怕风吹雨打，自由自在，才是有生命力的。联系这首词作于辛弃疾被谗罢官以后，更可见出词人豁达乐观的处世态度。"（唐圭璋、钟振振主编《宋词鉴赏辞典》郁贤皓解析此词）"或以为结韵两句是对抗战力量的歌颂，对苟安求和思想的讽刺，此说未免有臆测之嫌。若言寓意，则厌弃官场之风雨无准，爱好田园之春意常在，庶几近之。"（吴熊和主编《经典宋词》）

一络索

闺思

羞见鉴鸾孤却^①，倩人梳掠^②。一春长是为花愁^③，甚夜夜、东风恶^④。　　行绕翠帘珠箔^⑤，锦笺谁托^⑥。玉觞泪满却停觞，怕酒似、郎情薄。

【注释】

①鉴鸾：即鸾镜。南朝宋范泰《鸾鸟诗序》曰：罽宾王获一鸾鸟，甚爱之，欲其鸣而不能致。夫人曰："闻鸾见类而后鸣，可悬镜以映之。"王从言。鸾观影感起，慨然悲鸣，哀响冲霄，一奋而绝。孤却：孤单。却，语助词。

②倩：请。梳掠：梳理，梳妆。掠，梳理。

③"一春"句：欧阳修《望江南》："长是为花忙。"

④甚：为甚，为何。

⑤翠帘珠箔：用珠翠连缀成的帘。箔，即帘。《西京杂记》："汉诸陵寝皆以竹为帘，帘皆为水纹及龙凤之像。昭阳殿织珠为帘，风至则鸣，如珩佩之声。"

⑥锦笺：犹言锦书，书信。

【评析】

此词收入宋四卷本《稼轩词》甲集，而甲集作品均作于淳熙十五年（1188）正月之前。吴企明《辛弃疾词校笺》谓作于淳熙十二年（1185）前辛弃疾"上饶家居时"。兹姑系淳熙十二年。词中曰"一春"，点时令。

词写"闺思"。上片写晓起晨妆。"羞见"自身孤单,却说"鉴鸾孤却"而不愿对镜,而"倩人梳掠";为自身愁,却说"为花愁",而深怨昨夜"东风"之"恶"。且"一春""长是""夜夜"者,不惟言为花而"愁",亦言为自身之"孤"而"羞"。是皆曲折委婉,而又显明无隔。下片写妆后。女为悦己者容,而今妆容一新,悦己者却远在千里之外。故手足无措,"行绕"帘箔;"锦笺"已就,亦无人、无雁可"托"。那就借酒消愁吧,却又泪滴杯中,"怕"酒味变薄,而似"郎"之"情薄"。故最终也只能沉于孤独、愁苦之中,无以自拔,无从解脱。"玉觞"二句,乃"个中人伤心语"(潘游龙《古今诗余醉》卷十),构想奇特,比喻新颖,韵味丰饶,足可称道。

辛弃疾擅豪放,亦擅婉约。即如前人评此词云:"不意此老,亦解作喁喁语。"(卓人月汇选、徐士俊参评《古今词统》卷五)然其婉约又异于他人,如此篇,即尽说"孤""愁",心事无隐,"深情如见,情致婉转,而笔力劲直,自是稼轩词"(陈廷焯《云韶集》卷五)。

满江红

游南岩和范先之韵①

笑拍洪崖②,问千丈、翠岩谁削。依旧是、西风白鸟,北村南郭。似整复斜僧屋乱,欲吞还吐林烟薄。觉人间、万事到秋来,都摇落③。　　呼斗酒,同君酌。更小隐④,寻幽约。且丁宁休负,北山猿鹤⑤。有鹿从渠求鹿梦⑥,非鱼定未知鱼乐⑦?正仰看、飞鸟却应人,回头错⑧。

【注释】

①南岩：在今上饶市西南。《太平寰宇记》卷一百七："南岩，在（上饶）县西南一十里，岩傍巨石，俨然北向。其下宽平，可坐千余人。"范先之：即范开，稼轩门人，原字廓之，后因避讳改字先之。范开词原唱不存。

②洪崖：仙人名。见《神仙传·卫叔卿传》。东晋郭璞《游仙诗》："左挹浮丘袖，右拍洪崖肩。"

③秋来都摇落：语本宋玉《九辩》："悲哉，秋之为气也，萧瑟兮草木摇落而变衰。"

④小隐：西晋王康琚《反招隐诗》："小隐隐陵薮，大隐隐朝市。伯夷窜首阳，老聃伏柱史。昔在太平时，亦有巢居子。"

⑤北山猿鹤：语本南朝齐孔稚圭《北山移文》："蕙帐空兮夜鹤怨，山人去兮晓猿惊。"

⑥"有鹿"句：典出《列子》："郑人有薪于野者，遇骇鹿，御而击之，毙之，恐人见之也，遽而藏诸隍中，覆之以蕉。不胜其喜。俄而遗其所藏之处，遂以为梦焉。顺途而咏其事，傍人有闻者，用其言而取之。既归，告其室人曰：'向薪者梦得鹿而不知其处，吾今得之。'"

⑦"非鱼"句：典出《庄子·秋水》："庄子与惠子游于濠梁之上。庄子曰：鲦鱼出游从容，是鱼之乐也。惠子曰：子非鱼，安知鱼之乐？庄子曰：子非我，安知我不知鱼之乐。"

⑧"正仰看"二句：语本杜甫《漫成二首》其二："仰面贪看鸟，回头错应人。"

【评析】

词题所言"南岩"，在上饶西南，故此词当作于辛弃疾闲居带湖时。又因此词收入宋四卷本《稼轩词》甲集，而甲集作品均作于淳熙十五年（1188）正月之前，则此词作于淳熙九年（1182）至十四年（1187）间。词中"秋来"者，点季节。吴企明《辛弃疾词校笺》云，"本词写秋景，淳熙十三年范廓之参加秋试，无心绪游南岩"，因系淳熙十二年（1185）。或是。

此篇全是洒脱。盖和门人范开韵，此次游南岩又当有范开陪游，不似博山、雨岩多为独游，故写景、叙事、抒情皆有豁然开朗之感。上片写景。开篇"笑拍"仙人，放逸谐趣，满纸灿然。"问千丈"句奇幻峭拔，颇有吴文英咏苏州灵岩时所问"是何年、青天坠长星"（《八声甘州·陪庚幕诸公游灵岩》）之神韵。接写白鸟、村郭、僧屋、林烟，林林总总，皆随物写形，各展其姿彩。连秋来万事"都摇落"，也觉自然而然，各得其所，而无凄零衰飒之感。下片写人事，呼酒、寻约、求鹿梦、观鱼乐、贪看鸟、错应人，拉杂写来，皆适心怡神，无往而不乐。又有"小隐"一词总帅全篇，使全词所写皆有依归，而成整幅织锦。

全词用典繁多，而自然顺畅，似不受格律拘束限制。正如评者云："稼轩作词，俱似胸中有成竹一挥而就者，不复知协律之苦。"（卓人月汇选、徐士俊参评《古今词统》卷十二）

满江红

和范先之雪①

天上飞琼②，毕竟向、人间情薄。还又跨、玉龙归去③，万花摇落。云破林梢添远岫，月明屋角分层阁。记少年、骏马走韩卢，掀东郭④。　　吟冻雁，嘲饥鹊。人已老，欢犹昨。对琼瑶满地⑤，与君酬酢⑥。最爱霏霏迷远近，却收扰扰还寥廓。待羔儿、酒罢又烹茶⑦，扬州鹤⑧。

【注释】

① 先之：即范开，辛弃疾门人。范开咏雪原唱失传。

② 飞琼：仙女名。此处一语双关，指飞舞的雪花。琼，美玉。

③ 玉龙：传说中的神龙，又喻雪。《耆旧续闻》卷六："华山狂子张元天圣间坐累终身，尝作《雪》诗云：'七星仗剑揽天池，倒卷银河落地机。战退玉龙三百万，断鳞残甲满天飞。'"

④ "记少年"二句：《战国策·齐策》："韩子卢者，天下之疾犬也；东郭逡者，海内之狡兔也。韩子卢逐东郭逡，环山者三，腾山者五，兔极于前，犬废于后。犬兔俱罢，各死其处。"

⑤ 琼瑶满地：即雪地。韩愈《酬王二十舍人雪中见寄》："今朝蹋作琼瑶迹。"

⑥ 酬酢：相互敬酒。

⑦ 羔儿酒：即羊羔酒。《本草纲目》卷二五："羊羔酒，大补元气，健脾胃，益腰肾。"

⑧ 扬州鹤：唐宋人以"腰缠十万贯，骑鹤上扬州"为天下美事。

【评析】

词题所言"南岩"，在上饶西南，故此词当作于辛弃疾闲居带湖时。又因此词收入宋四卷本《稼轩词》甲集，而甲集作品均作于淳熙十五年（1188）正月之前，则此词作于淳熙九年（1182）至十四年（1187）间。词题点"雪"，知作于冬时。吴企明《辛弃疾词校笺》云："本词系于淳熙十二年，参见《满江红·游南岩和范廓之韵》之系年。唯前词写于秋，本词写于同年冬。"

通篇紧扣词题，写雪中景及雪中事。首四句写雪落，而融汇神话传说，手法新颖别致，又贴切自然。"情薄"者，谓雪降之难得，正合于南方季候；"还又""归去"者，言此次降雪时间并不长。但又是"飞琼"，又是"玉龙"，又是"万花"，这场雪借助神力，却下得很大。"云破""月明"二句，写雪止后所见，不仅写足落雪雕琢勾画人间景色之功效，且足证这是场大雪，欣喜之情泻于笔端。欣喜之余，又不由回忆起"少年"时在北方故乡雪中狩猎的情形。且这种情形延入下片，引出"人已老，欢犹昨"之写。通常情况下，言"老"即悲老、叹老，辛弃疾也常如此，但此次面对的是"万花摇落""琼瑶满地"，是"最爱"的雪中"霏霏"之景、雪后"寥廓"之境，情形就大为不同。末后"待羔儿酒罢又烹茶"，意气、豪情不仅丝毫未减，还想象着要乘扬州之鹤，到降雪之天宫去走一遭、看一看，真是想落天外，令人惊异。

总之，这是一首咏雪词，雪本轻盈柔美，但在辛弃疾笔下，却成就了一篇神采飞扬、意兴淋漓的雄奇豪放之作。"记少年、骏马走韩卢"，是不是还映印着"马作的卢飞快，弓如霹雳弦惊"（《破阵子》）的早年英雄影像呢？

宋人写咏物诗，有种特殊规定，即诗中不能出现所咏之物字面，也不能用与之相关的常用字词，如咏雪，诗中就不能出现"雪"字，也不能用玉、月、梅、絮、白、舞等字，意在增加技术难度，以收难中见巧、难中出奇之效。这种咏物体式被称为"白战体"，得名于苏轼《聚星堂雪》诗"当时号令君听取，白战不许持寸铁"之句，意谓如徒手相搏，不持寸铁。辛弃疾此首咏雪，也基本上遵循了这种体式要求，但虽通首不用"雪"字，却又处处见雪，雪意充盈，形象饱满，引人入胜。

千年调

蔗庵小阁名曰卮言①，作此词以嘲之

卮酒向人时，和气先倾倒。最要然然可可②，万事称好③。滑稽坐上，更对鸱夷笑④。寒与热，总随人，甘国老⑤。　　少年使酒，出口人嫌拗。此个和合道理，近日方晓。学人言语，未曾十分巧。看他们，得人怜，秦吉了⑥。

【注释】

①蔗庵：信州知州郑汝谐在上饶的居所。郑汝谐，字舜举，号东谷居士，青田（今属浙江）人，曾任大理少卿。著有《易翼传》《论语意原》。卮言：随和人意、无主见之言。语出《庄子·寓言》："卮言日出，和以天倪。"卮，一种圆形酒器。陆德明《经典释文》引王叔之注语："卮器满则倾，空则仰，随物而变，非执一守故者也。施之于言，而随人从变，己无常主者也。"

②然然可可：指唯唯诺诺，随声附和。语出《庄子·寓言》："恶乎然？然于然。恶乎不然？不然于不然。恶乎可？可于可。恶乎不可？不可于不可。物固有所然，物固有所可。无物不然，无物不可。"

③万事称好：典出《世说新语·言语》注引《司马徽别传》："徽字德操，颍川阳翟人。有人伦鉴识，居荆州，知刘表性暗，必害善人，乃括囊不谈议时人，有以人物问徽者，初不辨其高下，每辄言佳。"黄庭坚《次韵任道食荔支有感三首》其一："一钱不直程卫尉，万事称好司马公。"

④滑稽、鸱（chī）夷：皆为酒器。扬雄《酒赋》："鸱夷滑稽，腹

如大壶。"

⑤甘国老：中药甘草，又名国老。《证类本草》卷六注引《药性论》云："甘草君，忌猪肉，诸药众中为君……调和使诸药有功，故号国老之名矣。"此以甘草之性喻指能迎合众人。

⑥秦吉了：鸟名，似鹦鹉能学人言语。南宋范成大《桂海虞衡志》："秦吉了，如鹦鸲，绀黑色，丹味黄距，目下连项有深黄文，项毛有缝，如人分发。能人言，比鹦鹉尤慧，大抵鹦鹉声如儿女，吉了声则如丈夫。出邕州溪洞中。"

【评析】

此词约作于淳熙十二年（1185），时辛弃疾居上饶带湖。邓广铭《稼轩词编年笺注》谓，此词"当作于和郑舜举蔗庵韵《水调歌头》之后"。而《水调歌头·和信守郑舜举蔗庵韵》作于淳熙十二年，此词或同时稍后作。时郑汝谐知信州，因其居所蔗庵有小阁名"卮言"，辛弃疾即借题发挥，以此戏嘲之。"卮"为一种圆形酒器，词人由其形"圆"及满倾空仰、随物而变之特点发论，对官场上随人从变的圆滑之徒及圆滑风气，进行了深刻揭露和辛辣嘲讽，成就了一篇"绝妙的讽刺小品"（朱德才选注《辛弃疾词选》）。

上片咏物，咏三种酒器和一味药材，并借以咏人。"卮酒、滑稽、鸱夷，三种不同酒器，其特点乃冷热随人、见人倾倒。照理说，这是一般物理，没有什么好看不惯的。但是，作者将其与现实社会中'最要然然可可，万事称好'的和事佬联系在一起，将其拟人化，其形貌及神态就显得十分可憎。这是咏酒器，而人的嘴脸，实际上已经暴露出来。"（施议对《辛弃疾词选评》）一味药材为甘草，能调和众药，誉名"国老"。词人拈出甘草，并特以"甘国老"称之，乃以讽刺不问是非、折中调和、圆滑世故、八面玲珑的乡愿俗吏。下片写人，包

124

括"我"和"他们"。"他们"与秦吉了鸟及上咏酒器、甘草异物而同类，伶俐乖"巧"，善讨人喜。而"我"则与之相反，少时"出口人嫌拗"，近来虽"晓"他们奉行的"和合"之道，却又学不来，更做不到。这就通过对比，把专事逢迎附和的小人嘴脸与自己坚守正道、刚直耿介的品性都显现了出来。

通俗明了、自然顺畅，是此词语言上的特点。"实甫《西厢》如喉间涌出来者"（卓人月汇选、徐士俊参评《古今词统》卷十一），辛弃疾此词亦然。"全词纯用白话口语，辞锋犀利，嬉笑怒骂，皆成文章。"（朱德才选注《辛弃疾词选》）此词讽刺手法的运用，也很独特与难得。"在词史上，这首词无论从内容还是艺术上来看，都是一首值得称道的佳作。在此之前，词这种文学体裁大都不出抒情言志的范围，很少有作者用幽默、讽刺的笔调，来揭露、抨击丑恶的社会现象的。"（上海辞书出版社文学鉴赏辞典编纂中心编《唐宋词鉴赏辞典》邱俊鹏解析此词）

八声甘州

夜读《李广传》，不能寐。因念晁楚老、杨民瞻约同居山间，戏用李广事，赋以寄之①

故将军、饮罢夜归来，长亭解雕鞍。恨灞陵醉尉，匆匆未识，桃李无言②。射虎山横一骑，裂石响惊弦③。落魄封侯事④，岁晚田间。　　谁向桑麻杜曲，要短衣匹马，移住南山。看风流慷慨，谭笑过残年⑤。汉开边、功名万里⑥，甚当时、健者也曾闲⑦。纱窗外、斜风细雨，一阵轻寒⑧。

【注释】

①李广传：指《史记·李将军列传》。晁楚老、杨民瞻：辛弃疾友人，事迹不详。其时二人与稼轩当同在信州。

②"故将军"五句：事本《史记·李将军列传》："广家与故颍阴侯孙屏野居蓝田南山中，射猎。尝夜从一骑出，从人田间饮。还至霸陵亭，霸陵尉醉，呵止广，广骑曰：'故李将军！'尉曰：'今将军尚不得夜行，何乃故也！'止广宿亭下。……谚曰：桃李不言，下自成蹊。"

③"射虎"二句：《史记·李将军列传》载："广出猎，见草中石，以为虎而射之，中石没镞，视之，石也。因复更射之，终不能复入石矣。广所居郡闻有虎，尝自射之。及居右北平，射虎，虎腾伤广，广亦竟射杀之。"

④封侯事：李广身经百战而未封侯。《史记·李将军列传》谓李广不得爵邑，官不过九卿。

⑤"谁向"五句：化用杜甫《曲江三章》其三句："自断此生休问天，杜曲幸有桑麻田，故将移住南山边。短衣匹马随李广，看射猛虎终残年。"杜曲，地名，在长安城南，唐代大姓杜氏居地。

⑥"汉开边"句：指李广开疆拓土，在万里之外的疆场建功立名。

⑦甚：为什么。健者：强健英武的英雄人物，此指李广。典出《后汉书·袁绍传》："天下健者，岂惟董公。"

⑧"纱窗外"二句：用苏轼《和刘道原咏史》"独掩陈编吊兴废，窗前山雨夜浪浪"句意。

【评析】

此词作年无确考。郑骞《稼轩词校注》、吴企明《辛弃疾词校笺》皆系之淳熙十三年（1186），即作于辛弃疾闲居带湖时。词中"斜风细雨""轻寒"云云，当为早春。

从词题知，此篇作由有二：一是词人"夜读《李广传》"，二是两友人"约同居山间"。二者的联结点，在李广废黜间尝"居蓝田南山"（《史记·李将军列传》）。词言友人约"居山间"，似含为友人怀才不遇、有志不获骋而鸣不平之意；然友人遭遇未详知，其意当借题发挥，发抒自己与李广相同的英雄失路之慨。有即谓："题中所云'晁楚老、杨民瞻约同居山间'，不过故为闪烁惝恍之词耳。'故将军'与'健者曾闲'实此词之主旨，乃假李广事以现身说法。此类词在《稼轩词》中实不少，而此首最鲜明。"（吴则虞选注《辛弃疾词选集》）

整篇乃用李广一典事。李广素神勇，尝为汉"开边"而扬"功名"于"万里"边陲。词中，"射虎"二句引本事并夸饰之，不惟摹画"虎山横一骑"之形象，又变"中石没镞"为"裂石响惊弦"，胆魄勇力陡增。然如此一飞将军，亦曾"长亭解雕鞍""落魄封侯""岁晚田间""移住南山""健者也曾闲"，那我辈老迈者看古人"风流慷慨"而"谈笑过残年"，又有何不可！此实借古人之酒杯浇胸中之块垒。然这块垒，终究又是浇不去的。结末"纱窗外"二句，以景结情，深寓内心之悲凉，虽不比"半夜一声长啸，悲天地、为予窄"（《霜天晓角·赤壁》）来得慷慨悲壮，然举重若轻，摧刚为柔，表意效果并未减弱，反而更显得沉厚悲凉。关于"恨灞陵醉尉"之写，有谓："在闽所作《贺新郎》亦有'但记得、灞陵呵夜'之语"，"稼轩退闲时，必有轻侮之者，故屡见词中"（郑骞《稼轩词校注》）。或是。且李广废黜时尚有虎可射，而辛弃疾只能收戈提笔，作小词、味古事而已，其悲凉又进一层。题虽曰"戏作"，苦涩与无奈实饱含其中。

全词仅征括李广一事，而并不显得单薄单调，渲染夸饰之外，又情、景、事、议融合，且间以杜甫、苏轼两诗典，显得笔致灵活，生动多姿。结末暗点"夜读"，不惟切合词题，又与开头李广"夜归"

呼应，示二人遭遇相似，亦为着意之笔。

一剪梅

记得同烧此夜香，人在回廊①，月在回廊。而今独自睚昏黄②，行也思量，坐也思量。　　锦字都来三两行③，千断人肠，万断人肠。雁儿何处是仙乡？来也恓惶，去也恓惶④。

【注释】

①回廊：曲折回环的走廊。

②睚（yá）：挨，熬。昏黄：黄昏。

③锦字：指书信、情诗。《晋书·列女传》："窦滔妻苏氏……善属文，滔符坚时为秦州刺史，被徙流沙。苏氏思之，织锦为回文旋图诗以赠滔，宛转循环以读之，词甚凄惋。"都来：总共。

④恓惶：烦恼不安。

【评析】

邓广铭《稼轩词编年笺注》谓，此词作年"难确考"，"然以广信书院本次第推知"，其当"赋闲带湖时期所作"，"其时间又不容过晚"，因录"淳熙十三年游鹅湖诸作之前"。按，"游鹅湖诸作"为《鹧鸪天·鹅湖寺道中》《鹧鸪天·游鹅湖醉书酒家壁》等词，皆作于淳熙十三年（1186）春。姑亦系本词于是年春。

词写一位女子对远行游子的真挚思念之情。上片用对比手法，写前日之幸福甜蜜与今日之孤独无措。前为良夜，人月同在，双人并立，焚香祝祷；今处黄昏，斯人远去，香徒缭绕，行坐难安。下片合用织

128

锦回文、鸿雁传书二典，写女子的思念之苦。离别独处本已痛苦，而来书语词短促、大雁来去匆忙，暗示游子在外奔波劳碌，而非入于"仙乡"，使得思念之苦更增添了担忧不安的色彩。"三两行"与"千断""万断"，亦形成对比，加强了抒情效果。

此词颇具民歌风味。一是语言通俗。"辛弃疾的艺术风格丰富多样，豪放与婉约，诸体皆备，各有特色。这首恋情词的格调，纯是民歌风情。……此词全用口语，通俗浅近。"（刘尊明、朱崇才《休闲宋词鉴赏辞典》）二是句式反复。《一剪梅》词牌限定的四组相邻四字句，本词各句除首字外，全部设置为叠语反复。这不仅构成了音乐上的回环往复，也增加了情感抒发的深度与力度，并很好地渲染了意境之美。

江神子

和人韵

梨花著雨晚来晴[①]。月胧明，泪纵横。绣阁香浓，深锁凤箫声[②]。未必人知春意思，还独自，绕花行。　　酒兵昨夜压愁城[③]。太狂生[④]，转关情[⑤]。写尽胸中，块磊未全平[⑥]。却与平章珠玉价[⑦]，看醉里，锦囊倾[⑧]。

【注释】

①梨花著雨：犹梨花带雨。白居易《长恨歌》："玉容寂寞泪阑干，梨花一枝春带雨。"

②凤箫：典出《列仙传》：箫史者，秦穆公时人，善吹箫，能致孔雀、白鹤于庭。穆公女弄玉好之，公妻焉。遂教弄玉作凤鸣，后夫妇随

凤飞去。

　　③"酒兵"句：谓昨夜饮酒消愁。酒兵，酒可浇愁，犹兵可攻城克敌，故并称。典出《南史·陈暄传》："酒犹兵也。兵可千日而不用，不可一日而不备；酒可千日而不饮，不可一饮而不醉。"愁城，即愁之城，谓愁之坚厚浓重。黄庭坚《行次巫山宋楸宗遣骑送折花厨酝》："攻许愁城终不开，青州从事斩关来。"

　　④太狂生：太清狂。生，语助词。张泌《浣溪沙》："依稀闻道太狂生。"

　　⑤关情：动心，牵动情怀。

　　⑥胸中块磊：典出《世说新语·任诞》："阮籍胸中垒块，故须酒浇之。"块磊，郁积之物，喻指胸中郁结的不平或愁闷。

　　⑦平章：品评，讨论。珠玉价：指文章价值。苏轼《与谢民师推官书》："欧阳文忠公言，文章如精金美玉，市有定价，非人所能以口舌定贵贱也。"

　　⑧锦囊倾：用李贺故事。《新唐书·李贺传》："每旦日出，骑弱马，从小奚奴，背古锦囊。遇所得，书投囊中。未始先立题，然后为诗，如它人牵合程课者，及暮归，足成之。"

【评析】

　　邓广铭《稼轩词编年笺注》谓，此词"不得晚于淳熙十四年"。味词意，时辛弃疾当居上饶带湖。又因词中有"梨花著雨"语，则词当作于淳熙九年（1182）至十四年（1187）某年之春时。吴企明《辛弃疾词校笺》系淳熙十三年（1186），或是。

　　词写春愁。上片写愁生，下片写消愁。愁生因春之将尽。梨花开时已是暮春，元好问《鹊桥仙》词即有"梨花春暮"句。春日将尽，"梨花著雨"，花似也含不舍之情；我之"泪纵横"，更是情不能已。

他人可能不知"春意思"，而我则是惜春"绕花行"。然则，"绕花行"并不能解愁，那这愁该怎么解好呢？先是通常方法，即借酒消愁。但狂饮之后，愁仍不能解，那就干脆不避这愁，把它全写进锦绣辞章里吧。果然，斗酒而诗百篇，"看醉里，锦囊倾"，是不是诗成而愁化，甚至竟因自赏而有些得意了呢？可见，在辛弃疾这里，吟诗赋词确能解愁，且远比酒力有大的功效呢！

　　须特别指出的是，这首词有一个看似难解的问题，即上片的抒情主人公是谁，与下片是不是为同一人。这个问题，解读者大多回避，或作模糊化处理。而有明确指出上片所写为一闺中女子的，云："'绣阁'二句写人。'绣阁香浓'，写其居室的华美温馨；'深锁凤箫声'，写其生活之闭塞孤寂。这两句化用弄玉吹箫的典故，暗示其为大家闺秀，身份不俗，但'玉容寂寞'，高楼'深锁'，生活枯寂。'未必'三句人、景合写。其中前一句承上，言春已归去，而人却未必能了解春去之意；后两句写其百无聊赖，独自一人，绕花徘徊，大有'泪眼问花花不语，乱红飞过秋千去'之意，以花为载体，把满腔的怨春情绪，形象而具体的表现出来，还是很动人的。"（朱德才、薛祥生、邓红梅《辛弃疾词新释辑评》）然观下片，"酒兵昨夜压愁城"、"太狂生"、"块磊"云云，分明又是男性口吻，具而言之，当就是政治上正遭受挫折、备感压抑的英雄辛弃疾自己。这一点，是无论如何不能作其他解会的。那么，鉴于此词显非两面兼写的情形，就只能认为，上片也是从辛弃疾处落笔的。上片本身的描写，也是有证可循的，就是"泪纵横"之写。试想，带有苍凉、沧桑之感的纵横之泪，怎么会用在一位深闺女子，甚至大家闺秀的身上呢？"绣阁"二句所言之女子及其生活，是作为词人"泪纵横""绕花行"的比照性背景出现的；又是"凤箫"，又是"香浓"，寓涵的是这位女子生活的美满、爱情的幸福，而不是"生活枯寂""百无聊赖"。"未必人知春意思"之"人"，或许就包括"绣阁"中的这一个或一双人吧。

另，"酒兵昨夜压愁城"是词中名句。常人是举杯消愁，而辛弃疾则用酒兵去围攻摧压坚厚的愁城，想象新奇，也正显出其英雄本色。

念奴娇

赋白牡丹和范廓之韵①

对花何似，似吴宫初教，翠围红阵②。欲笑还愁羞不语，惟有倾城娇韵。翠盖风流③，牙签名字④，旧赏那堪省。天香染露，晓来衣润谁整⑤。　　最爱弄玉团酥⑥，就中一朵，曾入扬州咏⑦。华屋金盘人未醒⑧，燕子飞来春尽。最忆当年，沉香亭北，无限春风恨⑨。醉中休问，夜深花睡香冷⑩。

【注释】

①范廓之：即范开，辛弃疾门人。范开原唱不存。

②"似吴宫"二句：谓牡丹花如孙武在吴宫初次军训的宫女。典出《史记·孙子列传》："（孙武）以兵法见于吴王阖庐。……阖庐曰：'……可试以妇人乎？'曰：'可。'于是许之，出宫中美女，得百八十人。孙子分为二队，以王之宠姬二人各为队长，皆令持戟。……约束既布，乃设铁钺，即三令五申之。于是鼓之右，妇人大笑。孙子曰：'约束不明，申令不熟，将之罪也。'复三令五申。而鼓之左，妇人复大笑。孙子曰：'约束不明，申令不熟，将之罪也。既已明而不如法者，吏士之罪也。'乃欲斩左右队长。……遂斩队长二人以徇。用其次为队长，于是复鼓之。妇人左右前后跪起皆中规矩绳墨，无敢出声。"

③ 翠盖：形容牡丹叶。

④ 牙签名字：用标签写上各种花的品名。

⑤ "天香"二句：化用唐李正封《牡丹》"国色朝酣酒，天香夜染衣"诗意。

⑥ 弄玉团酥：当指两种白色牡丹。

⑦ 扬州咏：典出《云溪友议》卷中《辞雍氏》："崔涯者，吴楚之狂生也，与张祜齐名，每题一诗于倡肆，无不诵之于衢路。誉之则车马继来，毁之则杯盘失错。……又嘲李端端：'黄昏不语不知行，鼻似烟窗耳似铛。独把象牙梳插鬓，昆仑山上月初生。'端端得此诗，忧之。候涯使院饮回，遥见二子，蹑屐而行，乃道傍再拜，战惕曰：'端端祇候三郎、六郎，伏望哀之。'又重赠一绝句粉饰之，于是大贾居豪竞臻其户。……赠诗曰：'觅得黄骝被绣鞍，善和坊里取端端。扬州近日浑成差，一朵能行白牡丹。'"

⑧ 华屋金盘：语出苏轼《寓居定惠院之东杂花满山有海棠一株土人不知贵也》："自然富贵出天姿，不待金盘荐华屋。"

⑨ "最忆"三句：用李白咏牡丹，进《清平调》词三章故事。

⑩ 夜深花睡：语出苏轼《海棠》："只恐夜深花睡去，故烧高烛照红妆。"

【评析】

词题"范廓之"，为范开，字廓之，辛弃疾门人。范开淳熙九年（1182）至上饶，"始来受学"；十三年（1186），应秋试；十五年（1188），"编刊《稼轩词甲集》成"；十六年（1189），"应诏以家世赴告南宋行朝，将以求仕，辞别稼轩"（邓广铭《辛稼轩年谱》）。从中知，范开"曾在稼轩门下达八年之久"（邓广铭《〈稼轩词甲集〉序文作者范开家世小考》）。又，此词收入宋四卷本《稼轩词》甲集，而甲集作品均作于淳熙十五年（1188）正月之前，则词作于淳熙九年至十四年（1187）间。邓广铭《稼轩词编年笺注》推定此词作于淳熙十三年，蔡义江、蔡国黄《辛弃疾年谱》与吴企明《辛弃疾词校笺》则系淳熙十二年（1185）。兹依邓说。词题、词中"牡丹""春风"云云，显作于春时。

此词咏白牡丹，却又不专咏之。开篇乃以孙武训练宫女列阵来形容牡丹的飒爽英姿，却是"翠围红阵"，即从人们常见的红牡丹写起。但即便如军士一般，也掩不住其本有的"倾城娇韵""翠盖风流"，及可"染露"之"天香"。"欲笑"句写牡丹神态，可谓妙绝，盖"欲笑还愁"与牡丹花初开还蹙的样态甚为贴合；联系下片"华屋金盘人未醒"，及将来"燕子飞来春尽"之写，更可确定此词乃写初开之牡丹。初开即临之赏之赋之，喜爱之情显见。"天香染露"句亦妙绝。前人"天香夜染衣"（唐李正封《牡丹》）诗句，说香可染"衣"，此更说连"露"也可染，真是青出于蓝而胜于蓝！下片用"最爱"一词承接折转，说自己最钟情的还是白牡丹。"弄玉团酥"者，玉、酥当均形容白色，弄玉、团酥"当均为白牡丹之品种"（邓广铭《稼轩词编年笺注》）；且不惟此，花质之细腻、滋润亦形容几尽。词人进而又漫想，其中就有那幸运的一朵，曾入唐人崔涯笔下，成为妙绝佳人的化身；此乃以佳人形容白牡丹的身姿神采。后笔锋一变，却转写白牡丹的被弃置、受冷落，"华屋金盘"以贮之且无，更毋庸奢想像沉香亭畔的红牡丹一样，有君王、后妃相伴左右，以释其将随"春风"而逝之遗"恨"，而只能独自在"冷"夜中散发着未为人怜的幽香。不难想见，白牡丹纯洁之品格与冷落之遭遇，叠加了词人的品格与身世影像，则其为之沉入"醉中"，并声言"休问"，也就不难理解了。

此词用典多而不杂，正用反用，驱遣自如，且能推陈出新，化出新意。其中，用孙武训练宫女的典故，把牡丹比作女兵，则更是只有曾经"沙场秋点兵"的统帅辛弃疾，才能够想象得出吧。又，"以诗赋白牡丹，已知有裴世淹……另有裴璘和胡武平。……至于以词咏白牡丹，前此似未多见，故颇为可贵"（朱德才、薛祥生、邓红梅《辛弃疾词新释辑评》）。

鹧鸪天

鹅湖归，病起作 ①

著意寻春懒便回 ②，何如信步两三杯。山才好处行还倦，诗未成时雨早催 ③。　　携竹杖，更芒鞋 ④，朱朱粉粉野蒿开 ⑤。谁家寒食归宁女 ⑥，笑语柔桑陌上来。

【注释】

①鹅湖：在今江西铅山县北。《江西通志》卷十一："鹅湖山，在铅山县北十五里，三峰揭秀，其巅有瀑布泉，周围四十余里，盖县之镇山也。……唐大历中僧大义植锡山中，双鹅复还山麓，建仁寿院，今名鹅湖寺。宋淳祐间，始以朱、陆诸儒会讲于此，即于寺旁创立书院。"病起：即病愈。

②著意：用心，刻意。

③"诗未成"句：化用杜甫《陪诸贵公子丈八沟携妓纳凉晚际遇雨二首》其一"片云头上黑，应是雨催诗"意。

④"携竹杖"二句：语出苏轼《定风波》："竹杖芒鞋轻胜马。"

⑤朱朱粉粉：红红白白。

⑥寒食：寒食节，在清明节前一日或二日。归宁：出嫁后的女子回娘家看望父母。

【评析】

词题点"鹅湖"。鹅湖距上饶近,故词当作于闲居上饶时。又,此词收入宋四卷本《稼轩词》乙集,梁启超谓"乙集无帅闽以后作"(《辛稼轩先生年谱·编年词略例附说》),辛弃疾"帅闽"(即任福建安抚使)在绍熙四年(1193),则此词作于淳熙九年(1182)至绍熙四年间。吴企明《辛弃疾词校笺》谓此词与同调同题"枕簟溪堂冷欲秋"一首同作于淳熙十三年(1186)。然本词言"寻春"作于春,另词"冷欲秋"作于夏,所言"鹅湖归病起"当非指同次。同年春、夏而两次"鹅湖归病",亦属巧合。

此为游春词。"上片春游有感,反映出一种随遇而安、怡然自适的心境。下片农家小景,犹如一幅素描。"(朱德才选注《辛弃疾词选》)病而初愈,本"著意寻春","携竹杖,更芒鞋",行装备好,进"山"览胜,以求一舒身心。然甫一进山,刚看到山之好景,便觉身"懒"力乏,力不从心,即不强游,返身而"回"。而因非兴尽而返,难免心生遗憾。然柳暗花明又一村,在返归途中,却观赏到了另一番原野、村"陌"的别样景致。雨润天落,野花缤纷,"柔桑陌上",村女"归宁",款款而"来","笑语"盈盈,何其赏心而悦目也!全词"景事俱真"(杨慎批点《草堂诗余》卷二),"随手拈来,都成妙谛"(黄苏《蓼园词选》)。在原野意象的选择上,"朱朱粉粉"之"野蒿"很是特别。"'朱朱白白'(按版本有异)一句,不但写田野的实景,也表现了作者的审美情趣。他在许多词中表露了这样一个朴素的美学观点:春天之美不在娇柔的秾桃艳李,而在山野间生命力顽强的无数野生花朵。因此他的农村词中经常将一般文人不屑一顾的荠菜、野蒿、稻花等作为赞赏和描写的对象。"(刘扬忠评注《辛弃疾词选》)与之相应,文辞的表达纯是自然流露,且"写人写景,都用白描，色淡意浓，形象饱满生动，从中可见稼轩农村词特色之一斑"（同上）。

对辛弃疾此类农村词的评价，有谓："以农村生活为题材的词篇，在稼轩集中数量虽不多，但也值得注意。它们继承了苏轼农村组词《浣溪沙·徐门石谭谢雨道上作》五首的优良传统，并有所发展。……此词与前选《鹧鸪天·游鹅湖醉书酒家壁》堪称姐妹篇，都是写漫步出游时所见的农村景色和农民生活。出现在作者笔下的是一片大好的田园风光，以及农民安居乐业的生活情景。许多论者常以作者在词中未能反映农村阶级矛盾和农民生活疾苦来强调他的阶级局限，这当然不无道理。但像此词这类作品至少可以证明，作者还是十分热爱农村大自然的，在感情上同农民也较为融洽。我们在研读时，应该兼顾到这两个方面。"（常国武《辛稼轩词集导读》）

鹧鸪天

鹅湖归，病起作

枕簟溪堂冷欲秋①，断云依水晚来收。红莲相倚浑如醉，白鸟无言定自愁。　　书咄咄②，且休休③，一丘一壑也风流④。不知筋力衰多少，但觉新来懒上楼。

【注释】

① 枕簟（diàn）：枕席，泛指卧具。簟，竹席。

② 书咄咄：《世说新语·黜免》载，殷浩被废，在信安，终日恒书空作字，人窃视之，唯作"咄咄怪事"四字而已。

③ 休休：《旧唐书·司空图传》谓，司空图居中条山，作亭名"休

休"。又作《耐辱居士歌》曰:"咄咄! 休休休! 莫莫莫! 伎俩虽多性灵恶,赖是长教闲处着。"

④一丘一壑:《世说新语·品藻》载,明帝问谢鲲比庾亮何如,谢鲲答曰:"端委朝堂,使百僚准则,臣不如亮。一丘一壑,自谓过之。"

【评析】

词题点"鹅湖"。鹅湖距上饶近,故此词当作于辛弃疾闲居上饶时。又,此词收入宋四卷本《稼轩词》甲集,而甲集作品均作于淳熙十五年(1188)正月之前,故此词当作于淳熙九年(1182)至十四年(1187)间。吴企明《辛弃疾词校笺》系之淳熙十三年(1186),辛弃疾是年四十七岁。词言"欲秋",则尚在夏时。

此篇是辛词中的上乘之作,笔、意双胜,古今评赞者甚多。首末二句紧扣"病起"起笔、收笔,形成回环呼应。"枕簟"者,凉枕竹席也,示时尚在夏日;然夏日即感秋意,甚而著一"冷"字,颇给人触目惊心之感。知此次乃大病初愈,身体尚处极度虚弱中。则"懒上楼"之"懒",就决然不是为赋新词而强说"懒",实乃自身"筋力"感知所致。但即便如此,其意志与心力却并未衰减,"书咄咄"三句,即连用三典,写自己的愤慨与倔强,"懒上层楼,虽托之筋力衰减,仍有烈士暮年的感慨"(俞平伯选注《唐宋词选释》)。同是人至中年的陈师道,曾作《病起》诗云:"今日秋风里,何乡一病翁。力微须杖起,心在与谁同。灾疾资千悟,冤亲并一空。百年先得老,三败未为穷。"清代无名氏尝评之"挺挺有不病者存"(方回选评、李庆甲集评校点《瀛奎律髓汇评》卷四十四引)。此词更是如此。且之于辛弃疾,"筋力"之衰,岂仅因此一病耶? 受谗被黜,闲居"丘""壑"间达五六年,当是更大之"病"。此词给人"烈士""挺挺"之感者,

138

根由即在于此。

词中"红莲"与"不知"四句，所受称誉尤多。如谓："余所爱者，如'红莲相倚浑如醉，白鸟无言定是愁'，又'不知筋力衰多少，但觉新来懒上楼'……之类，信笔写去，格调自苍劲，意味自深厚。不必剑拔弩张，洞穿已过七札，斯为绝技。"（陈廷焯《白雨斋词话》卷一）"前阕'红莲相倚浑如醉，白鸟无言定是愁'，写病起境尤胜。不有此语，不能衬出结拍二语也。"（张伯驹《丛碧词话》）"'红莲'、'白鸟'，风物本佳，而自倦眼观之，觉花鸟皆逊前神采。"（俞陛云《唐五代两宋词选释》）又有从"不知"二句指诗词体格之不同云："入词则佳，入诗便稍觉未合。词与诗体格不同处，其消息即此可参。"（况周颐评《蕙风词话》卷二）并有揭此"体格"不同之"消息"云："刘禹锡《秋日书怀寄白宾客》：'筋力上楼知。'诗语简而概括，衍为长短句顿觉婉转多姿，亦诗词作法之不同。"（俞平伯《唐宋词选释》）

丑奴儿近

博山道中效李易安体①

千峰云起，骤雨一霎儿价②。更远树斜阳，风景怎生图画③。青旗卖酒④，山那畔别有人家。只消山水光中，无事过者一夏⑤。　　午醉醒时，松窗竹户，万千潇洒。野鸟飞来，又是一般闲暇。却怪白鸥，觑着人欲下未下。旧盟都在⑥，新来莫是，别有说话。

【注释】

①博山：在今江西省上饶市广丰区。李易安：即李清照，号易安居士，是辛弃疾的乡前辈，两人都是济南人。

②一霎儿价：一会儿。价，结构助词，相当于"地"。李清照《行香子》："甚霎儿晴，霎儿雨，霎儿风。"

③怎生：怎样，怎么。李清照《声声慢》："独自怎生得黑。"

④青旗：酒旗。白居易《杭州春望》："青旗沽酒趁梨花。"黄庭坚《渔家傲》："何处青旗夸酒好，醉乡路上多芳草。"

⑤者：同"这"。

⑥旧盟：辛弃疾初归带湖时，曾与白鸥相约，作《水调歌头·盟鸥》："既盟之后，来往莫相猜。"

【评析】

词题所言"博山"，与上饶临近，故词当作于辛弃疾闲居带湖时。又因此词收于宋四卷本《稼轩词》甲集，而甲集作品均作于淳熙十五年（1188）正月之前，则词当作于淳熙九年（1182）至十四年（1187）间。蔡义江、蔡国黄《辛弃疾年谱》与吴企明《辛弃疾词校笺》系于淳熙十三年（1186）。又"骤雨""一夏"云云，当作于夏时。

词写行于博山道中，忽遇急雨。"一霎儿"后，雨过天晴，"远树斜阳"，风景如画；"青旗"酒家，更让人别添兴致。下片写"午醉醒时"情形。午醉醒来，观松赏竹，鸥鸟相伴，甚是闲适潇洒。然"负管、乐之才，不能尽展其用"的辛弃疾（徐釚《词苑丛谈》卷四引黄梨庄语），却只能在这山光水色中消磨时日，其悲又可知。"无事""闲暇"者，发言为轻，却是辛弃疾生命中无法承受之"轻"，似轻而实重。须注意，上片言"斜阳"，下片言"午醉"，乃同日而非隔天情形。"人们习惯认为，'斜阳'就是指的黄昏西下的太阳。大多数情况下是这样。但这里不应是夕阳。上午的阳光也是斜射的，也可称为斜阳。宋词中尚有类似的例子。……不弄清这一点就不会明白，为什么上片写了斜阳，下片又写午醉。"（刘扬忠《稼轩词百首译析》）

李清照今存《添字丑奴儿》词一首，云："窗前谁种芭蕉树，阴满中庭。阴满中庭，叶叶心心，舒卷有余情。　　伤心枕上三更雨，点滴霖霪。点滴霖霪，愁损北人，不惯起来听。"辛弃疾所"效"者，似非此词，即非仿作单篇作品，则或效李清照词风格。前人尝评李清照词云："用浅俗之语，发清新之思。"（彭孙遹《金粟词话》）有谓辛弃疾此词："通篇明白如话，以浅俗之语，发清新之思，俨然易安词体，然冲淡高远，幽默情趣，则依然稼轩自身风貌。"（朱德才选注《辛弃疾词选》）又有谓："词牌下特意标明'效李易安体'，也就是说，此词的风格和技巧是学习李清照的。李清照的词，善于将寻常口语随手拈来，度入音律，炼句精美，意境清新，明白自然，极少用典。辛弃疾这首词，就具有李清照词的这些特点。由此看出作者善于广泛学习，使自己风格多样化。"（刘扬忠《稼轩词百首译析》）又有谓此词乃效法李清照词之善于铺叙，云："易安铺叙，于柳、周基础上进一步发展与完善。其中最突出的一点是：在'回环往复'中增加层次，增添波澜，并在各种对比中创造气氛，烘托主题。作者此词之效法易安，也颇见功夫。例如上片对于诸多物景的布置、安排，即十分注重对比。首四句所写，为雨与晴的对比。……次二句所写山这畔及山那畔，互相映衬，显示山村生活的多面化。……下片说心情变化，同样也在对比当中加以显示。这主要是野鸟与白鸥的对比。前者无有戒心，不时而来，为山村图景增添几多快乐与闲暇；后者则欲下未下，诸多猜疑，似乎已背弃旧盟。两相对比，作者当时心情亦可想而知。"（施议对《辛弃疾词选评》）

鹧鸪天

鹅湖道中

一榻清风殿影凉^①，涓涓流水响回廊。千章云木钩辀叫^②，十里溪风稏穇香^③。　　冲急雨，趁斜阳，山园细路转微茫。倦途却被行人笑，只为林泉有底忙^④。

【注释】

①一榻：唐宋人习用"一榻"来形容风，如唐李中《夏日书依上人壁》："最怜煮茗相留处，疏竹当轩一榻风。"南宋姜夔《汉宫春·次韵稼轩》："今但借、秋风一榻。"榻，狭长而矮的坐卧用具。

②千章云木：千株大树。章，大木材，此处引申为计量大树的量词，犹言"棵"。云木，高耸入云的树木。钩辀（zhōu）叫：鹧鸪啼。沈括《梦溪笔谈》卷十四："欧阳文忠尝爱林逋诗'草泥行郭索，云木叫钩辀'之句，文忠以为语新而属对亲切。钩辀，鹧鸪声也。"

③稏穇（bàyà）：水稻名。

④有底忙：竟如此忙碌。底，如许，如此。苏轼《大风留金山两日》："细思城市有底忙。"

【评析】

鹅湖，在信州铅山县（今属江西）。词题"鹅湖道中"，则当作于词人某次往来铅山瓢泉或上饶带湖居所与鹅湖山间时。又，此词收入宋四卷本《稼轩词》甲集，而甲集作品均作于淳熙十五年（1188）正月之前，则此词作于淳熙九年（1182）至十四年（1187）间。邓广铭《稼轩词编年笺注》系淳熙十三年（1186）。邓广铭《辛弃疾传》

142

又谓，迟至淳熙十三年前，辛弃疾"已在铅山县东北境和上饶地界相接的期思渡旁，营建了一所新居"，"新居的附近有一池泉水，池形如臼，清澈见底。辛弃疾也把它买归己有，并为它取了一个名字，叫做'瓢泉'"，"距新居稍远的地方有一座山，山脉是从福建境内蜿蜒而来的，绵亘凡百余里。这里的主峰名叫鹅湖，是铅山境内最负盛名的山。山下的官道旁边有一座寺庙，名叫鹅湖寺。寺前十里苍松，参天蔽日，把这所寺院衬托得格外深邃幽静"。词曰"十里溪风稬稏香"，又显作于夏时。

夏日思凉。上片起首二句，即集中写一"凉"字。"清风"生凉，"殿影"添凉，"流水"助凉，路行歇息，舒适地躺卧在"殿影"荫庇的矮榻上，吹着凉风，听着泉声，何其惬意也！按，此所言之"殿"，当在鹅湖寺中。前二句写寺中，后二句则延至寺外。"千章云木"，当即寺前之"十里苍松"。松间鹧鸪声中，不时有"溪风"送来阵阵稻香，惬意又添一层。

下片转写雨后返归之匆促与狼狈。"冲急雨"示暂歇寺中时，不想大雨骤降；一"冲"字，颇显雨之气势，则词人只有在寺中挨延下去了。但雨停了，天也晚了，就急"趁斜阳"，循着"微茫""细路"，紧步往回赶。而恰又路遇"行人"，笑自己整日为"林泉"闲忙，谑嘲意味十足。"这里的'行人'实际上是虚拟的，是作者自我所派生出的另一面。沉醉于林泉之乐的忙碌的自我，和外化为'行人'的自我审视者，形成一种自嘲和反讽的关系。他自嘲如今只能因为林泉而忙碌（却不能因为更值得去忙碌的事业而奔忙）；他也讽刺那些不知林泉之乐的俗人，不知道此中大有真意。这样的结尾，表意分离而重叠，显得复杂而有味，正是'稼轩家法'的体现。"（朱德才、薛祥生、邓红梅《辛弃疾词新释辑评》）

另，"千章"二句，对仗工细；"冲急雨""趁斜阳""山园细路"

语句中，"冲""趁""细"诸字锤炼精到。这些都是词人笔力之高绝不凡处，堪可称道。

丑奴儿

书博山道中壁

少年不识愁滋味，爱上层楼。爱上层楼，为赋新词强说愁。　　而今识尽愁滋味，欲说还休。欲说还休^①，却道天凉好个秋。

【注释】

① 欲说还休：李清照《凤凰台上忆吹箫》："生怕闲愁暗恨，多少事欲说还休。"

【评析】

词题言"书博山道中壁"，因博山与上饶近，词当作于辛弃疾闲居带湖时。蔡义江、蔡国黄《辛弃疾年谱》与吴企明《辛弃疾词校笺》系淳熙十三年（1186）。时辛弃疾年四十七岁。词中"天凉好个秋"，点节季。

词题于博山道中，却并未言博山景致及游赏兴致，而言心中之愁。言心中之愁，又遥从少年时代说起，以为铺垫、对比和反衬。"少年不识愁滋味"，是说少时未有真愁，却"为赋新词强说愁"；其时，愁只是风花雪月的文学性闲愁。而今年近半百，"识尽愁滋味"，人生之愁又多又真，却又不知从何说起，沉吟无诉，索性一笔撒过，"却道天凉好个秋"。秋色生悲，登楼生愁，悲、愁本天然与秋、楼相连，而今却道"好个秋",是另一种隐性对比,又是"强"为开解,与前之"强说愁"呼应,所谓"前是强说,后是强不说"(卓人月汇选、徐士俊参评《古今词统》卷四)。有谓:"七情所至,浅尝者说破,深尝者说不破,破之浅,不破之深。"(顾从敬类选、沈际飞评正《草堂诗余·续集》卷上)说的正是此样作品。然则,此处的"说不破"之愁为何?有释云:"作为一名爱国志士,中原(包括自己的故乡)沦陷已久,可愁;自己归后所提出的一系列北伐方略不为当局所理会,英雄用武无地,可愁;有将相之才且正当英年,却得不到朝廷的赏识与重用,长期被呼来遣去,奔走各地,蹉跎岁月,可愁;而今索性投闲置散,连无关紧要的差遣也不再给与,益发可愁。这许多愁叠加在一起,说不得,说不尽,说了也是白说。于是只好不说。而好就好在'不说':一'说'便'浅',便'露',便'有限'。惟其'不说',反倒有无穷的含蕴,意味深长。"(钟振振《唐宋词举要》)

又,王国维言:"境非独谓景物也。喜怒哀乐,亦人心中之一境界。"(《人间词话》)此词言愁,亦即"人心之一境界"。有赞此词云:"完全不用艺术'形象'(或曰'意象'),只用含有哲理的'现象'来写词,且写得如此妙趣横生,这在文学史上是个特例。大家毕竟是大家!"(钟振振《唐宋词举要》)他如重章叠句之形式,跌宕有致之节奏,"明白如话,而语浅意深"(朱德才选注《辛弃疾词选》)之语言特色,都是此词极可称道处。

丑奴儿

此生自断天休问[①],独倚危楼。独倚危楼,不信人间别

有愁。　　君来正是眠时节，君且归休^②。君且归休，说与
西风一任秋。

【注释】

①"此生"句：语出杜甫《曲江》："自断此生休问天，杜曲幸有桑麻田。"断，了结，了却。

②"君来"二句：沈约《宋书·陶潜传》："贵贱造之者，有酒辄设。潜若先醉，便语客：'我醉欲眠，卿可去。'"

【评析】

此词与前篇《丑奴儿》（少年不识愁滋味）同调同韵，当同时之作，即同作于淳熙十三年（1186）。"西风""秋"，点时令。

两词又同写愁情，且愁多而深重，而对愁的态度却大异。前篇是悲凉而又无奈，此首则旷达而又雄放，更合于辛弃疾本有的个性、气概。"起句化用杜甫'自断此生休问天'的诗句，但略加改换，就更加分明地表现出挥斥老天的豪情与胆气，比杜诗写得更激越而'张狂'。接句突然停顿抒情，而出之以一个危楼独立的孤独者形象。"（邓红梅编《辛弃疾集》）此形象昂首矗立于天地之间，傲然承受着"人间""别"无的巨大悲愁。下片写辞楼归卧，用陶渊明"我醉欲眠卿可去"（《宋书·陶潜传》）之典。用此典看似失礼，实则洒脱而诚恳：既然我之愁与人间别有之愁不同，则别人自然无从理解体会我之愁，我之说与人之慰皆无益，那就索性都不说。既然不能说与人，那就"说与西风"吧，飘飘然似有出尘之姿。然末句这"说与西风"，也不是真的要倾诉于西风，而是颇具挑战性地表示，"任"凭你西风带来怎样的萧索之秋、悲凉之愁，我辛弃疾都无畏无惧，我且以秋为春，趁着这好"时节"，高卧闲眠，悠然以对。词隐去"酒"与

"醉"字，或许是有意为之，即我之御愁，无须借助酒力与醉意。果若如此，则坦然洒脱之意就愈加凸显。有谓："下片虽然境界转换，但依然是统一在上片造出的情调之中。起韵借典故而融事实，用陶渊明的狂放不守礼，来展现自己倔强到底、'张狂'旷达的襟怀。'君且归休'一语，逃避别人的安慰与打搅，自放于孤独寂寞之境，而以醉眠为事。最后一韵，又直接对着西风放言，随便它怎样消耗华年，他再也不会因为华年被废、秋景萧疏而引发生命的愁情了。语直意隐，辞气刚烈。"（邓红梅编《辛弃疾集》）所言亦是。

另者，本词"语浅意深，言近旨远"（朱德才选注《辛弃疾选集》），亦与前篇相类。

南歌子

山中夜坐

世事从头减，秋怀彻底清。夜深犹送枕边声，试问清溪底事、未能平①。　　　月到愁边白②，鸡先远处鸣。是中无有利和名，因甚山前未晓、有人行。

【注释】

①"试问"句：化用韩愈《送孟东野序》句意："大凡物不得其平则鸣。草木之无声，风挠之鸣；水之无声，风荡之鸣。"

②月到愁边：语出黄庭坚《减字木兰花·丙子仲秋黔首席上戏作》："月到愁边总未知。"

【评析】

此词作年无确考。邓广铭《稼轩词编年笺注》系淳熙十四年（1187）前，吴企明《辛弃疾词校笺》系淳熙十三年（1186），即辛弃疾仍闲居带湖时。词中"秋怀"者，点时令。

辛弃疾闲居期间，多山中词，山中夜间词亦复不少，此即其中一篇。频至山中，从精神层面看，是寻求一种宁静，以消解、平复被黜闲置的愤懑不平情绪。此词起首二句，就是为这种消解、平复所做的努力。首句是主观上的努力，即把"世事"一件一件"从头""减"去，以消除产生烦忧的根由；次句是从客观上寻求助力，即让清秋之气把自己胸中所谓的俗念涤荡干净。"从头""彻底"，足见词人期望之高、期待之切与期盼之急。然之于始终把建功立业作为人生目标和人生价值实现方式的辛弃疾而言，这一切注定是要落空的。于是，山间潺潺的溪流清声，也使得本就欲平难平的心底掀起阵阵波澜，"秋怀"未"清"而心潮又起，令人何以堪者！随之，词人也由"枕"卧而起"坐"，切应词题"山中夜坐"，并进入词之下片。"月到"句承上片意，点难以消解之"愁"；词人就是这"愁"之主体，"白"月照着词人斑白的鬓发，月之皎洁不再，人之青春远逝，是皆达于苍白枯寂之地。而正当沉于苍白枯寂境地时候，忽然又听到"远处"的鸡"鸣"声。鸡鸣之时，人又如何？结末"是中"二句，颇为耐人寻味，而又解者纷纭。有说是对无处不在的追名逐利者的批评，曰："未晓行人，汲汲孳孳者非为名利而何？此词妙处则在'山前'二字，朝市为名利之场，固应如是。山林皋壤，亦复如斯，更勘透一层。"（吴则虞选注《辛弃疾词选集》）有则说是词人对生命的深刻理解和感受，云："结韵提出了一个没有给出答案的疑问：山村生活没有名利之争，但为什么天色未破晓山前就有人行走？这像是悬出了一个千古未解的谜面，令人忍不住要去揭开谜底。有读者认为这体现了他对于山林生活的否定：他本来认为乡野山林是无名利纷争的最淳朴场所，然而经过长期的观察和思考，他对此有了更新的看法，因此他在此因景生情，借有人未破晓就在山前行走的事实，表明他对于山林是绝尘清净之地的怀疑。但若依据其语境，可知这个答案不透亮，因为这个疑问是他在承认'是中无有利和名'的前提下提出的。这就意味着，他所感受到的痛苦，比名利之争要深得多。读者不妨根据上下文意思作出如下回答：山林纵然不是名利场，但生命的形式——肉体存在本身就是一种本质的牵累，它会驱使人劳生碌碌地供养它，至于供养得是豪奢还是简朴，不过是程度的不同罢了。读到此处，我们不禁为词人心中对于丧失了'意义'的生命本质的这一体察而产生凛凛寒意。从词意脉络上讲，结韵正是词人对于前韵里'愁边'一词所做的解释。"（朱德才、薛祥生、邓红梅《辛弃疾词新释辑评》）后一种理解似甚有道理，然又陈言过高，或亦不确。词人无非是说，我走进无是非名利烦扰的山林，本为消忧，奈何事与愿违，山水仍不宁静，何况再回至山林外本就熙熙攘攘的名利之场呢？是愁怀永无消解之地、消释之时矣！此乃进一步法，加倍来写人"闲"而心终不得"闲"的身心割裂的矛盾与痛苦，亦即有谓之"无穷感慨"（李濂《批点稼轩长短句》卷十二）。

至于本篇用词造语上的特点，顾随尝谑云："者老汉真是可笑。如此小词，也要复'底'字、复'事'字、复'清'字、复'边'字、复'未'字、复'有'字。更可笑是苦水（按顾随别号）廿余年读稼轩此词，一见便即成诵，直到如今，时时掂掇，还是此刻手写一过，才觉察出。若说苦水于辛老子是相赏于牝牡骊黄之外，苦水不免惭惶。若说辛老子胆大心粗，更是罪过。何以故？大体还他肌肤好，不擦红粉也风流。"（《稼轩词说》）

定风波

大醉归自葛园①，家人有痛饮之戒，故书于壁

昨夜山公倒载归，儿童应笑醉如泥②。试与扶头浑未醒，休问，梦魂犹在葛家溪③。　　欲觅醉乡今古路，知处，温柔东畔白云西④。起向绿窗高处看⑤，题遍，刘伶元自有贤妻⑥。

【注释】

①葛园：在江西上饶葛溪畔。参下注"葛家溪"。

②"昨夜"二句：典出《晋书·山简传》："（山简）镇襄阳，于时四方寇乱，天下分崩……简优游卒岁，唯酒是耽。诸习氏，荆土豪族，有佳园池，简每出游嬉，多之池上，置酒辄醉，名之曰高阳池。时有童儿歌曰：'山公出何许，往至高阳池。日夕倒载归，酩酊无所知。时时能骑马，倒着白接䍦。'"李白《襄阳歌》："旁人借问笑何事，笑杀山公醉如泥。"倒载，倒着骑马。

③葛家溪：即葛溪。《太平寰宇记》卷一百七："葛溪水，源出上饶县灵山，过当县李诚乡，在县西二里。……又有葛元家焉，因曰葛水。"

④"温柔"句：典出《赵飞燕外传》："是夜进合德，帝大悦，以辅属体，无所不靡，谓为温柔乡。……曰：吾老是乡矣，不能效武皇帝求白云乡也。"温柔，即温柔乡，指迷人的美色。白云，即白云乡，指仙乡。

⑤绿窗：绿色纱窗。指女子住室。

⑥"刘伶"句：《世说新语·任诞》："刘伶病酒，渴甚，从妇求酒。妇捐酒毁器，涕泣谏曰：'君饮太过，非摄生之道，必宜断之。'伶曰：

'甚善，我不能自禁，惟当祝鬼神自誓断之耳。便可具酒肉。'妇曰：'敬闻命。'供酒肉于神前，请伶祝誓，伶跪而祝曰：'天生刘伶，以酒为名。一饮一斛，五斗解醒。妇人之言，慎不可听。'便引酒进肉，隗然已醉矣。"元自，原来，原本。

【评析】

词题所言"葛园"，在上饶葛溪畔，故此词当作于辛弃疾闲居带湖时。邓广铭《稼轩词编年笺注》系于淳熙十三年（1186）。

此为醉酒词，诙谐风趣，纯是饮者声口。上片写"昨夜"醉酒事，醉态可掬。先是用山简事、撷李白诗，借前代名饮者为自己画像，示自己并不是一般贪杯寻醉之徒，醉却雅而不凡。接写至家"如泥"之态，"试与扶头"也醒不来，甚至醉里还念叨着刚刚喝过酒的葛家溪，人是回来了，但"梦魂"还在那里，犹自未回。醉态、醉语、醉魂、醉梦，醉意满纸，可谓"四醉"。下片写酒醒，点出"醉乡"、"温柔"乡、"白云"乡，有谓"更当合'睡乡'，来称'四乡寓公'"（卓人月汇选、徐士俊参评《古今词统》卷十）。宋四卷本《稼轩词》乙集此词题作："大醉自诸葛溪亭归，窗间有题字令戒饮者，醉中戏作。"言"醉中戏作"，不确。盖下片所写，为第二天酒醒后事，即"起向绿窗高处看"，看到了妻子"题遍"之"令戒饮"题字后，赶紧为自己辩解。这辩解是："温柔乡"不可去、不堪去，"白云乡"又不能去、去不了，那就只有"觅醉乡"一路了，且这是"古今"不得志之贤者的必去之路，没有理由不让自己去。进一步，词人又夸妻子之"贤"，夸中又带自辩，即你是为我好，这我知道，你是很有道理的，但我也很有道理，我俩一"贤者"、一"贤妻"，都不失为贤，则"贤妻"何苦要为难"贤者"？故你自可以劝，我自可以饮，是可以相互尊重，互不妨害，和谐共处的；就像你的"戒酒令"下面，也可以有我的这首"解酒词",两者可共处一壁,是不是?这可比"竹林七贤"之一的刘伶对妻子瞒哄强赖的做派高明多了。试想,刘妻和辛妻看到各自被劝丈夫的表现后,该会有怎样大相径庭的反应呢!

古今来,咏酒之什可谓多矣!然雅、趣之外,又能把饮者写得这么可爱,把醉饮写得这么有理的,恐怕再找不出第二篇了吧。

昭君怨

人面不如花面①,花到开时重见。独倚小阑干,许多山。　　落叶西风时候,人共青山都瘦②。说道梦阳台③,几曾来。

【注释】

①"人面"句:《本事诗·情感》载:博陵崔护,姿质甚美,清明日独游都城南,得居人庄。有女子自门隙窥之。酒渴求饮,女人以杯水至,开门,设床命坐,独倚小桃斜柯伫立,而意属殊厚。崔辞去,送至门,如不胜情而入。及来岁清明日,往寻之。门墙如故,而已锁扃之。因题诗于左扉曰:"去年今日此门中,人面桃花相映红。人面祇今何处去,桃花依旧笑春风。"

②共:与,同。

③梦阳台:即阳台梦,男女欢会之梦。典出宋玉《高唐赋》序:"昔者先王尝游高唐,怠而昼寝,梦见一妇人,曰:'妾巫山之女也。为高唐之客,闻君游高唐,愿荐枕席。'王因幸之。去而辞曰:'妾在巫山之阳,高丘之阻,旦为朝云,暮为行雨。朝朝暮暮,阳台之下。'"

【评析】

此词作年无确考。吴企明《辛弃疾词校笺》系之淳熙十三年（1186），即当作于辛弃疾闲居带湖时。

词写思人而不见。从所倚"小栏杆"来看，所思者当是一位女子。"说道梦阳台，几曾来"，又当是女子埋怨对方之失信，怨他不仅人不来，就连梦中也不来，亦正与《高唐赋》序所言巫山之女身份相合。词牌"昭君怨"，抒情者原初本也是女性。或者，径可从敷演《本事诗》所叙情事之角度，把此词看作对崔护故事的补白。故事起首，是崔护下第后独游都城南庄，与花宫女子偶遇，并互生情愫；结末是一年后崔护忽思其人，往而寻之，却不见而题诗门上。则中间这一年，当是花宫女子期待崔护重访，以求发展二人间之情感，却再也等斯人不来，徒落得暗自神伤。这种神伤，比起散文之叙说，用以表达情感见胜且要眇宜修的词体来呈现，自然更为切当。首二句写花开而人不来，不是说到了第二年春天，而是用以比喻再见斯人之难，仍是当年春天斯人离开后情形。无奈登高倚栏远望，却又为山峦阻隔，不见斯人回转之身影。这样一直远望着，直到"落叶西风时候"，人也憔悴不堪，山也凋零荒芜，人、山"同瘦"了，却还是眼前空茫，渺无斯人之踪影。是要年年岁岁一直等待和盼望下去吗？并没有。等崔护一朝念起，随春再来，斯门已锁闭矣！当然，也可抛开《本事诗》之本事，而把此词看作闺中女子对远行游子的绵长思念，但"重见"二字，所包含的似仍是男女间偶遇之情事。当然，如果把这首词看作是"写思美人"（朱德才、薛祥生、邓红梅《辛弃疾词新释辑评》），也无不可，因为"人面"二句毕竟关合着崔护诗。

此词之内容、情感色彩与《昭君怨》词调甚吻合。全词情感深挚，而所思之人似越来越远，从上下片语句组成看，表达似也越来越少、越来越短，却又词少意多、语短情长。且上下片皆两句一换韵，由仄韵而转平韵，韵位紧密，起伏抑扬，故读来声情并茂，余音袅袅，品之不尽。

生查子

有觅词者为赋

去年燕子来，绣户深深处。花径得泥归，都把琴书污^①。　　今年燕子来，谁听呢喃语。不见卷帘人^②，一阵黄昏雨。

【注释】

①"去年"四句：从杜甫《漫兴》诗化出："熟知茅斋绝低小，江上燕子故来频。衔泥点污琴书内，更接飞虫打着人。"

②卷帘人：李清照《如梦令》："昨夜雨疏风骤，浓睡不消残酒。试问卷帘人，却道海棠依旧。知否，知否，应是绿肥红瘦。"

【评析】

此词作年无确考。吴企明《辛弃疾词校笺》系于淳熙十三、四年间（1186—1187），时辛弃疾居上饶带湖。姑系淳熙十四年。词中"燕子来"，点时令。

此词作法，"仿欧阳永叔'去年元夜时'词格"（张德瀛《词徵》卷五）。欧阳修《生查子》词云："去年元夜时，花市灯如昼。月上柳梢头，人约黄昏后。　　今年元夜时，月与灯依旧。不见去年人，泪湿春衫袖。"欧、辛词皆借"去年""今年"景同而人异情形，寓物是人非之慨。且辛词更进一步，场景由户外移至户中：去年伊人尚在"绣户"，今年伊人（"卷帘人"）已不可见，人去楼空，只有燕子"呢喃语"伴着沥沥"黄昏雨"了，凄凉之意更甚。从意境上看，辛词虽不及欧词，但也能自出新意，并可见辛弃疾对前人艺术创作经验之借鉴、汲取。

前人有指"都把"句云："玩第四句，似带厌恶之意。"（许昂霄《词综偶评》）此批评恐未允当。相反，这句恐为全词摹写最为灵动、最有趣味处。而今人亦有谓此句确带"厌恶"意，且全词乃咏燕子而非写佳人者。其云："上片写去年燕子来的情况。……当它飞进飞出时，有人把帘幕卷起，待它非常友好。'香径'（按此所据版本为'香径'）二句写燕子的作为。言其从香径衔泥归来，行为极不检点，泥落下来，把堂内的琴书污损了。一个'都'字，既写出了燕泥污损琴书之严重，也暗示了主人对燕子的厌恶情绪。词的下片写今年燕子来时的遭遇。前二句写燕子遭受冷遇。言燕子今年虽然依旧飞来，却没人听它呢喃而语了。言外之意是说，再也没有那个人给它提供营巢的便利，把它拒之门外。和上片'帘幕深深处'（按此所据版本为'帘幕深深处'）形成了强烈对比，则其今年之来不受欢迎可知。后二句写燕子的悲凉处境。'不见卷帘人'，和上片'帘幕'二字相照应，以'不见卷帘人'写无人为卷起帘幕，进一步写它遭受冷遇。'一阵'句写燕子的悲凉处境。言时届黄昏，却下起阵雨，燕子不仅无家可归，反而要遭雨淋，寓情于景，写燕子因行为不检而遭受惩罚，且无人同情，较之杜诗，似含更多警世之意。"（朱德才、薛祥生、邓红梅《辛弃疾词新释辑评》）

生查子

溪边照影行，天在清溪底。天上有行云，人在行云里。　　高歌谁和余，空谷清音起^②。非鬼亦非仙^③，一曲桃花水^④。

【注释】

①雨岩：在江西省上饶市广丰区博山边。南宋韩淲《朱卿入雨岩本约同游一诗呈之》："雨岩只在博山隈，往往能令俗驾回。"

②清音：左思《招隐诗二首》其一："山水有清音。"

③"非鬼"句：语出苏轼《夜泛西湖五绝》其五："湖光非鬼亦非仙，风恬浪静光满川。"

④桃花水：《岁时广记》卷一："黄河水，二月三月名桃花水。又颜师古《汉书音义》云：《月令》：仲春之月始雨水，桃始华。盖桃方华时既有雨水，川谷涨泮，众流盛长，故谓之桃花水。"

【评析】

词题所示"雨岩"，在博山边，博山在上饶，故此词当作于辛弃疾闲居带湖时，或即作于淳熙九年（1182）至十四年（1187）间。兹姑系淳熙十四年。辛词中，共有五篇吟咏雨岩之作，此为其一。词言"桃花水"，可知作于二、三月间。

上片写影，人影、天影、云影，三影合一。天铺溪底，人行云间，动静结合，奇幻无比，直让人有身临其境之感，可见词人体察之细微，描摹之细腻。词人另一篇咏雨岩《水龙吟》词题云："岩中有泉飞出，如风雨声。"既交代了雨岩名称之由来，又知本词所谓"溪"，乃雨岩飞出之泉汇成。则溪水之清澈、布影之清晰、溪声之清脆，皆可想见。下片即写"声"。其一是人声。人行画中，心旷神怡，不由"高歌"一曲，以抒畅怡之情。其二为溪声，即和我"高歌"之"空谷清音"，亦即"一曲桃花水"声。"曲"者，乃双关，一关山溪之曲折，二关水声所成之乐曲，令人玩味。

　　此词所营构之境界，也是多色彩、多层次的。首先，饱览山光水色的惬意畅爽，是底色。其次，因为是"独游"，既无友人相伴，又无游人共赏，"空谷"一人，"高歌"无和，又当有孤独寂寥之感，与柳宗元《小石潭记》相类。三者，又有奇谲瑰丽的神秘色调。这从词中突兀而出的"非鬼亦非仙"句，即可窥知；此句特从苏轼诗中化出，以否定之笔摹画溪水之声，实乃有意为之。词人另篇《山鬼谣》题曰："雨岩有石，状怪甚，取《离骚》《九歌》，名曰'山鬼'，因赋《摸鱼儿》，改今名。"乃以"山鬼"名雨岩怪石并歌咏之。《蝶恋花·月下醉书雨岩石浪》词，又把雨岩石浪比作"石龙"起"舞"，皆有奇谲瑰丽之特点。所以如此，当与词人人格之倔强，及其对官场声气之极度厌恶相关。有人尝评蒲松龄《聊斋志异》云："料应厌作人间语，爱听秋坟鬼唱诗。"（王士禛《题聊斋志异》）辛弃疾的这类奇谲之词，亦可作如是观。

满江红

　　倦客新丰①，貂裘敝、征尘满目②。弹短铗、青蛇三尺③，浩歌谁续。不念英雄江左老④，用之可以尊中国⑤。

叹诗书、万卷致君人⑥，翻沉陆⑦。　　休感慨，浇醽醁⑧。人易老，欢难足。有玉人怜我，为簪黄菊⑨。且置请缨封万户⑩，竟须卖剑酬黄犊⑪。甚当年、寂寞贾长沙，伤时哭⑫。

【注释】

①倦客新丰：犹言"新丰倦客"，指初唐马周。词人借以自指。典出《旧唐书·马周传》。马周不得意时，曾宿新丰客店，店主只顾其他客人而不理睬他，马周命酒一斗八升，悠然独酌，众异之。后官监察御史，名震朝野。

②貂裘敝：用苏秦典。典出《战国策·秦策》。苏秦游说秦王而策不行，"黑貂之裘敝，黄金百斤尽"。

③弹短铗：用冯谖典。《战国策·齐策》载，冯谖初为孟尝君门客，遭歧视，于是弹铗而歌曰："长铗归来乎，食无鱼。"铗，剑，剑把。青蛇三尺：指宝剑。白居易《鸦九剑》："谁知闭匣长思用，三尺青蛇不肯蟠。"

④江左：江东，长江下游以东。此指偏安的江南地区。

⑤尊中国：使中国受到尊敬。中国，此指南宋。其时南宋皇帝向金朝屈膝称侄，让南宋臣民倍感屈辱。

⑥"叹诗书"句：苏轼《沁园春》："胸中万卷，致君尧舜，此事何难。"

⑦翻：反而。沉陆：即陆沉，陆地无水而沉，喻失意隐居。语本《庄子》："方且与世违而心不屑与之俱，是陆沉者也。"郭象注："人中隐者，譬无水而沉也。"

⑧醽醁（línglù）：美酒名。

⑨"有玉人"二句：语本苏轼《千秋岁》："美人怜我老，玉手簪黄菊。"玉人，佳人，美人。

⑩ 置：搁置，放弃。请缨：《汉书·终军传》载，武帝令终军使南越，军自请命："愿受长缨，必羁南越王而致之阙下。"封万户：封万户侯。

⑪ 卖剑酬黄犊：《汉书·龚遂传》载，龚遂为渤海太守，见齐俗尚奢侈，不田作，乃劝民务农，"民有带持刀剑者，使卖剑买牛，卖刀买犊"。

⑫ "甚当年"二句：《汉书·贾谊传》载，贾谊贬为长沙王太傅后曾上书说："臣窃惟事势，可为痛哭者一，可为流涕者二，可为长叹息者六。"贾长沙，即贾谊。

【评析】

此词写作时间，有较大争议。在辛弃疾词集中，此词与《满江红》（可恨东君）（敲碎离愁）（风卷庭梧）三词并为组词。邓广铭《稼轩词编年笺注》云："右《满江红》四首，广信书院本均列置于淳熙八年'和洪景卢'一首（按即《满江红·席间和洪景卢舍人兼简司马汉章大监》）之前。'可恨东君'阕有'湘浦岸'数句，知必作于长沙。余三阕作年不可确考，今全依广信本次第，汇录于淳熙六、七年诸作之间。"亦即，此词可系于淳熙六、七年间（1179—1180）。而词中"翻沉陆"语，本《庄子》"方且与世违而心不屑与之俱，是陆沉者也"句，乃喻失意隐居，与此间辛弃疾任职于湖北、湖南、江西相悖。为解决这一矛盾，有谓此词不是直写词人自己，而是写友人，乃"借友人之事，抒自己之怀"，"上片正面取意，为友人鸣不平"，"下片从侧面立意，烘托题旨，慰友亦自慰"（朱德才选注《辛弃疾词选》）。然"有玉人怜我"之"我"，又分明是在说自己，说其指友人或泛指，都不确当，故不能成立。

然则，此词当直写自身，作于其罢职隐居时。有谓："此词作年失考，从内容来看，当为罢居上饶带湖或铅山瓢泉时期作品。词的内容主要抒写作者被投闲置散的愤慨和报国无门的苦闷。上片以历史上

159

马周、苏秦、冯谖等人的故事为喻，主要写作者不辞征途劳苦从北方归来，立意报效国家，致君尧舜，却不料被谗见弃，到头来竟遭埋没。下片从感叹岁月流逝、人世悲多欢少着笔，表面上似是以玉人簪菊和汉龚遂劝人卖剑买牛的故事自作宽解，实际上乃表现了作者有志杀敌、却又无路请缨的痛苦心情。全词悲凉苍劲，愤怨之情，溢于言表。"（王筱云等主编《中国古典文学名著分类集成·词曲卷》余传棚解析此词）词中"貂裘敝"、"不念"、不"用"云云，也不应指辛弃疾南归后任职不如意，没有得到驰骋疆场、领兵北伐的机会，而指其落职归田、志没蒿莱之境遇。又有谓，此词"大约是辛弃疾闲居上饶担任有名无实的祠官时所作"（胡云翼选注《宋词选》)，即作于淳熙十四年（1187）其"主管充佑观"（《宋史·辛弃疾传》）时，或是，姑系之。"簪黄菊"者，或时在仲秋。

"不念"二句，堪称词中名句。"这两句由悲叹古人转为悲叹自己，慨叹朝廷偏安江南，自己英雄荒老，壮志不酬，北伐恢复无望，而这一切原本是可以做到的。这两句既是对投降派的谴责，也表达了词人强烈的民族自尊心及爱国主义情怀，可谓全篇之警策。"（齐豫生、夏于全主编《辛弃疾词》）英雄辛弃疾从北方赴归南宋，理想是让"中国"振起，一洗向金人称臣称侄之屈辱，让堂堂中国直起腰杆，受到周边诸政权的尊重，而不是受人蔑视欺凌。他有"尊中国"的理想和信念，更有"尊中国"的智慧与方略。读他的《美芹十论》《九议》，就知他决非大言欺人者。然事与愿违，他只能仰天长啸，借词句来发抒自己内心的激愤。

全词用典繁密，用古人事迹说自身遭际，"有经史气，然非老生常谈"（卓人月汇选、徐士俊参评《古今词统》卷十二），表意充分而又切当。

清平乐

博山道中即事 ①

柳边飞鞚 ②，露湿征衣重 ③。宿鹭窥沙孤影动，应有鱼虾入梦。　　一川明月疏星 ④，浣纱人影娉婷 ⑤。笑背行人归去，门前稚子啼声 ⑥。

【注释】

① 即事：以眼前事物为题材写诗作词。

② 飞鞚（kòng）：即策马飞奔。鞚，马笼头，代指马。

③ 征衣：此指旅人之衣，而非军服。

④ 明月疏星：语出周邦彦《南乡子》："户外井桐飘，淡月疏星共寂寥。"

⑤ 娉婷：姿态轻盈美好。

⑥ 稚子：小儿，幼儿。

【评析】

词题所言"博山"，与上饶临近，故词当作于辛弃疾闲居带湖时。又因此词收入宋四卷本《稼轩词》甲集，而甲集作品均作于淳熙十五年（1188）正月之前，故此词当作于淳熙九年（1182）至十四年（1187）间。兹姑系淳熙十四年。

词题"博山道中即事"，示所写乃行博山道中亲见情事。所见者何？一为"宿鹭"，一为"浣纱人"。"露湿"、"明月疏星"者，当是深秋一月色皎洁的静谧夜晚。词人本是"飞鞚"赶路，却注目于路途景致、情事，可见这景致、情事之吸引力。确实，溪边宿鹭"影动"，或许是梦到了鱼虾而欲起捕捉吧。又溪边浣纱人身影"娉婷"，忽又起身，"笑背行人归去"；这起身"归去"，并非为着羞避行人，而为传来的"稚子啼声"。这些都显得轻松而美好，而又以幽默之笔出之，其中所含乡山生活的情趣，与夜旅行人的匆忙疲累，形成鲜明对比。"全词写博山月夜美景，能结合优美的自然景观与淳美的人文景致，善于对比映衬，动静结合，形神兼顾，描绘生动细致，充满美好的生活情调。"（郑小军编注《众里寻他千百度：辛弃疾词》）

而且，词中所写，并不只是对所见所闻的简单捕捉、粗略写录，而是辅以想象、物我合一、精雕细琢、笔致工巧。即如"'宿鹭'二句，虽系眼前实景，而作者对此体会极深刻。盖见睡熟之鹭，孤影摇动，因而体会其摇动之故，必系作梦；又从鹭鸟之梦，体会必系见着鱼虾。层层深入，心细于发"（刘永济《唐五代两宋词简析》）。

清平乐

独宿博山王氏庵[①]

绕床饥鼠，蝙蝠翻灯舞。屋上松风吹急雨，破纸窗间自语。　　平生塞北江南[②]，归来华发苍颜。布被秋宵梦觉，眼前万里江山。

【注释】

　　① 王氏庵：为博山一道庵，遗址尚存。

　　② 塞北：邓广铭《稼轩词编年笺注》："稼轩于南归前，曾两随计吏北抵燕山，见《进美芹十论札子》。此当为稼轩足迹所至最北之地，亦即此处所指之'塞北'。"

【评析】

　　词题所言"博山"，与上饶近，故词当作于辛弃疾闲居带湖时。又因此词收入宋四卷本《稼轩词》甲集，而甲集作品均作于淳熙十五年（1188）正月之前，则词当作于淳熙九年（1182）至十四年（1187）间。有谓："此词作于辛年近五十岁时，故曰'白发苍颜'。"（刘永济《唐五代两宋词简析》）兹姑系淳熙十四年，辛弃疾时年四十八岁。词言"秋宵梦觉"，时在秋间。

　　词题云"独宿"，突出一个"独"字。词中所写，即孤独夜宿时的所见所闻、所思所感。所见所闻者，饥鼠绕床，蝙蝠翻灯，屋上风吹雨，窗间破纸鸣；所思所感者，平生南北奔走，如今华发归闲，虽然废黜一隅，不忘万里江山。两者恰成对比，即身处困顿之中，而胸怀家国天下，人在穷途，壮心不已，大有"老骥伏枥之概"（许昂霄《词综偶评》），打破了"穷则独善其身，达则兼济天下"的儒家用舍行藏之道，穷、达皆忧怀、思济天下。辛弃疾人生格局之高卓也正在这里。有具体分析云："下片抒发悲壮慷慨之情，其中包括两层情感：一是抒发平生自北来南，为国奔波，两鬓苍白，而功业无成的悲凉；二是抒发虽然罢退闲居，年老鬓衰，而依然魂系中原沦陷地区万里江山的壮怀。与前辈诗人陆游《夜游宫·记梦寄师伯浑》词中所述'睡觉寒灯里。漏声断，月斜窗纸。自许封侯在万里。有谁知，鬓虽残，心未死'，正是同一襟怀、同一境界，而稼轩词更显浑成。"（郑小军编注《众里寻他千百度：辛弃疾词》）而就整首词来看，"它的境界至于凄厉，风格质朴而凝重，将一个失去报国机会的爱国者的失志丧时之悲，传达得沉郁苍凉之至"（邓红梅编《辛弃疾集》）。

　　全词"语极情至"，上片"数语写景逼真，不减昌黎《山石》诗"（陈廷焯《云韶集》卷五）；下片"塞北江南""万里江山"之写，境

163

界阔大，格调高远，正与辛弃疾之英雄足迹与志士胸怀相应合。又，上片所写环境与下片所述心志，又相生相克，相反相成。"前半阕从眼前景物，写出凄寂难堪之境，因而引起心情中之矛盾。盖抱有热烈之志之人不能堪此种境界也。后半阕即写因此种境界而引起之感慨。……'布被'二句，为一梦初醒时之感觉，即此'眼前万里江山'六字，已大足表见辛弃疾无时忘却祖国江山。而此'万里江山'，乃在凄寂之境中倏现'眼前'，其情之悲愤如何，读者不难想象。"（刘永济《唐五代两宋词简析》）

朝中措

夜深残月过山房，睡觉北窗凉①。起绕中庭独步，一天星斗文章②。　朝来客话，山林钟鼎③，那处难忘④。君向沙头细问，白鸥知我行藏⑤。

【注释】

①睡觉：刚睡醒。

②星斗文章：指天空星斗排列有序，像精心布局的文章。杜牧《华清宫三十韵》："雷霆驰号令，星斗焕文章。"

③山林钟鼎：指闲居与做官两种生活。语本杜甫《清明二首》其一："钟鼎山林各天性，浊醪粗饭任吾年。"钟鼎，指击钟列鼎而食，示富贵生活。山林，则是隐逸之人所居，示隐居生活。

④那处：哪处。

⑤行藏：出处、行止，此指心意。

【评析】

此词作年无确考。吴企明《辛弃疾词校笺》云，此词"作于淳熙十四年（1187）送祐之弟还浮梁前"，即作于辛弃疾闲居带湖时。而郑骞《稼轩词校注》则云："据后半语意，盖作于戊午、己未间。""戊午""己未"，为庆元四年（1198）、五年，则此词又或作于闲居铅山瓢泉时。兹姑系淳熙十四年。词中"北窗凉"者，当在秋季。

词写生活中的两个片段。上片写夜宿。夜宿"山房"，深夜"睡觉"，"中庭独步"，仰观"星斗"。"一天"句，写山间夜空奇景，令人神往，词人也不由得陶醉其中。然"夜深""山房""残月""凉""绕中庭""独步"所示之时地、意象、感觉、举止，所带有的清寂、残缺、孤独、不平等色彩，又是满天灿烂星斗遮掩不住的，陶醉也只是一时而非恒久。下片是另一个场景，即"朝来客话"，主客问答。客问"山林""钟鼎"分别代表的闲居和官宦生活，哪一种是词人感觉最好、不能忘怀的。答曰不用问我，你去细问"沙头"的"白鸥"就明白了。但这回答又像是一种回避，白鸥可以看到你"行藏"的外在表现和行踪，而深藏于心的人生态度和真实感受，白鸥又怎么能够知道呢！所以，词人的回答并不是表达上的机智与巧妙，不是惬意中的达观处之，而是内心实在有莫可与说知的隐曲。其根源，即在词人闲居是被迫而非主动的，并不是像陶渊明那样弃官归隐。这种表里的差异与矛盾，是贯穿于辛弃疾整个闲居生活，而始终没有解决、也无法消解的。如果认为全词是用"含蓄的话语"，"描叙出闲居的乐趣"（朱德才、薛祥生、邓红梅《辛弃疾词新释辑评》），恐怕是值得商榷的。

就表现方式看，下片全用赋体主客问答形式，颇有新意，且"已做到浑然天成的地步"（辛更儒《再论宋词之稼轩体》）。这也是辛弃疾以文为词手法的一种体现。

临江仙

钟鼎山林都是梦，人间宠辱休惊^②。只消闲处过平生^③。酒杯秋吸露，诗句夜裁冰。　记取小窗风雨夜，对床灯火多情^④。问谁千里伴君行。晓山眉样翠，秋水镜般明。

【注释】

① 再用韵：指用前韵《临江仙·醉宿崇福寺寄祐之弟祐之以仆醉先归》："莫向空山吹玉笛，壮怀酒醒心惊。四更霜月太寒生。被翻红锦浪，酒满玉壶冰。　小陆未须临水笑，山林我辈钟情。今宵依旧醉中行。试寻残菊处，中路候渊明。"祐之弟：名助，辛次膺之孙，范南伯之婿，辛弃疾族弟，尝为钱塘令。浮梁：县名，宋属饶州，今属江西景德镇。辛次膺南渡之后家居此地。辛助"归浮梁"，即归其故居。

② 宠辱休惊：得失都不必在意。

③ 只消：只要。

④ "记取"二句：语本韦庄《寄江南逐客》："记得竹斋风雨夜，对床孤枕话江南。"

【评析】

此词收入宋四卷本《稼轩词》甲集，而甲集作品均作于淳熙十五年（1188）正月之前，则此词作于淳熙九年（1182）至十四年（1187）间。蔡义江、蔡国黄《辛弃疾年谱》与吴企明《辛弃疾词校笺》皆系淳熙十四年。词言"秋水"，点出节候。

词送族弟祐之归乡。一送以理，二送以情。上片说理，慰人，亦自慰。人的生活样态，不管是"钟鼎"，还是"山林"，都是"梦"境，都会化为虚无，受"宠"不必"惊"喜，受"辱"亦无须"惊"恐；"都""休"二字，见出心态通脱，语气斩截。那么，人生之要何在？在"闲处"，即对世事无须挂碍，能适心地饮酒、赋诗即可。但理归理，要做到谈何容易！族弟祐之不能，辛弃疾自己更不能。故下片说情，就显得更为实在。曰：送你走的，是昨夜"小窗风雨"及"灯火"中"对床"夜话的手足兄弟；伴你行的，是青翠的"晓山"、明镜般的"秋水"。实际上，这山、水是家中佳人的眉、眼化成，她正在家中迎候你还归呢！而不管是难行之理，还是易感之情，都饱含着词人的真心与真意，相信一定能给将行的祐之弟以莫大安慰。据吴企明《辛弃疾词校笺》，辛祐之淳熙十四年前尝为钱塘令。其此年或即因事罢职，由富春江西行先至上饶会族兄弃疾，再北上归家乡浮梁（今属江西）。果如此，则"钟鼎山林"及"宠辱"之言，就更具切实的意义和针对性了。

"酒杯"二句为词中名句。饮酒、赋诗，本属平常，但辛弃疾写来却显得不平常。在他这里，仿佛不是人喝酒，而是酒杯自己吸吮深秋的甘露；不是人夜里写出冰清玉洁的诗句，而是诗句深夜里裁剪出玉壶冰心。二皆反客为主，反常合道，造语新颖。"晓山"二句也与王维《送沈子福归江东》诗"惟有相思似春色，江南江北送君归"句异曲同工。而王诗是比喻，此词是赋中有比，意蕴更丰厚，季节时辰、山形水态，尽含其中。

菩萨蛮

送祐之弟归浮梁

无情最是江头柳^①，长条折尽还依旧^②。木叶下平湖^③，雁来书有无^④。　　雁无书尚可，好语凭谁和。风雨断肠时，小山生桂枝^⑤。

【注释】

①"无情"句：韦庄《台城》："无情最是台城柳，依旧烟笼十里堤。"

②长条折尽：白居易《青门柳》："为近都门多送别，长条折尽减春风。"

③"木叶"句：屈原《九歌·湘夫人》："袅袅兮秋风，洞庭波兮木叶下。"

④雁来书：北宋张舜民《卖花声》："试问寒沙新到雁，应有来书。"

⑤"小山"句：《楚辞·招隐士》："桂树丛生兮山之幽。"

【评析】

此词收入宋四卷本《稼轩词》甲集，而甲集作品均作于淳熙十五年（1188）正月之前。吴企明《辛弃疾词校笺》系之淳熙十四年（1187）。

词写送别。"木叶下平湖"者，知词作于秋时，当与上词《临江仙》（钟鼎山林都是梦）同时而作。一次送别而连赋别词两首，可见辛弃疾与堂弟祐之感情之深。所不同的是，上词重在相慰，此词重在相思。首二句别出新意，责怪"江头柳"最是"无情"，把它"折尽"了也留不住行人，看似无理，却又无理而妙。但这只是铺垫，正因留

168

而不得，别情无尽，才会有接下来的相思之苦之深。这相思，先是盼书。"江头柳"者，非言春时，"木叶下平湖"才是当下，即人还未走，即盼雁至书来，而不是两季数月之后才盼书来，急切之情可见。尔后，用顶针手法开启下片，并让出一步，说这书不来也罢，关键是人不能回至眼前，不能对面共话，酬唱应和。最终，乃化用《楚辞·招隐士》中"桂树丛生兮山之幽"诗意，盼祐之弟赶快再来相聚。"总之，词从离别写起，立刻转入对别后的描叙，由雁书写到唱和，再由唱和写到相招，层层递进，愈转愈深，深入细致地表达出作者对祐之弟无时无刻不在相思相忆之情，具有较强的艺术感染力。"（朱德才、薛祥生、邓红梅《辛弃疾词新释辑评》）

　　全词整体架构由折柳相送习俗和鸿雁传书典故作为支撑，且巧妙化用之，同时又融汇许多前人诗句，使得作品的情感表达显得既深厚又富有形象性和意境美，具有很强的艺术性和可读性。

浪淘沙

山寺夜半闻钟

　　身世酒杯中，万事皆空。古来三五个英雄。雨打风吹何处是，汉殿秦宫。　　梦入少年丛，歌舞匆匆。老僧夜半误鸣钟①。惊起西窗眠不得，卷地西风②。

【注释】

　　① "老僧"句：《王直方诗话》："欧公言：唐人有'姑苏城外寒山寺，夜半钟声到客船'之句，说者云：'句则佳也。其如三更不是撞钟时。'"

　　② 卷地西风：苏轼《六月二十七日望湖楼醉书》："卷地风来忽吹

散，望湖楼下水如天。"

【评析】

此词作年无确考。然词中"万事皆空"云云，当作于词人中年后闲居时。有即谓："词人闲居带湖时期，秋日出游，寄宿山寺，夜半闻钟，有感而作此词。"（郑小军编注《众里寻他千百度：辛弃疾词》）"这首独居于带湖山间僧寺中所写的感悟词，怀古伤今，感慨苍凉，充满了因历史失望和自身失意而致的无穷悲感。"（朱德才、薛祥生、邓红梅《辛弃疾词新释辑评》）邓广铭《稼轩词编年笺注》系于淳熙十四年（1187）前。兹系淳熙十四年。末句"西风"，点时令。

词上片感慨历史，深沉而厚重。在词人看来，古今来的英雄，也就"三五个"而已；而在历史的风雨声中，曾经雄伟辉煌的"汉殿秦宫"及其所象征的赫赫王朝，乃至这些为数寥寥的英雄人物，都灰飞烟灭了。后来张养浩的"伤心秦汉经行处，宫阙万间都做了土"（《山坡羊·潼关怀古》），与之同一机杼。起首"身世"二句的感慨，正由此而来。人类历史如此，一个没有建立功业的悲剧英雄更不必说。故下片对自己少年的回忆，也只"梦""歌舞"，不梦功名。"老僧"之"鸣钟"，似乎正是僧家对词人乃至世人的哲理警醒和教义宣扬，即万事皆空，不必执着于世事。于是，辛弃疾的人生感慨与佛家的出世观念，在这一刻似乎归于了统一。然这种统一并不会真正使词人内心释然，而走向通脱，夜来的"卷地西风"，就分明在述说着社会和人生的实在性，并把刚刚响起的山寺钟声吹散于无形。有谓"结三语，忽有所悟，不知其何所感"（陈廷焯《词则·放歌集》卷一），其"所感"，或即在此。通观全词，其旨绝不是表达解悟，而是在抒发进退不得的苦闷与感思。"这样极痛极悲的感思，是一个报国无门、坐丧岁月的英雄在探索和反省人生的过程中所必然经历的心理阶段。"（朱

德才、薛祥生、邓红梅《辛弃疾词新释辑评》）

此词挽合历史与现实、英雄与失路英雄，又有出世与入世思想的剧烈碰撞，境界阔大，雄放有力。正如陈廷焯所评：此词"粗莽"，"必如稼轩，乃可偶一为之，余子不能学也"（《词则·放歌集》卷一）；"沉郁顿挫中，自觉眉飞争舞。笔力雄大，辟易千人。结数语，如闻霜钟，如听秋风，读者神色都变"（《云韶集》卷五）。又有谓："'夜半钟声到客船'，人或疑之，此词添一'误'字便明。"（卓人月汇选、徐士俊参评《古今词统》卷七）此乃碎屑之论，而未解作者揽之入词的深在用意。

江神子

博山道中书王氏壁

一川松竹任横斜①。有人家，被云遮。雪后疏梅，时见两三花。比着桃源溪上路②，风景好，不争些③。　旗亭有酒径须赊④。晚寒咱⑤，怎禁他。醉里匆匆，归骑自随车⑥。白发苍颜吾老矣，只此地，是生涯。

【注释】

①一川：满川，满地。

②桃源溪：陶渊明《桃花源记》："晋太元中，武陵人捕鱼为业。缘溪行，忘路远近，忽逢桃花林，夹岸数百步，中无杂树，芳草鲜美，落英缤纷。渔人甚异之。"

③不争些：差不多。

④旗亭：酒店。

⑤咱：语气词。

⑥随车：韩愈《嘲少年》："只知闲信马，不觉误随车。"

【评析】

词题所言"博山"，与上饶近，故词当作于辛弃疾闲居带湖时。又，此词收入宋四卷本《稼轩词》甲集，而甲集作品均作于淳熙十五年（1188）正月之前，则其当作于淳熙九年（1182）至十四年（1187）间。据统计，"辛弃疾创作于带湖的200多首词中，涉及'博山''博山道中''博山寺'的词作共13首"（韩希明《历史文化名人与镇江：辛弃疾》）。这些咏及博山的篇什，非一时之作。吴企明《辛弃疾词校笺》系此词于淳熙十四年。词言"雪后疏梅"，当作于冬时。

词题所谓"王氏"，乃博山道中一卖酒王氏小店，辛弃疾来往常过此。辛弃疾《江神子·送元济之归豫章》词"更觉桃源人去隔仙凡"句尝自注："桃源，乃王氏酒垆，与济之送别处。"酒垆，即酒肆、酒店。本词"桃源溪上路"之"桃源"，正与之同。此一方面用《桃花源记》典事，一方面又是写实，可收一石二鸟之效。

词上片写景。冬时叶落花谢，本无可写。词人却从常青的松竹入手，辅之以云雾，写出深山中人家别样之景致。且松竹"任"其"横斜"，枝条自由伸展，充满野趣；雪后疏梅，更添风韵；白皑皑的村野，点缀着绽放的红梅，分外妖娆。岁寒三友之外，又幻出桃影，以此处堪比桃花源作结。下片写酒。"晚寒"思酒，"径"可"赊"沽，主人好客，饮者豪阔，痛饮而归，"归骑"随车。景美、人好、酒香，使词人不由生出"只此地，是生涯"之感叹。而另一方面，"白发苍颜吾老矣"，英雄末路之感、无奈忧愤之绪，也隐含其中。

又不由让人想，大英雄、大词人辛弃疾到此醉饮，又题美词于壁，这王家酒肆的名声一定会不胫而走，生意想不兴隆都难吧！

贺新郎

　　陈同父自东阳来过余，留十日，与之同游鹅湖。且会朱晦庵于紫溪，不至，飘然东归。既别之明日，余意中殊恋恋，复欲追路。至鹭鸶林，则雪深泥滑，不得前矣。独饮方村，怅然久之，颇恨挽留之不遂也。夜半，投宿吴氏泉湖四望楼，闻邻笛悲甚，为赋《乳燕飞》以见意。又五日，同父书来索词，心所同然者如此，可发千里一笑①

　　把酒长亭说。看渊明、风流酷似，卧龙诸葛②。何处飞来林间鹊，蹴踏松梢残雪③。要破帽、多添华发④。剩水残山无态度⑤，被疏梅、料理成风月。两三雁，也萧瑟。　　佳人重约还轻别⑥。怅清江、天寒不渡，水深冰合。路断车轮生四角⑦，此地行人销骨⑧。问谁使、君来愁绝。铸就而今相思错，料当初、费尽人间铁⑨。长夜笛，莫吹裂。

【注释】

　　① 东阳：今浙江东阳。朱晦庵：朱熹，号晦庵。陈亮写信约朱熹至紫溪相会，朱熹未到，有《戊申与陈同甫书》回应。紫溪：在铅山县南四十里，路通福建崇安（今武夷山市），时朱熹住崇安。方村：在今江西省上饶市广信区茶亭镇泸溪河南岸。鹭鸶林、四望楼：均在方村附近。邻笛悲甚：向秀《思旧赋序》谓其经嵇康旧居时，"邻人有吹笛者，发声寥亮，追思曩昔游宴之好，感音而叹，故作赋云"。乳燕飞：《贺新郎》词调别名。

　　② "看渊明"二句：正常语序应是"看风流酷似渊明、卧龙诸葛"，

因平仄要求倒置语序。

③ 蹴踏：踢翻、踩踏。

④ "要破帽"句：树上的雪落在破帽上，好像又增添了白发。

⑤ 剩水残山：语出杜甫《陪郑广文游何将军山林十首》其五："剩水沧江破，残山碣石开。"无态度：不成样子。

⑥ 佳人：此借指友人陈亮。

⑦ 车轮生四角：指道路难行，如车轮长了四角。唐陆龟蒙《古意》："愿得双车轮，一夜生四角。"

⑧ 销骨：销蚀骨体，指极度痛苦伤心。孟郊《答韩愈李观因献张徐州》："富别愁在颜，贫别愁销骨。"

⑨ "铸就"二句：典出《资治通鉴》卷二六五。晚唐时，魏州节度使罗绍威请来朱全忠大军击败对手田承嗣。朱全忠军队留魏州半载，罗绍威为供给之耗费巨大，自身力量由此削弱。绍威大悔之，谓人曰："合六州四十三县铁，不能为此错也。"错，错刀，古时钱币。亦可指错误。

【评析】

此词作于淳熙十五年岁末（公历已入 1189 年）。邓广铭《稼轩词编年笺注》云，"据陈同甫与稼轩及朱熹往复各书推考，陈氏之至上饶相访，应在淳熙十五年岁杪"，此词"当即作于是时"。而吴企明《辛弃疾词校笺》则系淳熙十四年十二月（公历已入 1188 年）。兹依邓说。

据词题，陈亮从东阳至鹅湖访辛弃疾，两人相聚十日，极论世事。后又同至紫溪欲与朱熹会面，而朱熹未至，陈亮遂别去。陈亮别后，辛弃疾殊不舍，翌日又上路追赶，意复重聚。而追至鹭鹚林，因雪深路滑，无法前行，只好半路而返。辛弃疾当夜投宿泉湖吴氏四望楼，闻邻有笛声甚悲，乃想起向秀《怀旧赋》，愈发思念陈亮，即赋《乳燕飞》(《贺新郎》别称)词一首,以寄相思之情。五天后,陈亮恰来书索新词,可谓心有灵犀,辛弃疾遂将此词奉寄。辛弃疾与陈亮之谊,在志同道合,可相与论天下事。据《宋史·陈亮传》,陈亮"生而目光有芒,为人才气超迈,喜谈兵,论议风生,下笔数千言立就。尝考古人用兵成败之迹,著《酌古论》"。又尝自言:"至于堂堂之陈,正正之旗,风雨云雷交发而并至,龙蛇虎豹变现而出没,推倒一世之智勇,开拓万古之心胸,自谓差有一日之长。"喜谈兵、善议论,此与辛弃疾极相合。陈亮后于唱和中亦称:"只使君、从来与我,话头多合。"

词上片写二人紫溪别时情形。"把酒长亭",点相别。"看渊明"二句,乃夸赞陈亮不慕荣利、品节高迈如陶渊明,胸怀远略、智慧卓绝又似诸葛亮。《宋史·陈亮传》载,淳熙五年(1178),陈亮尝"诣阙上书",十日之内凡三上,极陈革新策略、恢复大计,"书既上,帝欲官之,亮笑曰:'吾欲为社稷开数百年之基,宁用以博一官乎!'亟渡江而归"。可见辛弃疾对陈亮之评赞,并非虚言。接写别时景致。时值隆冬,雪落添华发,山水"无态度",雁影"也萧瑟",凄寒而又苍凉。其内里,则别有象征意。"所谓'剩水残山',显然是暗喻祖国大好河山支离破碎,中原的大片土地被金兵占领,南宋王朝偏安一隅。而那挺立在风雪中凌寒开放的梅花,岂不是包括陈亮、辛弃疾在内的少数抗金志士支撑危局的象征吗?是他们为国家'料理''风月',使山河发出了一些光彩。然而,正如空中的两三只孤雁,抗金的力量实在太单薄了,仍然挽救不了大局,环境依然冷清、凄凉。歇拍调子的低沉,表达了作者对国事难为的沉痛心情。"(唐圭璋、钟振振主编《宋词鉴赏辞典》郁贤皓解析此词)

下片如词序所叙,写别后追挽陈亮不得之情形与心情。其妙在从双方来写。写自己于"天寒""冰合"之际,急追不舍,奈何"路断车轮生四角"，遂"怅"恨而归，以至于"销骨"，深挚情谊尽显。写对方，则先假"佳人"之"轻别"责陈亮之"飘然东归"，并悬想其别后"愁绝"，并大悔"铸"成"相思错"，甚至夜中要把思旧长笛"吹裂"。此皆情趣盎然之笔，读之让人忍俊，颇合词序"可发千里一笑"之说。其中，"铸错语而用诸相思，句新而情更挚"（俞陛云《唐五代两宋词选释》），别为妙用典故之例。然此"写别后景况，又是对眼前局势的影射"（唐圭璋、潘君昭、曹济平《唐宋词选注》），含有深意："他们的愁怨，当然不仅因朋友的离别引起，而更主要的是国家的危亡形势和他们在南宋朝廷里的不幸遭遇所促成。……这'相思错'，当然不限于指朋友间的思念，实际上也暗寓着为国作前驱之想。'长夜'一词显然是针对时局而发，非泛指冬夜之长而言。在那样一个'长夜难明'的年代里，如龙似虎的英雄人物若辛弃疾、陈亮等，哪能不'声喷霜竹'似地发出撕裂天地的叫喊呢？"（上海辞书出版社文学鉴赏辞典编纂中心编《唐宋词鉴赏辞典》蔡厚示解析此词）

有谓："稼轩与同甫，为并世健者，交谊之深厚，文章之振奇，可称词坛瑜、亮。此词为惬心之作。……通首劲气直达中不使一平笔，学稼轩者，非徒放浪通脱，便能学步也。"（俞陛云《唐五代两宋词选释》）且由此词始，辛、陈一连往来唱和五阕，可谓词坛胜景。

贺新郎

同父见和，再用韵答之①

老大犹堪说。似而今、元龙臭味，孟公瓜葛②。我病君来高歌饮，惊散楼头飞雪。笑富贵、千钧如发。硬语盘空谁来听③，记当时、只有西窗月。重进酒，唤鸣瑟。　　事无两样人心别。问渠侬、神州毕竟④，几番离合⑤。汗血盐车无人顾⑥，千里空收骏骨⑦。正目断、关河路绝。我最怜君中宵舞⑧，道男儿、到死心如铁。看试手，补天裂⑨。

【注释】

① 同父见和：陈亮接辛弃疾原唱后，即步韵一首，题《寄辛幼安和见怀韵》。辛弃疾再以此词相和后，陈亮又步韵一首，题《酬辛幼安再用韵见寄》，且并有步韵第三首，题《怀辛幼安用前韵》。

② "似而今"二句：用陈登和陈遵事。元龙，即三国时陈登。陈登为名士，忧国忘家，心存救世之志。臭（xiù）味，此指志趣相投。孟公，汉侠客陈遵，字孟公。瓜葛，交游。《汉书·游侠传》载，陈遵，杜陵人，"居长安中，列侯、近臣、贵戚，皆贵重之。牧守当之官，及郡国豪杰至京师者，莫不相因到遵门。遵者酒，每大饮，宾客满堂，辄关门取客车辖投井中，虽有急，终不得去"。

③ 硬语盘空：语本韩愈《荐士》："横空盘硬语，妥帖力排奡。"

④ 渠侬：他们，指朝中当权者。神州：中原大地。

⑤ 离合：偏义复词，偏指分离，意谓国土分裂。

⑥ 汗血盐车：指用骏马拉盐车。汗血，即汗血马，一种千里马。盐车，典出《战国策·楚策》："夫骥之齿至矣，服盐车而上太行，蹄申膝折，尾湛胕溃，漉汁洒地，白汗交流。中阪迁延，负辕不能上。伯乐遭之，下车攀而哭之，解纻衣以幂之。"喻贤才屈沉于天下。

⑦ "千里"句：《战国策·燕策》："古之君人有以千金求千里马者，三年不能得。涓人言于君曰：'请求之。'君遣之，三月得千里马。马已死，买其首五百金，反以报君。君大怒曰：'所求者生马，安事死马！而捐五百金。'涓人对曰：'死马且买之五百金，况生马乎！天下必以王为

能市马。马今至矣。'于是不能期年，千里之马至者三。"

⑧中宵舞：用祖逖中夜闻鸡起舞故事。

⑨补天：用女娲补天故事。

【评析】

此词作于淳熙十六年（1189）春。邓广铭《稼轩词编年笺注》云："据陈同甫和章中'却忆去年风雪'句，知'老大那堪说'阕为十六年春间寄陈之作。"

辛弃疾以上词《贺新郎》（把酒长亭说）寄陈亮，陈亮步韵回赠，题"寄辛幼安和见怀韵"，云："老去凭谁说。看几番、神奇臭腐，夏裘冬葛。父老长安今余几，后死无仇可雪。犹未燥、当时生发。二十五弦多少恨，算世间、那有平分月。胡妇弄，汉宫瑟。   树犹如此堪重别。只使君、从来与我，话头多合。行矣置之无足问，谁换妍皮痴骨。但莫使、伯牙弦绝。九转丹砂牢拾取，管精金、只是寻常铁。龙共虎，应声裂。"陈词直说时事，痛愤激切，辛弃疾为之感发，又赠此词以和，而变首寄词之委婉含蓄为极言痛陈，沉雄悲壮，慷慨淋漓，"是对陈亮和词中视自己为知音，以恢复大计相勉励的答复"（唐圭璋、潘君昭、曹济平《唐宋词选注》）。

词通篇写志士之情怀、遭际与心志。"老大犹堪说"，开篇即言二人有老骥伏枥之姿，一"犹"字显出倔强与自信，为全篇之睛。接用陈登、陈遵两位陈姓人物典事，一说自己好客，二说陈亮来访；二人聚首，不言"富贵"，只道"盘空"之英雄"硬语"，"高歌"豪情，矫矫不群，至于"楼头飞雪"亦为之"惊散"。下片接言神州"离合"之事一直"无两样"，而"人心"则有有国、无国之"别"。尤其是，心系家国之士似"汗血盐车无人顾"，枉留"千里空收骏骨"之悲慨，以此痛斥当国者对抗战派人士的无视与迫害、打击。此正与辛弃疾、陈亮自身遭遇相合。但即便如此，其犹拔剑"中宵舞"，"到死心如铁"，思"试手"而"补天裂"，收复中原之"男儿"心志并无改移。陈亮年过五十犹虑怀国事，殿试被擢进士第一，辛弃疾临卒犹"大呼杀贼"（《〔康熙〕济南府志》卷三五《辛弃疾传》），皆可证词中所言乃英雄自道，而绝非仅心高气傲者之空疏、空言可比。词赞陈亮，亦是自写。全篇"心坚志刚，字字铿锵，掷地有声，大有'直捣黄龙，与君痛饮'的豪壮气势，读之令人鼓舞"，"稼轩闲居带湖，念念不忘国事之作甚多，但以此篇最为激奋昂扬"（朱德才选注《辛弃疾词选》）至有谓："两美必合，是为双跃之龙；两雄并栖，将有一伤之虎。使稼轩、龙川而得行其志，相遇中原，吾未卜其何如也。"（卓人月汇选、徐士俊参评《古今词统》卷十六）

此词用典多而切，"信手拈来，左右逢源"，而"一种怫郁倔强之气并未因此削弱"（常国武《辛稼轩词集导读》）。另，整篇之外，名句甚多，如"老大"句、"我病"二句、"汗血"二句、"我最怜"二句、"看试手"二句，皆警策峭拔，极有光彩。

贺新郎

用前韵赠金华杜叔高①

细把君诗说。恍余音、钧天浩荡②，洞庭胶葛③。千尺阴崖尘不到④，惟有层冰积雪。乍一见、寒生毛发。自昔佳人多薄命⑤，对古来、一片伤心月。金屋冷⑥，夜调瑟。　　去天尺五君家别⑦。看乘空、鱼龙惨淡，风云开合⑧。起望衣冠神州路⑨，白日销残战骨。叹夷甫、诸人清绝^⑩。夜半狂歌悲风起，听铮铮、阵马檐间铁^⑪。南共北^⑫，正分裂。

【注释】

①前韵：指前面与陈亮唱和的《贺新郎》词韵。杜叔高：名斿，婺州（治今浙江金华）兰溪（今属浙江）人。兄弟五人俱有诗名，人称"金华五高"。元吴师道《杜端父墨迹》谓杜汝霖之孙杜陵"有五子：斿伯高、斿仲高、斿叔高、斿季高、斿幼高"。

②钧天：典出《史记·赵世家》："我之帝所，甚乐，与百神游于钧天，广乐九奏万舞，不类三代之乐。其声动人心。"

③洞庭胶葛：典出《庄子·天运》："黄帝张《咸池》之乐于洞庭之野。……其声能短能长，能柔能刚，变化齐一，不主故常。"胶葛，形容乐曲幽深旷远。司马相如《上林赋》："张乐乎胶葛之寓。"

④阴崖：朝北背阴的悬崖。阴，山之北。

⑤"自昔"句：语出苏轼《薄命佳人》："自古佳人多命薄，闭门春尽杨花落。"

⑥金屋：《汉武故事》载，汉武帝曾说"若得阿娇作妇，当作金屋贮之"。汉武即位后立陈阿娇为皇后，后来阿娇失宠，被打入冷宫。

⑦去天尺五：杜甫《赠韦七赞善》："乡里衣冠不乏贤，杜陵韦曲未央前。尔家最近魁三象，时论同归尺五天。"自注："俚语曰：城南韦杜，去天尺五。"

⑧"看乘空"二句：指时局变幻不定。语本苏辙《黄州快哉亭记》："涛澜汹涌，风云开阖。昼则舟楫出没于其前，夜则鱼龙悲啸于其下，变化倏忽，动心骇目。"

⑨衣冠：礼仪之邦，代指故国。语出《论语·尧曰》："君子正其衣冠，尊其瞻视。"

⑩夷甫诸人：指空谈误国、不重实际的官僚。《晋书·王衍书》载，王衍字夷甫，妙善玄言，唯谈老庄，朝野翕然，谓之一世龙门。后石勒兵围京师，王衍为元帅，兵败被杀。衍将死，顾而言曰："呜呼！吾曹虽不如古人，向若不祖尚浮虚，戮力以匡天下，犹可不至今日！"

⑪铮铮：金属撞击之声。檐间铁：指悬于屋檐下的铁片，风吹时相互撞击作响，俗称铁马。

⑫南共北：指南宋和北方的金朝。

【评析】

此词作于淳熙十六年（1189）春。邓广铭《稼轩词编年笺注》云："据陈同甫和章中'却忆去年风雪'句，知'老大那堪说'阕为十六年春间寄陈之作。是时杜叔高或适来访晊，故又用同韵赋词送之。"按，据辛更儒《辛弃疾集编年笺注》所考，"叔高"当为"仲高"；杜旃（仲高）为淳熙十五年冬继陈亮之后续访稼轩于上饶者，淳熙十六年新年甫过，其犹在上饶，未归家乡婺州兰溪（今属浙江）。

辛弃疾连作两首《贺新郎》词赠陈亮后，或意犹未尽，即再赋此篇赠杜旃（叔高）以抒志。词开篇极赞杜旃之诗，称其如神话中的"钧天"广乐，气势雄伟，气象万千；又如黄帝《咸池》之乐，变幻莫测，幽深旷远；又如千尺"阴崖"之"层冰积雪"，凛然峭拔，纤尘不染。陈亮也曾称杜旃诗："叔高之诗，如干戈森立，有吞虎食牛之气。"（《复杜仲高书》）诗者所以言志也，则杜旃其人之品格才志可知，却又命运不偶，一如"佳人"之"薄命"，而备受冷落。下片则转说杜旃个人遭遇之政治背景，自然也是辛弃疾遭遇之背景。"看乘空"二句，隐指朝廷政局变化。就在淳熙十六年正月，周必大为左丞相，留正为右丞相，礼部尚书王蔺为参知政事（见《宋史》卷三五《孝宗本纪》）。周必大与辛弃疾一直不睦；王蔺更是辛弃疾政敌，淳熙八年（1181）其上章弹劾辛弃疾"用钱如泥沙，杀人如草芥"（《宋史·辛弃疾传》），而使辛弃疾落职闲居至今。如今两位政敌执掌朝政，辛弃疾对朝廷自然深为失望。更为严重的是，有号称中兴之主的孝宗皇帝，在这年二月内禅，传位于光宗。光宗即位后，实行何种国策，尚无法预料。此种背景下，豪杰之士只能北望"神州"，"销残"生命，空自怅叹。"叹夷甫"句，则讽刺当下清谈不问国事之徒。连孝宗皇帝也曾感慨道："近世士大夫多耻言农事。夫农事乃国之根本，士大夫好为高论而不务实，却耻言之。……今士大夫微有西晋之风，作王衍阿堵等语。……士大夫讳言恢复，不知其家有田百亩，内五十亩为人所强占，亦投牒理索否？士大夫于家事则人人甚理会得，至于国事，则讳言之。"（李心传《建炎以来朝野杂记》乙集卷三）"夜半"二句，既是对清谈误国之人、之风的愤慨，又是对英雄失路苦闷的宣泄，又是对自身担当意识和使命感的进一步激发，故当他听到屋檐下铁马鸣声后，就仿佛听到了疆场上的战马嘶鸣，与陆游"夜阑卧听风吹雨，铁马冰河入梦来"（《十一月四日风雨大作》）同一心曲。末"南共北"二句，写国家"正分裂"之形势，山河破碎、国土分裂，给人以触目惊心之感，似岳飞高呼"靖康耻，犹未雪，臣子恨，何时灭"（《满江红》），以鼓舞人们抗战雪耻、蹈赴国难的雄心壮志。"通篇由人及己，由个人到全局，层次分明，步步逼近，越写越深入，最后引出了爱国抗战的思想主题。"（刘扬忠评注《辛弃疾词选》）

此词风格悲壮雄放，感激奋发，动人心魄。具体手法的运用，也值得称道。"一是善于运用比喻。如开头就连用三个比喻，来全面形容叔高的诗歌在韵味、风格和思想锋芒上的特征。二是善于运用'影射'，如以叔高的诗歌来影射他的人品，以清谈误国的王衍来影射当代执掌权柄者，以屋檐下的铁马儿，来折射自己向往杀敌报国的内心世界等，都是极有余味，极为成功的。"（朱德才、薛祥生、邓红梅

《辛弃疾词新释辑评》）

定风波

席上送范廓之游建康^①

听我尊前醉后歌^②，人生无奈别离何。但使情亲千里近，须信，无情对面是山河。　寄语石头城下水^③，居士^④，而今浑不怕风波^⑤。借使未成鸥鹭伴^⑥，经惯^⑦，也应学得老渔蓑。

【注释】

①范廓之：即范开，辛弃疾门人。据辛弃疾《醉翁操》词序，范开"甚文而好修"，"长于楚词而妙于琴"，"与予游八年，日从事诗酒间"。建康：今江苏南京。

②尊：古盛酒器，字亦作"樽"。醉后歌：杜甫《陪郑广文游何将军山林十首》其十："自笑灯前舞，谁怜醉后歌。"

③石头城：即建康城，今南京城。

④居士：辛弃疾自指。

⑤浑：全然，完全。

⑥借使：即便。

⑦经惯：老练，习惯。

【评析】

此词或作于淳熙十六年（1189）春。词题"范廓之"即范开，字廓之，后避宁宗讳改"先之"。邓广铭《稼轩词编年笺注》云，"宋宁宗名扩，即位后凡'扩'字之同音字均须避讳"，"廓之于淳熙九年来从稼轩受学，至光宗即位，因朝廷甄录元祐党籍家，遂前往临安，以家世告诸朝，并预定顺路作建康之游"。宁宗受孝宗内禅即位在淳熙十六年二月一日（《宋史·光宗本纪》），而此词仍题"范廓之"，则词当作于是年范开尚未改字时。

词开篇点题，言"别离"本"人生"无奈事，此次乃为门人范开赋别离"歌"。"尊前醉后"，一"前"一"后"，妙然成趣。尔后，即咏出"但使"、"无情"送别名句。"'但使'两句，正反映衬，既极写双方情深谊长，也聊以自慰慰人。"（常国武《辛稼轩词集导读》）唐诗人多送别名句，如"海内存知己，天涯若比邻"（王勃《送杜少府之任蜀州》）、"劝君更尽一杯酒，西出阳关无故人"（王维《送元二使安西》）、"莫愁前路无知己，天下谁人不识君"（高适《别董大》），等等，皆情深意厚，俊爽超迈，给远别者以极大慰藉。辛弃疾此二句亦然，融情感与哲理为一体，把客观空间距离与主观心理距离间之辩证关系提炼得明晰透彻：两情相亲，即使远隔"千里"，也觉其"近"；若彼此没有感情，即使近在"对面"，也觉有隔"山河"之远。词人以此来告诉范开，不必为离别伤感，只要彼此牵念，天涯之远也犹如咫尺之近。

上片是安慰，下片是嘱托。因辛弃疾曾在乾道四年（1168）、淳熙元年（1174）两度任职建康，就让范开带信给"石头城下水"，亦即建康故人："居士"我已经习惯无职闲居的生活，再不怕世路上的"风波"险了，即使不像"鸥鹭"那样可以在风波中出没，至少也"学得"了像老渔翁那样坦然应对。此似豁达、自信之言，然其背后，亦含有不平、愤懑之意。其作于同时之《醉翁操》词序云："今天子即位，覃庆中外，命国朝勋臣子孙之无见任者官之。先是，朝廷屡诏甄录元祐党籍家。合是二者，廓之应仕矣。将告诸朝，行有日，请予作诗以赠。属予避谤，持此戒甚力，不得如廓之请。又念廓之与予游八年，日从事诗酒间，意相得欢甚，于其别也，何独能恝然。顾廓之长于楚词而妙于琴，辄拟《醉翁操》，为之词以叙别。"'属予避谤'云云，即透出个中消息。

于此篇风格及用语特点，有评云："此词颇近民谣，于稼轩词中别成一格。用虚字尤多，'无奈''但使''须信''浑不''借使''也应'，层次极分明。"（吴则虞选注《辛弃疾词选集》）

鹊桥仙

己酉山行书所见

松冈避暑，茆檐避雨，闲去闲来几度。醉扶怪石看飞泉，又却是、前回醒处。　　东家娶妇，西家归女①，灯火门前笑语。酿成千顷稻花香，夜夜费、一天风露。

【注释】

①归：谓女子出嫁。《诗经·周南·桃夭》："之子于归，宜其室家。"

【评析】

词题"己酉"，为淳熙十六年（1189），故词作于是年。时辛弃疾闲居上饶。词中"避暑""稻花香"云云，又知作于夏间。又，词题"山行"之"山"，当为博山。信州永丰县（今江西省上饶市广丰区）有博山，博山有雨岩，"岩中有泉飞出，如风雨声"（辛弃疾《水龙吟》词题），"雨岩有石，状怪甚"（辛弃疾《山鬼谣》词题）。此词所云"怪石看飞泉"，正与之合，当指此。

词写游博山，"行"于山间之"所见"。上片写所见之景。先是"松冈"，于此"避暑"；后是"茅檐"，在此"避雨"。再后是"怪石""飞泉"，或"扶"或"看"，"醉"赏无已。且"闲去闲来几度"，前后醉醒同"处"，惬意与满足可知。下片写所见之事。来至山间一村落，已是天晚时候。但见"灯火"通明，闻听"笑语"不断，几家门前乡亲进进出出，原是这家"娶妇"，那家"归女"，喜气洋洋，热闹非常，此正与词调"鹊桥仙"名合。村外是稻田片片，稻花正香，丰收在望，喜在心上。农家嫁娶与稻田丰收二事，又密切关合，盖后者是前者之物质保证。而全词之中心，则是"闲来"一句。"通篇用白描手法，而以'闲来闲去几度'贯串全词。正因为'闲'，所以常常能够'醉扶怪石看飞泉'；而农民的欢乐生活，农作物的长势良好，也就能从闲中观看，并分享其中的乐趣。"（常国武《辛稼轩词集导读》）又有谓："上、下片所写，一则极其闲，一则极其不闲。极其闲，闲得百无聊赖；极其不闲，充满生机。这大概就是作者所希望得到的乐趣。然而此间得到大自然所赐之不闲，却反过来映衬其闲。因此山行之所见，尽管欢乐无比，而其闲寂之内心，相信并不欢乐。这当是作者当时的实在感受。"（施议对《辛弃疾词选评》）

　　词又用时空重叠之法，一笔即写出几度时空中的活动与场景。松冈、茅檐、怪石、飞泉，是眼前景，又是旧时景；避暑避雨、酒醉酒醒、闲去闲来，是往日今时重复出现的行为举止。此乃将过去与现在时态打成一片，笔法极简。又，末二句"酿"字、"费"字，既见大自然之勤心赐予，又可见词人"练辞功夫之深"（夏承焘、盛静霞《唐宋词选讲》），须加留意。

寻芳草

调陈莘叟忆内 ①

有得许多泪，更闲却、许多鸳被 ②。枕头儿、放处都不是，旧家时、怎生睡 ③。　　更也没书来，那堪被、雁儿调戏。道无书、却有书中意，排几个、人人字。

【注释】

①调：调笑，调侃。陈莘叟：陈傅良族兄。傅良为温州瑞安人。莘叟亦当为瑞安人。忆内：思念妻子。

②"有得"二句：用唐人故事。《本事诗·情感》："朱滔括兵，不择士族，悉令赴军，自阅于球场。有士子容止可观，进趋淹雅，滔召问之……即令作《寄内诗》，援笔立成。词曰：'握笔题诗易，荷戈征戍难。惯从鸳被暖，怯向雁门寒。瘦尽宽衣带，啼多渍枕檀。试留青黛著，回日画眉看。'滔遗以束帛，放归。"

③旧家时：昔日，从前。

【评析】

此词作年难以确考。邓广铭《稼轩词编年笺注》云："右《寻芳草》一词，当作于陈莘叟仕宦在外之时。但莘叟之仕历殊难考查。陈傅良年长于稼轩四岁，其诗题均称莘叟为兄，则至淳熙末年莘叟应为近六十岁人。今姑置此词于带湖诸什间。或莘叟在信上为小官，而稼轩闲居信上，故有此闲情逸致调笑其年老而思妻也。"姑系之淳熙十六年（1189）。

丈夫思念妻子，是不好意思出口的，古时更是如此。故陈莘叟说思妻，即遭老友辛弃疾戏谑调侃。这种调侃，是通过一幕幕场景表现出来的，很有形象性。上片是说夜晚。先是下得"许多泪"，后是独睡"鸳被"；再是频移"枕头儿"，可怎么放"都不是"，不能仿佛旧时妻子所放者，故终是一夜未睡。下片是说白天。一大早就到门外盼书，可不见书信来，只见大雁飞，而且好像还被那雁儿嘲戏。李清照"雁字回时，月满西楼"（《一剪梅》）是雅到极处，这里是谑到极处。不过，雁儿也终解人意，好好地"排几个人人字"，以慰其相思之苦。"人人"者，乃对亲昵者之爱称也；此将大雁所排"人"字重叠为"人人"，戏谑中颇带意趣。乍看全词，似全然写空闺妻子对外出丈夫的思念，而一看词题，方知正相反，"调"谑意味也就随之而出。而此"调"谑中，又不掩真性情。有谓此词："一味古质，自是绝唱。通首缠绵尽致，语至情真，愈朴愈妙，于此见稼轩真面目。"（陈廷焯《云韶集》卷五）正所谓："诗人视一切外物，皆游戏之材料也。然其游戏，则以热心为之。故诙谐与严重二性质，亦不可缺一也。"（王国维《人间词话删稿》）

语言表达上，此词"妙全在俚，似古诗'老女不嫁，踏地唤天'等语"（卓人月汇选、徐士俊参评《古今词统》卷七）。且又能虚处传神，如下片"更""也""那""却"等字，即把词意的层递转折表现得跳脱灵动、淋漓尽致。

水调歌头

元日投宿博山寺①，见者惊叹其老

头白齿牙缺，君勿笑衰翁。无穷天地今古，人在四之中^②。臭腐神奇俱尽^③，贵贱贤愚等耳^④，造物也儿童^⑤。老佛更堪笑，谈妙说虚空。　　坐堆脉^⑥，行答飒^⑦，立龙钟^⑧。有时三盏两盏，淡酒醉蒙鸿^⑨。四十九年前事^⑩，一百八盘狭路^⑪，拄杖倚墙东。老境竟何似，只与少年同。

【注释】

① 元日：正月初一。博山寺：在今江西省上饶市广丰区。《江西通志》卷一一二："博山寺，在广丰县崇善乡。本名能仁寺，五代时天台韶国师开山，宋绍兴中悟本禅师奉诏开堂。辛弃疾为记。"

② 四之中：即天、地、今、古四者之中。

③ 臭腐神奇：《庄子·知北游》："故万物一也。是其所美者为神奇，其所恶者为臭腐，臭腐复化为神奇，神奇复化为臭腐。"

④ "贵贱"句：白居易《浩歌行》："贤愚贵贱同归尽。"

⑤ "造物"句：《新唐书·杜审言传》："审言病甚，宋之问、武平一等省候何如，答曰：甚为造化小儿所苦，尚何言。"

⑥ 堆脉（huī）：困顿的样子。

⑦ 答飒：懒散不振。

⑧ 龙钟：衰老的样子。

⑨ 三盏两盏：李清照《声声慢》："三杯两盏淡酒，怎敌他晚来风急。"蒙鸿：迷迷糊糊的样子。

⑩ "四十九年"句：《淮南子·原道训》："蘧伯玉年五十，而知四十九年非。"

⑪ "一百八盘"句：陆游《入蜀记》说巫山县"山极高大，有路如线，盘屈至绝顶，谓之一百八盘"。

【评析】

此词作年，须谨慎考量。邓广铭《稼轩词编年笺注》云："据词中'四十九年前'句，知此词作于稼轩五十岁时，即淳熙十六年也。陈同甫于十五年岁杪至上饶相访。别后恋恋，追路至鹭鹚林，以雪深泥滑，遂废然而返，均见《贺新郎》题中。归途适在元日，乃投宿博山寺中，故旧重见，惊叹其老，因有感而赋此词。"后之解者几均同此说。然细究之，辛弃疾生于绍兴十年（1140）五月十一日（辛启泰《稼轩先生年谱》），至淳熙十六年（1189）五月十一日，方满四十九岁，可称五十岁。故词题所谓"元日"，当为下一年，即绍熙元年（1190）正月初一。邓注所云鹅湖会后追陈亮不及，"归途适在元日，乃投宿博山寺中"，只是揣度之词，并无确切依据，词题中亦未及。即此次"投宿博山寺"，与鹅湖会及陈亮当并无关联，仅是辛弃疾居带湖间，多次游博山之一次而已。

词题云"见者惊叹其老"。一"惊"字，即把词人近年或近段时间衰老之速、之态表露无遗。"精神此老健于虎，红颊白须双眼青"（刘过《呈辛稼轩五首》其一）的英雄辛弃疾，怎么会衰老呢？时之"见者"、后之读者怕皆会作如此想，至有观其词者叹云："我疑稼轩不死，何惊其老耶！"（卓人月汇选、徐士俊参评《古今词统》卷十二）而其老态究竟若何？乃发白、齿缺、坐困、行缓，站态龙钟，饮少辄醉也。其因，在已过这"四十九年"，似走"一百八盘狭路"，艰难坎坷，摧折过多。而面对此衰老的态度，词人倒不甚以为然，前言"君勿笑衰翁"，后云"老境竟何似，只与少年同"，老、少为一，衰、健咸同，于理趣中显出旷达与乐观，这也是辛弃疾不同于常人处。

用词为自我画像，词史上少见，辛弃疾应是第一人。其后，戴复古、孙惟信等人继有仿作。

卜算子

齿落

刚者不坚牢，柔底难摧挫①。不信张开口角看，舌在牙先堕。　　已阙两边厢，又豁中间个②。说与儿曹莫笑翁，狗窦从君过③。

【注释】

①"刚者"二句：刘向《说苑·敬慎》载："（常摐）张其口而示老子，曰：'吾舌存乎？'老子曰：'然。''吾齿存乎？'老子曰：'亡。'常摐曰：'子知之乎？'老子曰：'夫舌之存也，岂非以其柔耶？齿之亡也，岂非以其刚耶？'常摐曰：'嘻，是已。天下之事已尽矣。无以复语子哉。'"底，的。

②豁：空。

③狗窦：狗洞。典出《世说新语·排调》："张吴兴年八岁，亏齿，先达知其不常，故戏之曰：'君口中何为开狗窦？'张应声答曰：'正使君辈从此中出入。'"

【评析】

此词作年无考。词写"落齿"，与上词《水调歌头》言"头白齿牙缺"意同，姑系同时，即绍熙元年（1190）春。

词亦写衰老，而专笔齿落情形。一般而言，齿落即意味着年老，易生伤感。而此词则谈笑风生，意趣盎然。词先引常摐、老子典，以理自慰、慰人，俨然智者理路；又"张口"示人，以为实证，绝似儿童声口。下片更进一步，具体说"两边"的大牙先已脱落，这次落的是"中间"的门牙，留下了大"豁"口，情景如见。道理、事实说罢，又拓开境界，由个人而家庭而社会。末二句的表层意思，"儿曹"指儿孙辈，"翁"指父亲、祖父，纯粹是自家老少间的玩笑语。而深层的意义，则"儿曹"犹"尔曹身与名俱灭"（杜甫《戏为六绝句》其二）之"尔等""汝辈"，"翁"则指年已老大之"烈士"词人，即一指屈身俯就之豢养犬辈，一指刚正不阿之坚贞志士，嬉笑怒骂，语带锋芒。再反观全词，亦可见词人对刚折柔存之所谓事理与世象，怀有明显的激愤与不满。确实，词人自己即因"刚拙自信"而"孤危一身""不为众人所容"（辛弃疾《淳熙己亥论盗贼札子》），最终遭贬闲处。

总之，此词表面谐谑，实则小中见大，富有含蕴。"词很诙谐，近于游戏之作，但主题却是严肃的。作者由齿落联想到刚直不阿的人易遭摧折，不能见容于世；而软媚无骨之辈却长处要津，安然无恙。这种现象是反常的，却普遍存在于现实生活之中。词人在笑谈声中，对刚摧柔存、是非颠倒的黑暗社会进行了妙趣横生、发人深思的讽刺和揭露。"（喻朝刚《辛弃疾作品选粹》）然亦有不以为然者，谓："韩愈落齿便有忧衰伤老之感。稼轩此词以谑语出之，亦见其胸怀之旷达。'齿堕舌存'似有含义，然不必于此等处故为深解，反成理障。"（吴则虞选注《辛弃疾词选集》）至于此词用典和语言上的特点，有云："此词的主要特色是用典浑化，如撒盐于水，不复见盐粒，只觉水味不薄。另外，用语通俗如白话，风格诙谐，这些看来是冲淡诗味的因素，却没有使此词堕入搞笑的恶趣，而是与其中深刻的人生寓意并存不悖。"（朱德才、薛祥生、邓红梅《辛弃疾词新释辑评》）

浣溪沙

黄沙岭 ①

寸步人间百尺楼，孤城春水一沙鸥②。天风吹树几时休。
突兀趁人山石狠③，朦胧避路野花羞。人家平水庙东头。

【注释】

① 黄沙岭：乾隆九年修《上饶县志》卷二《山川》："黄沙岭，在县西四十里乾元乡，高可十五里（按当为丈），邑境皆可俯视。"辛弃疾在此建有读书堂。今上饶市广信区有黄沙岭乡。

② 一沙鸥：语出杜甫《旅夜书怀》："飘零何所似，天地一沙鸥。"

③ 突兀趁人：语出杜甫《青阳峡》："突兀犹趁人，及兹叹冥漠。"趁，跟随，面对。狠：凶神恶煞貌。苏轼《僧清顺新作垂云亭》："路穷朱栏出，山破石壁狠。"

【评析】

此词作年无确考。辛更儒《辛弃疾集编年笺注》、吴企明《辛弃疾词校笺》皆系绍熙元年（1190）。时辛弃疾居上饶带湖。词中"春水"云云，显作于春时。

词写黄沙岭上所见所感。上片通过登、行黄沙岭之感而写其高。"寸步"句言上黄沙岭之难，即便挪移"寸步"，也如同上"百尺楼"；此句可与"寸步千里，咫尺山河"（卢照邻《释疾文序》）相仿佛。继而写行步岭上，如同"孤城春水"中的一只"沙鸥"，显得孤单而渺小；此写黄沙岭之空阔旷莽。"天风"句继写岭之高，且风大不绝。方志载，黄沙岭高不过"十五丈"，但在词人笔下，俨然成了一座高山，其笔力不凡可见。下片"突兀"二句转写岭上所见：突出的块块巨石恶狠狠地瞪着行人，似有扑来之势；路旁遮遮掩掩的野花羞羞答答，好像不好意思见人似的。一凶狠迫人，一温婉谦避，摹景如绘，对比鲜明，又可让人联想相类之人情世态。结句写"在岭上回视平地之景色"（吴则虞选注《辛弃疾词选集》），舒缓与欣悦中，亦见岭之高峻。

辛弃疾写词，工于炼句。如词中"突兀"二句，即对偶精工，句法挺异。按常规句式，二句应是"突兀山石狠趁人，朦胧野花羞避路"，"突兀"本修饰"山石"，是主语"山石"的定语，却放在谓语前面；"趁人"应是"山石"的谓语，却放在主语前面；"朦胧"本修饰主语"野花"，却放在谓语的前面。"狠"与"羞"，放在句末，打破了常规七言句式的"二一二二"式或"二二一二"式，而作"二二二一"式，读起来颇感挺拔特异。说山石"狠"，说野花"羞"，已很新鲜；又说山石"趁人"，野花"避路"，就更新奇。本是自然状态的山石、野花，都成了词人笔下的灵物。于此可悟词家艺术创新之法。

鹧鸪天

黄沙道中即事[①]

句里春风正剪裁[②]，溪山一片画图开。轻鸥自趁虚船去，荒犬还迎野妇回[③]。　　松共竹，翠成堆，要擎残雪斗疏梅。乱鸦毕竟无才思[④]，时把琼瑶蹴下来[⑤]。

【注释】

①黄沙：即黄沙岭。

②"句里"句：从贺知章《咏柳》"不知细叶谁裁出，二月春风似剪刀"化出。

③趁：跟随。野妇：村妇。

④无才思：语出韩愈《游城南十六首》其三："杨花榆荚无才思，惟解漫天作雪飞。"

⑤琼瑶：指积雪。蹴（cù）：踩，踏。

【评析】

此词作年无确考。吴企明《辛弃疾词校笺》系于绍熙元年（1190），时辛弃疾居上饶带湖。词中"春风""残雪""疏梅"云云，显作于早春时节。

词题"黄沙"即黄沙岭。辛弃疾在黄沙岭有读书堂，时常往来其间。上词《浣溪沙》（寸步人间百尺楼）亦赋春时黄沙岭，然着眼岭之高、风之大、石之巨，是黄沙岭之"体"；此词则写黄沙岭"道中"所见景致，是黄沙岭早春之"貌"。上片以"春风"领起，以"画图"总括，间以柳枝、"溪"流、"轻鸥"、"虚船"、"荒犬"、村"妇"等形象，又用"剪裁""开""趁""去""迎""回"等词摹写刻画，充满轻捷欢快、生动活泼、生机盎然的早春气息。下片着重写早春之色，即"残雪"仍似"琼瑶"般晶莹，又有"疏梅"之艳、松竹之翠。"乱鸦"之时"蹴"雪落，更增添了晶莹之雪的动态美。且责怪"乱鸦""无才思"，不知爱惜"琼瑶"般的即将消释的残雪，无理而有情，颇有妙趣。另者，本是"岁寒三友"的松竹梅，在词人笔下竟互不相让，争奇"斗"艳，也构想奇特，极富情趣。"轻鸥"一联也"对仗工稳，妙笔天成"（朱德才选注《辛弃疾选集》）。

此词亦有内在意蕴。如有析云："词人漫步黄沙道中，正凝神体味，创构新篇，推敲字句，偶一抬头，突然发现眼前展示出一幅锦山

195

秀水的画面。于是词人将这画面中极富动感的部分纳入词中：轻鸥趁船，荒犬迎妇，松菊耸翠，丛竹成堆，它们正小心翼翼地擎着枝头残雪，要与疏梅一比傲雪凌霜的骨气。突然，那庸俗不堪的乱鸦竟把如玉似瑶的残雪踏了下来，诗情画意完全被这偶然的动作破坏了。然而，转念一思，这一破坏又给原已写好的诗情画意增添了一种价值与美感。辛弃疾抗金复国的理想时遭挫折，不也与此处所写有些近似吗？"（陶尔夫、刘敬圻《南宋词史》）

鹧鸪天

春日即事题毛村酒垆 [1]

春入平原荠菜花，新耕雨后落群鸦。多情白发春无奈，晚日青帘酒易赊 [2]。 　　闲意态，细生涯，牛栏西畔有桑麻。青裙缟袂谁家女 [3]，去趁蚕生看外家 [4]。

【注释】

① 毛村：在鹅湖附近，今属江西上饶。酒垆：卖酒处安置酒瓮的砌台，亦借指酒肆、酒店。

② 青帘：青色布帘，此指酒旗。酒易赊：杜甫《对雪》："金错囊从罄，银壶酒易赊。"

③ "青裙"句：语本苏轼《于潜女》："青裙缟袂于潜女，两足如霜不穿屦。"缟（gǎo）袂，白色上衣。

④ "去趁"句：趁新蚕出生前的闲暇回娘家看看。外家，女子出嫁后称娘家为外家。

【评析】

词题"毛村",在鹅湖附近,知此词作于辛弃疾闲居上饶时。宋四卷本《稼轩词》乙本又题"游鹅湖,醉书酒家壁"。吴企明《辛弃疾词校笺》谓,此词"当作于闲居带湖之后期,可以酌定为绍熙元年(1190)作"。兹依之。

词写春日乡村景象。上片写原野,下片写村落。原野上"荠菜"花开,田地"新耕","群鸦"起落,加之新雨初过,一切都充满了勃勃生机。村落中则有"牛栏",有"桑麻",有趁蚕生忙碌前抽空看"外家"的农家女。"闲意态,细生涯",乃言乡民生活平凡细碎,而又自然安适,让人羡慕。而这种生活,又是感叹"多情白发春无奈"的词人可以看到而无法得到的,故只能在酒中忘忧求适,并把感触书之于酒家垆壁。无疑,词人的情感呈现是复杂多面的。"投闲置散,本已不堪,何况白发丛生,又值春光明媚?只有饮酒赏春,闲看桑麻生长,目送农妇归宁,聊以自遣自慰而已。无限愁恨,转以清新闲淡之语出之,却又非热爱大自然和农村生活之人所能道。"(常国武《辛稼轩词集导读》)

在意象的摄取上,辛弃疾撷"荠菜""牛栏""群鸦"等入词,极富泥土和生活气息。"荠菜""牛栏",都是辛弃疾首以入词的。而且,其对荠菜花似乎更为情有独钟,另首《鹧鸪天》也说"春在溪头荠菜花"。唐代诗人很少有写荠菜的,只李端《古别离二首》(其二)道过"菊花开欲尽,荠菜泊来生"。宋代词人中,只有两人写过荠菜花,另一位是严仁。严仁《玉楼春·春思》词云:"春风只在园西畔,荠菜花繁胡蝶乱。"也觉清新可喜。

西江月

夜行黄沙道中 ①

明月别枝惊鹊 ②，清风半夜鸣蝉。稻花香里说丰年，听取蛙声一片。　　七八个星天外，两三点雨山前 ③。旧时茅店社林边 ④，路转溪桥忽见。

【注释】

① 黄沙：即黄沙岭。

② "明月"句：语出苏轼《杭州牡丹开时仆犹在常润周令作诗见寄次其韵复次一首送赴阙》："天静伤鸿犹戢翼，月明惊鹊未安枝。"

③ "七八"二句：从五代卢延让《松门寺》"两三条电欲为雨，七八个星犹在天"化出。

④ 社林：土地庙旁树林。社，土地神。

【评析】

此词作年无确考。辛更儒《辛弃疾集编年笺注》系之绍熙元年（1190）。吴企明《辛弃疾词校笺》系是年夏。时辛弃疾居上饶带湖。

词写夏日"夜行黄沙道中"所见景致，为辛弃疾农村词中最负盛名之作。上片"稻花"二句为全词核心，展现出丰收在望的喜人景象。下片亦隐写农村事。"社林"之"社"为社庙，用于祭祀佑护农民丰收的土地神；雨多水丰，亦是农作物生长的重要保证，皆应合"稻花"二句之所写。词人心情亦显见，"浓馥的稻花香味，一片报喜的蛙鼓声，反映了作者对于丰收在望的喜悦心情。后段写路转溪桥，茅店忽然出现在眼前，笔调灵活、轻快，和他的喜悦心情相应"（胡云翼选注

《宋词选》)。然词人心情、心绪又不是单调刻板的：夜半独行，应有孤寂之感；"两三点雨"后的大雨将至，行夜路者也是慌张的，而皆归于欣喜。前之归于欣喜见情怀，后之归于欣喜见情趣，欣喜叠加，身心轻快，满足惬意，无可复加。而且，自然的欣喜之情，又是与自然的文辞表达相一致的。"此词通篇不假雕饰，毫无斧凿痕迹，闲闲落笔，流畅自然，语言空灵，意境清新，格调欢快。上下片开头都用六字句的对偶，对得极为工稳整饬而又贴切自然，愈发显得此词既富有内容的美，更富有形式美。"（刘扬忠《稼轩词百首译析》）甚至"过片'七八个星天外，两三点雨山前'一联"，虽"粗枝大叶"，也"别具风流"（顾随《稼轩词说》）。

全词又紧扣词题"夜行"二字来写，情、景、人、事浑然一片，而又巧于布局。如有评云："的是夜景。所闻所见，信手拈来都成异采，总由笔力胜故也。"（陈廷焯《词则·别调集》卷二）"后叠似乎太直，然确是夜行光景。"（许昂霄《词综偶评》）"就全篇而言，前六句一路写景，最后才点出夜行之人。用以返照全词，则无一不在夜行人之眼中心中。先藏锋不露，最后龙睛一点，便通体皆活。"（吴熊和主编《经典宋词》）

至于此词手法之特异，则可从上片见之。"作诗词而说明月，滥矣。明月惊鹊，用曹公'月明星稀，乌鹊南飞'句，亦是尽人皆知之事，不见有甚奇特。但曰'明月别枝惊鹊'，则簇簇新底稼轩词法也。作诗词而曰清风，滥矣。清风鸣蝉，则王辋川诗固已云'倚杖柴门外，临风听暮蝉'矣，亦不见有甚生色。但曰'清风半夜鸣蝉'，则簇簇新底稼轩词法也。而此尚非稼轩之绝致也。至'稻花香里说丰年，听取蛙声一片'，则苦水（按顾随别号）虽曰古今词人惟有稼轩能道，亦不为过。鼻之于香也，耳之于声也，那个诗人笔下不写？今也稼轩则曰'稻花香'，曰'蛙声'。稻花亦花，而与诗词中常见之花异矣。

至于蛙声，则固已有人当作一部鼓吹，或曰'青草池塘处处蛙'矣。而皆非所论于稼轩也。所以者何？彼数少，此数多；彼声寡，此声众故。即曰不尔，而彼虽曰'一部'，曰'处处'，其意旨固在于清幽寂静。今也稼轩于漫漫无际静夜之下，漠漠无垠稻田之中，而曰'听取蛙声一片'，其意旨则在于热闹喧嚣，而不在于清幽寂静也。若是则此所谓蛙声与他人所谓蛙声也者，又异已。夫稼轩于此，其意果只在于写阵阵稻花香之扑鼻，阵阵鸣蛙声之聒耳乎哉？果只如是，不碍词之为佳词；果只如是，则稼轩之所以为稼轩者何在？稼轩之词，固以意胜。以意胜，则不能无所谓。此稻花香中蛙声一片，固与《鹊桥仙》中之'千顷稻花''一天风露'，同其旨趣。然彼曰'酿成'，此曰'丰年'，彼为因，为辛苦；此为果，为享受。'稻花香里说丰年，听取蛙声一片'，真乃鼓腹讴歌，且忘帝力于何有，千秋之盛事，而众生之大乐也。而稼轩之所以为稼轩者乃于是乎在。"（顾随《稼轩词说》）

鹧鸪天

戏题村舍

鸡鸭成群晚未收，桑麻长过屋山头[①]。有何不可吾方羡，要底都无饱便休[②]。　　新柳树，旧沙洲，去年溪打那边流。自言此地生儿女，不嫁余家即聘周。

【注释】

① 桑麻长：语本陶渊明《归园田居》："桑麻日已长。"屋山：房屋两端的山墙，泛指屋脊、屋顶。

②要底：想要的，想得到的。饱便休：一饱就满足了，别无他求。黄庭坚《四休居士诗并序》引太医孙昉诗："粗茶淡饭饱即休。"

【评析】

此词作年无确考。邓广铭《稼轩词编年笺注》谓："详其语意，当作于寓居带湖最初之三数年内。"即作于淳熙十一年（1184）左右。吴企明《辛弃疾词校笺》则云，此词"当作于闲居带湖之后期，可以酌定为绍熙元年（1190）作"。兹依吴说。词言"桑麻长过屋山头"，当是夏时景致，即词或作于夏时。

这是一首田园词。词题"村舍"，则所写乃乡村景致；"戏题"，示笔调之谐趣、幽默。全词描写亦正是如此。开篇写鸡鸭、桑麻，是最典型的农村物象，且"成群晚未收""长过屋山头"，一切都在闲逸、自由中生活、生长，充满了生机与情趣。尤其是桑麻和"屋山头"之较，不知到底是桑麻太高，还是茅屋太矮，但都会让人会心一笑。溪水也是自由的，"去年"还是走"那边"，今年就改走这边，那边有"旧沙洲"的遗留，这边有"新柳树"的守护，也是新旧无违，相映成趣。问起村翁"儿女"们的婚事，答也简单，既然生活在这里，也就"嫁""聘"在这里，亲事都定在村里，不必求远。面对此种生活与环境，词人不由心生"羡"慕，且引申开来，而有"有何不可"之彻悟，即凡事皆可随缘，尤其在遭遇挫折后，不必沉于愤懑和伤感中，而要"乐恬退、安淡泊"（刘永济《唐五代两宋词简析》），所谓"饱便休"，减少欲望，知足常乐，满足基本的生活需要即可。进一步，词人之所以羡慕这种古朴单纯的农村生活，在很大程度上，是因为"政治上失意"，并着意"以乡村生活的简单安定，反衬官场情况的复杂"（夏承焘、盛静霞《唐宋词选讲》）。

词自晚唐五代以来，一直归属于都市文学，乡村环境、乡村生活、乡村人物都很少进入词人视野。辛弃疾中年以后因长期生活在乡村，熟悉乡村，也热爱乡村，便写下了一定数量的田园词。此篇不惟语言朴素明快，颇具有民歌风味，且在意象选用上也颇有新意。如把"鸡鸭"和"屋山头"写进词中，在唐宋词里，即为第一次，且也只在辛词中出现过。

江神子

闻蝉蛙戏作

簟铺湘竹帐笼纱①。醉眠些②，梦天涯。一枕惊回，水底沸鸣蛙③。借问喧天成鼓吹，良自苦，为官哪④。　　心空喧静不争多。病维摩，意云何。扫地烧香，且看散天花⑤。斜日绿阴枝上噪，还又问，是蝉么。

【注释】

①簟（diàn）：竹席。

②些：语助词。

③"水底"句：《南齐书·孔稚珪传》："门庭之内，草莱不剪，中有蛙鸣。或问之曰：'欲为陈蕃乎？'稚珪笑曰：'我以此当两部鼓吹，何必期效伸举？'"

④为官哪：典出《晋书·惠帝纪》："帝尝在华林园，闻虾蟆声，谓左右曰：'此鸣者，为官乎？私乎？'或对曰：'在官地为官，在私地为私。'"

⑤"病维摩"四句：《维摩诘所说经·观众生品第七》："维摩诘因以身疾，广为说法。……佛告文殊师利：'汝诣问疾。'时维摩室有一天

女，见诸大人，闻所说法，便现其身。即以天华散诸菩萨大弟子上。华至诸菩萨即皆堕落，至大弟子便着不堕。"着花不堕，是因为俗念尚未除尽。

【评析】

此词作年无确考。吴企明《辛弃疾词校笺》系于绍熙二年（1191）夏。时辛弃疾居上饶带湖。

词题"闻蝉蛙戏作"，有评云："因闻蝉蛙而戏作此，风流谑浪，可喜可喜！"（李濂《批点稼轩长短句》卷七）上片写"闻蛙"。夏夜，"湘竹""簟"上、"笼纱""帐"中，词人正"醉眠""梦天涯"，不想却被一片蛙声惊醒。但好梦虽被惊扰，却并没有埋怨，而是借典与这些蛙们开起了玩笑，问他们这样卖力辛苦地"喧天"而叫，是为"官"呢，还是为私呢？此用"沸"字写蛙声从"水底"传来，至为新奇；又用"鼓吹"描摹蛙鸣样态，亦为贴切。下片写"闻蝉"。时已由夜至昼。词人先说自己已能入佛家"空"境，在他这里，"喧"与"静"并没什么两样，哪个多些哪个少些都无所谓。尔后又借维摩诘典，说自己所以能够"心空喧静不争多"，是已经摆脱了尘俗之念，今只管"扫地烧香"与"看散天花"。但就在词人仰头"看散天花"时，却又听到"斜日"透过的"绿阴枝上"，有鸣"噪"声传出，就随即问这鸣"噪"者云：你可是"蝉"么？这一问，词人自己恐怕也会被逗笑的。这也证明，前所谓的"空"寂，并不会在自己身上实现，真正忘却世事，是必不能的。所以，词人的笑，也只能是一种苦涩无奈的笑而已。

此词用韵不拘常规。据《词林正韵》，"多""摩""何"与"纱""些""涯""蛙""哪""花""么"分属第九部"歌"韵与第十部"麻"、"佳（半）"韵，本不通押，而"'歌''麻'二韵，稼轩往往通用"（卓人月汇选、徐士俊参评《古今词统》卷十）。有以此词为"歌哿韵"与"麻马韵"通押之实例，云："以上用韵为吴地区语音。辛弃疾非吴人，盖沿用古音。"（张伯驹《宋词韵与京剧韵》）其实，信州即吴音之地，辛弃疾《清平乐·村居》云"醉里吴音相媚好"即是明证。辛弃疾久寓于此，用吴音入词，也属自然。

金菊对芙蓉

重阳

远水生光，遥山耸翠①，霁烟深锁梧桐②。正零瀼玉露③，淡荡金风④。东篱菊有黄花吐⑤，对映水、几簇芙蓉。重阳佳致，可堪此景，酒酽花浓⑥。　　追念景物无穷。叹少年胸襟，忒煞英雄⑦。把黄英红萼⑧，甚物堪同。除非腰佩黄金印⑨，座中拥、红粉娇容。此时方称情怀，尽拚一饮千钟⑩。

【注释】

①"远水"二句：语出柳永《诉衷情近》："澄明远水生光，重叠暮山耸翠。"

②锁梧桐：化用李煜《乌夜啼》"寂寞梧桐深院锁清秋"句意。

③零瀼（ráng）：《诗经·郑风·野有蔓草》："野有蔓草，零露瀼瀼。"零，滴落。瀼，露浓的样子。

④金风：秋风。

⑤菊有黄花：语本《礼记·月令》："季秋之月……鞠有黄华。"鞠，通"菊"。

⑥ 酽（yàn）：酒味醇厚．

⑦ 忒煞英雄：很英雄。忒煞，十分，非常。

⑧ 黄英红萼：指菊花、荷花。

⑨ 黄金印：宰相之印。《史记·五宗世家》："汉独为置丞相，黄金印。"李白《别内赴征》："归时倘佩黄金印，莫见苏秦不下机。"

⑩ 一饮千钟：欧阳修《朝中措》："文章太守，挥毫万字，一饮千钟。"

【评析】

邓广铭《稼轩词编年笺注》云："《金菊对芙蓉》一阕，各本俱不收，唯见《草堂诗余》后集《节序门》。《草堂诗余》成书在庆元以前（见《四库提要》），谓系稼轩所作，当可凭信。因附于带湖期内诸作之后。"所谓"带湖期内诸作"止于辛弃疾绍熙三年（1192）春起复福建提点刑狱前，姑系此词于绍熙二年（1191）重阳节时。

唐五代词，所咏往往与调名关联，所谓"赋调名本意"，如《临江仙》多咏江畔女神，《更漏子》多写夜半情事等。北宋以后，词之内容与调名多脱离关联，如用《念奴娇》咏豪情壮志，用《贺新郎》抒愤激情怀等。而亦有词人回归传统，以满足读者观词调而产生阅读之期待；辛弃疾此词选用《金菊对芙蓉》调名，即此。词上片"东篱"二句即专写"金菊"与"芙蓉"，并切"对"意；下片"黄英红萼"亦是对此景之呼应，且以"黄金""红粉"色彩加以补充与延伸。余者乃写重阳节"远水""遥山""雾烟""玉露""金风"诸种景致，以为凸显金菊、芙蓉之"花浓"作铺垫之用；尤其"远水生光""遥山耸翠"之写，"真是诗中画"（李攀龙《新刻李于鳞先生批评注释草堂诗余隽》）。又，言"少年"之"英雄""胸襟"，亦英发雄迈，与金菊、芙蓉佳景及"一饮千钟"豪情相应。

有评"除非"句"此等情况便陋，岂堪入选"，又评"坐中"句"更陋而俚"（杨慎批点《草堂诗余》卷四）；亦有评全词"气格卑劣，恐非辛词"（郑骞《稼轩词校注》）。然异之者则谓，此词"英爽"、"亦自健脾，不可抹杀"（顾从敬类选、沈际飞评正《草堂诗余·正集》卷四）。又，辛弃疾学柳永词，前人未曾留意。实则大家皆转益多师。如此词首二句即从柳词"澄明远水生光，重叠暮山耸翠"句（《诉衷情近》）脱胎，可为辛词学柳之证。

生查子

独游西岩①

青山非不佳，未解留侬住②。赤脚踏层冰③，为爱清溪故。　　朝来山鸟啼，劝上山高处。我意不关渠④，自在寻诗去。

【注释】

①西岩：乾隆九年修《上饶县志》卷二《山川》："西岩，在县南六十里永乐乡。岩石拔起，空洞如屋，小石如螺，悬石屋上，四时滴水，味甘冷。"在今上饶市南铁山乡。

②"青山"二句：反用唐李德裕《登崖州城作》"青山似欲留人住，百匝千遭绕郡城"句意。侬，我。

③"赤脚"句：语出杜甫《早秋苦热堆案相仍》："南望青松架短壑，安得赤脚踏层冰。"

④渠：人称代词，他。

【评析】

此词作年无确考。邓广铭《稼轩词编年笺注》谓，此词"与西岩有关"，"以西岩在上饶县境内"，故当"作于带湖时期"。所谓"带湖时期"止于绍熙三年（1192）春起复福建提点刑狱前，姑系此词于绍熙二年（1191）。词中"赤脚踏层冰"句出自杜甫《早秋苦热堆案相仍》诗，则词或亦作于秋时。

词写独游西岩之所见所闻与所感，极有妙趣。词人钟情于西岩之"清溪"，甚爱溪水之清冽。"层冰"即指溪水，水中有层层细石，水流其上，就如结了一层层的冰。此借杜诗"层冰"之喻，清新而可喜。则"赤脚"踏于这"层冰"之上，该是何等样的爽人肌骨、沁人心脾！此情此景，即为诗境。词人至此，不是寻溪，直是"寻诗"。身处其地，即可达身心俱化之"自在"艺术境界。本来，词人也是爱"青山"、爱"山鸟"的，从"我见青山多妩媚，料青山见我应如是"（《贺新郎》）、"一松一竹真朋友，山鸟山花好弟兄"（《鹧鸪天·博山寺作》），即足可知之。但相比西岩之"清溪"，"青山"之青翠色彩、"山鸟"之悠扬鸣啭，就都失去了本有的魅力。而且，在语态上，之于"清溪"，词人是"爱"，继而去"寻"，完全是主动者；而"青山""山鸟"则完全是被动者，是"未解"，是"劝上"，即青山既不知如何招引并"留"住词人，就让山的使者鸟儿来"劝"请吧，但还是不行，词人就是执拗地驻足溪中，怎么也不进山中了。此用对比及拟人手法，把山、鸟及词人自己都写活了，且妙趣横生，极具情味。进一步，词中似亦含有深意。《孟子·离娄上》载云："有孺子歌曰：'沧浪之水清兮，可以濯我缨；沧浪之水浊兮，可以濯我足。'孔子曰：'小子听之！清斯濯缨，浊斯濯足矣。自取之也。'"显然，词人于此乃著意溪水之"清"；结合词题所言"独游"之"独"，当含有清洁其身、纯洁其心、特立独行、高蹈不群之含蕴。

所谓诗无达诂。如此词"青山"二句，亦有别解云："开头两句写山，写青山的冷漠。言青山不是'不佳'，只是不太理解我，因而不愿让我在山中居住。……其实这是一种移情于物的写法，借青山对自己的不理解折射社会对自己的不理解，以发泄自己的孤愤情绪。这样写，既点出了'独游西岩'的'独'字，又便于引出下面两句对水的描叙。"（朱德才、薛祥生、邓红梅《辛弃疾词新释辑评》）

生查子

独游西岩

青山招不来，偃蹇谁怜汝^①。岁晚太寒生^②，唤我溪边住。　　山头明月来，本在天高处。夜夜入清溪，听读《离骚》去。

【注释】

①"青山"二句：从苏轼《越州张中舍寿乐堂》"青山偃蹇如高人，常时不肯入官府"化出。偃蹇，高耸貌，此指清高傲气。

②生：语助词。

【评析】

此词与上词同调同题，作年皆无确考。邓广铭《稼轩词编年笺注》谓，"二首均与西岩有关"，"以西岩在上饶县境内"，故均当"作于带湖时期"。所谓"带湖时期"止于绍熙三年（1192）春起复福建提点刑狱前，姑系此词于绍熙二年（1191）。词言"岁晚太寒"，当作于岁末寒冬时。

上词写"西岩"之"清溪"，此篇则变换视角，写"西岩"自身。西岩是平地上陡立的高耸岩石，周边没有群山相邻，故说青山"招"不来；则西岩就傲然而孤独地挺立在那里，无人"怜"惜。到了年末大寒时候，游人会愈少，西岩也会愈感孤单；于是，它就特地"唤我"来"溪边"与之同"住"。西岩为何单唤辛弃疾而不唤别人呢？自是二者精神上有共通之处，即傲然独立的精神、孤高自赏的气质。西岩引辛弃疾为知己，辛弃疾也视西岩如其身，"两位岁寒之友因品格相似而思谋相伴，简直再合情理不过"（朱德才、薛祥生、邓红梅《辛弃疾词新释辑评》）。当然，词人在这里化主动自来为被动听"唤"，乃一种艺术化的表达方式，西岩的傲然挺立与孤高不偶，乃是词人精神、气质的外在投射，即所谓"以我观物，故物皆着我之色彩"（王国维《人间词话》）。下片，写词人至西岩溪边"住"后行为，即和溪水之声而"夜"读《离骚》。这里，意境画面进一步拓展和丰富，即添加了《离骚》声和"明月"意象。当然，《离骚》的背后是屈原；屈原及《离骚》之内在精神，就是辛弃疾精神的来源与支撑。明月者，本来高步夜空，漫览世事，此间也不由越过"山头"，下临西岩，附身溪水，"夜夜"来听词人读这孤愤倔强的《离骚》之声。此时的月下，完全成了一个纯然明净的精神世界。比较起前此的"半夜一声长啸，悲天地、为予窄"（《霜天晓角·赤壁》）来，这里的夜读《离骚》，情味显得更为深沉郁厚。

此词最突出的特点，是拟人化手法的运用。本是我来岩畔溪边游赏，却说是西岩"唤"我来"住"；本是我在月下读《离骚》，却说山月夜夜来溪边"听"我读《离骚》，赋自然以灵性，化平常为奇崛，生动而引人。不由有读者发奇问云："月有耳乎？月无耳，何以有珥？"（卓人月汇选、徐士俊参评《古今词统》卷三）"珥"本为玉做耳饰，又指月边光晕。

与上词同，此词亦有别解者。如解上片云："首二句，埋怨青山高傲，兀立不动，招之不来。这个埋怨从事理上说是无'理'之极的，因为青山自是无知之物，绝对不会懂得人的感情。但从作者感情的逻辑上看又是最合理的，因为作者幽寂孤单，在人世上连个说知心话的人也难找，当然只得去向无生物絮絮叨叨谈心了。这一无'理'而有情的描写，成功地衬托出作者心情的悲凉。三四两句，出以想象之笔，告诉人们青山竟被感化了，成了作者的知情识趣的好友。青山也感到清冷，从不理作者变到主动叫作者与它作伴。"（刘扬忠《稼轩词百首译析》）"开头'青山'两句，写出了词人对青山的一片痴情。他似乎想把巍然独立的青山招到近旁，可青山却无动于衷，于是便发出善意的埋怨：青山啊，你那么高傲，有谁会喜欢你呢？'偃蹇'，有高耸、傲慢之意。青山屹立不移，不随人俯仰，这或许就是词人想象中的高人逸士的性格吧！……'岁晚'两句写貌似傲岸的青山对词人充满了情意。岁暮寒冬，青山劝词人到山中溪边来住，相互为伴，以御寒风。可见，作者'独游西岩'是在冬天。但更深一层揣摩，似乎应该把自然界的寒，理解为政治上的寒。作者正是在恶劣的政治气候逼迫下，闲居山野，得到青山深切关怀的。"（上海辞书出版社文学鉴赏辞典编纂中心编《唐宋词鉴赏辞典》董扶其解析此词）

清平乐

题上卢桥①

清溪奔快，不管青山碍。十里盘盘平世界②，更著溪山

襟带 ③。 古今陵谷茫茫 ④，市朝往往耕桑 ⑤。此地居然
形胜 ⑥，似曾小小兴亡。

【注释】

① 上卢桥：在上饶境内。

② 盘盘：曲折回绕貌。

③ 襟带：谓山川屏障环绕，如襟似带。

④ "古今"句：语本《诗经·小雅·十月之交》："高岸为谷，深谷
为陵。"

⑤ 市朝：街市和朝堂，此偏指"市"。

⑥ 居然：犹安然。形胜：谓地理位置优越。

【评析】

此词作年无确考。吴企明《辛弃疾词校笺》系于绍熙二年（1191），
时辛弃疾居上饶带湖。

此词言理，而景、情、理三者融汇一体。词题"上卢桥"，其理
乃因在桥上观景而致。"泸溪，在县南五十里乾元乡，水自古良北流
入上饶江。"（乾隆九年修《上饶县志》卷二《山川》）近有考者云：
"上饶有泸溪，源于武夷山，北流至清溪镇入信江。今上泸镇距上饶
五十里，上卢桥当在附近。盖位于泸溪上游，方出群山，骤见平地
也。"（辛更儒《辛弃疾集编年笺注》）则"清溪"即泸溪，"青山"
即武夷山，上卢桥恰处泸溪由山间入平野一段。"奔快"者，言溪水流
出青山之行速气势；"十里盘盘"者，言溪水入"平世界"后之婉转形
态。则上卢桥一带，正是"溪山襟带"之地，风景秀丽，位置优越，
堪当"形胜"之誉。既如此，则"今"之"居然"安稳地，"古"时
或即上演过该有的"兴亡"故事。"似曾""小小"，乃合理揣度、推

断之辞。而此揣度、推断，既以此处"形胜"特点为基础，又以"古今陵谷茫茫""市朝往往耕桑"的地理、历史变迁规律为依据，故能令人信服。

此词最突出的特点，是以小见大，见出理路。其"善于以小见大，借题发挥，从小处、平凡处开发开来，使细节和常景都联系到重大题材上，并染上豪放色彩"（郭预衡主编《中国古代文学史长编》）。"前阕写流泉景色，后阕有兴亡之感。清泉从高处直奔山下，不管两面青山阻碍而终流至平地。'十里盘盘平世界'二句，泉流宛转曲折而流于坦途，前后左右，襟带溪山，有小中见大之境。后阕'茫茫'言大，'居然'言小；'兴亡'言大，'小小'又言小，亦自小以见大。兴亡过眼，诚大小一例也，此亦老年之词。"（吴则虞选注《辛弃疾词选集》）而词人之所以能以小见大、论说兴亡，又与其自身经历、遭遇相关。"这词的妙处是，辛弃疾能从一块山河片段，看到人世兴亡的缩影。布莱克从一粒沙里看世界、从一朵花里看天国，未免失之太玄了一点，但从一块山河片段看人世兴亡、看'似曾小小兴亡'，却来得具体多了。辛弃疾是中国北方的英雄好汉，但他南渡以后，整天看到的，却是那些不争气的小朝廷的众生相，他感到他竟和这些人陷在一起，真没意思。因此他在独来独往时候，感于人世兴亡，作了这首小词。"（李敖《中国性命研究》）

又，上片"清溪"二句写景劲健，有很强的感发力量。清溪不管、也不怕青山阻碍，急速地往前奔流，最终流向平野大地。清溪原本一溪水，却被辛弃疾赋予了非凡的气概与气质，显现出不惧艰险、一往无前的可贵精神和无可阻挡、冲决一切的磅礴力量。若论内在精神气质，此二句与"青山遮不住，毕竟东流去"（《菩萨蛮·书江西造口壁》），是可以相通的。

山花子

三山戏作①

记得瓢泉快活时②，长年耽酒更吟诗③。蓦地捉将来断送，老头皮④。　　绕屋人扶行不得，闲窗学得鹧鸪啼⑤。却有杜鹃能劝道，不如归⑥。

【注释】

① 三山：福州。福州城内有越王山、九仙山、乌石山，故称。

② 瓢泉：辛弃疾在江西铅山的居所。

③ 耽酒：沉湎于酒。

④ "蓦地"二句：用杨朴故事。《东坡志林》卷六："真宗既东封，访天下隐者，得杞人杨朴，能为诗。召对，自言不能。上问：'临行，有人作诗送卿否？'朴曰：'唯臣妻有一首云："更休落魄耽杯酒，且莫猖狂爱咏诗。今日捉将官里去，这回断送老头皮。"'上大笑，放还山。"

⑤ "绕屋"二句：鹧鸪的叫声如"行不得"。"人扶"语出杜甫《呈苏涣侍御》："此生已愧须人扶。"

⑥ "却有"二句：杜鹃的叫声如"不如归"。却有，又有，还有。

【评析】

词题"三山"为福州别称，则此词作于辛弃疾起复任职福建时。《宋史·辛弃疾传》载："绍熙二年，起福建提点刑狱。"辛弃疾有《浣溪沙》词题云："壬子春，赴闽宪，别瓢泉。""壬子"为绍熙三年（1192），则起复诏命在上年，而本年春离铅山瓢泉居处赴闽。吴企明《辛弃疾词校笺》系此词于绍熙三年。梁启超《辛稼轩先生年谱》又据词中"蓦地"二句意，谓："是久罢职后再出山初到任时趣语，亦可见先生宦情已久淡，再起非其本意也。"即词作于绍熙三年春初到福州时。是年辛弃疾五十三岁。

此词确为"趣语"，且通篇如此。不惟借用典故，把受诏出官说成被朝廷"捉将来"，要去"断送""老头皮"，还把闲居生活说成俗人之"快活"，又让鹧鸪、杜鹃来为自己代言，都很诙谐有趣，且把自己不愿复出而愿继续隐居的心思表达得清晰明了。词人这种心愿、心思是真实的，其赴任前所作《浣溪沙·壬子春赴闽宪别瓢泉》词即云："细听春山杜宇啼，一声声是送行诗。朝来白鸟背人飞。　　对郑子真岩石卧，赴陶元亮菊花期。而今堪诵《北山移》。"两词表意一致，"前一首说明他不愿出山，后一首说明他去后的懊悔"（吴则虞《辛弃疾词论略》）。然则，一直为闲居而愤懑不平的词人，何以又如此不愿复出呢？原因大致有三：一是复起之职任与辛弃疾素所怀有之抱负、远略相差甚大，出与不出，并无实质性差别。二是官场之险恶让辛弃疾仍心存芥蒂，自己之刚直耿介，难免不会再招来祸患。三是自废罢至今已十年，"长年"闲居，宦情久淡，"蓦地"复起，心性难以归复。这第三点属表层原因，不难克服；而前两点则绝难去除，是词人不愿复出的根本原因。

在表达手法上，最主要的是今昔对比，通篇皆以之为构架。上片以"记得"一词回望昔时"耽酒""吟诗"之"快活"时日，今却被"捉"来为官，尽受驱遣、拘束。下片言出官前，鹧鸪鸟已再三告诫自己年老"行不得"；接以"却有"一词落于眼前，听到杜鹃鸟又不停地劝自己"不如归"。非今而是昔，取得了很好的表达效果。

在意旨上，此词题"戏作"，外虽趣语，而内实沉痛。"此词与《浣溪沙》'壬子春赴闽宪别瓢泉'首，可参读之。杜鹃之隐喻，含内心无穷之痛，惟一为别瓢泉时作，而此则至闽后之作也。'记得瓢泉快活时，长年耽酒更吟诗'两七字句，回忆瓢泉之快活，正反映到闽之不得已。'蓦地捉将来断送'七字一句，'老头皮'三字一句，用以喻此次来闽，有'请缨无路''出山无心'之双重痛苦，语意似很滑稽，而内心之痛悔甚矣。……'却有杜鹃能劝道，不如归'二句，杜鹃鸣声'不如归去'，杜鹃最能识稼轩苦心，不但鸣声'不如归去'，而鸣时必向北而鸣。杜鹃之与稼轩，真知己哉！"（吴则虞选注《辛弃疾词选集》）

至于词人为何言昔时"瓢泉"而非"带湖"，有考者云，"辛弃疾闲居带湖十年中，后四年的生活他基本上是在瓢泉度过的"，虽然"也不排除这个阶段他也常常往来于带湖与瓢泉的事实，两地的生活呈交叉状态"（程继红《带湖与瓢泉——辛弃疾在信州日常生活研究》）。

小重山

三山与客泛西湖①

绿涨连云翠拂空。十分风月处，著衰翁。垂杨影断岸西东。君恩重②，教且种芙蓉③。　　十里水晶宫④。有时骑马去，笑儿童⑤。殷勤却谢打头风⑥。船儿住，且醉浪花中。

【注释】

① 西湖：在福州城西。

② 君恩重：陈与义《虞美人》词序："予甲寅岁自春官出守湖州，秋杪，道中荷花无复存者。乙卯岁自琐闼以病得请奉祠，卜居青墩镇。立秋后三日行舟之前后如朝霞相映，望之不断也。以长短句记之。"词云："今年何以报君恩，一路繁花相送到青墩。"

③ 芙蓉：即荷花。

④ 水晶宫：原指浙江湖州，此借指福州西湖。

⑤ 笑儿童："儿童笑"的倒装。用山简典事，详见《定风波》（昨夜山公倒载归）注释。

⑥ 谢：辞却。打头风：南宋朱翌《猗觉寮杂记》卷上："风之逆舟，人谓之打头风。坡云：'卧听三老白事，半夜南风打头。'"

【评析】

词题"三山"为福州别称，则此词作于辛弃疾任职福建时。吴企明《辛弃疾词校笺》系此词于绍熙三年（1192）。时辛弃疾任福建提点刑狱。

福州城西有西湖，可与杭州西湖、颖州（治今安徽阜阳）西湖相媲美。辛弃疾任职福州间，常徜徉于此。词写福州西湖风景之美，开篇一句"绿涨连云翠拂空"，便夺人眼目。此句引领全篇，不仅描绘出满湖的绿色之美，更表现出这绿色的不凡气势。这绿是如此饱满浓酽，竟可以随波而"涨"，上"连"空中之"云"。这绿又是如此丰富、广袤，不仅有"十里"湖水之碧，并有湖边"拂空""垂杨"、湖中"芙蓉"之"翠"，间以湖水"水晶"般之光彩，怎能不让人流连忘返、沉醉其中！而词末，豪放不羁如词人者，竟"醉"于朵朵轻细之"浪花"中，转豪阔为婉雅，亦滋味隽永，富有情趣。

苏轼游杭州西湖，留下了"水光潋滟晴方好，山色空蒙雨亦奇。欲把西湖比西子，淡妆浓抹总相宜"（《饮湖上初晴后雨》）之千古绝唱。欧阳修游颖州西湖，亦有十首《采桑子》词，如其一云："轻舟短棹西湖好。绿水逶迤，芳草长堤。隐隐笙歌处处随。　　无风水面琉璃滑，不觉船移。微动涟漪，惊起沙禽掠岸飞。"苏、欧之笔，情景合一，略无异处。而相较之下，辛弃疾此词则于"十分风月"之景致与"骑"赏舟"醉"之情致后，隐含有别样心曲。这心曲，从"衰翁""君恩重，教且种芙蓉""骑马去笑儿童""打头风"之写中即可体会出来。如说"君恩重"，表面感恩，实则深含苦涩与无奈于其中；堂堂英雄，不是去做经天纬地的事业，而是去"种芙蓉"，直与"却将万字平戎策，换得东家种树书"（《鹧鸪天》）无异。"骑马"二句用西晋山简事，无疑把此时的自己当作了另一个山简，其心绪、忧怀可知。如有评者云："这里实亦含有国难深重，无所作为的感慨。"（周振甫选释《一百首爱国诗词》）

鹧鸪天

三山道中

抛却山中诗酒窠①，却来官府听笙歌②。闲愁做弄天来大，白发栽埋日许多③。　　新剑戟，旧风波。天生予懒奈予何④。此身已觉浑无事⑤，却教儿童莫恁么⑥。

【注释】

①窠：此指闲居处。

②听笙歌：语出苏轼《浣溪沙》："光阴须得酒消磨，且来花里听笙歌。"

③"白发"句：语本王安石《偶成二首》其一："年光断送朱颜去，世事栽培白发生。"

④"天生"句：《论语·述而》："天生德于予，桓魋其如予何！"

⑤"此身"句：语出苏轼《归宜兴留题竹西寺》："此身已觉都无事，今岁仍逢大有年。"

⑥ 恁么：这样，如此。

【评析】

词题"三山"为福州别称，则此词作于辛弃疾任职福建时。辛更儒《辛弃疾集编年笺注》系于任福建提点刑狱时，即绍熙三年（1192）。据邓广铭《辛稼轩年谱》，绍熙三年十二月，辛弃疾"被召赴行在"，"岁杪由三山启行"；后即留京为太府卿，至绍熙四年秋再诏知福州、兼福建安抚使。

有谓词题"三山道中"，乃作于辛弃疾"离别三山，赴临安道上"（朱德才、薛祥生、邓红梅《辛弃疾词新释辑评》），似勉强。应召赴京，而通篇却说"愁""懒"，于情理不合。且词中言"来官府"，乃福州职任中口吻，与离职赴京情形亦相悖。则此词当为福建提刑任内某次出巡路上作。词写到任福建较长时日之感受。上片说"闲愁"之多之大。首二句对比今昔，昔日于"山中""诗酒"快意，今日在"官府""笙歌"生愁。继云这"闲愁"有"天来大"，以致"白发"每日都添了"许多"。而何以"诗酒"与"笙歌"岁月会有这么大的不同呢？盖人在"山中"，远离政事，眼不见心为宽；而身在"官府"，眼前一片歌舞升平，官场腐败，人为身谋，国事难为，而又无可奈何。下片说"懒"与"无事"，即缘于此。当然并不是真"懒"、真"无事"，而是说即使勤勉为政，也于事无补、无益。加之"新剑戟，旧风波"所示之官场凶险，一心为国、忠于职事就意味着自陷困境，甚至会招致祸患。辛弃疾任福建提刑一年之作为及后果，就验证了这一点。邓广铭《辛弃疾传》云："到官之后，对于提点刑狱司的属官们，辛弃疾很严格地要求他们奉公守法，对于辖区内的州县守令的治行和政绩，他也很认真地加以考察。他这样的雷厉风行，又惹得许多州县守令都对他心怀怨尤，到后来，连做福建路安抚使的林枅对他也闹起意见来，遇事总不肯和衷共济了。"以致他所提出的"关于在福建路内推行'经界'和改变盐法的建议"，也不了了之。后来，其在福建安抚使任间勇于任事，经济、军事方面都多有举措，但最终却被谏官论列，再次罢职。即便如此，辛弃疾还是在词中告诫子辈们"莫恁么"，即不要做闲"懒"、"无事"之人，对于人生的价值、意义与信念，仍持积极态度。这又可视之为词人的自我勉励，即事虽不可为，仍要勉力为之。则全词意旨，借谐辞俗语，在结末得以提振。

词中"闲愁"二句，尤可称说。人愁而生白发，自然之理，但词人并不这样说，因有李白"白发三千丈，缘愁似个长"名句在先。他说闲愁"做弄"得像天一样大，白发也天天栽种"许多"。"白发"句虽是从王安石诗句"世事栽培白发生"中点化而来，但仍自饶新意。一说"栽培"，一说"栽埋"，一字之易，却动作、心情有别，让人颇感新奇。

水调歌头

壬子三山被召，陈端仁给事饮饯席上作^①

长恨复长恨，裁作短歌行^②。何人为我楚舞^③，听我楚狂声^④。余既滋兰九畹，又树蕙之百亩，秋菊更餐英^⑤。门外沧浪水，可以濯吾缨^⑥。　　一杯酒，问何似，身后名^⑦。人间万事，毫发常重泰山轻^⑧。悲莫悲生离别，乐莫乐新相识^⑨，儿女古今情。富贵非吾事^⑩，归与白鸥盟^⑪。

【注释】

　　① 壬子：光宗绍熙三年（1192）。陈端仁：名岘，福州治闽县（治今

福建福州）人，曾任给事中、平江知府、两浙转运判官。淳熙九年（1182）罢四川制置使后在家闲居。给事：给事中，为门下省属官，掌审读朝廷颁降与地方上奏的重要文书。

②短歌行：汉乐府曲调名，多用于宴会。

③"何人"句：典出《史记·留侯世家》：刘邦欲废太子，而立戚夫人子赵王如意，但因张良极力维护太子未成。为此戚夫人到刘邦面前哭泣。刘邦感到事不得已，便对她说："为我楚舞，吾为若楚歌。"

④楚狂：指春秋时楚国狂人接舆。《论语·微子》："楚狂接舆歌而过孔子曰：'凤兮！凤兮！何德之衰？往者不可谏，来者犹可追。已而，已而！今之从政者殆而！'"

⑤"余既"三句：化用屈原《离骚》句意："既滋兰之九畹兮，又树蕙之百亩。……朝饮木兰之坠露兮，夕餐秋菊之落英。"滋，栽种。畹（wǎn），古代面积计量单位。一畹相当于三十亩，一说十二亩。树，种植。

⑥"门外"二句：化用《楚辞·渔父》"沧浪之水清兮，可以濯吾缨"句意。沧浪，原指汉水，泛指流水。濯，洗涤。缨，系帽的带子。

⑦"一杯"三句：用张翰典。《晋书·张翰传》载，张翰任心自适，不求当世名，有人问他，你纵情一时，难道不考虑身后名吗？他回答说："使我有身后名，不如即时一杯酒。"何似，何如。

⑧"人间"二句：化用《庄子·齐物论》句意："天下莫大于秋毫之末，而泰山为小。"

⑨"悲莫"二句：化用屈原《九歌·少司命》句意："悲莫悲兮生别离，乐莫乐兮新相知。"

⑩"富贵"句：语本陶渊明《归去来兮辞》："富贵非吾愿，帝乡不可期。"

⑪"归与"句：语本黄庭坚《登快阁》："万里归船弄长笛，此心吾

220

与白鸥盟。"

【评析】

词题"壬子三山被召"，指辛弃疾绍熙三年由福建提点刑狱应诏赴京事。邓广铭《辛稼轩年谱》载，绍熙三年十二月，"被召赴行在"，"岁杪由三山启行"。行前，友人陈端仁为其饯行，辛弃疾便于席上作此词相赠。邓广铭《稼轩词编年笺注》系此词于"绍熙三年岁杪（1193 年 2 月）"。

依常理言，受诏进京，应是件荣耀、快意事，然此词却"怨愤填膺，不可遏抑"（陈廷焯《词则·放歌集》卷一），"浑如急管繁弦，悲促愤慨"（吴则虞选注《辛弃疾词选集》）。有谓，"稼轩帅闽未久，纵有扼腕龃龉之情，莅任未久，不应如是之甚。端仁废职家居，相对固不免有牢落之思，离筵赠答之词，亦不作如此倾吐"，则"词之题虽云'席上作'，实则稼轩赋此词不必为陈端仁，亦不必专指赴召事"（同上）。然则，此怨愤、悲慨何指又何来呢？答曰："长恨"即其所指，国事黯然、复兴无望即其所来。开篇"长恨"复叠，即足见其"恨"之多、之绵长无绝。接用刘邦与接舆典故，隐示所"恨"者非关个人得失，而关乎国家大事与大势，此大事与大势业已至"衰""殆"之境地。下片言说之核心亦在此。"人间"二句，隐言朝廷所行之策，以抗金复国之"泰山"样重事为"轻"，以苟安一时、一隅之"毫发"样轻事为重；当权、为政者也以国家大事为"轻"，以个人得失为"重"。此正国事与国势"衰""殆"，终至不可收拾、无法挽回之根由。后又借陶渊明诗，言在此情势下，自己不求"富贵"自不必说，即便被召"帝乡"京都，也一无"可期"、一无所用。"身后名"并非不渴望，所谓"了却君王天下事，赢得生前身后名"（《破阵子》）者是；而如今，身后之名实在无从求取，那就不如"一杯酒"来得更为实在。既如此，像陶渊明一样"归与白鸥盟"，才是正途。词人初隐带湖时作有《水调歌头·盟鸥》一词，已与白鸥盟约，然实为无奈，并非真心；此旧话重提，则因见事不可为，而主动求得也。隐居本有独善其身、葆有个人节操之意，上片所引《离骚》《楚辞·渔父》诗句，即含此意。故综观全篇，虽自言"短歌"，却含蕴深厚、意味深长，送与被罢闲居福州已十余年的陈端仁，是再合适不过的。且"乐莫乐"句，已引陈端仁为"新"识之相知者，对其直言痛说，发抒胸臆，亦为快意事。

　　此词所用语典多而恰切，后人多所称誉。古誉者如："运用成句，长袖善舞"（陈廷焯《云韶集》卷五），"运用成句，纯以神行"（陈廷焯《词则·放歌集》卷一），"几不欲自作一语"（卓人月汇选、徐士俊参评《古今词统》卷十二），"意匠经营，全无痕迹"（李濂《批点稼轩长短句》卷三）。今誉者如："全词大量采用典故和前人诗句，熔为一炉，来传达他积郁许久的悲愤勃郁感情，很见功力，也很见情采。而他集中采用爱国诗人屈原的许多诗句，就更值得注意。它们表明，作者此时的爱国精神和失意情怀，悲痛愤烈，激荡胸臆，惟有屈原的《离骚》，才能够与之相比，将之容纳。"（朱德才、薛祥生、邓红梅《辛弃疾词新释辑评》）

鹧鸪天

　　一片归心拟乱云 ①，春来谙尽恶黄昏 ②。不堪向晚檐前雨 ③，又待今宵滴梦魂。　　炉烬冷，鼎香氛 ④，酒寒谁遣为重温。何人柳外横双笛 ⑤，客耳那堪不忍闻。

222

【注释】

　　① 拟：类似。

　　② 谙：经历，经受。

　　③ 向晚：傍晚。

　　④ 氛：纷乱，杂乱。

　　⑤ 双笛：指羌笛。

【评析】

　　此词作年无确考。邓广铭《稼轩词编年笺注》谓"玩其语意"，"似中年宦游思归之作"。梁启勋《稼轩词疏证》系绍熙五年（1194）在闽中"将归时"，吴企明《辛弃疾词校笺》从其说。词言"春来"，点节季。

　　词写宦游思归之情，"客"字为全篇之眼。"客"子之心绪若何？似飘忽无根之"乱云"，安稳不下来，平静不下来。此喻新颖别致，与李煜以"乱丝"喻愁（"剪不断，理还乱，是离愁"），有异曲同工之妙。后即围绕"乱"字营构，从黄昏之"檐前雨"，到夜晚之"柳外"笛，聒碎乡心，滴破"梦魂"，刺痛"客耳"，心绪更为缭乱，而难以平复、平静。"谙尽""不堪""那堪""不忍"等，用词极重，用意极深。而"归心"、乡思之指向，是对家之温暖的期盼。家中是不会出现"烬冷""酒寒"情形的，即便也有"黄昏"之雨、"柳外"之笛，也是可以滴滴入心、声声入耳的。

　　总之，"作者通过对黄昏檐雨、香冷酒寒、柳外横笛诸多景物的描绘，并把自己的感情寄寓在所写景物之中，从而步步深入地把旅居异乡的客人乱云似的思乡愁绪，生动而具体地写了出来"（朱德才、薛祥生、邓红梅《辛弃疾词新释辑评》）。另，末句之"客耳"，与首句之"归心"遥相呼应，首尾贯通，也应注意。

鹧鸪天

欲上高楼去避愁^①，愁还随我上高楼。经行几处江山改^②，多少亲朋尽白头。　　归休去，去归休，不成人总要封侯^③？浮云出处元无定^④，得似浮云也自由。

【注释】

①避愁：北周庾信《愁赋》："闭门欲驱愁，愁终不肯去。深藏欲避愁，愁已知人处。"

②江山改：陶渊明《拟古》："枝条始欲茂，忽值山河改。"

③不成：难道。

④元：原本，本来。

【评析】

此词作年无确考。邓广铭《稼轩词编年笺注》谓"疑作于闽中"。梁启勋《稼轩词疏证》系绍熙五年（1194）在闽中"将归时"，吴企明《辛弃疾词校笺》从其说。或与上词《鹧鸪天》（一片归心拟乱云）同，此词亦作于是年春。

此词写愁。开篇"欲上"二句新颖别致，把愁之纠缠难避写得饶有趣味。从王粲《登楼赋》始，愁似乎就与登楼联系在了一起，有愁必登楼，登楼必生愁。词人当然知道这一点，却偏要去登楼，说要去"避愁"。结果当然是事与愿违，愁像有脚似的，与词人如影随形，也跟着上了楼。"词人'天真地'想通过上楼登高来摆脱令他难以忍受又无法回避的忧愁的想法，本身就充满了奇趣，而他感到忧愁如有脚、又随他上楼的想法就更是奇中之奇。"（朱德才、薛祥生、邓红梅《辛弃疾词新释辑评》）当然，这只是说明词人愁多，无处不在，无时不有，任怎么也避绕不开。接"经行"二句，写愁多之因：一是长年羁旅宦游，历尽"经行"奔波之苦；二是因羁旅宦游而亲情阻隔，牵念情苦，许多"亲朋"都已"白头"，自己当然也一样。到这里，我们才明白，词人登楼的真正想法是登楼望乡，此又合于王粲《登楼赋》核心意旨及"客居—怀愁—登楼—望乡"的抒情图式。故紧承歇拍，过片即言"归休去，去归休"，急切盼望早些归去。而要使归去之想得以实现，就要破除"人总要封侯"之执念；"不成"之反诘，即是对这种执念破除的尝试。"浮云"二句，则是对这一尝试的再努力，即求取"封侯"的代价，除背乡别亲、长年奔波道途外，还要牺牲像"浮云"一样的"自由"。此二句极富理趣，应是词人于楼上举头望云，而即时生发的感悟及灵感表达。这样，登楼的望乡与望云，就产生了一生愁、一解愁的双重意义，并最终落脚于解愁上，以达成"避愁"之想心理层面的实现。至于行为上能否实现，则词人此时正处于行、藏抉择的矛盾中，最终只能借助朝廷罢职之外力，以变形的方式达成了。

总之，这首词是词人十年闲居带湖之后，又三年出职闽中的心理与心态缩影。一方面，词人进一步认清了政治形势的难以改观，及求取功名目标的难以实现；另一方面，要决绝地归隐田园，还下不来最后决心，是矛盾并痛苦着的。而在写法上，全词围绕"愁"的生成与消解，层层剥离，终见根柢；而又语言明白，几同口语，豪华落处，真义自显。

水调歌头

题张晋英提举玉峰楼 [①]

木末翠楼出 [②]，诗眼巧安排 [③]。天公一夜，削出四面玉崔嵬 [④]。畴昔此山安在，应为先生见晚 [⑤]，万马一时来 [⑥]。白鸟飞不尽 [⑦]，却带夕阳回。　　劝君饮，左手蟹，右手杯 [⑧]。人间万事变灭，今古几池台。君看庄生达者，犹对山林皋壤，哀乐未忘怀 [⑨]。我老尚能赋，风月试追陪。

【注释】

① 张晋英：名涛。绍熙四年（1193），张涛任福建提举常平茶盐公事（《福建通志》卷二一），故称"提举"。玉峰楼：在建安县（今福建建瓯）。《福建通志》卷六三："玉峰楼，在宋提举司后城壕之北。旧有多美楼、悠然堂，皆提举王秬所作。绍熙（原误作"绍兴"）四年提举张涛合而一之，作玉峰楼。"

② 木末：树杪，树的顶端。杜甫《北征》："我行已水滨，我仆犹木末。"

③ 诗眼：诗中最关键最精彩的字句，可用以形容楼台等建筑物布局的精致巧妙。语出苏轼《僧清顺新作垂云亭》："天功争向背，诗眼巧增损。"

④ 玉崔嵬：语出王安石《次韵和甫咏雪》："奔走风云四面来，坐看山陇玉崔嵬。"

⑤ 畴昔：往日，从前。安在、见晚：典出《史记·平津侯主父列传》：天子召见主父偃、徐乐、严安三人，曰："公等皆安在？何相见之

226

晚也！"

⑥万马：此形容远处山峰。

⑦"白鸟"句：反用李白《独坐敬亭山》"众鸟高飞尽"句意。

⑧"左手"二句：典出《世说新语·任诞》："毕茂世云：一手持蟹螯，一手持酒杯，拍浮酒池中，便足了一生。"

⑨"君看"三句：语本《庄子·知北游》："山林与，皋壤与，使我欣欣然而乐与！乐未毕也，哀又继之。哀乐之来，吾不能御，其去弗能止。悲夫！世人直为物逆旅耳。"

【评析】

邓广铭《稼轩词编年笺注》系此词于绍熙五年（1194），云："据《福建通志》，张涛之任福建路提举茶盐公事，为继李沐之后任者。上年稼轩由闽赴召，经由建安时，李沐尚在提举任上，则张氏任福建提举最早当始于绍熙四年，而此词则稼轩任闽帅时所作也。"时辛弃疾知福州、兼福建安抚使。

词上片写玉峰楼形貌。一曰高，秀"出""木末"者，乃言此"楼"。二曰巧，布局、设计、建造，皆精巧绝妙，犹如"诗眼"。三曰美。"翠楼"，是说楼自身；与楼之美相应，周围"玉崔嵬"之群山如"万马"奔"来"，"白鸟"又"带夕阳"飞"回"，是登楼所见景致，也是楼所处之环境。更奇妙的是，词人运用拟人手法，不说四面之山登楼方见，而说这山是"天公"于"一夜"之间"削"出来的；且让这山引建楼者张涛为知己，而恨"见晚"，迫不及待地像奔马一样从四面会聚而来。山且如此，人对张涛之向往就更不必说。下片即写与张涛相聚玉峰楼之乐。"劝君饮"为下片之目。为何劝饮，有理存焉。先说"人间万事"皆难逃"变灭"理路，"今古""池台"也如此。后出庄子理据，曰人皆难脱"哀乐"之情；哀乐无时，来去皆

227

不能"御""止"。则今玉楼新成，乐在心、杯在手，何不痛饮一番呢？何况，还有我这虽"老"而能"赋"的朋友，在这"风月"好景中"追陪"着你呢？试想，理可解心、情可暖心、词可悦心，这"张晋英提举"一定会举杯畅饮，且二人一定会不醉不归的。总之，此词之旨，在借写玉楼峰，表达词人高旷达观的人生态度。即如前人所评："稼轩词，趣昭事博，深得漆园遗意，故篇首以秋水观冠之。其题张提举玉峰楼词，借庄叟自喻，意已可知。……其词凌高厉空，殆夸而有节者也。"（张德瀛《词徵》卷五）

另须注意，辛弃疾喜以马喻山。《菩萨蛮·金陵赏心亭为叶丞相赋》词言"青山欲共高人语，联翩万马来无数"，《沁园春·灵山齐庵赋时筑偃湖未成》词云"叠嶂西驰，万马回旋，众山欲东"。此又写"畴昔此山安在，应为先生见晚，万马一时来"，所喻相同，而情景有别，写法各异。由此可体悟词人多变之笔法。

最高楼

吾拟乞归，犬子以田产未置止我，赋此骂之

吾衰矣①，须富贵何时②。富贵是危机③。暂忘设醴抽身去④，未曾得米弃官归⑤。穆先生，陶县令，是吾师。待葺个园儿名"佚老"⑥，更作个亭儿名"亦好"⑦。闲饮酒，醉吟诗。千年田换八百主⑧，一人口插几张匙⑨。便休休⑩，更说甚，是和非。

【注释】

①吾衰矣：语出《论语·述而》："子曰：甚矣吾衰也！久矣吾不复

梦见周公。"

②"须富贵"句：《汉书·杨恽传》："人生行乐耳，须富贵何时。"

③"富贵"句：《晋书·诸葛长民传》：东晋诸葛长民深得太尉刘裕信任，权倾一时，尝曰："贫贱常思富贵，富贵必履机危。今日欲为丹徒布衣，岂可得也！"后果为刘裕所杀。

④"暂忘"句：即下句所言穆先生故事。《汉书·楚元王传》："元王敬礼申公等。穆生不耆酒。元王每置酒，常为穆生设醴。及王戊即位，常设，后忘设焉。穆生退曰：'可以逝矣。醴酒不设，王之意怠。不去，楚人将钳我于市。'称疾卧。"

⑤"未曾"句：即下句"陶县令"陶渊明故事。《晋书·陶潜传》："(潜)为彭泽令，在县，公田悉令种秫谷。曰：'令吾常醉于酒，足矣。'妻子固请种粳，乃使一顷五十亩种秫，五十亩种粳。素简贵，不私事上官。郡遣督邮至县，吏白应束带见之。潜叹曰：'吾不能为五斗米折腰，拳拳事乡里小人邪！'义熙二年，解印去县，乃赋《归去来》。"

⑥佚老：《庄子·大宗师》："夫大块载我以形，劳我以生，佚我以老，息我以死。"佚，安乐。

⑦亦好：即"在家贫亦好"，宋时流行熟语。陆游《老学庵笔记》卷四："今世所道俗语，多唐以来人诗。'在家贫亦好。'戎昱诗也。"

⑧"千年"句：《五灯会元》卷四载，韶州灵树如敏禅师曰："'千年田，八百主。'曰：'如何是千年田，八百主？'师曰：'郎当屋舍没人修。'"

⑨"一人"句：南宋林希逸《庄子口义》卷四："生之所无，以为者言，身外之物也。如人生几两屐，一口几张匙是也。"

⑩便休休：语出《旧唐书·司空图传》。司空图居中条山，作亭曰"休休"。又作《耐辱居士歌》曰："咄咄！休休休！莫莫莫！伎俩虽多性情恶，赖是长教闲处着。"

【评析】

邓广铭《稼轩词编年笺注》系此词于绍熙五年（1194），云："梁启超编《稼轩年谱》，列右词于闽中诸作之后，并附考证云：'此词题中虽无"三山"等字样，细推当为闽中作。盖先生之去湖南乃调任，其去江西乃被劾，皆非乞归也。若帅越时又太老，其子不应不解事乃尔。故以附闽词之末。'按：稼轩之帅闽，亦由被劾去职，此词当作于被劾之前。梁氏所持理由，大体均甚是，兹从之。"时辛弃疾知福州、兼福建安抚使。辛弃疾被劾去福建安抚使职在本年秋，则此词作于秋前。

此词"骂"儿，示与"犬子"对"富贵"之看法有异。父"拟乞归"，不求富贵；子欲"止"父，乃因"田产未置"。词题曰"骂"，怒气难遏；词中训诫，有条不紊。先摆"吾衰"之年老事实，说我今年已经五十有五了，且不论我做官本不是为着要富贵，就是想富贵，也年已老大，等不到了。后借东晋诸葛长民之语之事说理，即富贵不是福气而是祸根，是陷自己于"危"殆境地之"机"缘。所以自己绝不学那些贪求富贵之人，而要以主动弃官、远离富贵之"穆先生""陶县令"为"师"。以后就呆在家里，"老"中求"佚"，以"贫"为"好"，"闲饮酒"，"醉吟诗"，了此一生。词末又回归责骂声气，说田无常主、人仅一口，何用求得、求多；并决绝地说，尔等此后"休"再得多嘴多舌、说"是"说"非"，都好好地过粗茶淡饭的安生日子就行了。

以词骂儿，并播之于世，词史罕见，堪称妙绝。陶渊明尝有《责子诗》云："白发被两鬓，肌肤不复实。虽有五男儿，总不好纸笔。阿舒已二八，懒惰故无匹。阿宣行志学，而不爱文术。雍端年十三，不识六与七。通子垂九龄，但觅梨与栗。天运苟如此，且进杯中物。"

辛弃疾不仅在词中表示要以抽身归隐之陶渊明为榜样，且其作此词，当也受陶渊明责子诗之影响。一责子没出息，一骂子爱富贵，两位父亲嘴上笔下是痛快了，可就不知两家儿子们听之读之会作何感想。呵呵！其实，就辛词而言，"骂儿子不过是借题做文章，所谓指桑骂槐而已。目的在于揭露官场的黑暗，抒写壮志难酬的悲愤，说明不得不'乞归'的原因"，"作者引用'穆先生'和'陶县令'的故事，反映他当时名义上虽为一路的封疆大吏，实则备受冷遇，遭到奸佞权臣的压抑，只好抽身而去，弃官以归。结处的所谓'便休休，更说甚，是和非'……词人心中并非真的没有'是和非'，只是现实生活中黑白不分，毫无是非可言，他也只能徒唤奈何"（喻朝刚《辛弃疾作品选粹》）。"这首标明骂子的词作，借题发挥，骂尽迫害他的当权派和追求利禄的俗人，并且表明了因政治失意而打算归隐、求乐于田园的志趣。"（朱德才、薛祥生、邓红梅《辛弃疾词新释辑评》）

此词在风格展现和典故运用上，也极可称道。"这首词，既具备历史的思辨，又富有人生的哲理；既充满着书斋里的睿智，又洋溢着生活中的气息；亦庄亦谐，亦雅亦俚；庄而不病于迂腐，谐而不阑入油滑；雅是通俗的雅，俚是规范的俚：在在显示出词人的胸襟之大、见识之高、性格之爽、学养之深，在在显示出词人具有驾驭各种不同类型语言艺术的非凡能力。辛词尤善用典和化用前人成句，本篇又是一个突出的范例。'吾衰'句用《论语》，是经；'须富'句、'暂忘'句用《汉书》，'富贵'句用《晋书》，是史；'佚老'用《庄子》，是子；'亦好'用唐诗，是集。——一首之中，四部都用遍了。就时代言，从春秋、战国、汉、晋、唐、五代一直用到宋。就文体言，自诗、文一直用到和尚语录、民间谣谚。就用法言，或整用成句，或提炼文意，或增减字面，或翻换言语。词人于此道，真达到了炉火纯青、出神入化的地步！"（上海辞书出版社文学鉴赏辞典编纂中心编《唐宋

词鉴赏辞典》钟振振解析此词）

一枝花

醉中戏作

千丈擎天手[①]，万卷悬河口[②]。黄金腰下印，大如斗[③]。更千骑弓刀[④]，挥霍遮前后[⑤]。百计千方久。似斗草儿童[⑥]，赢个他家偏有。　算枉了、双眉长恁皱[⑦]，白发空回首。那时闲说向，山中友[⑧]。看丘陇牛羊[⑨]，更辨贤愚否。且自栽花柳。怕有人来，但只道、今朝中酒[⑩]。

【注释】

①擎：举起，向上托。

②"万卷"句：杜甫《奉赠韦左丞丈二十二韵》："读书破万卷。"《晋书·郭象传》："王衍每云：'听象语，如悬河泻水，注而不竭。'"

③"黄金"句：《世说新语·尤悔》载周顗语："今年杀诸贼奴，当取金印如斗大，系肘后。"

④千骑弓刀：北宋晁补之《摸鱼儿》："弓刀千骑成何事，荒了邵平瓜圃。"

⑤挥霍：此指张扬、耀武扬威貌。

⑥斗草：一种古代游戏。竞采花草，比赛其多寡优劣。《荆楚岁时记》："五月五日，四民并踏百草，又有斗百草之戏。"

⑦恁：如此，这样。

⑧山中友：隐居友人。

⑨丘陇牛羊：《古乐府》："今日牛羊上丘陇，当时近前面发红。"黄

庭坚《出城送客过故人东平侯赵景珍墓》:"今日牛羊上丘垄,当时近前左右瞋。"丘陇,亦作"丘垄",指坟墓。

⑩ 中酒:醉酒。

【评析】

郑骞《稼轩词校注》、吴企明《辛弃疾词校笺》系此词于淳熙十五年（1188），邓广铭《稼轩词编年笺注》则系于任职闽地时。词中"那时闲说向,山中友",示将来隐居,现在只是作隐居之想,与上词《最高楼》(吾衰矣)意同,或作于同一时期。姑亦系绍熙五年（1194）秋被劾去福建安抚使职前。

开篇"千丈"二句破空而出,耸峻峭拔,惊人眼目。其谓有擎天"千丈"巨手、挽天"万卷"韬略,可一人而支撑天下之危局。此乃辛弃疾夫子自道,"于此见辛君胸次非浅浅者"(李濂《批点稼轩长短句》卷五)。此正如范开于《稼轩词甲集序》中所言:"公一世之豪,以气节自负,以功业自许。"而如此堪当大任、自负自许之人,在那个不堪的时代,命运又当如何?下即依次说理想、说现在、说将来。理想是金印在腰,领兵千万,南征北战,出生入死,赢得不世之功勋。现在是"枉"屈了理想,流逝了岁月,只落得"双眉长惹皱,白发空回首",一切都幻然成空。既然如此,那就不如挂冠归隐,走向山中,和"山中友"说说闲话,栽栽"花柳",再不论"贤愚",更不说功名,也不见"来"人好了;不见"来"人,是因为怕世俗来人再论"贤愚",再说功名。这是说将来。"怕有人来",张炎后衍为"怕见飞花,怕听啼鹃"(《高阳台》),都含有无以言说的悲感与伤痛。故虽题"戏作",实乃自伤自嘲之语,有无限悲情在。也许是一语成谶,不久之后,词人还没来得及自请,即再遭毁谤,罢官归去了。

通观全词,层次清晰,折转自如。又以巨手示天下、高说功名起,以隐身恐见人、怕说功名结，先立后破，回环照应，耐人寻味。

水龙吟

过南剑双溪楼^①

举头西北浮云，倚天万里须长剑^②。人言此地，夜深长见，斗牛光焰^③。我觉山高，潭空水冷^④，月明星淡^⑤。待燃犀下看^⑥，凭栏却怕，风雷怒，鱼龙惨。　　峡束苍江对起^⑦，过危楼欲飞还敛^⑧。元龙老矣^⑨，不妨高卧，冰壶凉簟^⑩。千古兴亡，百年悲笑，一时登览。问何人又卸，片帆沙岸，系斜阳缆。

【注释】

①南剑：南剑州，旧称延平，治所在今福建南平。双溪楼：在剑溪和樵川交汇处。南宋祝穆《方舆胜览》卷十二引余良弼《双溪楼记》云："剑溪环其左，樵川带其右，二水交流。"今福建南平市区内仍有双溪楼。

②"举头"二句：语出《古诗十九首》："西北有高楼，上与浮云齐。"宋玉《大言赋》："长剑耿耿倚天外。"《庄子·说剑》："上决浮云，下绝地纪。此剑一用，匡诸侯，天下服矣。此天子之剑也。"倚，立。

③"人言"三句：典出《晋书·张华传》。雷焕谓张华：斗牛之间，颇有异气，是宝剑之精，上彻于天，其地在豫章丰城（今属江西）。华补焕为丰城令，焕到县，得一石函，中有双剑，并刻题，一曰龙泉，一曰太阿，其夕斗牛间气不复见焉。焕以南昌西山北岩下土以拭剑，光芒艳发。

④潭：指剑溪、樵川交汇处。《舆地纪胜》谓，南剑州"二水交流，

汇为龙潭，是为宝剑化龙之津"。今南平市区内仍可见"二水交流，汇为龙潭"景况。

⑤月明星淡：化用曹操《短歌行》"月明星稀"句意。

⑥燃犀下看：典出《晋书·温峤传》："至牛渚矶，水深不可测。世云其下多怪物，峤遂毁犀角而照之。须臾，见水族覆火，奇形异状，或乘马车、着赤衣者。"犀，即犀牛角。

⑦"峡束"句：语本杜甫《秋日夔府咏怀》："峡束苍江起。"

⑧欲飞还敛：语本唐张众甫《寄兴国池鹤上刘相公》："欲飞还敛翼，讵敢望乘轩。"

⑨元龙：即三国时陈登。《三国志·魏书·陈登传》：陈登，字元龙，素有威名。其友许汜说："昔遭乱过下邳，见元龙，元龙无客主之意，久不相与语，自上大床卧，使客卧下床。"此借元龙自指。

⑩冰壶凉簟（diàn）：黄庭坚《避暑李氏园二首》其二："荷气竹风宜永日，冰壶凉簟不能回。"簟，竹席。

【评析】

词题"南剑双溪楼"，在福建路南剑州（治所在今福建南平）。邓广铭谓此词"当在闽中按部时所作"，"其确在何年无可考"（《稼轩词编年笺注》）。吴企明则谓，此篇"乃是绍熙三年词人自闽被召入临安路过双溪楼有感而作"（《辛弃疾词校笺》）。郁贤皓则系于绍熙五年（1194）秋，谓辛弃疾罢福建安抚使，"归途中经过南剑州"赋此，并解结末"问何人"三句为"暗点这次罢官归家"（唐圭璋、钟振振主编《宋词鉴赏辞典》）。兹姑依郁说。

词上片写须"长剑"与寻剑之不得。"举头"二句化用《古诗十九首》、宋玉《大言赋》与《庄子·说剑》三典，言金人尚盘踞北方，妖氛"浮云"满空，须用"倚天万里"之"长剑"，"上决浮云"，驱逐轵房。下即凭依双溪楼下剑溪曾落神剑之传说，急切地想要寻出这"长剑"。但眼前"山高""星淡""潭空水冷"，又有"风雷怒，鱼龙惨"之险怖，只好恨恨作罢，所谓"欲抉浮云，必须长剑。长剑不可得出，安得不恨鱼龙"也（周济《宋四家词选》）。词人如此写，是有象征意义的。"作者登临南剑州双溪楼怀古的时候，幻想着取出延平津里的神剑去杀敌人，可是他又顾虑到水上'风雷'、水底'鱼龙'的层层干扰。这所谓风雷、鱼龙，显然是指南宋朝廷里反对抗金的主和派。"（胡云翼选注《宋词选》）"潭空水冷"，也隐喻当时空疏虚浮、严酷森冷的政治氛围。下片即由寻剑不得、长剑沉埋生发感慨。就像眼前这为高"峡"锁"束"而"欲飞还敛"的"苍江"水一样，一切都被束缚着、压抑着，志士收翼、贤者屈曲、理想难成、国势难振，即使有像陈登那样胸怀国家、心系天下之人，也只能叹"老""高卧"，空览"千古兴亡，百年悲笑"，闲看"片帆沙岸，系斜阳缆"，悲愤郁勃之气，充溢笔端。有谓："辛词中感发之生命，原是由两种互相冲击的力量结合而成的。一种力量是来自他本身内心所凝聚的带着家国之恨的想要收复中原的奋发的冲力，另一种力量则是来自外在环境的，由于南人对北人之歧视以及主和与主战之不同，因而对辛弃疾所形成的一种谗毁摈斥的压力。……这首词可以说就是辛弃疾结合了景物与古典两方面的素材，把内心中之两种互相冲击的力量，表现得极为曲折也极为形象化的一首好词。"（叶嘉莹《唐宋词名家论稿》）这是辛弃疾又一幅鲜明的"失意英雄"自画像，与前之《水龙吟》（楚天千里清秋）、《摸鱼儿》（更能消几番风雨）、《破阵子》（醉里挑灯看剑），后之《鹧鸪天》（壮岁旌旗拥万夫）、《永遇乐》（千古江山）等词，"一本万殊"（同上），同工异曲。

全词言剑、焰、雷、峡、山，又言夜、危、冷、冰、惨，又言怒怕、兴亡、悲笑、登览，一片冷峻奇崛之气。"全词巧妙地运用了借喻、暗喻等手法，在上片塑造了一个阴森诡谲、清冷幽暗的意境，使读者大有'以其境过清'而'凛乎其不可久留'之感；歇拍写片帆系缆于斜阳之中，烈士暮年、报国无路的悲愤不禁油然而生——都达到了寓情于景、情景交融的地步。全词风格奇崛，与作者的其他词作相比，有它的独特之处，值得注意。"（常国武《辛稼轩词集导读》）

又有论者将此词与苏轼赤壁怀古词作比照，而指其异同云："辛弃疾这首词也是登临怀古之作，与苏轼的《念奴娇》（大江东去）颇有某些相似之处。苏、辛二词所说都是英雄语。但是，两首词的艺术表现手法及艺术风格却大不一样。苏轼的《念奴娇》，'大江东去，浪淘尽、千古风流人物'，起势的力量一贯到底。词作描写江山形胜与豪杰英姿，场面阔大，气象雄浑。词作末了抒发感慨，谓'早生华发'，谓'人生如梦'，虽稍嫌消沉，但作者的思绪终究随着汹涌澎湃的大江水，一泻千里，奔腾而下。与苏轼词相比，辛弃疾此词发端固然也有气势，但其力量并未一气贯穿下去。上片'人言'三句一顿，至'我觉'三句又一顿，'燃犀下看'，作者的思绪与溪水一起，汇为深潭，是一大停顿。下片穿过峡谷，作者的思绪又与溪水一起，'从千回万转后倒折出来'。'元龙'三句与'千古'三句原是极齐整的四言句，容易显得板滞，作者故意泛泛而谈，看似无关紧要，以变化姿态。最后百折必东，作者的思绪才与溪水一起，呜咽出之。全词姿态飞动，沉郁顿宕，隐含着无穷力量。由此可见，苏、辛二人所作英雄语，一个犹如大江大河，奔流直下，无有阻挡；一个则似'欲飞还敛'的双溪水，在'大'当中求奇变，并通过变化见其姿态，见其气力。这是苏、辛不同之处，也是两人'独胜'之处。读苏、辛词，不能不注意到这一特点。"（施议对《辛弃疾词选评》）

柳梢青

三山归途，代白鸥见嘲

白鸟相迎①，相怜相笑，满面尘埃。华发苍颜，去时曾劝，闻早归来②。　　而今岂是高怀③，为千里莼羹计哉④。好把移文，从今日日，读取千回⑤。

【注释】

① 白鸟：白鸥。

② 闻早：尽早，趁早。

③ 高怀：此指归隐情怀。

④ "为千里"句：用《晋书·张翰传》故事。吴郡张翰在洛阳为官，见秋风起，乃思吴中菰菜、莼羹、鲈鱼脍，曰："人生贵得适志，何能羁宦数千里以要名爵乎！"遂命驾而归。

⑤ "好把移文"三句：用北宋种明逸故事。南宋王明清《玉照新志》卷一："章圣（真宗）朝种明逸抗疏辞归终南旧隐，上命设燕禁中，令廷臣赋诗，以宠其行。独翰林学士杜镐辞以素不习诗，诵《北山移文》一遍。"杜镐颂《北山移文》，有讥讽种氏之意。移文，用以晓谕和责备的一种文体，此指孔稚圭《北山移文》。周颙隐北山，后应诏出为海盐令，欲过此山，孔稚圭假山灵作文以却之讥之。

【评析】

词题"三山归途"，示作于绍熙五年（1194）秋辛弃疾被劾罢知福州兼福建安抚使任，回信州途中。《宋会要辑稿·职官七三》载："绍熙五年七月二十九日，知福州辛弃疾放罢。以臣僚言其残酷贪饕，奸脏狼藉。"辛弃疾时年五十五岁。

　　词自嘲二次罢归。"'呼而来，麾而去'（按陈亮《辛幼安画像赞》），未免太难堪了。在三山的归途中，他不好意思自嘲，还是代替迎面飞来的白鸥填一首小令，把这风尘仆仆的老头儿，嘲笑了一番。"（吴世昌《辛弃疾》）即词人假借"白鸥"之口来自我戏嘲。所以如此，根由在于自己行为"反复无常"，有"负"于白鸥。淳熙九年（1182）春，辛弃疾首次罢归带湖时，尝言之凿凿，与白鸥盟约，云"凡我同盟鸥鹭，今日既盟之后，来往莫相猜"（《水调歌头·盟鸥》）。但十年后，其又于绍熙三年（1192）受召起复，为福建提点刑狱；对此，白鸥是反对的，认为词人背盟，故其临行时，见"朝来白鸟背人飞"（《浣溪沙·壬子春赴闽宪别瓢泉》）。复起仅一年，绍熙三年末，其在福州被召赴杭州，又旧话再提，曰"富贵非吾事，归与白鸥盟"（《水调歌头·壬子三山被召陈端仁给事饮饯席上作》），却又犹疑未决，言归而未归。再挨延一年半，至眼下，终于还是被充满机括的官场再次排挤，重新回到纯无机心的白鸥身边。故而，才遭到老朋友白鸥的善意抢白和嘲谑。

　　面对再度从官场败下阵来的"满面尘埃"、满身疲惫、满心疲累的词人，白鸥"相迎""相怜"，又"相笑"。这是白鸥善意戏嘲的底色，否则就会落于冷漠的指责和恶意的讥讽。戏嘲在两个方面：一是辛弃疾起复时没听白鸥之"劝"而"闻早归来"，以致归来时已"华发苍颜"，归来太晚。二是归姿难堪。如果早点像张翰那样主动请辞，只说为了"莼羹计"而"千里"挂冠归来，那就是雅士的"高怀"逸致，会让世人无限钦佩景仰。而如今，这样尴尬地被罢来归，既丢官又丢名，损失太大，太不合算。那为了日后不再犯同样错误，就罚当事者自己每天诵读《北山移文》一千遍好了。这移文是批评隐士再出山做官的，所以词人戏嘲说自己读着最合适，得多读多反省，从根源上解决问题。

全词风趣幽默，绘声绘形，形象生动。尤其是罚读《北山移文》之写，就像私塾童子做错了事要挨先生罚读书一样，令人忍俊不禁。辛弃疾再遭贬黜后，心情自然是郁闷的，却又能以这样谐谑的态度和方式来应对，足见其通达与智慧。

沁园春

再到期思卜筑①

一水西来，千丈晴虹②，十里翠屏。喜草堂经岁，重来杜老③；斜川好景，不负渊明④。老鹤高飞，一枝投宿⑤，长笑蜗牛戴屋行。平章了⑥，待十分佳处，著个茅亭⑦。
青山意气峥嵘，似为我归来妩媚生⑧。解频教花鸟，前歌后舞⑨；更催云水，暮送朝迎。酒圣诗豪⑩，可能无势，我乃而今驾驭卿⑪。清溪上，被山灵却笑⑫，白发归耕。

【注释】

①期思：《〔乾隆〕江西通志》卷三四："期思渡，（铅山）县东二十五里。"又卷二二："瓢泉书院在铅山县期思渡。宋秘阁修撰辛弃疾寓居于此。后改为稼轩书院。"辛弃疾另有《沁园春》词序云："期思，旧呼奇狮，或云棋狮，皆非也。余考之荀卿书云：孙叔敖，期思之鄙人也。期思，属弋阳郡。此地旧属弋阳县，虽古之弋阳、期思，见之图记者不同。然有弋阳，则有期思也。桥坏复成，父老请余赋，作《沁园春》以证之。"卜筑：即择地建房，有定居之意。

②晴虹：喻期思桥。

240

③ "喜草堂"二句：用杜甫故事。草堂，指杜甫在成都所建草堂。经岁，即经年，一年或若干年。

④ "斜川"二句：陶渊明《游斜川诗序》："辛丑正月五日，天气澄和，风物闲美。与二三邻曲同游斜川，临长流，望曾城，舫鲤跃鳞于将夕，水鸥来和以翻飞。"斜川，在今江西都昌。

⑤ "老鹤"二句：《庄子·逍遥游》："鹪鹩巢于深林，不过一枝。"

⑥ 平章：品评商酌，此指勘察地形和风水。《铅山县志》卷三十载："辛稼轩卜地建居，形家以崩洪、芙蓉洲示曰：'二地皆吉。但崩洪发甚速，不及芙蓉洲悠久耳。'辛取崩洪。形者曰：'贪了崩洪，失却芙蓉。五百年后，只见芙蓉，不见崩洪。'后其言果验。"

⑦ 茅亭：即茅屋。

⑧ "青山"二句：《新唐书·魏徵传》："帝曰：人言魏徵举动疏慢，我但见其妩媚耳。"

⑨ 解：懂得，知道。花鸟前歌后舞：化用苏轼《再用前韵》"鸟能歌舞花能言"句意。

⑩ 酒圣诗豪：黄庭坚《和舍弟中秋月》："少年气与节物竞，诗豪酒圣难争锋。"

⑪ "可能"二句：陶渊明《晋故征西大将军长史孟府君传》载，孟嘉为桓温部下长史，"尝会神情独得，便超然命驾，径之龙山，顾影酣宴，造夕乃归"，"温从容谓君曰：'人不可无势，我乃能驾驭卿。'"

⑫ 山灵：山神。

【评析】

邓广铭《稼轩词编年笺注》系此词于绍熙五年（1194）秋后，云："据'草堂经岁，重来杜老'句，知此词不作于带湖闲居期内。更据'青山意气峥嵘，似为我归来妩媚生'及'白发归耕'等句，均可证知此词为罢闽帅初归信上时所作。稼轩于赴闽之前，即时往时来于带湖、瓢泉之间，则其地必原有可供憩居之所，所谓'草堂'者当指此。此次之卜筑，当系自行相度，择其更可意处而修造耳。"又云："其起始修造当在庆元元年春季。"吴企明《辛弃疾词校笺》据词中"十里翠屏"句，系此词于庆元元年（1195）春。兹依邓说。

于词题"再到期思卜筑"，邓广铭《辛弃疾传》谓，迟至淳熙十三年（1186）前，辛弃疾"已在铅山县东北境和上饶地界相接的期思渡旁，营建了一所新居"，"新居的附近有一池泉水，池形如臼，清澈见底。辛弃疾也把它买归己有，并为它取了一个名字，叫做'瓢泉'"。辛弃疾隐居信州铅山时期又称"瓢泉时期"，则其于期思再卜之处，当亦在瓢泉附近，且距原居不远。或从"草堂""重来"之写推测，所谓"卜筑"，仅就原居修葺增置而已。期思新居落成在庆元元年，其于此次罢归未久，即来"卜"看规划之。

上片写"卜筑"期思之因。"一水"之外，"晴虹"是桥，"翠屏"是山，此为"好景"，乃景致之"佳"者。又且"草堂""重来"，旧地还归，"老"而弥"喜"，心情亦"佳"。则我这"老鹤""投宿"，就在这一方"佳"地更"卜"个"十分佳处"，"著个茅亭"，以了此生。下片则改换角度，写期思山水对我"归来"的热情态度。见我来归，本来气象"峥嵘"的青山顿"生""妩媚"，更教花鸟"歌""舞"，教云水"送""迎"。而我这"无势"之"酒圣诗豪"，也乐做这山水花鸟的主人，与他们"朝""暮"相处，并怡然"归耕"于此。有谓结末"清溪"三句，乃"一篇主旨所在"，云："此词风格放旷而豪壮，笔法大开大合，以前后对比的写法，透发出作者理想抱负受挫的深悲巨痛。如此深刻的内心感情，而仅以末三句似不经意的平淡之语出之，愈发显得情不能堪，余恨绵绵，十分感动人。"（刘扬忠《稼轩词百首译析》）

全词结构缜密，起合有致。"首韵'一水西来'三句，概括期思景色，笼罩全词，为稼轩常用之法。……'平章了'三句，言'卜筑'，至此才点出题目。后阕'青山意气'两句，似乎推开很远，凭空接楯。其实正回顾'十里翠屏'，我与青山久别，不但青山不老，而且为我归来益生妩媚，犹《贺新郎》佳句'我见青山多妩媚，料青山见我应如是'之意。……至结语，始正面点明久别重来之意，是逆叙法。"（吴则虞选注《辛弃疾词选集》）

在《词学十讲》中，龙榆生又以此词为例，解析《沁园春》词调韵位的安排与表情关系云："这个长调一开始就连用三个平收的句子，三句成一片段，显得情调有些低沉。可是接着又连用三个仄收的句子，四句成一片段，再在承转处用一个仄声字，领下四个整整齐齐的两联对句，就好像带来行列整肃的两队人马，飞奔上阵，和上面表示出来的前锋队伍互相呼应，军容陡顿振作起来。接着两偶一单，三句成一片段，又化整肃为灵巧。续作阵势变化，前单后偶，也是三句成一片段，显示雍容不迫的气度，是适宜于豪放派作家驰骋笔力的。过片连协两句，显示格局恢张，也使情调骤见紧凑；下面全同上阕，构成整体的壮阔气象。没有宏伟开朗的才略襟抱，是很难运用得恰到好处的。"

南歌子

新开池，戏作

散发披襟处 ①，浮瓜沉李杯 ②。涓涓流水细侵阶。凿个池儿唤个、月儿来。　　画栋频摇动，红蕖尽倒开 ③。斗匀红粉照香腮^④。有个人人把做、镜儿猜^⑤。

【注释】

① 散发披襟：散开头发，敞开衣襟。语出《世说新语·德行》注引王隐《晋书》："魏末，阮籍嗜酒荒放，露头散发，裸袒箕踞。"又《世说新语·文学》："王（逸少）披襟解带，留连不能已。"

② 浮瓜沉李：曹丕《与朝歌令吴质书》："旅食南馆，浮甘瓜于清泉，沉朱李于寒水。"杯，此指酒杯。

③ 红蕖：红荷花。蕖，芙蕖，即荷花。

④ 斗匀：搭匀。

⑤ 人人：对亲昵者的爱称。

【评析】

邓广铭《稼轩词编年笺注》谓此词作于辛弃疾"自闽中初归时"。词题示所开"新池"，当在铅山新居。今有考者云："在铅山县稼轩乡横畈村现保留有辛弃疾瓢泉故居遗址，占地约 400 平方米，位于今吴氏宗祠及其周围。祠堂门前的稻田，原是池塘，传为辛氏所凿。他的《南歌子》词写道：'散发披襟处，浮瓜沉李杯。涓涓流水细侵阶。凿个池儿，换个月儿来……'词中的'池儿'或指此池。"（余乐鸿、曹济仁《中国导游十万个为什么·江西》）"题记中的'新开池'，经我们实地考察，发现在瓜山之西端，离瓢泉约三百米处有一尚存的吴氏宗祠，祠前约有四亩左右的稻田，明显低于周围稻田约一米左右，隐然可辨为古池遗址，这或者就是'新开池'了。"（程继红《带湖与瓢泉——辛弃疾在信州日常生活研究》）又，从词中"凿个池儿"知，"新开池"当为欲开而未开，或新动工而非新成。据邓广铭《辛稼轩年谱》，期思新居落成在庆元元年（1195），迁居在庆元二年，且词

244

中有"散发披襟""浮瓜沉李""红蕖尽倒开"之写，则开池与作此词，或皆在庆元元年夏。

词写想象中所开新池景致。既云"池儿"，则欲开或新开池显然不大，但景致及主人兴致却好。上片写新池之清凉。是处可"散发披襟"，可"浮瓜沉李"，夏日如此，可谓清爽至极。新池如"杯"，"杯"与下之"月儿""镜儿"叠映，可知新池当为圆形。而新池清凉之由，乃在池水之源，即从"阶"旁流过之"涓涓流水"。词人实由此溪水，而生出"凿个池儿唤个月儿来"之想。且池成月来，清凉之气又添几分。下片写新池水中影像。"画栋频摇动"，已是引人；"红蕖尽倒开"，尤见情趣；"有个人人"以池为镜，"斗匀红粉照香腮"，欲与"红蕖"媲美，景象更是动人。"小小一池之中，有明月的倒影，画栋的倒影，红蕖的倒影和美人的倒影。词人的喜爱之情，正通过丰美的物象泄露出来。"（朱德才、薛祥生、邓红梅《辛弃疾词新释辑评》）

词题谓"戏作"，前有"散发披襟"之粗豪，后有"红粉"照水之娇媚，二者映衬，足可令人解颐；又池形如杯之喻，"红蕖""倒开"之写，及"儿""个""人人"等词之用，亦含爱怜、亲昵、谐戏意。然虽"戏"却雅，如"四'个'、四'儿'，但见其雅，不见其稚"（卓人月汇选、徐士俊参评《古今词统》卷七；此评所据原作末句为"有个人儿把个镜儿猜"）。雅见文士修养，戏见常人性情，此词乃兼有之。

卜算子

饮酒不写书 ①

一饮动连宵 ②，一醉长三日 ③。废尽寒温不写书，富贵何由得 ④。　　请看冢中人，冢似当时笔 ⑤。万札千书只恁休 ⑥，且进杯中物 ⑦。

【注释】

① 写书：即抄书。

② "一饮"句：白居易《和祝苍华》："痛饮困连宵，悲吟饥过午。"动，动辄，常常。

③ 长：常常，经常。

④ "富贵"句：杜甫《题柏学士茅屋》："富贵必从勤苦得，男儿须读五车书。"

⑤ "请看"二句：《尚书故实》载，王羲之孙僧智永积年学书，秃笔头十瓮，每瓮皆数石。后取笔头瘗之，号为"退笔冢"。《唐国史补》又载，长沙僧怀素好草书，自言得草圣三昧，弃笔堆积，埋于山下，号曰"笔冢"。

⑥ 札：古代书写用的小而薄的木片，用作纸的代称。

⑦ "且进"句：陶渊明《责子》："天运苟如此，且进杯中物。"

【评析】

邓广铭《稼轩词编年笺注》系此词于庆元元年（1195），云："稼轩于庆元二年移居瓢泉新第，时正以病止酒，其因酒废事与因酒致疾，或即是时以前之事，因推定其作年如上。"郑骞《稼轩词校注》则系庆元六年、嘉泰元年间（1200—1201），吴企明《辛弃疾词校笺》从其说。兹姑依邓说。

词紧扣词题"饮酒不写书"落笔，结构上很有特色。开篇"一饮"二句写"饮酒"，"废尽"句写"不写书"；结末则"万札"句写"不写书"，"且进"句写"饮酒"，形成首尾对应的闭环体式。中间三句，则述所以"饮酒不写书"之因。兹用问答形式。"富贵何由得"是责问。有道是"书中自有黄金屋"，要想博取功名富贵，就必须下功夫读书、写书，所谓"富贵必从勤苦得，男儿须读五车书"（杜甫《题柏学士茅屋》）。那为什么就"不写书"呢？答曰：你看看那些"写书"特别勤苦的人，即使求得了功名富贵，不也最终"荒冢一堆草没了"、人冢恰似笔冢高吗？一切都会归于虚无。况且还有即使勤苦读书、写书也求不来功名富贵的。初看词中隐含的两个"笔冢"典故，当事者都是僧人，又是练书法而不是抄书，似用典不切。但实际上这正是词人用笔的巧妙之处，即除用其"写书"之字面意外，还引发人们思索、思考，即抄书、读书原并不都是为着功名富贵。联系词人前次罢职、今又罢职的经历，不难想象，其声言"饮酒不写书"，是满含着悲慨和激愤之意的，即书读得再多、抄得再苦，有再高的文韬武略，也会被无视、鄙弃，也会无用的。此姑可称为特殊的"辛氏写书无用论"吧！

全篇用夸张手法写意。如"一饮动连宵""一醉长三日""冢似当时笔"，及"废尽寒温""万札千书"，等等，都于夸张中见豪放，取得了很好的表达效果。

清平乐

春宵睡重，梦里还相送。枕畔起寻双玉凤^①，半日才知是梦。　　一从卖翠人还^②，又无音信经年。却把泪来做水，流也流到伊边^③。

【注释】

① 玉凤：指玉凤钗。张祜《寿州裴中丞出柘枝》："青娥十五柘枝人，玉凤双翘翠帽新。"

② 一从：自从，打从。卖翠人：行走乡间的卖货郎。

③ "却把"二句：化用秦观《江城子》"便做春江都是泪，流不尽，许多愁"句意。伊，她。

【评析】

邓广铭《稼轩词编年笺注》谓此词作于庆元元年、二年间（1195—1196）。吴企明《辛弃疾词校笺》则系嘉泰三年（1203）春。兹依邓说，姑系庆元二年春。

词写刻骨铭心的相思之情。上片"春宵"二句于梦中再现送别情形，一"重"字极写春梦之沉、追怀之深。"枕畔"二句写梦醒后"起寻"别时赠物，却又惺忪恍惚，犹在梦中，"半日"方才清醒过来。"半日"应前"重"字，皆通过夜梦之沉映衬日思之深。下片即写日之相思。"经年"写别时之长，既与上片"睡重"呼应，又为后"却把"之写做出铺垫。正因相别日久，才会滴泪成河，化泉涌泪水为绵长河水，直流到"伊"人身边。相思流泪，诗词中太过常见，"却把"二句，则未经人道，想象新奇，自出新意。

至于词中的抒情主人公，多认为是一女子，辛弃疾乃代言闺情。但从去者赠物为"玉凤"钗，及"一从卖翠人还"句看，似为一男子，或即辛弃疾自身。有即以此词为例云："稼轩是个儿女情长的人，他对旧情是难以忘怀的。"（张忠纲《论辛弃疾的恋情词》）更有从辛弃疾日常生活发论，对此详作解析云："辛弃疾的一生，从词集中看，每一个阶段都与歌妓有不尽之情，这是他人生的特点，也是宋代士大夫人生的普遍特点。……邓广铭先生《辛稼轩年谱》曾经说辛弃疾'侍妾之可考者六人：曰整整，曰钱钱，曰田田，曰香香，曰卿卿，曰飞卿'。但后来邓先生又载文修正旧说：'这其中所说的"侍妾至少六人"，我应承认，这是因我用词不当而造成的错误。因为稼轩词中所见的，只是他先后有六名侍女，而不是妾，即不是他的家庭成员……'确实，侍妾与侍女是有本质区别的。侍妾是家庭成员，而侍女的地位却是介乎于婢与妾之间的。她们比婢的地位高，比妾的地位低，但终究不是家庭成员，而只是以才艺来服务于主人的家妓。她们与主人可以有服务时间的约定，也可以听由主人赠送他人，更可以随时被遣去。总之，她们与主人是一种较松散的关系。因歌妓的文化素质较高，且有艺术才华，故亦比一般女子更善解人意，往往便成为主人的红颜知己、抒情对象或精神慰藉，这是婢所不能有、妾所不能备的。概言之，就某种程度而言，歌妓就是充当主人'恋人'的角色，与主人的地位相对较为平等。所以一旦当她们离去，主人为她所写的诗词就仿佛是为恋人所写的情书一般，道理就在这里。……有时候，歌妓离开了，虽长久没有音讯，但这也不妨碍辛弃疾对她们的思念。《清平乐》云：'一从卖翠人还，又无音信经年。却把泪来做水，流也流到伊边。'如果这首词不是出现在《稼轩集》中，单看歌拍，谁能想到这是辛弃疾写的呢？所以，辛弃疾的生活面相是多元的，而我们以前对他的形象仅从某一个角度去作固定的观察，真是将他过于扁平化了。"（程继红《带湖与瓢泉——辛弃疾在信州日常生活研究》）亦即，此词所写，或为辛弃疾对一位遣去歌妓的怀恋。如其另一首《水调歌头》词，即题云："将迁新居不成，戏作。时以病止酒，且遣去歌者，末章及之。"

又，从语言上看，全词"俚俗浅白"，"整首词以口语组成，通俗流畅，完全是北宋柳永的作风"（诸葛忆兵《论辛弃疾艳情词》）。

鹧鸪天

寄叶仲洽①

是处移花是处开②，古今兴废几池台。背人翠羽偷鱼去③，抱蕊黄须趁蝶来④。　　掀老瓮，拨新醅⑤，客来且尽两三杯⑥。日高盘馔供何晚，市远鱼鲑买未回⑦。

【注释】

①叶仲洽：辛弃疾在信州的友人，能诗。

②"是处"句：语本白居易《移牡丹栽》："红芳堪惜还堪恨，百处移将百处开。"是处，到处，处处。

③"背人"句：语本白居易《题王家庄临水柳亭》："翠羽偷鱼入，红腰学舞回。"翠羽，即绿鸟。

④黄须：黄蜂。趁：跟随，随着。

⑤"掀老瓮"二句：语出白居易《醉吟先生传》："吟罢自哂，揭瓮拨醅，又饮数杯，兀然而醉。"瓮，指酒瓮。新醅（pēi），新酿的酒。醅，没过滤的酒。

⑥"客来"句：从杜甫《客至》诗"隔篱呼取尽余杯"句化出。

⑦ "日高"二句：从杜甫《客至》诗"盘飧市远无兼味，樽酒家贫只旧醅"化出。

【评析】

邓广铭《稼轩词编年笺注》谓此词作于庆元元年、二年间（1195—1196），蔡义江、蔡国黄《辛弃疾年谱》与吴企明《辛弃疾词校笺》系庆元二年。味词意，当为春时作。

词上片写景，意象丰富。"花"、"池台"、"翠羽"之鸟、"黄须"之蜂等景致、意象似不相连属，实则以"池台"为中心，以花不择地而"开"、鸟蜂随时"去""来"，来反衬人事"兴废"之无常。下片写待客，语意明晰。先有新酒，一"掀"一"拨"，尽显爽快；后有佳肴，一"远"一"鲑"，足见热诚。通观全篇，上、下片间似缺少联系；则词人为何要这样写，又为何要特地"寄"好友叶仲洽呢？有解说云："目的无非有二。一是说不论池台如何兴废，社会如何变迁，人间的友谊是长存的，他同叶仲洽的友谊自然也不例外。二是说他对朋友是真诚的，也是热情的，向来以美酒佳肴相招待，对叶仲洽当然也不例外，企盼叶仲洽能来相会，这也许是他想说而未说出的话，可知此词'淡语皆有味'，值得读者反复寻绎。"（朱德才、薛祥生、邓红梅《辛弃疾词新释辑评》）

全词笔触生动，摹绘形象。如"背人"二句，就很有镜头感、画面感，对仗也十分工整。绿鸟背着人去水中偷鱼，黄蜂尾随着蝴蝶去采花，稍纵即逝的场景被词人巧妙地捕捉并定格为艺术画面。如果写人"偷鱼"，既无味道，又乏品格；写鸟儿"偷鱼"，则别有情趣。不说黄蜂采花，而说"抱蕊"，也特别有动作感，且富人情味。

添字浣溪沙

简傅岩叟[①]

总把平生入醉乡，大都三万六千场[②]。今古悠悠多少事，莫思量。　　微有寒些春雨好[③]，更无寻处野花香。年去年来还又笑，燕飞忙。

【注释】

①傅岩叟：名为栋，字岩叟，铅山人，曾为鄂州州学讲书。与辛弃疾来往甚密，彼此多有唱和。

②三万六千场：李白《襄阳歌》："百年三万六千日，一日须倾三百杯。"苏轼《满庭芳》："百年里，浑教是醉，三万六千场。"

③些：语气助语。

【评析】

邓广铭《稼轩词编年笺注》系此词于庆元二年（1196）。词言"春雨"，点节令。从词中"总把平生入醉乡"句又知，此时当未止酒。郑骞《稼轩词校注》则系嘉泰二年（1202）春，吴企明《辛弃疾词校笺》从其说。

上片写醉饮。起首"总把"二句，以夸张手法，写日日醉饮，时入"醉乡"。虽是夸张语，然词人平日多饮，则为事实，否则就不会因酒致疾，后又因疾止酒了。有深解此二句云："开头两句写醉酒。王绩《醉乡记》说，尧舜'千钟百壶之献。因姑射仙人以假道，盖至其边鄙，终身太平。禹汤立法，数十代与醉乡隔……故天下遂不宁。'又说：'阮嗣宗、陶渊明等十人，并游于醉乡。'可知所谓'醉乡'，并不是单纯的醉酒，而是与政治的治乱联系在一起，游于醉乡是以抵抗权力的形态而出现的。因知作者所说'总把平生入醉乡'，是他落职闲居之后，对那些谗害他的上层社会腐朽官僚权力反抗的一种方式。苏轼《满庭芳》词说：'百年里，浑教是醉，三万六千场。'而'大都'句运用苏词，表明自己不仅要进入醉乡，还要天天痛饮，'以酒德游于人间'，'昏昏默默，圣人之所居'（王绩《五斗先生传》），这既是对上句'入醉乡'的进一步描写，也表现出作者对以酒为隐合理性的坚信和鄙弃世俗的豪迈品格。"（朱德才、薛祥生、邓红梅《辛弃疾词新释辑评》）接"今古"二句，表面说对"今古"之"事"切莫"思量"，实则揭出醉饮原因，即对人间世事的无能为力，与其清醒而痛苦，不如沉醉而忘世，郁愤之情含于其中。下片写赏春，是为避世。虽仍"微"有"寒"意，而春日已至；虽"野花"未开，"花香"仍无"寻处"，而"春雨"已落，花时自亦不远。燕子已经回来了，正飞来飞去，"忙"着衔泥筑巢。看着这"年去年来"、往复"飞忙"的燕子，词人也由不见野花之些许失落，转而为"还又笑"，心情顿时好了起来。而有解这"还又笑"为词人自嘲自笑，云："末尾二句即景生情，以燕自比，言其年去年来，不停地奔波，到头来仍是白忙一阵，实在可笑极了。以景结情，诙谐有趣，含蓄蕴藉。"（同上）

通观全词，有很强的悲凉愤懑之意和现实针对性。正因对现实失望，上片才说不用"思量"世事，下片又说不用"忙"于世事，激愤中也带有消极意味。如有谓，此词"流露出一些消极的思想情绪"（江西大学中文系编写《中国文学史》）。甚有以此类词为例云："似乎刘伶的鬼魂已附到这位老英雄身上，从此他真要长醉不起了。尽管我们不能说这一时期他已完全被酒淹没而壮志成灰了，但与带湖期相比，同一个饮酒人的形象彼激昂、此消沉，彼犹存热望，此悲凉颓放，几乎判若两人，这却是明显不过的事实了。"（刘扬忠《稼轩词与酒》）

丑奴儿

近来愁似天来大，谁解相怜。谁解相怜，又把愁来做个天。　　都将今古无穷事，放在愁边。放在愁边，却自移家向酒泉①。

【注释】

① 酒泉：杜甫《饮中八仙歌》："恨不移封向酒泉。"《汉书·地理志》载，酒泉郡，武帝太初元年开，城下有泉，味如酒。

【评析】

邓广铭《稼轩词编年笺注》谓此词与上词《添字浣溪沙·简傅岩叟》，"一则谓'都将今古无穷事，放在愁边'，一则谓'今古悠悠多少事，莫思量'，用语近似，当作于同一时期内"，二词"或作于立意戒酒之前，或作于方戒酒之日"。而因此词中有"却自移家向酒泉"之述，为未戒酒时，故与上词同系庆元二年（1196）春。吴企明《辛弃疾词校笺》则系嘉泰元年（1201）。

上片写愁多。辛弃疾绍熙五年（1194）秋二次罢官后，至今已一年余。又一个春天到来，但自己的处境并没有得到改观，心境也没有像春天般那样明润敞亮、温暖轻快起来，而仍是愁思凝结、愁绪繁乱，这愁之多之广，竟"似天来大"。且这样的愁，无人能解，更无人能"怜"，孤独之感遂成为加重愁苦的一个因由。接下来，"谁解"句反复后，即推出"又把"一句，变前之"愁似天来大"为"愁来做个天"，化比喻为直陈，变静态喻象为动态举止，把愁感更推进一层。则如此多愁，何以处之？下片乃写解愁之法，即忘却世事，沉于醉中。

愁多之因，要在思"今古无穷事"，却又无能为力，而徒增烦忧。于是，词人突发奇想，要把古今事从脑海中清理掉，放在"愁边"，再把自己从愁中抽身出来，"移家向酒泉"，以酒为伴，以醉忘世。但这自然只是空想，作为忠贞爱国之士，世事终难忘却，愁亦终难销去，哪怕是"总把平生入醉乡，大都三万六千场"（《添字浣溪沙·简傅岩叟》）亦如此，到头来，也只能是以酒销愁愁更愁罢了。

词中修辞手法的运用很有特色。"词人妙用反复，来造成语意在平进中层深的效果；又兼用比喻和典故，使词意生动形象，让读者更容易体会其抽象的痛苦。"（朱德才、薛祥生、邓红梅《辛弃疾词新释辑评》）通观辛集，共有八首《丑奴儿》词，上、下片之第三句，皆对第二句作一反复，以强化抒情力度和效果。此可谓辛弃疾《丑奴儿》词作法之一特色。

沁园春

将止酒①，戒酒杯使勿近

杯汝来前！老子今朝，点检形骸②。甚长年抱渴③，咽如焦釜④；于今喜睡，气似奔雷。汝说刘伶，古今达者，醉后何妨死便埋⑤。浑如此⑥，叹汝于知己，真少恩哉⑦。

更凭歌舞为媒，算合作人间鸩毒猜⑧。况怨无大小，生于所爱；物无美恶，过则为灾⑨。与汝成言⑩，勿留亟退⑪，吾力犹能肆汝杯⑫。杯再拜，道麾之即去，招则须来⑬。

【注释】

①止酒：停酒不喝，即戒酒。

②点检：审查，检查。形骸：躯体。韩愈《赠刘师服》："丈夫命存百无害，谁能点检形骸外。"

③抱渴：患酒渴病。《世说新语·任诞》："刘伶病酒，渴甚，从妇求酒。"

④咽如焦釜：喉咙干得像烧焦的铁锅。釜，铁制圆底有耳的锅。

⑤"汝说"三句：《世说新语·文学》注引《名士传》："（刘伶）常乘鹿车，携一壶酒，使人荷锸随之，云：'死便掘地以埋。'"

⑥浑：糊涂，不明事理。有"竟然"意。

⑦真少恩哉：语出韩愈《毛颖传》："秦真少恩哉！"

⑧"更凭"二句：屈原《离骚》："吾令鸩为媒兮，鸩告余以不好。"《后汉书·霍谞传》："岂有触冒死祸，以解细微，譬犹疗饥于附子（按一种有毒的草药），止渴于鸩毒，未入肠胃，已绝咽喉。岂可为哉！"

⑨过则为灾：《左传·昭公元年》："六气曰阴、阳、风、雨、晦、明也，分为四时，序为五节，过则为灾。"

⑩成言：订约，约定。《左传·襄公二十七年》："楚公子黑肱先至，成言于晋。"

⑪亟（jí）：疾速。

⑫"吾力"句：化用《论语·宪问》"吾力犹能肆诸市朝"句意。肆，原指人处死刑后陈尸示众，此指随意处置。

⑬"麾之即去"二句：语本《史记·汲黯传》："其辅少主，守城深坚，招之不来，麾之不去。虽自谓贲、育（按两位猛士），亦不能夺之矣。"麾，同"挥"，即挥手。

【评析】

邓广铭《稼轩词编年笺注》系此词于庆元二年（1196），谓作于"止酒之初"。而词题云"将止酒"，显尚未止酒，而在将止未止间。

兹姑系庆元二年春。吴企明《辛弃疾词校笺》则系嘉泰二年（1202）。

本为豪杰英雄，加之被劾罢官的苦闷，酒就成了辛弃疾不可须臾离弃的"知己"。然多饮伤身，以至成病，不得已乃决定"止酒"。词写戒酒原因及决心，内容上并无特别处，然笔法之新奇，颇能别开生面，艺术上是很引人注目的。

以文为词，是此词最突出的特点。其"如《宾戏》《解嘲》等作"，"乃是把古文手段寓之于词"（陈模《怀古录》卷中）。"宋人评东坡之词为'以诗为词'，稼轩之词为'以论为词'"，此词即可见"以论为词"之"一格"（俞陛云《唐五代两宋词选释》）。"全篇以文为词，将酒杯拟人化，并以问答的形式，纵横议论，反复说理，打破了词的传统写法。"（喻朝刚《辛弃疾作品选粹》）"刘体仁《七颂堂词绎》批评这首词'非词家本色'。他的意见代表旧观点。抱着旧观点的词话家是不会欣赏这种风格崭新的作品的。这首词的特征在于以文为词，不拘绳墨，打破陈规和传统的所谓词的韵味，充分发挥了自由放肆的精神。词中反复讲道理，当然也是一病，但有风趣，并且具有一定的意义。"（胡云翼选注《宋词选》）即此词的"以文为词"，主要表现在问答形式的采用和议论说理上。说理上，如"怨无大小"四句，便"如箴如铭"（卓人月汇选、徐士俊参评《古今词统》卷十五），启人深思。

谐谑风趣，是此词的另一突出特点。"稼轩《沁园春》止酒词，如《答宾戏》《解嘲》等作，以游戏文章，寓意填词，词所不禁也。"（沈雄《古今词话·词品》卷下引陈子宏语）"能将个人日常生活中一件不大不小的事——'戒酒'，写得那么风趣，真不愧是'幽默'大师！上下片中段循此调惯例而做的两个'扇面对'，一以描绘自己嗜酒成瘾的症状，活灵活现；一以阐发自己从饮酒之害中悟出的生活哲理，入深出浅。固然都很精彩，但最妙的还数词末他为'酒杯'设计的戏剧化动作与道白。'杯再拜，道麾之即去，招则须来。'将那'酒杯'写得何等识趣，何等世故，何等狡黠！词人也明白，自己'酒'入膏肓，已'戒不了'了，故借'酒杯'之口给自己留了一条活路。果不其然，没过多久，他用此词原韵，又写了一首《沁园春》，序中说：'城中诸公载酒入山，余不得以止酒为解，遂破戒一醉。'"（钟振振《唐宋词举要》）"词语嘲讽诡谲，已开元曲之先河，力求痛快，亦复如之。"（吴则虞选注《辛弃疾词选集》）

当然，此词非一味谐谑，谐谑中隐含着自己的失意苦闷，及对当权者的不满与批判。"全首通过和杯的对话，表现了既要决心戒酒，而又怕戒不了的矛盾，言外之意，有政治上失意的愤慨，不尽是游戏之作。"（夏承焘、盛静霞《唐宋词选讲》）"词面上是怨酒'少恩'，实际上是发牢骚，反映在政治上失意的苦闷。"（胡云翼选注《宋词选》）"浑如此"三句、"麾之"二句，皆"有讽谕之意""言外之音"，"实愤切语"（吴则虞选注《辛弃疾词选集》）。

浣溪沙

瓢泉偶作 ①

新葺茆檐次第成 ②，青山恰对小窗横。去年曾共燕经营。　　病怯杯盘甘止酒 ③，老依香火苦翻经 ④。夜来依旧管弦声。

【注释】

① 瓢泉：在辛弃疾铅山居所附近，可代指铅山居所。邓广铭《稼轩词编年笺注》云："《铅山县志》：'瓢泉，在县东二十五里，辛弃疾得

258

而名之。其一规圆如臼，其一直规如瓢。周围皆石径，广四尺许，水从半山喷下，流入臼中，而后入瓢。其水澄渟可鉴。'按，据《铅山志》，期思渡亦在县东二十五里，则瓢泉者当即稼轩访泉于期思村所得之周氏泉也。"

② 茆檐：即茅屋，简陋的房屋。次第：依次。

③ "病怯"句：语本苏轼《次韵乐著作送酒》："少年多病怯杯觞，老去方知此味长。"怯，害怕，舍弃。甘，甘心，情愿。

④ 依香火：依赖烧香祭神。语出秦观《题法海平阇黎》："因循移病依香火，写得弥陀七万言。"经：当为佛经。

【评析】

邓广铭《稼轩词编年笺注》系此词于庆元二年（1196），云："再到期思卜筑，事在绍熙五年自闽归来之后，其起始修造当在庆元元年春季，诗集《答赵昌甫问讯新居之作》有'草堂经始上元初'句可证。此词既有'去年曾共燕经营'句，则必作于庆元二年。"又，据邓广铭《辛稼轩年谱》《稼轩词编年笺注》，期思新居落成于庆元元年（1195），迁居在"庆元二年秋冬之际"。而词中"新葺茆檐次第成"，显在新居初成而尚未迁居时，则词或作于庆元二年春，姑系之。郑骞《稼轩词校注》《辛稼轩先生年谱》则系嘉泰二年（1202）六、七月间，吴企明《辛弃疾词校笺》从其说。

铅山新居在县东二十五里，近有瓢泉，故"瓢泉"常为辛弃疾铅山居所代称。经过一年努力，新居终告落成，词人之心情可知。上片即写这种心情。虽是"茆檐"，却是"新葺"，又有"青山"为伴，又是"恰对小窗"，喜悦之情跃然纸上。再则，不说"茅屋"而说"茆檐"，"檐"与"次第"连结，在时间和空间上，都给人整齐中的参差错落之感，似渐次展开一幅动态图卷，丰富了"新"的内涵，加增了喜悦浓度。而这些，正是词人苦心"经营"的结果，满足与惬意又可知。且"共燕经营"，把燕子也拉入新居主人行列，将本不相关的人做屋与燕做窝关联起来，妙趣横生，令人称道。下片则设想新居生活。过片"病怯"二句，是喜至极处的着意顿挫，写"病"而"止酒"，"老"而"翻经"，要在这里过枯淡清寂的日子。然末又振起，言仍不能废却"管弦"之"声"。前人评此："禅心艳思，夹杂不清，英雄本色。"（卓人月汇选、徐士俊参评《古今词统》卷四）又有据以考实，云"此时歌姬应尚未遣去"（吴则虞选注《辛弃疾词选集》）。而又有谓，"夜来"句乃说居所邻处别人家情形，云："这是外面的世界，正与其内心世界，形成鲜明对照。于是其生活情景也就显得更加与众不同，说明其自身生活与周围环境（主要是人文环境）并不协调。这是由内外世界的反差所造成的。但是，如将上下片所写合在一起看，即将坚持与众不同生活方式及追求之作者自身，放在人工建筑与造化生成完全融为一体的环境中，则其内外世界万分协调。这大概就是词章所要表明的意思。"（施议对《辛弃疾词选评》）

水调歌头

将迁新居不成①，有感，戏作。时以病止酒，且遣去歌者，末章及之

我亦卜居者，岁晚望三间②。昂昂千里，泛泛不作水中凫③。好在书携一束④，莫问家徒四壁⑤，往日置锥无⑥。借车载家具，家具少于车⑦。　　舞乌有，歌亡是，饮子虚⑧。二三子者爱我，此外故人疏⑨。幽事欲论谁共⑩，白

鹤飞来似可，忽去复何如。众鸟欣有托，吾亦爱吾庐^⑪。

【注释】

① 新居：指铅山期思居所。

② 卜居者：一语双关，既指卜居建房者，又指《卜居》的作者。屈原有《卜居》，王逸《楚辞章句》："卜己居世，何所宜行，冀闻异策，以定嫌疑，故曰卜居也。"望：景仰，追随。三问：指屈原。

③ "昂昂"二句：语本屈原《卜居》："宁昂昂若千里之驹乎？将泛泛若水中之凫，与波上下，偷以全吾躯乎？"千里，即千里马。凫，野鸭。

④ 书携一束：韩愈《示儿诗》："始我来京师，止携一束书。"

⑤ 家徒四壁：《史记·司马相如列传》："文君夜亡奔相如，相如乃与驰归，家居徒四壁立。"

⑥ 往日置锥无：即以前无置锥之地。

⑦ "借车"二句：孟郊《借车》诗成句。

⑧ 乌有、亡是、子虚：皆司马相如《子虚赋》中虚拟人物。乌有，没有。亡是，无此。子虚，虚言幻语。

⑨ 故人疏：化用孟浩然《岁暮归南山》"不才明主弃，多病故人疏"诗句。

⑩ 幽事：即雅事。

⑪ "众鸟"二句：陶渊明《读山海经》诗成句。

【评析】

邓广铭《稼轩词编年笺注》系此词于庆元二年（1196）夏，云："稼轩于铅山县期思渡所营新居，经始于绍熙五年，落成于庆元元年，就前后各词均可证明。据节次推考，其移居铅山当在庆元二年秋冬之际。此云'将迁新居不成',又有'众鸟欣有托'等句,知其当作于二年夏也。"辛弃疾由上饶带湖徙铅山之因,为带湖居所遭意外焚毁。南宋无名氏《宋兵部侍郎赐紫金鱼袋稼轩历仕始末》载:"卜居广信带湖,为煨烬所焚,庆元丙辰,徙居铅山县期思市瓜山之下。""庆元丙辰"即庆元二年。清辛启泰《稼轩年谱》亦载,庆元二年,"所居毁于火,徙居铅山县期思市瓜山之下"。从中并知,辛弃疾铅山新居及瓢泉,在期思瓜山下。郑骞《稼轩词校注》《辛稼轩先生年谱》、吴企明《辛弃疾词校笺》则系此词于嘉泰二年(1202)春。

被劾罢官,不久又旧居焚毁,又"将迁新居不成",又"以病止酒",又"遣去歌者",心情应该是极不快的。然此词所写,却戏谑幽默,充满意趣。首句所谓"卜居",即要迁居铅山;而因故暂未迁成,仍留带湖旧居,挨延时日。词中所写,即旧居眼下情形。上片写贫窘无物,下片写清寂无人,而皆以谐语出之。家徒四壁,仅可立锥;家具无几,少于搬家之车。但这都没什么,"好"在我还有一束书可"携"可读。不能听歌赏舞、开怀畅饮了,也没什么,我就"舞乌有,歌亡是,饮子虚"好了。朋友大都和我疏远了,飞来的白鹤也又飞走了,无再可共论"幽事"者。但这也没什么,原栖这旧居的"众鸟"不一样要飞走散去吗?就连我自己,也要迁到百里外的新居之"庐"了。散去没什么,要在各得其所,各得安好。"结韵用陶诗浑成作结,新居有寄,终觉欣然,歌者有归,是亦有托,语新颖而不佻。"(吴则虞选注《辛弃疾词选集》)且"卜居"与"吾庐",首尾呼应,结构完足。

词虽曰"戏作",却又可见出词人之心志。"起韵借用'卜居'作为联结,将自己卜建新居的事实,和王逸认为屈原借以表达对于人世颠倒黑白之愤懑的《卜居》联系起来,直接点出题上迁居之意。但这只是非常表面化的一个联系。如果考虑到在接韵中,他借用《卜居》

中的意象——昂昂然的千里马和泛泛然的水中野鸭——来抒怀的话，就可以发现，他自称'卜居者'，不仅寄寓着他对于他的时代同样黑白颠倒的冷嘲，而且更表达出他这'千里马'决不作'水中凫'的精神操守。他与屈原是堪称同列的。认识到这个联系，就会感觉到他所说的'岁晚望三闾'即仰慕屈原的话，一点儿也不戏谑，而是十分严肃端庄。在此，他以一'不作'断然否决作野鸭的选择，比《卜居》的原文态度更为积极明朗，这就化怨愤之意为坚守之志，表达了自己决不与世俗浮沉的志趣。"（朱德才、薛祥生、邓红梅《辛弃疾词新释辑评》）而结末，词人又"试图以陶渊明的感受方式，以取代篇首屈原式的感受方式"，"这一追求中所体现出来的思想矛盾，极真实地反映出词人当时的内心世界"（同上）。

此词用典多而贴切，并能化入全篇的幽默笔调中。歇拍和结拍虽然是用孟郊与陶渊明诗成句，却像是天然生成，传情达意，恰到好处。特别是用"众鸟欣有托"，表达对歌女离去的理解与欣慰，十分妥帖。"此外故人疏"句，化用孟浩然诗"多病故人疏"，点明照应题序中所言"以病止酒"，既隐写"多病"，又隐含落职罢官、"不才明主弃"之郁愤，用典之妙，出神入化。

鹊桥仙

送粉卿行 ①

轿儿排了，担儿装了，杜宇一声催起 ②。从今一步一回头，怎睚得一千余里 ③。　　旧时行处，旧时歌处，空有燕泥香坠 ④。莫嫌白发不思量 ⑤，也须有思量去里 ⑥。

① 粉卿：当为辛弃疾侍女。

② 杜宇：即杜鹃鸟。杜鹃鸟叫声似"不如归"。

③ 睚（yá）得：挨得，熬得。

④ "空有"句：隋薛道衡《昔昔盐》："暗牖悬蛛网，空梁落燕泥。"

⑤ 嫌：猜疑。

⑥ 须、去、里：皆方言口语。"须"即"自"，"去"即"处"，"里"即"哩"。

【评析】

邓广铭《稼轩词编年笺注》云，此词"为送粉卿而作"，"词中有'旧时歌处'一句，疑粉卿即遣去之歌者，因附于《水调歌头》之后"。按，《水调歌头》（我亦卜居者）词序有"时以病止酒，且遣去歌者"语，二词或同作于庆元二年（1196）夏。吴企明《辛弃疾词校笺》系嘉泰二年（1202）。

上片从粉卿处着笔，写其起行。"轿儿""担儿"皆已备好，杜宇鸟也在催促动身。然离去非易，从动身起，就要"一步一回头"，则这"一千余里"行程该怎么"睚"过。一"催"一"睚"，恰成对比，难舍难离之情可见。下片从词人自身着眼，设想之后对粉卿之思念。"旧时"二句相叠，言"行处""歌处"，皆留有粉卿情影"香"痕，萦人心怀，惹人思恋。末又打趣说，粉卿你不要说我这"白发"人就情淡义疏，没啥"思量"了，我也是自有"思量"处哩。"思量"一词作一反复，相思相念之意亦可见。

作为"主人"，辛弃疾在粉卿离去时能郑重地为其送行，安排轿子，整治行装，并赠以情真意切之别词，足见其为人。且通过这首词，又可见出"老词人对待歌儿舞女的传统文人情趣"（朱德才、薛祥生、

264

邓红梅《辛弃疾词新释辑评》）。

语言通俗，表意明了，是这首词的突出特点。"全词以方言口语写成，风味轻俗，与一般文人的相思艳词语言风格不同，颇类北宋词人如柳永、秦观、黄庭坚的某些俚俗词，但比前者少些游气。"（同上）而且，"词中俗语助字的运用，率真淋漓的表达，都开启了后来元曲的风范"（郑小军编注《众里寻他千百度：辛弃疾词》）。

临江仙

侍者阿钱将行^①，赋钱字以赠之

一自酒情诗兴懒，舞裙歌扇阑珊^②。好天良夜月团团。杜陵真好事，留得一钱看^③。　　岁晚人欺程不识^④，怎教阿堵留连^⑤。杨花榆荚雪漫天^⑥。从今花影下，只看绿苔圆^⑦。

【注释】

①阿钱：辛弃疾侍女，善笔札。将行：将离开辛弃疾家。

②"一自"二句：化用白居易《咏怀》"诗情酒兴渐阑珊"和苏轼《答陈述古二首》其二"舞衫歌扇总成尘"句意。一自，自从，从此。阑珊，衰减，将尽。

③"杜陵"句：杜甫《空囊》："囊空恐羞涩，留得一钱看。"杜陵，即杜甫。

④"岁晚"句：典出《史记·魏其武安侯列传》。在为魏其侯窦婴祝寿时，客人多不敬，临汝侯与程不识耳语，又不避席，灌夫怒骂临汝侯曰："生平毁程不识不值一钱，今日长者为寿，乃效女儿咕嗫耳语！"

⑤阿堵：即阿堵物。《世说新语·规箴》："王夷甫雅尚玄远，常嫉其妇贪浊，口未尝言钱字。妇欲试之，令婢以钱绕床，不得行。夷甫晨起，见钱阂行，呼婢曰：'举却阿堵物！'"后即以"阿堵物"指钱，此借指阿钱。留连：滞留，耽搁，拖延。

⑥"杨花"句：韩愈《游城南十六首·晚春》："杨花榆荚无才思，惟解漫天作雪飞。"榆荚，榆树的果实，初春时先于叶而生，连缀成串，形似铜钱，故叫榆钱。

⑦绿苔：又名绿钱。《古今注》曰："空室无人行，生苔，或紫或青，一名员藓，一名绿钱。"

【评析】

邓广铭《稼轩词编年笺注》系此词于庆元二年（1196），云："据……起语，知作于止酒期内。止酒始于庆元二年，但二年春'瓢泉偶作'之《浣溪沙》，犹有'夜来依旧管弦声'句，则遣去阿钱事当在稍后。"按，《水调歌头》（我亦卜居者）云"遣去歌者"，或遣去歌者非一，中即有"阿钱"；则二词或同作于是年夏。吴企明《辛弃疾词校笺》则系于嘉泰二年（1202）。

从词题知，词"赠"阿钱，在其"将行"之时。起首"一自"二句交代遣阿钱离开原因，即"酒情诗兴"皆"懒"，听歌赏舞意兴也随之减淡，故或专事歌舞的侍女阿钱已没有留下的必要。所谓"一自"，当指因病止酒言。下即或用喻或用典，借"钱"字物而咏阿钱。"好天"三句写阿钱尚留时；"留得一钱"云云，其或为最后遣去者。过片承"一钱"二字，用人毁程不识"不值一钱"之典，言自己已老而无用，不值得阿钱为之"流连"。紧接"杨花"句，即喻指阿钱离去。末"从今"二句，设想阿钱离去后，词人对她的思念。

全词由阿钱去前，写到其去时、去后，层次清晰、有序。又用

"钱"字贯穿始终，用典用喻皆恰到好处，而无生硬杂凑之嫌。全篇既见情趣又见情感，阿钱能得此赠词，定会感到很幸运吧。有谓此词"近乎游戏笔墨"，用典有的"凑数而已"（朱德才、薛祥生、邓红梅《辛弃疾词新释辑评》），或有失允当。又有解"岁晚"二句谓："二句综合运用程不识和王夷甫的典故，写自己晚年遭人诽谤，诬其'用钱如泥沙'，'不值一钱'；而今'举却阿堵物'，并以之暗喻为钱钱送行，说明自己清高自恃，不为身外事所累。"（同上）则或又失之穿凿。

沁园春

城中诸公载酒入山，余不得以止酒为解，遂破戒一醉，再用韵

　　杯汝知乎？酒泉罢侯，鸱夷乞骸①。更高阳入谒②，都称蠚白③；杜康初筮，正得云雷④。细数从前，不堪余恨，岁月都将曲蘖埋⑤。君诗好，似提壶却劝，沽酒何哉⑥。

君言病岂无媒，似壁上雕弓蛇暗猜⑦。记醉眠陶令⑧，终全至乐；独醒屈子，未免沉灾⑨。欲听公言，惭非勇者，司马家儿解覆杯⑩。还堪笑，借今宵一醉，为故人来⑪。

【注释】

　　①鸱（chī）夷：皮制酒袋。扬雄《酒箴》："鸱夷滑稽，腹大如壶，尽日盛酒，人复借沽。"乞骸：乞骸骨的省称，指官员自请退休。《汉书·公孙弘传》："愿归侯，乞骸骨，避贤者路。"

　　②高阳入谒：《史记·郦生陆贾列传》载，郦生至高阳传舍上谒沛公，使者以沛公无暇见儒人，辞之，郦生瞋目按剑叱使者曰："走复入言

沛公，吾高阳酒徒也，非儒人也。"

③ 虀臼（jī jiù）：捣姜椒等辛辣食品的器具。后作"辞"字的隐语。

④ "杜康"二句：谓杜康初筮仕时问卦得云雷卦，卦象表明他可以做官了，无需再以酿酒为业。杜康，古代善酿酒者。初筮，筮仕。古人将出门做官，先要占卦问吉凶。云雷，《易经·屯卦》："云雷屯，君子以经纶。"

⑤ 曲蘖（niè）：酿酒用的酵母。指酒。

⑥ 提壶：鸟名。即小杜鹃，"提壶"是其叫声的谐音。黄庭坚《演雅》诗："提壶犹能劝沽酒。"

⑦ "壁上"句：用杯弓蛇影典。

⑧ 陶令：陶渊明。萧统《陶渊明传》："贵贱造之者，有酒辄设。渊明若先醉，便语客：'我醉欲眠，卿可去。'"

⑨ 独醒屈子：指屈原。屈原《渔父》："众人皆醉我独醒。"沉灾：投水自沉的灾难。

⑩ 司马家儿：指晋元帝司马睿。解覆杯：懂得覆杯不饮。《世说新语·规箴》注引邓粲《晋纪》："（元帝）身服俭约，以先时务。性素好酒。将渡江，王导深以谏，帝乃令左右进觞，饮而覆之。自是遂不复饮。"

⑪ 为故人来：词末原自注："用邴原事"。《三国志·魏书·邴原传》注引《邴原别传》："师友以原不饮酒，会米肉送原。原曰：'本能饮酒，但以荒思废业，故断之耳。今当远别，因见贻饯，可一饮宴。'于是共坐饮酒，终日不醉。"

【评析】

邓广铭《稼轩词编年笺注》系此词于庆元二年（1196），谓作于"止酒之初"。词题言"余不得以止酒为解，遂破戒一醉"，与之符。姑系庆元二年夏。吴企明《辛弃疾词校笺》则系嘉泰二年（1202）。

辛弃疾前有《沁园春·将止酒戒酒杯使勿近》"止酒"词，唤酒杯"来前"，数落一番，令其"亟退"。然末又留有余地曰："杯再拜，道麾之即去，招则须来。""招则须来"者，即为此词"作埋根"（卓人月汇选、徐士俊参评《古今词统》卷十五），使此番"破戒一醉"显得不甚突兀和尴尬。为此一"破戒"，词人做足了功夫，特郑重地把退身未久的酒杯唤到跟前，再致一番说辞；而神情态度，则改前之严厉为今之和悦，就连称呼也由"汝"敬改为"君"与"公"，令人失笑。有谓词中"君""公"，指词序中所称"城中诸公"（夏承焘、盛静霞《唐宋词选讲》；朱德才、薛祥生、邓红梅《辛弃疾词新释辑评》），当非是。

上片写戒酒有日，而不忘酒杯"提壶"之劝。下片写终听酒杯之劝，而弃戒酒之誓，愿"为故人"而拼"今宵一醉"。"这一首词是和上一首（按即《沁园春·将止酒戒酒杯使勿近》）对照的。已经决心戒酒，可是大家劝饮，又想破戒了。全首词的大意就是写这种矛盾的心理。……全首生动地写出了这种矛盾心理，也和前首一样写他自己政治遭遇的牢骚。"（夏承焘、盛静霞《唐宋词选讲》）所谓"政治遭遇的牢骚"，主要体现在"记醉眠"四句。"此阕主旨在'醉眠陶令，终全至乐，独醒屈子，未免沉灾'四语，稼轩入山以来词，语语不忘身世家国之感。……后阕一番议论，借题以抒愤怨。"（吴则虞选注《辛弃疾词选集》）至有谓："陶令屈子之论，千古至理名言，亦一篇主旨所在。"（朱德才选注《辛弃疾选集》）

全词用典繁密，而驱遣自如，表意切当。特别是上阕，连用"酒泉罢侯"、"鸱夷乞骸"、高阳酒徒"入谒"被辞拒、杜康"初筮"为官而弃酿数典，表无酒可饮、止酒不饮，"妙在运典，空灵融活，有底有面"（吴则虞选注《辛弃疾词选集》）。

西江月

人道偏宜歌舞，天教只入丹青 ②。喧天画鼓要他听，把
著花枝不应。　　何处娇魂瘦影，向来软语柔情 ③。有时醉
里唤卿卿 ④，却被傍人笑问。

【注释】

① 阿卿：当是辛弃疾侍者。影像：画像。

② 丹青：图画。

③ 向来：从来，一向。

④ 卿卿：对阿卿昵称。

【评析】

词题所云"阿卿"，或即前《鹊桥仙·送粉卿行》词中所及之
"粉卿"。果如此，则粉卿"行"前，尝留下写真画像；其去后，词人
思之深切，又题写此词为念。兹亦可证前词所言对粉卿之"思量"非
虚。并可知，此词作于前词稍后，抑或在庆元二年（1196）夏。邓广
铭《稼轩词编年笺注》即云，此词疑"为侍者、歌者去后之作"。吴
企明《辛弃疾词校笺》则系嘉泰二年（1202）。

上片紧扣词题，写阿卿所留之"影像"。首二句说人夸阿卿能歌
善舞，而上天更给了她天生丽质，她更适合被画入画中；或者说，她
本身就是一幅画。词人有意把"人道"与"天教"相较，即欲凸显其
容貌之美。具体到这幅画像，她"把著花枝"，楚楚动人；任是"喧
天画鼓要他听"，她也凝神"不应"。"喧天"二句，又想要把阿卿从

画中唤出，想象奇特，情义深挚。下片则由对画像之想，转叹阿卿去后其内心之空落，即再也无处寻找她的"娇魂瘦影"，无法体味她的"软语柔情"了。无奈之下，只能"有时"把这牵念之情外溢到"醉里"，不由自主地昵唤着她"卿卿"之名，哪怕"被傍人"戏谑"笑问"，也无所顾忌。从上片想让阿卿从画中走出，到下片醉里念叨阿卿之名，痴想痴语，痴情痴意，满心满口，满纸满笔，阿卿影像，在在皆是。稼轩而至此，真可谓至情至性之人矣！

此词写英雄辛弃疾之儿女情长，洁雅明净，又充满情趣。"辛弃疾词向来以豪放著称，殊不知他的婉约词也写得很好，即使放在五代北宋典型的婉约派词中也毫无逊色，此词即是其中之一。"（朱德才、薛祥生、邓红梅《辛弃疾词新释辑评》）

沁园春

灵山齐庵赋，时筑偃湖未成 ①

叠嶂西驰，万马回旋，众山欲东 ②。正惊湍直下 ③，跳珠倒溅；小桥横截，缺月初弓 ④。老合投闲 ⑤，天教多事，检校长身十万松 ⑥。吾庐小，在龙蛇影外，风雨声中 ⑦。

争先见面重重，看爽气朝来三数峰 ⑧。似谢家子弟 ⑨，衣冠磊落；相如庭户，车骑雍容 ⑩。我觉其间，雄深雅健，如对文章太史公 ⑪。新堤路，问偃湖何日，烟水蒙蒙。

【注释】

①灵山：在今江西上饶。《〔乾隆〕江西通志》卷十一《山川·广信府》："灵山，在府城西北七十里，信之镇山也，道书第三十三福地。山

有七十二峰，下有石井、石室，溪五派，西流入江。"齐庵：辛弃疾在灵山所筑休憩之所。偃湖：在灵山下，正在修建的新湖，如今日之水库。

②"叠嶂"三句：灵山有七十二峰，其一为天马峰。苏轼《游径山》："众峰来自天目山，势若骏马奔平川。中途勒破千里足，金鞭玉镫相回旋。"嶂，指险峻陡峭、耸立如屏障的山峰。

③惊湍：急流，此指瀑布。《〔乾隆〕江西通志》卷十一载："石屏峰，居灵山中位，顶有龙池瀑布，高悬百丈。"

④缺月初弓：形容小桥的形状如弯弯的月亮、初拉的弓箭。

⑤合：应该。投闲：指退隐闲居。

⑥检校：查核察看，管理。宋时有"检校官"。长身：身材高大，此指松高。

⑦龙蛇影、风雨声：形容松树的形状与声音。语本北宋石延年《古松》："影摇千尺龙蛇动，声撼半天风雨寒。"

⑧爽气朝来：《世说新语·简傲》载，王徽之任车骑将军桓冲的参军，桓谓王曰："卿在府久，比当相料理。"初不答，直高视，以手版支着脸颊云："西山朝来，致有爽气。"

⑨谢家子弟：指东晋谢安家族子侄辈。南朝梁袁昂《古今书评》："王右军书，如谢家子弟，纵复不端正者，爽爽有一种风气。"

⑩"相如"二句：司马相如门庭。典出《史记·司马相如列传》："相如之临邛，从车骑雍容闲雅，甚都。"

⑪"雄深"二句：《新唐书·柳宗元传》载，韩愈评柳文曰："雄深雅健，似司马子长。"太史公，即司马迁，字子长。

【评析】

邓广铭《稼轩词编年笺注》谓此词作于辛弃疾"自闽中初归时"。梁启勋《稼轩词疏证》系庆元二年（1196）上半年，时辛弃疾仍居上饶；吴企明《辛弃疾词校笺》从其说。

这是辛弃疾山水词中的精品，堪称其此类作品的代表作。比喻多而新奇，是此词最突出的特点，古今评赞甚多。如谓："这首词描写在灵山齐庵所见山水景色，全用形象比喻手法。写山，或喻为万马奔腾，或喻为谢安子弟，或喻为相如车骑，或喻为马迁文章；写水，则喻为跳珠；写桥，则喻为新月；写松，则喻为龙蛇。这种连用人物、车骑、文章等各类不同的人和物来比喻山势山容，又采取铺陈排比的手法，在诗中比较脍炙人口的有韩愈的《南山诗》，在词中却是极其罕见的。"（常国武《辛稼轩词集导读》）"这首词为写景创一新格。前段以白描手法写丛山叠嶂、惊湍直下、十万长松的雄奇景色；后段以人拟物，描绘山间爽气朝来，千峰竞秀，又是一种景象。作者选用的典故，如谢家子弟的衣冠、司马相如的车骑、太史公的文章，都是人们不容易设想得到而又非常生动的比喻。"（胡云翼选注《宋词选》）"下片采取博喻的手法，叠用谢家子弟、相如车骑、太史公文章等一连串比拟句为姿态横生的林峦传神写照，使得自然景观也染上了人文色彩。历来的文学作品多以山喻人，辛词反过来以人喻山，便有'熟悉的陌生感'这样一种美学效果。"（钟振振《唐宋词举要》）"辛词往往将静态的形象拟比为动态的形象，即如此词开端的'叠嶂西驰，万马回旋，众山欲东'数句，辛氏乃将静态之群山拟比为回旋奔驰之万马，而谓其有'欲东'之势。如此便不仅描绘出了众山的形象和气势，同时还表现出了作者自己的一份沉雄矫健的精神气魄。"（叶嘉莹《唐宋词名家论稿·论辛弃疾词》）

这种比拟和描写，又是和辛弃疾其人气格、才情、遭际密切相关的。有谓："'雄深雅健'四字，幼安可以自赠。"（卓人月汇选、徐士俊参评《古今词统》卷十五）"说松而及谢家子弟、相如车骑、太史公文章，自非脱落故常者，未易闯其堂奥。刘改之所作《沁园春》，虽颇似其豪，而未免于粗。"（陈模《怀古录》卷中）"自来作家写山，皆是写它淡远幽静，再则写它突兀峻厉。稼轩此词，开端便以万马喻群山，而且是此万马也者，西驰东旋，踠足郁怒，气势固已不凡，更喜作者羁勒在手，故能驱使如意。真乃倒流三峡，力挽万牛手段。不必说是超绝千古，要且只此一家。但如果认为稼轩要作一篇翻案文字，打动天下看官眼目，则大错，大错。他胸中原自有此郁勃底境界，所以群山到眼，随手写出，自然如是，实不曾有心要与古人争胜于一字一句之间，又何曾有心要与古人立异？天下看官眼目，又几曾到他心上耶？虽然，是即是，终嫌他太粗生。稼轩似亦意识及此，所以接说珠溅、月弓。是即是，却又嫌他太细生。待到交代过十万松后，换头以下，便写出'磊落''雍容''雄深雅健'，有见解，有修养，有胸襟，有学问，真乃掷地有声。后来学者，上焉者硬语盘空，只成乖戾；下焉者使酒骂座，一味叫嚣。相去岂止千里万里，简直天地悬隔。而且此处说是写山固得，说是这老汉夫子自道，又何尝不得！"（顾随《稼轩词说》）"模山范水之外，作者也没有忘记写人。'检校长身十万松'七字，见出词人的将军本色。即便是解甲归田了，看到魁梧密集的长松茂林，他仍情不自禁地联想而及自己往日统帅过的精兵悍将。然而如今所能提领者，惟此无知之林木耳。戏谑的言语背后，又潜藏着一片悲凉。可见他英雄失路的愤懑不平，并未能消释在山光水色之中。这是他的山水词与忘怀世事的高人逸士的山水诗词在'质'上的根本区别。"（钟振振《唐宋词举要》）要之，此词所表现出的，"有一种闲而不适的抑塞难平之气"（叶嘉莹《唐宋词名家论稿·论辛弃疾词》）。

在结构布局上，全词又"飞针走线，一丝不苟"，"先从山说起，次及泉，及桥，及松树，然后才是吾庐，自远而近，秩秩然，井井然。换头以下，又是从庐中望出去底山容山态。然后说到将来的偃湖"

（顾随《稼轩词说》）。"词的末三句，是在一系列天风海雨似的艺术才华奔泻过后的一个平缓悠长的收尾。作者以殷切企望的语调问道：湖堤已经筑就，不知偃湖何日完工，让我看到烟水蒙蒙的景色？以问句结，引人遐想，有回味的余地。这个舒徐的结尾，将上文奔腾跳荡的气势引向一个长远深邃的境地，避免了一泻无余之弊，足见作者谋篇布局的高超。"（刘扬忠《稼轩词百首译析》）

临江仙

　　手撚黄花无意绪①，等闲行尽回廊②。卷帘芳桂散余香。枯荷难睡鸭，疏雨暗池塘。　　忆得旧时携手处，如今水远山长。罗巾浥泪别残妆③。旧欢新梦里，闲处却思量。

【注释】

　　① 撚（niǎn）：搓揉，搓捻。

　　② 等闲：平白无故。回廊：曲折回环的走廊。

　　③ 浥（yì）泪：浸泪，泪水浸湿。浥，沾湿。

【评析】

　　邓广铭《稼轩词编年笺注》云，据此词下片"旧欢新梦"句，"疑亦思所遣侍者之词"，并系庆元二年（1196）。词中"手撚黄花"云云，又显在秋时。吴企明《辛弃疾词校笺》则系嘉泰二年（1202）前后。

　　词写女子秋日怀思。上片写相思。"手撚"二句颇有"闲引鸳鸯香径里，手挼红杏蕊"（冯延巳《谒金门》）之韵味，通过描摹女主人公之神态举止，写其幽微心事。"卷帘"句，心绪稍振，却又霎时被"枯荷"二句掩过。下片写相忆。白天至旧时"携手处"忆,而惹引得泪湿"罗巾";夜里至今日"新梦里"忆,又添了几多痴心"思量"。全词人、景、情融为一体,形象鲜明,富有意境。若依邓广铭解,则词人乃借一女子之怀思来写其对"所遣侍者"之思忆。

全词重在表意,而不避重字。"一首《临江仙》六十个字,而前片'手撚',后片'携手',复'手'字;前片'等闲',后片'闲处',复'闲'字;后片'旧时''旧欢',复'旧'字;'携手处'、'闲处',复'处'字。稼轩才大如海,其为长调,推波助澜,担山赶日,不曾有竭蹶之象,何独至此小令,遂无腾挪?岂能挟山超海而不能折枝乎?此正是辛老子豁达处,细谨不拘,大行无亏也。"(顾随《稼轩词说》)

"手撚"二句、"枯荷"二句,为词中名句。"'枯荷难睡鸭,疏雨暗池塘',纯是晚唐人诗法。出句写得憔悴,对句写得凄凉,'难'字'暗'字,俱是静中一段寂寞心情底体验。学辛者一死向粗处、疏处印定去,合将去,何不向这细处、密处,一着眼一用心耶?……何如细参开端'手撚黄花无意绪,等闲行尽回廊'两句?'无意绪'之上,冠之以'手撚黄花';'回廊'之上,而冠之以'等闲行尽',不独俨然是葩经'爱而不见,搔首踟蹰'气象,而且孤独寂寞之下,绵密蕴藉之中,又俨然是灵均思美人、哀众芳底心事。如但震于'枯荷'一联之烹炼,而忽视开端二语之淡雅,殊未见其可。"(同上)

汉宫春

即事

行李溪头，有钓车茶具，曲几团蒲^①。儿童认得，前度过者篮舆^②。时时照影，甚此身、遍满江湖。怅野老、行歌不住，定堪与语难呼^③。　　一自东篱摇落^④，问渊明岁晚，心赏何如。梅花政自不恶^⑤，曾有诗无。知翁止酒^⑥，待重教、莲社人沽^⑦。空怅望、风流已矣，江山特地愁余。

【注释】

①行李溪头：《新唐书·陆龟蒙传》谓，陆龟蒙"不喜与流俗交，虽造门不肯见，不乘马，升舟设蓬席，赍束书、茶灶、笔床、钓具往来"，"时谓江湖散人，或号天随子"。曲几：曲形小桌。团蒲：蒲草编织的圆形坐垫。

②篮舆：竹轿。

③"怅野老"二句：《列子·天瑞》："林类年且百岁，底春被裘，拾遗穗于故畦，并歌并进。孔子适卫，望之于野，顾谓弟子曰：'彼叟可与言者，试往讯之。'子贡请行，逆之垄端，面之而叹曰：'先生曾不悔乎？而行歌拾穗。'林类行不留，歌不辍。"

④东篱摇落：指菊花凋零。语本陶渊明《饮酒》"采菊东篱下"。

⑤政：同"正"。不恶：不错，好。

⑥止酒：戒酒。陶渊明有《止酒》诗。

⑦莲社：即白莲社。《东林十八高贤传》："时远法师与诸贤结莲社，以书招渊明。渊明曰：'若许饮，则往。'许之，遂造焉。"

277

【评析】

邓广铭《稼轩词编年笺注》云，此词"亦止酒期之作"。姑系庆元二年（1196）。吴企明《辛弃疾词校笺》则系嘉泰二年（1202）。

上片用陆龟蒙、林类典事，写词人闲居游赏生活。先说自己游兴之盛。某个"溪头"是自己常去的，带的"行李"很多，有"钓车茶具"，有"曲几团蒲"，不避繁累，一应俱全，兴头十足。因数"度"往来，就连乘坐的逍遥"篮舆"，"儿童"们都"认得"。这是具写。接以"时时照影"，身影"遍满江湖"，为泛写。而着一"甚"字自问，却又透出对此种游观的无可奈何，即我不这样到处游山看水，又能做些什么呢？"怅野老"三句，接续"甚"字，续写自己并不是真正的隐居者；真隐者是不会理会自己的，即所谓"定堪与语难呼"。这样看来，前述之游兴、惬意，不过是假象，所用乃先扬后抑之法。下片紧承上片歇拍，借陶渊明故事，进一步反写自己与真隐者的不同。词人突发奇问道：陶渊明爱菊，而秋菊"摇落"，至"岁晚"冬寒时，其"心赏"该着于何处？是不是会随着时令移换，去爱赏梅花呢？"曾有诗无"，是在问，又是在答，即陶渊明既无梅花诗，自然也是不甚爱梅了。但这又有什么关系呢？陶渊明就是陶渊明，他不会受世俗眼光的牵碍。如他亦有《止酒》诗，已明言止酒，但也只是说说而已，佛教性质的白莲社相邀而"许饮"，他也就欣然前往了。这才是真正的洒脱不羁，真正的"风流"名士，相比之下，我只能"空"自"怅望"，就连眼前这"江山"，也妩媚全失，"特地愁余"。全词由洒脱游赏起，而至愁苦难解结，词人无奈隐居的内心隐曲，于此显见。的确，辛弃疾就是辛弃疾，他永远成不了闲适洒脱、忘怀世事的真隐者。

全词征用典事，以写自身，恰切允当；而又用语平易，表意婉曲。再则，词通篇写人事，景物只以"溪头""江湖""东篱""梅花""江山"等点缀映带，却富有境界。王国维云："境非独谓景物也。喜怒哀乐，亦人心中之一境界。"（《人间词话》）此类词即是。

满江红

山居即事

几个轻鸥，来点破、一泓澄绿①。更何处、一双鸂鶒②，故来争浴③。细读《离骚》还痛饮④，饱看修竹何妨肉⑤。有飞泉、日日供明珠，五千斛。　　春雨满，秧新谷。闲日永，眠黄犊。看云连麦垄，雪堆蚕簇⑥。若要足时今足矣，以为未足何时足⑦。被野老、相扶入东园，枇杷熟。

【注释】

①"几个"二句：语出周邦彦《双头莲》："一抹残霞，几行新雁，天染断红，云迷阵影，隐约望中，点破晚空澄碧。"一泓澄绿，一片碧绿的池水。

②鸂鶒（xīchì）：水鸟名，俗称紫鸳鸯。

③故来争浴：语出杜甫《春水》："已添无数鸟，争浴故相喧。"

④"细读"句：典出《世说新语·任诞》："王孝伯言：名士不必须奇才，但使常得无事，痛饮酒，熟读《离骚》，便可称名士。"

⑤"饱看"句：语出苏轼《於潜僧绿筠轩》："可使食无肉，不可使居无竹。无肉令人瘦，无竹令人俗。人瘦尚可肥，俗士不可医。"

⑥"看云连"二句：语出王安石《木末》："缲成白雪桑重绿，割尽黄云稻正青。"

⑦"若要"二句：语出《三国志·魏书·王昶传》："语曰：如不知足则失所欲，故知足之足常足矣。"

【评析】

此词作年无确考。邓广铭《稼轩词编年笺注》系于庆元二、三年间（1196—1197），吴企明《辛弃疾词校笺》系庆元三年。词中"春雨满""雪堆蚕簇""枇杷熟"云云，知时在暮春。梁启勋《稼轩词疏证》于此词下按云："先生上饶之宅，似在平原，地势开展；铅山之宅，似在高地，林壑幽深。读集中词，可以仿佛得之。故凡山居云者，皆指瓢泉也。"邓广铭《稼轩词编年笺注》也考证辛弃疾"庆元二年秋冬之际"移居铅山。则此词之作，已在铅山瓢泉。

词写"山居"所见暮春景象。上片着眼自然景色，下片着眼农家情事。自然景色，有轻鸥"点破"碧水，鸂鶒"故来争浴"，飞泉供献"明珠"，皆生机盎然，悦人眼目。农家情事，有"春雨满"时"秧新谷"，有"云连麦垄""雪堆蚕簇"，有"眠黄犊""枇杷熟"，风调雨顺，衣食丰足，令人欣喜。此外，又有"野老"亲睦，民风淳朴。所写景与物、人与事，皆真朴自然，"无处着一分缘饰，是山居真色"（卓人月汇选、徐士俊参评《古今词统》卷十二）。词人身处其间，"细读《离骚》还痛饮"，赏罢"修竹"又食肉，随心所欲，随情随兴，感受着从未有过的惬意与满足，正所谓"知足，有不尽安闲恬适"（沈际飞评正《草堂诗余·别集》卷二）。"若要"二句，即明辨"要足"与"以为未足"之理，机锋摩处，发人深省，且正反兼说，"抑扬得妙"（潘游龙《古今诗余醉》卷十五）。

全词情、景、理交融，层次井然，用典自然，文辞粲然，心情怡然，实为辛词中畅然快意之作。

木兰花慢

中秋饮酒，将旦^①。客谓前人诗词有赋待月，无送月者，因用《天问》体赋^②

可怜今夕月^③，向何处、去悠悠？是别有人间，那边才见，光影东头^④？是天外空汗漫^⑤，但长风、浩浩送中秋？飞镜无根谁系^⑥？姮娥不嫁谁留^⑦？　谓经海底问无由^⑧，恍惚使人愁。怕万里长鲸，纵横触破，玉殿琼楼^⑨。虾蟆故堪浴水，问云何、玉兔解沉浮^⑩？若道都齐无恙^⑪，云何渐渐如钩^⑫？

【注释】

①旦：破晓，早晨。

②天问：屈原作品，内容是对"天"的质问，或者说是"援天命以发问"。中有四句问月："夜光何德，死则又育？厥利维何，而顾菟在腹？"

③可怜：可爱。

④"是别有"三句：谓我们这边的月亮落下去，另一边的月亮刚刚从东方升起。

⑤汗漫：广阔无边。指天外的广阔空间。

⑥"飞镜"句：以飞镜喻月亮，语本李白《把酒问月》"皎如飞镜临丹阙"句。

⑦姮娥：即嫦娥。神话传说中，嫦娥是后羿之妻，因偷吃了后羿从西王母处要来的不死药，飞入月宫成仙。

⑧"谓经"句：此句由唐卢仝《月蚀》诗"烂银盘从海底出，出来

照我草屋东"发问，谓月亮是如何沉入海底又是怎样从海底出来，无从追问原由。

⑨"怕万里"三句：唐段成式《酉阳杂俎》载，月中有琼楼金阙。海底有巨大鲸鱼，若它跑出来横冲直撞，会把月宫中的玉殿琼楼撞坏。

⑩"虾蟆"二句：意谓如果说虾蟆本来就会游泳，那么玉兔为何能在水中自由沉浮？《淮南子·精神训》载，月中有蟾蜍。虾蟆，即蟾蜍。

⑪ 若道：如果说。都齐：全都。无恙：指虾蟆和玉兔入水之后全都完好无损。

⑫ 渐渐如钩：中秋之后，月亮就由圆转缺。骆宾王《玩初月》："既能明似镜，何用曲如钩。"

【评析】

此词作年无确考。邓广铭《稼轩词编年笺注》系于"庆元中"，郑骞《稼轩词校注》疑庆元六年、嘉泰元年间（1200—1201）作，吴企明《辛弃疾词校笺》系庆元三年（1197）。从词序，知作于中秋。

前人评辛词"不主故常"（范开《稼轩词序》）、"纵横博大"（陈廷焯《云韶集》卷五）、"不可羁勒"（冯煦《蒿庵论词》），此词为一力证。首先，在内容上，如词序所言，人赋中秋"待月"，其赋中秋"送月"，不同常人。其次，在体式上，亦如序中所言，用"《天问》体"赋月，且通体皆问，联翩而出，一气呵成，一连九问。"起句'可怜今夕月'二句，月向西沉，欲归何处？一问。更疑'是别有人间'三句，是否月在天空旋转，此间西沉而彼处东升？二问。'是天外，空汗漫'三句，言天外既汗漫无涯，何以长风浩浩却送中秋？三问。'飞镜无根'一句，月本无根，究为谁系？四问。'姮娥不嫁'一句，月中姮娥，青天碧海，自古不嫁，究为谁留？五问。后阕'谓经海底问无由'二句，若谓经过海底，则更无从问起，使人恍惚迷离，六问。'怕万里长鲸'三句，又恐海中长鲸，乘风跋浪，可以触破天上之玉殿琼楼，七问。'虾蟆故堪浴水'二句，则月中玉兔，何以能转入海中，与月浮沉？八问。'若道都齐无恙'二句，若谓完全无缺，又何以渐渐如钩？九问。"（吴则虞选注《辛弃疾词选集》）前八问乃问今夕之月，轨迹由"这边"转行"那边"，由空中"经"行"海底"。末问又由中秋圆月及至渐变之"如钩"残月，时间由一日轮回，延展至一月轮回，境界愈为辽远、宏阔。其三，景象瑰丽，神思飞扬。此词不仅"集中了几乎是所有的关于月亮的主要神话传说"，而且"一一加以探寻，发出种种妙趣横生的质问来"（钟振振《唐宋词举要》）。神话传说本就饱含着奇思妙想，加之词人又驰骋自己的惊人想象，使得全词充满了令人炫目的浪漫主义色彩。其四，想象之中，又有思想。如第二问，不惟问得奇特，且问中含思，思合于理，颇具科学精神之色彩。古人已意识到大地在不停运转，如云"大仪斡运，天回地游"（张华《励志》诗）、"地常动不止而人不知，譬如闭舟而行，不觉舟之运也"（《文选》李善注张华《励志》诗引《河图》说），而最早体悟到月亮是围绕地球运行的，则是赋此词的辛弃疾。王国维曾对此大加赞赏云："词人想像，直悟月轮绕地之理，与科学家密合，可谓神悟。"（《人间词话》）南宋胡仔尝云："中秋词，自东坡《水调歌头》一出，余词尽废。然其后，亦岂无佳词？"（《苕溪渔隐丛话·后集》卷三九）按，胡仔卒于乾道六年（1170），未及见此词。否则，他当会把此词与东坡词并提，而不仅仅是预指其可泛入后来中秋词之"佳词"之列吧。

又，毛泽东喜辛词，对此词尤为关注。有述记云："毛泽东在这首词的标题前连画三个大圈，对小序中的每句话加了圈点，对词中每个疑问句后，都画着一个大大的问号。1964 年 8 月，毛泽东在和周培源、于光远谈哲学问题时，认为这首词含有地圆的意思。"（毕桂发

主编《毛泽东批阅古典诗词曲赋全编》）

鹊桥仙

赠鹭鸶 ①

溪边白鹭，来吾告汝。溪里鱼儿堪数 ②。主人怜汝汝怜鱼，要物我、欣然一处。　　白沙远浦，青泥别渚。剩有虾跳鳅舞 ③。听君飞去饱时来，看头上、风吹一缕。

【注释】

① 鹭鸶：即白鹭。嘴直而尖，颈长，善捕鱼。

② 堪数：屈指可数。

③ 剩有：多有，更有。

【评析】

此词作年无确考。邓广铭《稼轩词编年笺注》谓"以其中所见地名"，知"作于移居铅山期内"。辛更儒《辛弃疾集编年笺注》释词中"白沙""青泥"云："白沙，地名，在河口镇南八里铅山河上，有白沙洲，即此。青泥，当亦地名，待考。"兹姑系移居铅山之次年，即庆元三年（1197）。吴企明《辛弃疾词校笺》则系淳熙十四年（1187）。

此篇用对话体，一如另词《沁园春·将止酒戒酒杯使勿近》之对话酒杯。对话主题，乃围绕"物我欣然一处"句展开，上片提出问题，下片解决问题。无鱼不成溪，无鹭不成隐。隐居溪边的"主人"爱溪、爱鱼，又爱鹭鸶，要人、鱼、鹭鸶和谐共生，"欣然一处"。而鹭鸶又以鱼为食，溪中的鱼儿眼看着就要被鹭鸶捕食殆尽，至而"堪数"了。怎么办呢？"几行白鹭上青天"，鹭鸶的飞行能力是强的，"主人"就劝鹭鸶劳费翅力，飞到"白沙远浦""青泥别渚"去，去啄食虾、鳅。"虾跳鳅舞"，那儿的虾、鳅可是多得难以计数，痛痛快快地吃饱了，就再回来，我们三者还"欣然一处"。且回来的鹭鸶是更具神采的，"看头上风吹一缕"，更显出一种"高情逸致"（郑小军编注《众里寻他千百度：辛弃疾词》）。而鹭鸶是否也像酒杯一样听了"主人"劝告，可就不得而知了。呵呵！

体式的别具一格，描摹的生动细切，笔调的谐谑风趣，都是此词的堪可称道处。而若进一步考察，生动、谐谑的笔调中，又寓含有别样的深意。顾随尝于《稼轩词说》中指析云："词中有所谓俳体者，颇为学人诟病。苦水（按顾随别号）却不然。窃以为俳体除尖酸刻薄、科诨打趣及无理取闹者外，皆真正独抒性灵之作也。以其人情味独重故。……即如稼轩此词，忽然对着鹭鸶，大开谈判，大发议论，岂不即是俳体？然而何其温柔敦厚也。是盖不独为俳体词之正宗，即谓为一切词皆应如此作，一切诗文皆应如此作，即做人亦应如此做，亦何不可之有？开端二语，莫单单认作近代修辞学中之拟人格，情真意挚，此正是静安先生所谓之'与花鸟共忧乐'，而亦即稼轩词中所谓之'山鸟山花好弟兄'也。'溪里鱼儿堪数'，写得可怜，便有向白鹭告饶之意。至'主人怜汝汝怜鱼，要物我欣然一处'，辛老子胸襟见解，一齐倾倒而出，不须苦水饶舌。然白鹭生性，以鱼为养，如今靳其食鱼，岂非绝其生路？主人怜鱼，固已。若使鹭也怜鱼，则怜鹭之谓何也？是以过片又听其飞去沙浦泥渚，尽饱虾鳅，且嘱其饱食重来，何以故？怜之也。此等俳体，是何等学问，民胞物与，较之谈风月，说仁义，是同是别？……或有人问：审如辛言，为主人，为鹭，为鱼，计已三得。奈虾鳅何？……譬如莳花，必芟恶草，佳花始茂。倘若怜草，如何怜花？倘若怜花，无须怜草。鹭饱虾鳅，其义犹是。"又有释词人劝白鹭可食虾鳅之意云："下片由眼前溪边而远浦别渚，由溪中之鱼而沙洲之虾鳅，任白鹭饱餐。一怜一恨，两相对照，颇似杜甫'新松恨不高千尺，恶竹应须斩万竿'（《将赴成都草堂途中有作先寄严郑公》）。人谓杜诗'兼寓扶善疾恶'（杨伦《杜诗镜铨》旁注），辛词似杜，意或近之。"（朱德才选注《辛弃疾词选》）

西江月

春晚

剩欲读书已懒①，只因多病长闲。听风听雨小窗眠，过了春光太半②。　　往事如寻去鸟，清愁难解连环③。流莺不肯入西园，唤起画梁飞燕。

【注释】

① 剩欲：颇想，很想。

② 太半：大半。

③ 解连环：典出《战国策·齐策》："秦昭王尝遣使者遗君王后玉连环，曰：'齐多智，而解此环不？'君王后以示群臣，群臣不知解。君王后引锥椎破之，谢秦使曰：'谨以解矣。'"

【评析】

此词作年无确考。邓广铭《稼轩词编年笺注》系于"庆元中"，郑骞《稼轩词校注》、吴企明《辛弃疾词校笺》系庆元三、四年间（1197—1198）。兹姑系庆元四年。词题"春晚"，知作于暮春。

上片写"懒"态。词人本爱书，曾自言"百药难治书史淫"（《鹧鸪天·不寐》），而这时怎么就"懒"得读书了呢？答案是"多病长闲"。"'多病'，言其身体状况不好；'长闲'，写其政治命运欠佳。'闲'而曰'长'，则其对闲居生活非常反感可知。"（朱德才、薛祥生、邓红梅《辛弃疾词新释辑评》）既然想看的书也懒得看，那就听听风、听听雨吧，困了就在小窗下闲"眠"一会儿。就这样，春天眼看着一天天过去，且已过去大半了。下片写"愁"情。"懒"是表象，"愁"是内里。愁情缘何来？像春天一样的大好年华正无情逝去，且"往事如寻去鸟"，无留下一丝痕迹，就像周邦彦所言"春归如过翼，一去无迹"（《六丑·蔷薇谢后作》）。愁情、愁因如此，则这"愁"就像玉连环一样"难解"了。且这"清愁"又和孤独连着，你看那"流莺"也"不肯"到这"西园"来，反而把梁间的"飞燕"也"唤"了去了。

全词行笔轻缓，语言清丽，而寄慨遥深，蕴藉有味。"懒"是全词之眼，其背后，隐含着词人的身世遭遇与深沉感慨。如有谓："稼轩之'懒'，隐含着深刻的愤懑、悲凉和颓唐，其心理基础则是作者英雄失路的怨抑和壮志难酬的孤愤。它较之闺怨传统影响下的因怨而'懒'、隐逸传统衍生出的因倦而'懒'更深刻，更具个性化，更具时代色彩，代表着稼轩退居时期心理状态的一个重要方面。"（路成文《唐宋词释"懒"——兼谈稼轩之"懒"》）

鹧鸪天

石壁虚云积渐高，溪声绕屋几周遭①。自从一雨花零落，却爱微风草动摇。　　呼玉友②，荐溪毛③，殷勤野老

287

苦相邀^④。杖藜忽避行人去^⑤，认是翁来却过桥^⑥。

【注释】

① 溪声绕屋：语出苏轼《寄吴德仁兼简陈季常》："门前罢亚十顷田，清溪绕屋花连天。"

② 玉友：酒。张表臣《珊瑚钩诗话》："以糯米药曲作白醪，号玉友。"

③ 荐：奉献。溪毛：溪边野菜。语出《左传·隐公三年》："苟有明信，涧溪沼沚之毛……可荐于鬼神。"

④ 野老：村中老人。

⑤ 杖藜：拄着藜杖。用藜的老茎做成的手杖，质轻而坚实。

⑥ 却：正要，恰好。

【评析】

此词作年无确考。邓广铭《稼轩词编年笺注》系于庆元四年至六年间（1198—1200），吴企明《辛弃疾词校笺》系庆元四年（1198）。又词中"花零落"云者，知作于暮春。时辛弃疾居瓢泉。

上片写居处景致。起首二句，写云"积"石壁，"溪声绕屋"。"积渐高"，见观云时久；"几周遭"，示听溪无厌，景色之引人可知。继写积云成雨，雨打花"落"；"微风"过处，细草"动摇"，又是一番景色。"却爱"云云，示爱赏之心并未因花之"零落"而减淡，抑扬得宜，曲折尽意。"自从"二句，或并有象征意义。"此次他退居瓢泉之前在福建任上，披肝沥胆、励精图治，希望能有所作为，但却……横遭诬陷，罢官退隐。这一背景，当是'自从一雨花零落'之所象征。词人理想和抱负的花朵被'雨打风吹去'，必然会转向大自然的怀抱，转向平凡而富于魅力的农村生活。进取与退隐、政治生涯与农村闲居，正如花与草的区别：前者绚烂多姿，却不堪风雨，易于零落；后者平淡无奇，却风吹不折、雨打不散，自得于人间。……可以说，'却爱微风草动摇'，是词人热爱农村生活、景色、人物的概括和象征，也是他此词全篇的主旨所在。"（王洪主编《古代诗歌鉴赏辞典》王洪解析此词）

下片写乡民情谊。这种情谊，乃借"野老"盛情邀饮体现出。酒准备好了，菜也准备好了，且曰"殷勤"曰"苦"，热诚之意扑面而来。而这还没有完，乡民又"杖藜""过桥"，亲自来迎，热诚之意又推一层。结拍二句，可作不同解读。如谓："预备好酒菜的野老，拿着藜杖出来邀请作者；在途中遇着行人，正要避开，但仔细一认，那行人恰就是他所邀请的作者（翁），便殷勤走过桥来迎接。这几句用曲折的笔法，写出野老的热情。一说：野老在途中等候，认定翁（客人）来了，上前迎接，不料杖藜翁忽然避开行人（野老），反而过桥而去，原来野老认错人了。写老眼昏花，候客热情。"（夏承焘、盛静霞《唐宋词选讲》）又可解为：词人正过桥赴邀，恰有一"杖藜"老者从桥那边过来，就连忙"避"身，给这"行人"让出"去"路。可定睛一看，这"行人"不就是邀饮的老"翁"吗？原来前面是预邀，这又是郑重再邀啊！但不管如何解读，哪种解读更符合词作原意，乡民的热情诚朴与词人的感动，都是一定的。

水龙吟

老来曾识渊明，梦中一见参差是 ①。觉来幽恨，停觞不御 ②，欲歌还止。白发西风，折腰五斗，不应堪此。问北窗

289

高卧，东篱自醉，应别有、归来意。 须信此翁未死，到如今、凛然生气③。吾侪心事④，古今长在，高山流水⑤。富贵他年，直饶未免⑥，也应无味。甚东山何事，当时也道，为苍生起⑦。

【注释】

① 差参是：大体如此，差不多这样。

② 停觞不御：停杯不用。

③ 凛然生气：语本《世说新语·品藻》："庾道季云：'廉颇、蔺相如，虽千载上死人，懔懔恒如有生气。'"懔，同"凛"，严肃。

④ 吾侪：我辈。

⑤ 高山流水：用伯牙、钟子期知音故事。

⑥ 直饶：即使。

⑦ "甚东山"三句：用谢安故事。《世说新语·排调》："谢公在东山，朝命屡降而不动，后出为桓宣武司马，将发新亭，朝士咸出瞻送，高灵时为中丞，亦往相祖。先时多少饮酒，因倚如醉，戏曰：'卿屡违朝旨，高卧东山，诸人每相与言：安石不肯出，将如苍生何。今亦苍生将如卿何！'谢笑而不答。"

【评析】

此词作年无确考。郑骞《稼轩词校注》系于庆元四年（1198），云："此时稼轩盖深有感于渊明事，遂喜读其诗，至不能去手也。"吴企明《辛弃疾词校笺》则系嘉泰二年（1202）。

此篇为咏陶词，并借以自抒心志。"辛弃疾很敬爱陶潜，有好多首怀念陶潜的词，这是其一。大意是说：我梦里看见了他，醒来后酒也不愿饮，歌也懒得唱了。他过不惯为五斗米折腰的生活，但我疑心他的丢官归来，还有别的用意。他是一位凛然有生气的人，我很了解他，我可以说是他的异代知己。我又想到谢安，他和陶潜不同，晚年富贵了，但究竟有什么味道呢？有人说谢安为了老百姓才出来做官，这点更是我所不能了解的。全首赞美陶潜，其实是自抒被迫罢官以后的幽恨，不满当时政治现状，以放旷语反面写出。作者说陶潜的辞官应该别有用意，就是指他不满当时的政治现状说的。又说他是一个‘凛然有生气’的人，就是说他不仅是个隐逸诗人。这是和一般人的看法大不相同处，这里含有作者的感慨。"（夏承焘、盛静霞《唐宋词选讲》）

对此词的理解，有两点须注意。一是言陶渊明"别有归来意"，指的是什么。上引文外，更有论者明确指出："这里别具眼光，一反世俗认为陶渊明只是一个浑身飘逸静穆的隐士的浅见，点明了陶的退隐是因为看不惯黑暗现实，只得采取洁身自好的态度，而并非忘了人世，忘了国家与事业。"（刘扬忠评注《辛弃疾词选》）即陶渊明的思想和人格中，有对现实和政治"金刚怒目"的一面。二是结末"甚东山"三句，该作何理解，即词人既引陶渊明为知己，可不可再学谢安"为苍生"而"东山"再"起"。否定者有之，如有谓："很显然，由作者到陶渊明，又由陶渊明到谢安，用一根遭际、情怀、感慨的链条，完全串在一起了：富贵显达、为了苍生……一切的一切，都是没有意思的，也就没有留恋的必要！……应该说，这是一曲悲歌！是一位曾经有过崇高的理想、执著的追求、艰苦的奋斗而又招致彻底失败、破灭经历的志士才能唱出的悲歌！是一曲大英雄的悲歌！"（上海辞书出版社文学鉴赏辞典编纂中心编《唐宋词鉴赏辞典》魏同贤解析此词）当然也有肯定者，如云："结尾三句，归结到自己身上来，用谢安的典故，借以表明：自己将来如果再出山，绝非为了世俗的富贵尊荣，而只是'为苍生起'，即为了解除国家人民的苦难而起。"（刘扬忠评注《辛弃疾词选》）"结尾说如果是为了个人的荣华富贵而出仕，自己绝不会感兴趣。但若像谢安那样为苍生而起，则又另当别论。后来当开禧北伐期间，稼轩应朝廷之召，终于再次出山。这说明他在处理问题时，能把国家利益放在个人利益之上。"（喻朝刚《辛弃疾作品选粹》）即英雄辛弃疾之隐，毕竟与陶渊明之隐不同。然孰是孰非，未可定论，也不必有定论。

鹧鸪天

读渊明诗不能去手，戏作小词以送之

晚岁躬耕不怨贫^①，只鸡斗酒聚比邻^②。都无晋宋之间事^③，自是羲皇以上人^④。　　千载后，百篇存^⑤，更无一字不清真^⑥。若教王谢诸郎在^⑦，未抵柴桑陌上尘^⑧。

【注释】

①"晚岁"句：陶渊明《庚戌岁九月中于西田获早稻》："但愿长如此，躬耕非所叹。"又《癸卯岁始春怀古田舍》："先师有遗训，忧道不忧贫。"

②"只鸡"句：陶渊明《归园田居》其五："漉我新熟酒，只鸡招近局。"又《杂诗》："得欢当作乐，斗酒聚比邻。"

③晋宋：即东晋和南朝刘宋。

④羲皇以上人：陶渊明《与子俨等疏》："五六月中北窗下卧，遇凉风暂至，自谓是羲皇上人。"羲皇上人，指隐逸之士。羲皇，即伏羲氏。

⑤百篇存：陶渊明现存诗作一百二十余首。

⑥"更无"句：苏轼《和陶渊明饮酒》："渊明独清真。"清真，真

实、清新、自然、淳朴。

⑦王谢诸郎：东晋两大望族王、谢家的子弟，以风流儒雅著称。

⑧未抵：不如，抵不上。柴桑：陶渊明居处，在今江西九江。陌上：路上。

【评析】

此词作年无确考。邓广铭《稼轩词编年笺注》系"庆元中"，吴企明《辛弃疾词校笺》系庆元四年（1198）。

辛弃疾喜陶渊明及陶诗，此篇题"读渊明诗不能去手"，即可见之。辛词咏陶、及陶之作在"七十首以上"（魏瑾《辛弃疾词中的陶渊明现象研究》），此即其一。此首咏陶。读其诗而以其尚不知何体之"小词"为"送"，"戏"意顿出。而"戏"意仅至于此，笔至终篇，皆敬慕爱赏之言。上片咏陶渊明其人品格。"晚岁躬耕"，不"怨"其"贫"，"只鸡斗酒"，亲睦"比邻"；"晋宋之间"，世乱事纷，洁其身心，羲皇上人。概言之，即不慕荣利，愿守清贫，而终归一"清"字。下片咏陶渊明其诗风格。其人清，其诗自清，所谓"百篇"之中，"更无一字不清真"。且即便是"千载后"，此"清真"一格，仍有恒久之魅力。结末乃以夸饰比照之笔总括，言"譬如芝兰玉树"（刘义庆《世说新语·言语》）之"王谢诸郎"，也抵不上陶居柴桑"陌上"之微"尘"。即陶渊明其人其诗之清而真，是远非那些所谓高贵典雅的人物所能比的。

此篇不惟咏陶，也咏己。"此词既是读陶有感，所以词中多穿插陶诗陶文语词，又巧妙映带自己身世之感，浑然一体，轻快流利。如'晚岁'句，明写陶渊明，而兼写自己'白发归耕'（《沁园春》）的实况以及'乐箪瓢'（《水龙吟》）的志尚。又如'只鸡'句，亦兼有自己类似'挂杖东家分社肉，白酒床头初熟'（《清平乐》）之乐。

彼此交相映发，正可谓千古知己。"（郑小军编注《众里寻他千百度：辛弃疾词》）

又，邓广铭《稼轩词编年笺注》析包括此篇之"《鹧鸪天》六首"云："详词意，当均作于'庆元党禁'时期。……韩侂胄于庆元元年贬逐赵汝愚之后，复于以后三四年间设置伪学籍，申严伪学之禁。稼轩于家居之际亦复为言路弹击。稼轩既反对韩党之专擅，于党争亦不能超然忘怀，故此数词讥评时政，语多愤切。"具体到此词，上片歇拍二句与下片结拍二句，或即隐含"讥评时政"之意。

鹧鸪天

博山寺作^①

不向长安路上行^②，却教山寺厌逢迎。味无味处求吾乐^③，材不材间过此生^④。　　宁作我^⑤，岂其卿^⑥，人间走遍却归耕^⑦。一松一竹真朋友，山鸟山花好弟兄^⑧。

【注释】

①博山寺：明嘉靖《永丰县志》卷四《人物》载："辛幼安名弃疾，其先历城人，后家铅山，往来于永丰博山寺，旧有辛稼轩读书堂。"清同治、光绪《广丰县志》卷二《寺观》又载："博山寺，在邑西南崇善乡，本名能仁寺，五代时天台韶国师开山，有绣佛罗汉留传寺中。宋绍兴间，悟本禅师奉诏开堂，辛稼轩为记。"按，辛弃疾记今不存。

②长安：此借指南宋都城临安。

③味无味：语出《老子》："为无为，事无事，味无味。"

④材不材间：即材与不材之间。语出《庄子·山木》："弟子问于庄

子曰：'昨日山中之木，以不材得终其天年。今主人之雁，以不材死。先生将何处？'庄子笑曰：'周将处乎材与不材之间。'"

⑤ 宁作我：《世说新语·品藻》："桓公少与殷侯齐名，常有竞心。桓问殷：'卿何如我？'殷云：'我与我周旋久，宁作我。'"

⑥ 岂其卿：意谓不依附公卿。语本《扬雄·法言》："谷口郑子真不屈其志，而耕乎岩石之下，名震于京师。岂其卿！岂其卿！"

⑦ "人间"句：语本苏轼《江城子》："梦中了了醉中醒。只渊明，是前生。走遍人间，依旧却躬耕。"

⑧ "一松"二句：杜甫《岳麓山道林二寺行》："一重一掩吾肺腑，山鸟山花吾友于。"友于，弟兄代称。元结《丐论》："古人乡无君子，则与云山为友；里无君子，则与松竹为友；坐无君子，则与琴酒为友。"

【评析】

此词作年无确考。郑骞《稼轩词校注》系此词于庆元四年（1198），云："当时韩侂胄权势正隆，功名之士竞求自试，先生亦已复职奉祠，而仍自甘寂寞，不事奔竞，故有此作。"

博山寺，是本词赋写的特殊地点和背景。佛家主张"出世"，远离尘世纷扰、利禄功名。辛弃疾本抱持积极"入世"态度，是"向长安路上行"之人，与佛家并无精神上之契合，只是如今被黜闲居，才勉强走向佛寺，来往出入于博山寺间。故"山寺"对他并不欢迎，而是"厌逢迎"，词人自己也甚觉"无味"。那就转而"归耕"，面向自然，以自食其力为计，以松竹花鸟为友吧，这才是真的生活、真的朋友。不难理解，这种表面上的开解及"味无味""材不材"的自嘲自讽，内里包含着巨大的感慨和深深的无奈，是并无实际意义的。有实际意义的，乃是辛弃疾"宁作我，岂其卿"的对自我理想、品节的倔强坚守，这才是支撑辛弃疾面对落于隐世境地而不颓唐绝望的真正力量。

全篇用典繁富，而又情味饱满，明白如话，足见辛弃疾化用典故的功力。有谓："稼轩词亦有不堪者，'一松一竹真朋友，山鸟山花好弟兄'是也。"（沈雄《古今词话·词品》卷上）所评有失确当。

鹧鸪天

不寐

老病那堪岁月侵①，霎时光景值千金②。一生不负溪山债，百药难治书史淫③。　　随巧拙，任浮沉，人无同处面如心④。不妨旧事从头记，要写行藏入《笑林》⑤。

【注释】

①岁月侵：语出王安石《寄陈宣叔》："忽惊岁月侵双鬓。"

②"霎时"句：化用苏轼《春宵》诗句："春宵一刻值千金。"光景，光阴。

③书史淫：谓痴迷书史。典出《晋书·皇甫谧传》："（谧）耽玩典籍，忘寝与食。时人谓之'书淫'。"淫，沉湎，沉浸。

④"人无"句：语本《左传·襄公三十一年》："子产曰：人心之不同，如其面焉。"

⑤行藏：出处。《论语·述而》："用之则行，舍之则藏。"此指经历。入《笑林》：被人当作笑话传。《笑林》，东汉邯郸淳撰，是我国古代最早的笑话专书。

【评析】

此词作年无确考。邓广铭《稼轩词编年笺注》系于"庆元中"，郑骞《稼轩词校注》、吴企明《辛弃疾词校笺》系庆元四年（1198）。《稼轩词校注》谓，"细读词意，亦是韩侂胄当国时作"，其与同调《博山寺作》《有客慨然谈功名因追念少年时事戏作》二篇"定是同时先后作"。是年，辛弃疾五十九岁。

上片写自己老境生活。年已垂暮，"老"而且"病"，这"老病"之躯再也经不起"岁月"的无情"侵"蚀。"那堪"、"侵"二词，下语沉痛锐利，颇给人触目惊心之感。因觉来日无多，故"霎时光景"，也价"值千金"。然则如何来度过这无多的迟暮岁月？那就以"溪山"为伴，以"书史"为友，像"一生"自来的那样吧。"一生"二句对仗工妙，表达新奇。前句说人不游溪山，仿佛是欠溪山情债似的，游了溪山，这债也就还了；且此句"看来似恬淡"，然被斥逐谪黜之"幽愤"，全"蕴乎其中"（吴则虞选注《辛弃疾词选集》）。后句称爱书者为"书淫"，本是熟典，然说"百药难治"，就新鲜有味，人未曾道。

下片乃是对自己一生的评价。"我"的人生样态是"巧拙"无别、"浮沉"不定，即自我命运的"浮沉"并不由自身的"巧拙"、敏钝或贤愚决定，而是完全受制于人，无法自主。那么，一切就只能"随"之"任"之，达观处之，不再强求强为。而这，就是我和他人不同之处。结末"不妨"二句，笔势反跌，谑中带悲，称若要"从头"给自己写一篇传记的话，是可以收入《笑林》的。亦即，虽然自己可以坦然面对起起落落的人生遭遇，但这起落本身，特别是巧化为拙、敏不及钝、贤反成愚而堕入的尴尬境地，是喜剧性的，不仅要被人嘲笑，就连自己也是要自笑的。英雄志士沦为喜剧角色，正是辛弃疾一生悲剧之所在，正所谓悲剧是"将人生的有价值的东西毁灭给人看"（鲁迅《再论雷峰塔的倒掉》）。

对此词下片，也有不同理解。如有谓："'人无同处面如心'，骂尽谗小。"（吴则虞选注《辛弃疾词选集》）。甚有谓整个下片，乃写"庸人丑态"，云："下片转写庸人丑态，潜意识中有以彼辈与自己对照之意。过片先是用两个偏义短句，表明作者对他们的不屑。'巧拙'取庸人的巧佞这一面，'浮沉'取庸人的得意这一面，而'随'与'任'，则有任凭彼风派人物如何因巧佞而得意的意思，但其实词人心中已经积聚起了对彼辈的鄙视与愤怒。然后他调用典故来强自化解郁愤，说世间之人的性情，正像他们的面貌一样，各各差异，不必也不能强求一律。其实这并不是作者对于世人个性差异的评价，而重在表明庸人辈的机巧，与自己的刚正一样，是不可改变的。自己正不妨把他们的平生行事从头回忆，把他们补充到前人所写的丑人丑事讽刺小品集——《笑林》之中去。"（朱德才、薛祥生、邓红梅《辛弃疾词新释辑评》）

鹧鸪天

有客慨然谈功名，因追念少年时事，戏作

壮岁旌旗拥万夫，锦襜突骑渡江初①。燕兵夜娖银胡䩮②，汉箭朝飞金仆姑③。　　追往事，叹今吾，春风不染白髭须④。却将万字平戎策⑤，换得东家种树书⑥。

【注释】

①锦襜（chān）：即锦幨（jiān），用锦制作的马鞍下的垫子。突骑：

冲锋陷阵的精锐骑兵。

　　②燕兵：指金兵。娖（chuò）：整理。胡䍇（lù）：箭袋。

　　③汉：指义军。金仆姑：箭名。

　　④髭（zī）须：胡子。唇上曰髭，唇下曰须。

　　⑤平戎：平定外族。策：此指奏疏策论。

　　⑥东家：泛指邻家。种树书：有关栽培树木技术的书。韩愈《送石洪处士赴河阳幕得起字》："长把种树书，人云避世士。"

【评析】

　　此词作年无确考。郑骞《稼轩词校注》系于庆元四年（1198），谓"韩侂胄当国，有志北伐，正功名之士慨然高论时"，其与同调《博山寺作》《不寐》二篇"定是同时先后作"。

　　词谈"功名"。上片应题序而"追念少年时事"，颇有"慨然"之意。"壮岁"句乃追忆绍兴三十一年（1161）举义事。这年秋天，金主完颜亮大举南侵，以借民间五年税钱名义搜刮民财作军费，激起民愤，中原义士纷纷起事反抗，其中河北大名王友直、山东济南耿京及太行山陈俊，人马最盛。辛弃疾也聚众二千，投奔耿京帐下，并任掌书记；耿京所部很快发展到二十五万人（辛弃疾《美芹十论》）。"壮岁""拥万夫"云云，乃写实，而非夸饰。是年，辛弃疾二十二岁。"锦襜"句乃写第二年"渡江"南归情形。绍兴三十二年（1162）正月，完颜亮被杀，金世宗继位，对山东义军采取怀柔瓦解政策，义军多亡散归田，耿京所部也陷入困境。辛弃疾遂献策耿京率部南下归宋，耿京即派其与贾瑞等人渡江至建康，与南宋朝廷接洽。巡幸至建康的宋高宗接见辛弃疾一行，并授予耿京、贾瑞、辛弃疾等官职。而待辛弃疾北返至海州（在今江苏连云港）时，忽闻耿京被部将张安国杀害。辛弃疾遂与贾瑞商议，率五十骑直趋金营，捉拿已经降金的张安国。此五十骑来源有三：一是与掌书记辛弃疾、总辖贾瑞同行南下的十一人（徐梦莘《三朝北盟会编》卷二载此十一人为统制官刘震、右军副总管刘弁、游奕军统制孙肇、左军统领官刘伯达、左军第二副将刘德、左军正将梁宏、右军正将刘威、策应右军副将邢弁、踏白第三副将刘聚、总辖司提辖董昭、贾思成）；二是辛弃疾一行到达海州后，京东招讨使李宝所派护送随行的部将王世隆等数十骑；三是从山东来报信的义军将领马全福等人。"锦襜突骑"，就是指由此组成的五十骑精锐突击人马。辛弃疾、贾瑞等于金营中生擒张安国后，再渡长江，将张安国押送至临安正法。后"燕兵"两句，乃概写自济南举事至渡江南归间，敌我双方激烈拼杀之战斗场景。上片所写，为辛弃疾一生最为传奇之一段经历，也是其期望成就一生"功名"的辉煌起始点，故在其心中、文中、词中，都留下了深刻的印记。如其《破阵子》词曰："醉里挑灯看剑，梦回吹角连营。八百里分麾下炙，五十弦翻塞外声。沙场秋点兵。马作的卢飞快，弓如霹雳弦惊。"亦言此。

然之于辛弃疾，"功名"的辉煌起点即其落幕之终点，终其一生，再未出现完成其领兵北伐、恢复中原、建立不世功业愿望的机会。下片即由忆昔，转而叹今，"对于他自己当年深入金营擒获张安国千里献俘渡江南来时之壮志之未能完成，表现了很深的悲慨"（叶嘉莹《唐宋词名家论稿·论辛弃疾词》）。"换头两句，承上启下。往事已矣，人已老大，即便使万物复苏、万象更新的春风，也不能让自己恢复青春。这是一层意思。当年呕心沥血，写了洋洋数万言的敉平敌虏的论文上奏朝廷，然而今天徒然换得了退隐园田的结局。这是第二层意思。两层意思，概括了他南归后备受排挤、迭遭冷遇的经历，也表达了他壮志未酬、年华已逝的悲愤。"（常国武《辛稼轩词集导读》）"万字平戎策"，指辛弃疾向朝廷所上《美芹十论》《九议》等分析敌我形势、谋划抗金方略之奏疏。"春风"句、"却将"二句，颇有自我调侃

300

意，给人以"英雄种菜之感"（俞陛云《唐五代两宋词选释》），与词序所言"戏"字应合。然"戏"中含悲，郁怀难抑，又壮怀不泯。如前人所评："稼轩《鹧鸪天》云：'却将万字平戎策，换得东家种树书。'衰而壮，得毋有烈士暮年之慨耶？"（陈廷焯《白雨斋词话》卷一）"老骥伏枥之志，奚啻千里邪！"（李濂《批点稼轩长短句》卷九）"放翁《蝶恋花》云：'早信此生终不遇，当年悔草《长杨赋》。'情见乎词，更无一毫含蓄处。稼轩《鹧鸪天》云：'却将万字平戎策，换得东家种树书。'亦即放翁之意，而气格迥乎不同，彼浅而直，此郁而厚也。"（陈廷焯《白雨斋词话》卷八）

兰陵王

己未八月二十日夜，梦有人以石研屏见饷者①，其色如玉，光润可爱。中有一牛，磨角作斗状。云："湘潭里中有张其姓者，多力善斗，号张难敌。一日，与人搏，偶败，忿赴河而死。居三日，其家人来视之，浮水上，则牛耳。自后并水之山往往有此石。或得之，里中辄不利②。"梦中异之，为作诗数百言，大抵皆取古之怨愤变化异物等事，觉而忘其言。后三日，赋词以识其异③

恨之极，恨极销磨不得④。苌弘事，人道后来，其血三年化为碧⑤。郑人缓也泣：吾父攻儒助墨，十年梦，沉痛化余，秋柏之间既为实⑥。　相思重相忆。被怨结中肠，潜动精魄⑦，望夫江上岩岩立⑧。嗟一念中变，后期长绝⑨。君看启母愤所激，又俄倾为石⑩。　难敌，最多力。甚一忿沉渊⑪，精气为物⑫，依然困斗牛磨角。便影入山骨，至

301

今雕琢^⑬。寻思人世，只合化，梦中蝶^⑭。

【注释】

① 石研屏：即石磨屏。研，细磨。饷：馈赠。

② 不利：不吉利。

③ 识（zhì）：记。

④ 销磨：磨灭，消失，消除。

⑤ "苌弘"三句：典出《庄子·外物》："苌弘死于蜀，藏其血，三年化而成碧。"成玄英注："苌弘遭谮，被放归蜀，自恨忠而遭谮，遂刳肠而死。蜀人感之，以匮盛其血，三年而化为碧玉，乃精诚之至也。"

⑥ "郑人"五句：典出《庄子·列御寇》："郑人缓也，呻吟裘氏之地。只三年，而缓为儒，河润九里，泽及三族。使其弟墨，儒墨相与辩，其父助翟，十年而缓自杀。其父梦之，曰：'使而子为墨者予也，阖胡尝视其良，既为秋柏之实矣。'"

⑦ "被怨"二句：谓肠中怨气郁结，心神不宁。

⑧ 望夫：我国古代有多处望夫石。唐王建《望夫石》："望夫处，江悠悠。化为石，不回头。山头日日风和雨，行人归来石应语。"岩岩：高耸的样子。

⑨ "嗟一念"二句：可叹中途想法改变，从此断绝了未来的希望。

⑩ "君看"二句：《汉书·武帝纪》"夏后启母石"，颜师古注："启，夏禹子也。其母涂山氏女也。禹治鸿水，通轩辕山，化为熊。谓涂山氏曰：'欲饷，闻鼓声乃来。'禹跳石，误中鼓，涂山氏往，见禹方作熊，惭而去。至嵩高山下，化为石。方生启。禹曰：'归我子。'石破北方而启生。"俄顷，立刻。

⑪ 甚：为何。忿：怨愤。

⑫ 精气为物：语本《易·系辞上》："精气为物，游魂为变。"

⑬ "便影入"二句：意为石头中有牛的影像，于是就着这个样子雕琢。山骨，山石。张华《博物志》："地以名山为辅佐，石为之骨。"

⑭ 梦中蝶：《庄子·齐物论》："昔者庄周梦为胡蝶，栩栩然胡蝶也。……俄然觉，则蘧蘧然周也。"

【评析】

词序具时"己未八月二十日夜"、"后三日"。"己未"为庆元五年（1199），则词作于是年八月二十三日。序记梦中人言湘潭张难敌故事，诡谲奇幻，如一神话。词人甚"异之"，以致梦中"作诗"、梦后"赋词"，皆取相类"古之怨愤变化异物等事"，述而叹之。

词分三叠，述列五事。一叠紧扣"恨"字，述苌弘"三年"血化为碧、郑人缓"十年"魂化为实二事，示其皆因"恨极"而"销磨不得"所致。二叠先扣一"怨"字，述望夫妇因"相思重相忆"，"怨结中肠"，而化为"江上"之石；再扣一"愤"字，述启母因禹"中变"为熊，所望幸福"长绝"，惭愤"所激"，而化为嵩山之石。有谓："此词首片用二男事，次片用二女事，疑有微意。"（邓广铭《稼轩词编年笺注》引夏承焘语）此"微意"，或谓人所遭遇恨事、怨愤事，并无男女之别，人皆可有之。三叠扣一"忿"字，直点"难敌"之名，专述梦中异事。张难敌"最多力"，却因偶败而赴河死，"忿"而化为斗牛，并"影入山骨"，虽为石而"依然困斗"。

词人何以会梦、"识"此类特异之事呢？有谓："词文恢诡冤愤，盖借以摅其积年胸中块垒不平之气。"（梁启超《辛稼轩先生年谱》）"是时侂胄方严伪学之禁，赵忠简卒于贬所。苌弘血碧，儒墨相争，托意甚微，非偶然涉笔也。"（沈曾植《稼轩长短句小笺》）"此词上中片用苌弘、郑人缓、望夫妇、启母四人变化之事。苌弘化碧玉，玉自石出；缓化秋柏之实，实、石音同；望夫妇、启母皆化为石。四例取证古来怨愤变化为石之事。下片以张难敌虽斗败，化为石而仍作困斗之状，赞扬张难敌抵死不屈之精神。则此记梦词亦托意甚微，借以抒胸中激愤之气耳。"（邓广铭《稼轩词编年笺注》）对比辛弃疾南渡后之遭际、持守，张难敌其人其事及其"败"而"困斗"之品格，与之最为相似；其他四事，仅作强化悲剧主题、烘托悲凉气氛之用。序中"或得之，里中辄不利"，及词末"寻思人世"三句，悲剧主题更显，悲凉气氛更浓。或许，本就无所谓梦中事，此乃词人所施之障眼法耳。但即便如此，并不影响其表意之真切、感染力之强烈。有览者云："仆本恨人，心惊不已。"（卓人月汇选、徐士俊参评《古今词统》卷十六）"恨人"者，乃古今壮志难酬、失意抱恨之人也。

玉楼春

戏赋云山

何人半夜推山去[①]，四面浮云猜是汝。常时相对两三峰，走遍溪头无觅处。　　西风瞥起云横度[②]，忽见东南天一柱[③]。老僧拍手笑相夸，且喜青山依旧住。

【注释】

①"何人"句：典出《庄子·大宗师》："夫藏舟于壑，藏山于泽，谓之固矣。然而夜半有力者负之而走，昧者不知也。"

②瞥：突然。

③天一柱：铅山县有天柱峰，当指此山。《江西通志》卷十一："天柱峰，在铅山县东南四十里，屹立如束笋，其境颇幽。"

【评析】

此词作年无确考。郑骞《稼轩词校注》系庆元四、五年间（1198—1199），蔡义江、蔡国黄《辛弃疾年谱》与吴企明《辛弃疾词校笺》皆系庆元五年。

依题，词以"戏"笔写"云山"。起首二句即一写山，一写云，却又不是"山抹微云"（秦观《满庭芳》），而是密云遮处，群山隐没。此一情形，在词人笔下显得煞有趣味。晓起不见山，怔愣间，以为是谁"半夜"把山"推"走了。而定睛一看，不见山而见云，则推走这山的定是这云了。至于如云之轻，如何推得走这山，那就管不了啦，且还要顺着溪流往上找，看云把山推走后到底将其藏到了什么地方。有道是"行到水穷处，坐看云起时"（王维《终南别业》），水是云之源，可找至"溪头"，也不见山之踪影。整个过程，就像在捉迷藏，充满了童孩般天真烂漫的兴味和意趣。而就在茫然无着时，"西风"顿起，密云吹散，"忽见东南天一柱"！这刹那间的情形，又像是仙人魔术一般。辛弃疾所居铅山县之东南有天柱峰，所谓"东南天一柱"，或即此，亦即"常时相对两三峰"之一峰。末二句，则借老僧"拍手"之"笑"与"喜"，写词人之"笑"与"喜"，走笔倏忽，曲折有味。通观全词，可谓"一气呵成，无穷转折"（卓人月汇选、徐士俊参评《古今词统》卷八）。

词写云山变幻之景，寓含禅意。"此用禅理作词也。……浮云翳山山不见，念想幻也。云去山住，性自在也。此类词似写景，实似偈语。在《稼轩词》又是一格。"（吴则虞选注《辛弃疾词选集》）"以浮云写境，以青山写心；浮云（外境）尽管千变万化，时起时落，但青山（我心）则终究不动，真定有恒。这样，浮云和青山，既可成为佛门参禅入定的有味意象，也可成为作者隐指自己面对政治风云时的

'我自岿然不动'的心灵象喻。难怪老僧也笑，词人也喜呢，原来大家都借浮云青山的意象证得了本心。"（朱德才、薛祥生、邓红梅《辛弃疾词新释辑评》）

同时，词中也隐含有一定的政治意蕴。"这首词虽然题为'戏赋云山'，描写的不过是一种自然现象的瞬息变化，但字里行间似乎寄寓着词人这样一个信念：尽管坚持抗金北伐的力量屡屡遭到投降派的排挤和打击，但是，就像浮云毕竟遮不住青山一样，这股力量不仅不会消失，而且依然是国家的擎天柱。这首小词的格调明快疏朗，清新活泼，反映了词人落职闲居期间积极乐观的一面。"（上海辞书出版社文学鉴赏辞典编纂中心编《唐宋词鉴赏辞典》杨锺贤解析此词）而又有谓："有人曾指出词中的浮云和青山都有比喻当时政治形势的意义。我们认为，作者这些描写，当然有可能是源于政治上的某种感触。但如果坐实浮云单指投降派，青山定是抗战派，反而使文学形象的意义变得狭窄和单调了。不如把此词意境的象征意义理解得广泛一些，认为作者是在描写实景中透发出不畏生活挫折，坚持斗争信念的思想情趣，这样更为顺理。"（刘扬忠《稼轩词百首译析》）

武陵春

走去走来三百里，五日以为期①。六日归时已是疑，应是望多时。　　鞭个马儿归去也，心急马行迟②。不免相烦喜鹊儿，先报那人知。

【注释】

① "五日"句：《诗经·小雅·采绿》："五日为期，六日不詹。"

詹，至。

②马行迟：杜荀鹤《马上行》："五里复五里，去时无住时。日将家渐远，犹恨马行迟。"

【评析】

此词作年无确考。邓广铭《稼轩词编年笺注》谓，辛弃疾友杜叔高淳熙十六年（1189）自婺州兰溪（今属浙江）至上饶相访后，庆元六年（1200）再来铅山相会。辛弃疾有诗题《同杜叔高、祝彦集观天保庵瀑布，主人留饮两日，且约牡丹之饮二首》，且自注其时为"庚申岁二月二十八日"。"庚申岁"即庆元六年。辛弃疾是年春又有《浣溪沙·别杜叔高》词云："这里裁诗话别离，那边应是望归期。人言心急马行迟。"此词与之意同，且有语句相同者，故疑为同时送杜氏之作。又，同时所作《玉蝴蝶·追别杜叔高》词中，有"寒食近"语，示别时在仲春。

词以思家为主题，上片写家人望归，下片写行人还归，皆突出一"急"字。起首四字"走去走来"，给人以近距离徘徊或漫步的错觉，似就在家中或家附近；而接以"三百里"，方知来去之远，突兀中显出意趣。又，以"三百里"之远，而约"五日"还家，又由宽弛转为迫促，"急"字已隐伏其中。五日为期，而"六日"尚未至家，则家人盼归之切、行人欲归之急，皆在情势、情理之中。而家人之"疑"，似又别具意味，即行人迟归，到底因事耶情耶？狐疑而"望"，"望"字又多了份色彩。而为着家人含疑之望，除尽早归家外，别无他法。则快马加鞭犹嫌"马行迟"，烦请飞鹊"先报那人知"，就再自然不过。似乎早些到家，不仅可以解家人之忧，又可证自己清白似的，郑重中含谐趣。

亦庄亦谐，是此词风格上的特点。这种特点，又是通过微妙的心理刻画和富有表现力的口语运用达成的。"这首词抒写远途归家者既喜悦又'烦恼'的心情，语言流畅明快，新鲜活跃，是很成功的心理描写。"（施议对《论稼轩体》）有析辛词"高度运用语言的能力"，其中"运用口语为词"方面，即以此词为典例（夏承焘、游止水《辛弃疾》）。

玉蝴蝶

叔高书来戒酒，用韵 ①

贵贱偶然，浑似随风帘幕，篱落飞花 ②。空使儿曹，马上羞面频遮 ③。向空江、谁捐玉佩，寄离恨、应折疏麻 ④。暮云多，佳人何处 ⑤，数尽归鸦。　　侬家 ⑥，生涯蜡屐 ⑦，功名破甑 ⑧，交友抟沙 ⑨。往日曾论，渊明似胜卧龙些 ⑩。算从来、人生行乐，休更说、日饮亡何 ⑪。快斟呵！裁诗未稳 ⑫，得酒良佳。

【注释】

① 叔高：姓杜，名斿，详见《贺新郎·用前韵赠金华杜叔高》注释。用韵：指稍前所作同调送别词《追别杜叔高》："古道行人来去，香红满树，风雨残花。望断青山，高处都被云遮。客重来、风流觞咏，春已去、光景桑麻。苦无多，一条垂柳，两个啼鸦。　　人家。疏疏翠竹，阴阴绿树，浅浅寒沙。醉兀篮舆，夜来豪饮太狂些。到如今、都齐醒却，只依旧、无奈愁何。试听呵，寒食近也，且住为佳。"

② "贵贱"三句：语出《南史·范缜传》：竟陵王子良笃信佛，而缜盛称无佛。"子良问曰：'君不信因果，何得富贵贫贱？'缜答曰：'人

308

生如树花同发，随风而堕，自有拂帘幌坠于茵席之上，自有关篱墙落于粪溷之中。坠茵席者，殿下是也。落粪溷者，下官是也。贵贱虽复殊途，因果竟在何处？'子良不能屈。"篱落，篱笆。

③ 羞面频遮：典出《南史·刘祥传》："司徒褚彦回入朝，以腰扇鄣日。祥从侧过，曰：'作如此举止，羞面见人。扇鄣何益？'彦回曰：'寒士不逊。'祥曰：'不能杀袁刘，安得免寒士！'"

④ "向空江"二句：谓杜叔高来书，自己回书以寄离恨。捐玉佩，指友人来信，化用屈原《九歌·湘君》"捐余玦兮江中，遗余佩兮醴浦"句意。折疏麻，指回信，化用屈原《九歌·大司命》"折疏麻兮瑶华，将以遗兮离居"句意。

⑤ "暮云"二句：化用江淹《拟休上人怨别》"日暮碧云合，佳人殊未来"句意。佳人，代指杜叔高。

⑥ 侬家：自称，犹言"我"。家，词后缀。

⑦ 生涯蜡屐（jī）：谓一生奔波，费了许多鞋。活用《世说新语·雅量》典：阮遥集好屐，有客见阮"自吹火蜡屐，因叹曰：未知一生当着几量屐"。屐，一种木制鞋，泛指鞋。

⑧ 功名破甑（zèng）：意谓功名如破甑，已弃之不顾。《后汉书·郭太传》："（孟敏）荷甑堕地，不顾而去。林宗见而问其意，对曰：'既已破矣，视之何益。'林宗以此异之。"苏轼《游径山》："功名一破甑，弃置何用顾。"甑，一种蒸食炊具。

⑨ 交友抟（tuán）沙：指朋友难聚，如捏沙成团，放手即散。苏轼《二公再和亦再答之》："亲友如抟沙，放手还复散。"抟，捏之成团。

⑩ 些：语气词。

⑪ 日饮亡（wú）何：典出《汉书·袁盎传》："南方卑湿，丝（按袁盎字）能日饮，亡何。"亡何，不问他事。

⑫ 裁诗未稳：指所吟诗句尚不妥帖工稳。

【评析】

邓广铭《稼轩词编年笺注》系此词于庆元六年（1200），谓其"当是叔高于别去之后即来书以止酒为劝"，"稼轩因以赋此词也"。按，辛弃疾友人杜叔高庆元六年春二次来访，据《玉蝴蝶·追别杜叔高》"寒食近"语，其别去当在仲春，则此词作时或在暮春。

友人来书劝"戒酒"，词人非但不听，反以"日饮""快斟"为答，实与常情相悖。而词人本是重情重义之人，此词上片"向空江"五句对杜叔高之感念，下片"交友抟沙"句对友情之珍视，即足可证之。而其何以出此有悖情义之言？答曰：兹于理不悖。然则其理为何？在"人生"既行志不得，就以酒来"行乐"。而又怎见其行志不得？由"贵贱偶然"、"功名"难期见之。位"贵"功"成"，即为行志；位"贱"功"破"，即为未得行志。词开篇即指曰"贵贱偶然"，强求不得，且证之以自然与人事。自然者，落花随风而飞，落于华贵处即为贵，落于污贱处即为贱。人事者，"儿曹"明哲保身如褚渊（彦回）辈，虽"羞面频遮"，却能居于"马上"，践陟高位；而我等心怀天下之人，却只能"生涯"着"屐"，"功名"碎"破"，像陶渊明一样隐处乡野，湮没无闻。既如此，就只好堕入以酒侑诗、饮酒为乐一途了。且不是偶饮浅饮，而是"日饮"酣饮。也不是默然而饮，而是高呼痛饮曰："快斟呵！裁诗未稳，得酒良佳。"辛弃疾庆元二年（1196）尝因病止酒，有《沁园春·将止酒戒酒杯使勿近》等戒酒词，后又复饮。今友人相劝复戒，定然虑及其身体状况，而词人却不以为意，足见其内心之苦闷，除借酒消愁外，实别无他法。须知词人是年已六十一岁，老病之躯，而酒不能止，是深可悲也！

艺术表达方面，此词也堪可称道。"首先，在手法上，远起近落，写对劝戒酒的回答，从'富贵偶然'开始，直到下片最后两韵，才归

310

入本题。初看似散，深思是紧。……其次，在抒情态度上，他明示旷达和欢乐，暗寓悲凉与苦闷，使悲哀苦闷之情，闪闪摇摇，令人痛心。最后，在取材上，全词基本上是借典抒情。大多数典故用得精彩、凝练，形象鲜明，切合抒情文学以形象抒情的特征，比直接抒情含蕴更厚，更有余味。"（朱德才、薛祥生、邓红梅《辛弃疾词新释辑评》）

浣溪沙

父老争言雨水匀，眉头不似去年颦①。殷勤谢却甑中尘②。　　啼鸟有时能劝客，小桃无赖已撩人③。梨花也作白头新。

【注释】

① 颦：皱眉。

② 谢却：辞去，除去。甑中尘：蒸饭用的甑沾满了尘土，指无米下锅。典出《后汉书·范冉传》。范冉字史云，因遭党禁，结草室而居。所止单陋，有时粮粒尽，穷居自若，言貌无改，闾里歌之曰："甑中生尘范史云，釜中生鱼范莱芜。"

③ 无赖：本是贬义，此处是似憎实爱。

【评析】

此词作年无确考。邓广铭《稼轩词编年笺注》系庆元六年（1200）。词中"小桃""梨花"云云，知作于暮春。

上片写乡民喜雨。首句借"父老"之口，言今春风调雨顺，丰收在望。一"争"字，把乡民的喜悦之情充分展现了出来，也可见词人与乡民的亲和关系，能乐其乐、忧其忧，忧乐共感，心意相通。"雨水匀"，是说雨下得很匀实，非久旱不雨，亦非阴雨连绵，雨时、雨量均适当、适足，恰到好处。接由雨水之"匀"而过渡到写父老眉头之展，且连及"去年"因雨水不"匀"而眉"颦"之情形，自然恰切，富有意趣。"殷勤"句亦兼今年、去年景况，言今年总算可以把"甑中"之"尘"扫除干净，用来蒸饭了；而去年之无米可炊，亦可知。"殷勤谢却"四字，应前之"争言"，把父老乡亲"喜"不自胜的神态表露无遗，与前之"喜"于言表、"喜"上眉梢，可合称"三喜"。以此为背景，下片转写春景，非通常之先景后情，而是以情带景。春景本来就好，加之雨水好、心情好，"三好"合一，景色就更加动人。"啼鸟"三句皆用拟人手法，把"啼鸟""小桃""梨花"写得灵动活泼，俏皮可人。"热情的啼鸟有时前来劝客多饮一杯，顽皮的小桃又不停地来挑逗人，连盛开的梨花也故意装点了一头新生的白发引你开心。"（常国武《辛稼轩词集导读》）尤其"无赖"一词，似憎而实爱，"少游'晓阴无赖'，稼轩'小桃无赖'，一闷一喜"（卓人月汇选、徐士俊参评《古今词统》卷四），以闷相衬，而愈见其喜。"'桃花欲动雨留人'犹不及此'小桃'句之清。'无赖''撩'，皆炼而不炼。写桃已尽，更写梨花，'撩人'已极诣，更言'白头新'益浑厚，意更新。"（吴则虞选注《辛弃疾词选集》）

全词色彩明丽，格调轻快，似一首清新欢悦的乡村轻音乐。从所表现的内容和意旨看，"稼轩词念念不忘抗金复旧土，人争诵之。其念念不忘生民者复多，忧民之忧，乐民之乐，此尤可贵者也"（同上）。

卜算子

漫兴

夜雨醉瓜庐①，春水行秧马②。点检田间快活人③，未有如翁者。　　扫秃兔毫锥④，磨透铜台瓦⑤。谁伴扬雄作《解嘲》⑥，乌有先生也⑦。

【注释】

①瓜庐：形似蜗牛之庐。典出《三国志·魏书·管宁传》裴注引《魏略》：焦先及杨沛并作瓜牛庐，止其中。以为瓜当作蜗。"先等作圜舍，形如蜗牛蔽，故谓之蜗牛庐。"

②秧马：水田里插秧和拔秧用的农具。小板凳下面安装一块木板，木板两头翘起，以便在秧田泥水里滑移。今日南方多地尚存。苏轼有《秧马歌序》云："予昔游武昌，见农夫皆骑秧马，以榆枣为腹，欲其滑；以楸桐为背，欲其轻。腹如小舟，昂其首尾，背如覆瓦，以便两髀。雀跃于泥中，系束藁，其首以缚秧，日行千畦。"

③点检：清点，盘点。

④"扫秃"句：把毛笔的毛都写秃了。兔毫锥，指毛笔。李白《醉后赠王历阳》："书秃千兔毫，诗裁两牛腰。"

⑤"磨透"句：谓磨穿砚台。北宋何薳《春渚纪闻》卷九《铜雀台瓦》："相州魏武故都所筑铜雀台，其瓦初用铅丹杂胡桃油捣治火之，取其不渗，雨过即干耳。后人于其故基掘地得之，镌以为研，虽易得墨，而终乏温润。好事者但取其高古也。"

⑥扬雄作《解嘲》：《汉书·扬雄传》："时雄方草《太玄》，有以

自守，泊如也。或嘲雄以玄尚白，而雄解之，号曰《解嘲》。"

⑦乌有先生：司马相如《子虚赋》中虚构的人物。乌有，即无有。

【评析】

郑骞《稼轩词校注》系此词于庆元六年、嘉泰元年间（1200—1201），吴企明《辛弃疾词校笺》系庆元六年。词言"春水"，当作于春时。

此为自嘲之作。"上阕言天下之快活人，莫如凿井而饮、耕田而食之老农，是陪衬语。下阕则有慨乎世人不识，而用以自嘲也。'扫秃''磨透'以言其费力。而所制之奏议与歌词，举世之人无有能识其志者。既无同调，又无人知，只有乌有先生也。"（吴则虞选注《辛弃疾词选集》）词人的自嘲之意，是通过比照显示出来的。首先是农人与词人自己的对比。农人虽劳作田间，但可"夜雨醉瓜庐"，可"春水行秧马"，且劳而有获，充满着诗意般的快乐。而自己呢？虽舞笔弄墨，看似潇洒，却是"扫秃兔毫锥""磨透铜台瓦"，备尝辛劳，又劳而无获，徒为人笑。其次是自己和扬雄的类比，一生终了，费尽心力，却都只能敝帚自珍，自我解嘲，自我慰藉。但即便如此，词人心志终未泯没，所谓"意气所寄，可击唾壶而歌之"（卓人月汇选、徐士俊参评《古今词统》卷四）。

至于上片所言之"翁"，多认为指田间老农，也有认为指词人自己。如谓："词中说，春雨之夜，醉卧瓜棚；无事可作，我去田间看农夫骑着秧马在水田里操作。在旁人看来，在乡村的人中，要数我最快活。但是，人们哪能理解我呢！我渴望去前线与金人作战，渴望为国家出力！如今我只有醉卧瓜棚，闲看农夫在田间劳作，我像扬雄写作《解嘲》时一样的寂寞孤独。"（徐汉明选注《配画辛词一百首》）"发端两句写实，言雨夜饮酒瓜庐，闲看秧马行进于春水之中，一派悠闲自适之态。以下由此起兴，自命为'田间快活人'，显见作者欣慰之情。下片由闲适自在的农村生活联想到清苦辛劳的笔耕生涯，进而以扬雄作《解嘲》自况，倾吐出胸中难以排遣的寂落郁闷之气。"（王新龙编著《辛弃疾文集》）

贺新郎

别茂嘉十二弟①

绿树听鹈鸠②。更那堪、鹧鸪声住，杜鹃声切③。啼到春归无寻处，苦恨芳菲都歇④。算未抵、人间离别⑤。马上琵琶关塞黑⑥，更长门、翠辇辞金阙⑦。看燕燕，送归妾⑧。

将军百战身名裂⑨。向河梁、回头万里，故人长绝⑩。易水萧萧西风冷，满座衣冠似雪。正壮士、悲歌未彻⑪。啼鸟还知如许恨⑫，料不啼清泪长啼血。谁共我，醉明月。

【注释】

① 茂嘉十二弟：辛弃疾族弟，排行十二。辛更儒《辛弃疾集编年笺注》考其名为"勋"。

② 鹈鸠（tíjué）：鸟名。一说即杜鹃鸟。词人原注："鹈鸠、杜鹃实两种，见《离骚补注》。"屈原《离骚》："恐鹈鸠之先鸣兮，使夫百草为之不芳。"

③ "更那堪"二句：鹧鸪、杜鹃两种鸟的叫声都让人感伤。鹧鸪的叫声类似"行不得也哥哥"，杜鹃的叫声则像"不如归"。

④ 芳菲都歇：北宋晁补之《满江红·寄内》："归去来莫教子规啼，芳菲歇。"

315

⑤未抵：不如，比不上。

⑥"马上"句：指王昭君出塞。李商隐《王昭君》："马上琵琶行万里，汉宫长有隔生春。"

⑦"更长门"句：用陈阿娇失宠被打入冷宫事。长门，即长门宫，汉武帝皇后陈阿娇失宠后居此。司马相如《长门赋序》："孝武皇帝陈皇后时得幸，颇妒，别在长门宫，愁闷悲思。"翠辇，用翠绿羽毛装饰的宫车，此指阿娇所乘宫车。金阙，天子所居的宫阙。

⑧燕燕：用卫庄姜送归妾故事。《诗经·邶风·燕燕》："燕燕于飞，差池其羽。之子于归，远送于野。"毛传谓此诗是"卫庄姜送归妾也"。

⑨将军：指西汉李陵。李陵身经百战，最后被俘，投降匈奴，身败名裂。司马迁《报任安书》："李陵既生降，隤其家声。"

⑩"向河梁"二句：用李陵与苏武离别典故。《汉书·苏武传》载，李陵送苏武时云："异域之人，一别长绝！"河梁，河上的桥梁。故人，指苏武。

⑪"易水"三句：用荆轲去秦故事。彻，尽，完。

⑫还：表假设，意为如其、假使。

【评析】

此词作年无确考。郑骞《稼轩词校注》系于庆元、嘉泰间，吴企明《辛弃疾词校笺》系庆元六年（1200），辛更儒《辛弃疾集编年笺注》系嘉泰二年（1202）。兹依吴说。"绿树""春归""芳歇"云云，当作于春末夏初时。

此为送别词，章法"绝妙"（王国维《人间词话删稿》）、"完密"（俞陛云《唐五代两宋词选释》）。"起五句，一气奔赴，如长江大河。连用'鹈鴂''鹧鸪''杜鹃'三鸟名，如温飞卿《南歌子》之运用鹦鹉、凤凰、鸳鸯三鸟名然。'算未抵'一句，束上起下，由景入情。

'马上'三句，即用昭君、陈皇后、庄姜三妇人离别故事。下片，更举苏、李、荆轲离别故事，运化灵动，声情激越。'正壮士'一句，束上起下，由情入景，与篇首回应。末句，揭出己之独愁，是送别正意。"（唐圭璋《唐宋词简释》）其中，"以第四韵之单句为全首筋节，如此句最可学"（梁令娴《艺蘅馆词选》丙卷附梁启超评）。"第四韵之单句"，即上片"束上起下"之"算未抵人间离别"句。

此词集古人众多离别故事，似江淹《别赋》《恨赋》，又"全与李太白《拟恨赋》手段相似"（陈模《怀古录》卷中）；又"实本之唐人赋得诗，与李商隐咏'泪'之七律尤复相似"，李商隐诗"列举古人挥泪六事，句各一事，不相连续，至结二句方表送别之意，打破前人律诗起承转合成规"，辛弃疾词"列举别恨数事，打破前人前后二阕成规"，且皆用"未抵"二字作承转递进（刘永济《读辛稼轩送茂嘉十二弟之〈贺新郎〉词书后》）。赞之者称此为"创格"（许昂霄《词综偶评》），而病之者指其"非词家本色"（刘体仁《七颂堂词绎》）。

有谓此词与下词《永遇乐·戏赋辛字送茂嘉十二弟赴调》同，皆为别族弟茂嘉赴官桂林作。而读此词，却给人"沉郁苍凉"（陈廷焯《白雨斋词话》卷一）、"词极沉痛"（俞陛云《唐五代两宋词选释》）之感。一别离词何以会如此？即便茂嘉此次乃"因事贬官桂林"（胡云翼选注《宋词选》）、"以得罪谪徙"（张惠言《词选》），亦不至此。则词人当借题发挥，别有深意寓焉。清周济谓，上片寓"北都旧恨"，下片寓"南渡新恨"（《宋四家词选》）。有对此表示认同者，云："周止庵谓此首'前片北都旧恨，后片南渡新恨'。观其前片所举之例极凄惨，而后片所举之例又极慷慨，则知止庵之说精到。"（唐圭璋《唐宋词简释》）"上片都是写宫妃的，下片都是写将军和使臣的。当是寄慨北宋覆亡的隐痛和南宋向敌人投降的愤慨。"（夏承焘、盛静霞

《唐宋词选讲》）亦有不认同者，如云："张惠言谓'茂嘉以得罪遣徙，故有是言'，固嫌穿凿；周济谓'马上琵琶'为'北都旧恨'，'易水萧萧'为'南渡新恨'，亦似附会。……实不必呆说'寄托'。"（陈匪石《宋词举》卷上）"周济《宋四家词选》说：'上半阕北都旧恨，下半阕南渡新恨。'这说得并不确切。前段主要是借汉朝的和亲来讽刺宋朝一贯对敌妥协的政策；后段以匈奴、强秦喻金，借李陵、荆轲的事迹寄寓自己壮志不酬的苦闷。"（胡云翼选注《宋词选》）"此词叠用四事，前二事薄命女子，后二事失败英雄，但均属生离死别，且关涉家国命运，足见词人抒情已不囿于兄弟情谊，而有其更广泛的现实内容。此种现实内容虽未便一一实指、确指，但无疑暗寓家国兴亡之慨和个人身世之感。"（朱德才选注《辛弃疾词选》）又有解者云："观'关塞''金阙'句，盖其弟奉使北庭。……南宋初长驱北伐者，以武穆为最烈，'将军百战'六句，殆为岳家军而发，有袍泽同仇之感耶？"（俞陛云《唐五代两宋词选释》）

又，此词有刚中含媚、豪不失雅之特点。"稼轩词，自以《贺新郎·别茂嘉十二弟》一篇为冠。沉郁苍凉，跳跃动荡，古今无此笔力。"（陈廷焯《白雨斋词话》卷一）"此词用语无伦次之堆垒法，于极倔强中显出极妩媚。"（梁启勋《词学》下编引梁启超语）"稼轩以生龙活虎之才，为铸史熔经之作，格调不惮其变，隶事不厌其多，其佳者竟成古今绝唱，却不容人学步。并世如陈同甫、刘龙洲，后世如陈其年，善学辛者，亦多杰作，然究涉粗犷。学者读稼轩词，宜取神遗貌，藉药纤弱之病；而发风动气，则所当慎也。"（陈匪石《宋词举》卷上）

永遇乐

戏赋辛字送茂嘉十二弟赴调^①

烈日秋霜^②，忠肝义胆，千载家谱。得姓何年，细参辛字^③，一笑君听取。艰辛做就，悲辛滋味，总是辛酸辛苦。更十分，向人辛辣，椒桂捣残堪吐^④。　　世间应有，芳甘浓美，不到吾家门户。比著儿曹^⑤，累累却有，金印光垂组^⑥。付君此事，从今直上，休忆对床风雨^⑦。但赢得，靴纹绉面^⑧，记余戏语。

【注释】

①赴调：调官赴任。

②烈日秋霜：《新唐书·段秀实颜真卿传》："英烈言言，如严霜烈日。"苏轼《王元之画像赞》："耿然如秋霜夏日，不可狎玩。"

③细参：仔细品味。

④椒桂捣残：把胡椒和桂皮放在一起捣烂，更加辛辣。语出苏轼《再和》："最后数篇君莫厌，捣残椒桂有余辛。"王十朋注："当时有问先生句义何如。先生曰：'言其辣也。'"

⑤比著：此谓比不上、比不得。儿曹：骂人语，犹言那些小子。

⑥垂：挂。组：丝带，此指挂金印用的丝绸带子。

⑦对床风雨：指兄弟情深。语本韦应物《示全真元常》："宁知风雪夜，复此对床眠。"

⑧靴纹绉面：言衰老后脸皮的皱纹如靴纹。绉，一种有皱纹的丝织品。欧阳修《归田录》卷下："京师诸司库务，皆由三司举官监掌，而权

319

贵之家子弟亲戚因缘请托，不可胜数。为三司使者，常以为患。田元均为人宽厚长者，其在三司，深厌干请者，虽不肯从，然不欲峻拒之，每温颜强笑以遣之。尝谓人曰：'作三司使数年，强笑多矣，直笑得面似靴皮。'士大夫闻者传以为笑，然皆服其德量也。"

【评析】

此词作年无确考。郑骞《稼轩词校注》系于庆元、嘉泰间，吴企明《辛弃疾词校笺》、辛更儒《辛弃疾集编年笺注》系庆元六年（1200）。刘过有《沁园春·送辛幼安弟赴桂林官》词，辛词或亦为茂嘉此次赴桂林职任而作。

送别之作，用被送者同姓人物故事比拟、寄怀，词中常见；而就姓字本身之意着笔来写，则词中罕见。此词即一篇紧扣"辛"姓赋写的奇特作品，亦庄亦谐，别具一格。上片直写"辛"字。因送者、行者同为"辛"姓，开篇即从家族、家谱说起，言辛氏一门崇尚操守，秉持忠义，门风端正，世代传续。此并非夸饰语，"商有辛甲，一代名臣，屡谏纣王，直言无畏。汉有辛庆忌，一代名将，威震匈奴。成帝时，朱云以丞相张禹阿附外戚，上书请诛之，帝怒，欲杀云，辛庆忌冒死以救。后庆忌子孙亦忠耿，不附王莽，被诛"（上海辞书出版社文学鉴赏辞典编纂中心编《唐宋词鉴赏辞典》高原解析此词）。接以"得姓何年"三句。"夏、殷封支子于辛，由来已久"，"得姓何年"之问并不具实际意义；而"细参辛字"云云，则别作发挥，"大有新义"（吴则虞选注《辛弃疾词选集》）。下即应词题中"戏"字，转庄为谐，"笑"列"辛"语，显出"辛"字本有的悲情色彩，即所谓"新义"。此"新义"，即光明、忠烈如辛氏之门，体味到的并不是显名荣光，而是无尽的"艰辛""悲辛"与"辛酸""辛苦"。究其因，在辛氏一门从来"向人辛辣"，发直言，行直道，刚直劲烈，不为人喜。这就形成了一个巨大悖论，即所持守与所得遇恰成相反之势。承此，下片前半又从反向着笔，拈出此悖论之另一端，即"世间"之"芳甘浓美"、官家之"累累""金印"，落入的却是门风颓堕之家、"儿曹"小人之手。但即便如此，吾辛门子弟也不能毁失心气，改吾操守，污吾门楣。"付君"三句点送别，即劝勉茂嘉勤于职事、勇力向上，切勿以亲情挂怀，笔调稍为扬振。而末三句又由扬转抑，归于前解"辛"字之意。"靴纹绉面"者，虽用宋田况（元均）典事，却并非要茂嘉在官场温颜强笑、委蛇应付，而是忧其虽秉承家风，忠义刚正，勇于有为，到头来，也只能在偃蹇困顿中体会种种"辛"字滋味。词人称此为"戏语"，实乃真言，融含着对人生世事及仕路艰难的真切体验，寄寓着深沉的身世悲哀与人世悲凉；通览全词，其无非"取平生往事而以一'辛'字括之"（同上）。

此词与上《贺新郎·别茂嘉十二弟》词同为送茂嘉之作，而作法有异。"上一首是联缀有关典故，抒发家国之恨，虽用辞赋古文章法，仍以形象描写为主；本篇却是抓住自己的姓大做文章，大发议论，表明辛氏不同流俗的家世和文化性格特征，有明显的以文为词和以议论为词的倾向。但本篇议论虽多，却饱含情韵，不脱离形象，故同样具有感动人心的艺术魅力。二词各极其妙，都不失为打破常格的成功之作。"（刘扬忠评注《辛弃疾词选》）

浣溪沙

寿内子[1]

寿酒同斟喜有余，朱颜却对白髭须。两人百岁恰乘除[2]。

婚嫁剩添儿女拜③，平安频拆外家书。年年堂上寿星图。

【注释】

　①内子：妻子。

　②"两人"句：谓夫妻两人年龄相加，正好一百岁。"百岁恰乘除"有两种理解：一是一百岁除二为五十，五十乘二为一百，则夫妻两人都是五十岁；二是两人年龄有差，截长补短，合起来为一百岁。

　③剩添：屡添。

【评析】

　此词作年无确考。邓广铭《稼轩词编年笺注》系淳熙十六年（1189），谓"两人百岁恰乘除"指辛弃疾与夫人范氏是年均五十岁，合起来恰一百岁；两人绍兴三十二年（1162）成婚，时皆二十三岁，五十岁即为是年。辛更儒《辛弃疾集编年笺注》则系庆元六年（1200），云："此词必为稼轩寿其三娶之夫人林氏之作，其赋词时间姑定为庆元六年夏，或不中不远矣。"且谓，"两人百岁恰乘除"之"乘除"为"截长补短"意，辛弃疾是年六十一岁，而林氏"尚不足四十"，正与词中"朱颜却对白髭须"描摹合。后种解释似更为合理，姑依之。

　据词题，此词为妻贺寿。上片言寿。开篇"寿酒"即点题。"同斟"之"同"，或言家人共同举杯，或言妻子与自己生日相近。辛弃疾生日为五月十一日（邓广铭《辛稼轩年谱》），则妻子林氏生日亦或在五月；"喜"而"有余"或即指此，并由此引出"朱颜"二句。"朱颜"对"白髭须"，二人寿期虽近，而妻子青春尚在，自己则已老迈，红、白相映，夸妻嘲己，甚有谐趣。人说"长命百岁"，夫妻二人虽都未至百岁，而年龄相加，恰成百岁，亦为可喜，且含强说之巧趣。下片祝寿。一句一意，三句三意：一祝儿孙满堂，二祝父母平安，三祝福寿延年。此皆凡人凡愿，显得朴实、自然而亲切。按，辛弃疾共九子二女。据《辛弃疾集编年笺注》考证，时前三子与二女已成家，与"婚嫁剩添儿女拜"合；相应地，"外家书"亦"非指林氏之家书"，而指"二女与二婿之家书"。此说亦成理。

寿词多，而寿妻词绝少，此或与其时人们所持之男尊女卑观念相关。则辛弃疾此词之独特与新颖可知，不惟见出词人与妻子感情之笃厚，亦可见出其伦理观念、词学观念之脱于凡俗。再则，虽为妻子祝寿，又笔笔不离自己这个"夫君"，笔调郑重而幽默，笔意喜庆而亲爱，可谓此类词中的典范作品。

贺新郎

韩仲止判院山中见访，席上用前韵[①]

听我三章约[②]：有谈功、谈名者舞，谈经深酌。作赋相如亲涤器[③]，识字子云投阁[④]，算枉把、精神费却。此会不如公荣者，莫呼来、政尔妨人乐[⑤]。医俗士[⑥]，苦无药。
当年众鸟看孤鹗[⑦]，意飘然、横空直把，曹吞刘攫[⑧]。老我山中谁来伴，须信穷愁有脚，似剪尽、还生僧发。自断此生天休问[⑨]，倩何人、说与乘轩鹤[⑩]。吾有志，在丘壑[⑪]。

【注释】

①韩仲止：韩淲，字仲止，号涧泉，信州上饶人，前吏部尚书韩元吉之子。能诗词，名高当世，与信州玉山（今属江西）人赵蕃（号章泉）并称"信上二泉"。判院：官名。时人多称韩淲为"韩判院"。《东南纪闻》："韩淲字仲止，上饶人，南涧尚书之子。以荫补京官，清苦自持。

史相当国，罗致之，不少屈，一为京局，终身不出，人但以韩判院称。"前韵：指《贺新郎·题傅君用山园》词。

②"听我"句：词人原注："用《世说》语。"《世说新语·排调》："魏长齐雅有体量，而才学非所经。初宦，当出，虞存嘲之曰：'与卿约法三章：谈者死，文笔者刑，商略抵罪。'魏怡然而笑，无忤于色。"

③相如：西汉大赋作家司马相如。《史记·司马相如列传》："相如与俱之临邛，尽卖其车骑，买一酒舍酤酒，而令文君当炉。相如身自着犊鼻裈，与保庸杂作，涤器于市中。"

④子云：东汉扬雄。《汉书·扬雄传》："时雄校书天禄阁上，治狱事使者来，欲收雄，雄恐不能自免，乃从阁上自投下，几死。莽闻之，曰：'雄素不与事，何故在此？'间请问其故，乃刘棻尝从雄学作奇字，雄不知情。有诏勿问。然京师为之语曰：'惟寂寞，自投阁。爰清静，作符命。'"杜甫《醉时歌》："相如逸才亲涤器，子云识字终投阁。"

⑤公荣：刘公荣。典出《世说新语·任诞》："刘公荣与人饮酒，杂秽非类，人或讥之，答曰：'胜公荣者，不可不与饮；不如公荣者，亦不可不与饮；是公荣辈者，又不可不与饮。'故终日共饮而醉。"政尔：正是。妨人乐：典出《晋书·向秀传》："秀欲注（《庄子》），嵇康曰：'此书讵复须注？正是妨人作乐耳。'"

⑥医俗士：语本苏轼《於潜僧绿筠轩》："人瘦尚可肥，士俗不可医。"

⑦众鸟看孤鹗：用祢衡故事。《后汉书·祢衡传》载，祢衡与孔融相善，孔融上书荐之曰："鸷鸟累伯，不如一鹗。使衡立朝，必有可观。飞辩骋辞，溢气坌涌，解疑释结，临敌有余。"鹗，大雕。

⑧曹吞刘攫：吞曹操攫刘表。祢衡曾羞辱曹操和刘表（事详《后汉书·祢衡传》），故有此语。

⑨"自断"句：语本杜甫《曲江》："自断此生休问天，杜曲幸有桑

麻田。"自断，自料。

⑩ 乘轩鹤：指受宠得意者。典出《左传·闵公二年》："冬十二月狄人伐卫，卫懿公好鹤。鹤有乘轩者。将战，国人受甲者皆曰：'使鹤，鹤实有禄位，余焉能战。'"

⑪ "吾有"二句：语出《孟子·滕文公下》："志士不忘在沟壑，勇士不忘丧其元。"注："志士固穷，常念死无棺椁，弃沟壑而不恨。勇士轻生，常念战斗而死，丧其首而不顾。"

【评析】

郑骞《稼轩词校注》系此词于庆元六年、嘉泰元年间（1200—1201）。邓广铭《稼轩词编年笺注》系庆元六年（1200），谓"作于是年夏、秋二季"。

古时"席上"多行酒令，此席则以约法，别开新面。词开篇即单刀直入，约法三章，禁"谈功""谈名""谈经"。"经"即儒家经典或经术，以修、齐、治、平为人生指归。则此"三章约"可合为一约，即忌谈功名。辛弃疾本是"以气节自负，以功业自许"（范开《稼轩词甲集序》）之人，怎么就忌谈功名了呢？盖世路艰难，功名难以实现。上片先从前代有名儒者谈起，即"作赋相如亲涤器，识字子云投阁"，言司马相如和扬雄二人不仅没有取得功名、"枉把精神费却"，甚至还到了走投无路、有性命之忧的地步。下片则借祢衡言己。自己早年意气风发，似"众鸟看孤鹗"，"意飘然、横空直把，曹吞刘攫"；而今年过六旬，却"老"于"山中"，无人"来伴"，只有无尽之"穷愁"相随。故词人愤然曰，谁谈功名，谁就是"妨人乐"的"俗士"，而不得与我同伍、同席。就是那些正受宠得意的"乘轩鹤"们，词人也一点不羡慕，因为"吾相志，在丘壑"，与之心志相异。当然，词人并非真的要把功名事业一笔扫倒。此篇乃"感慨身世、愤时嫉俗之作"，"全词多用事典，在曲折含蓄、虚实相生的笔锋中，抨击了统治者对人材的埋没，倾诉了平生的失意，读之使人扼腕"（常国武《辛稼轩词集导读》）。

此词用典之外，"须信"二句写愁亦新颖可喜，富有意趣。此二句承"谁来伴"之问，"把'穷愁'像生了脚一样，寸步不离地跟随他，使他摆脱不了的情状，把'穷愁'像有生命力的头发一样，剪了又生的情状，写得无比形象，令人在惊赏他的想象力的同时，也为他如此落魄潦倒而重增悲慨"，"这里的'须信'一词，管着'有脚'和'僧发'这两句，表达的是他在命运摆布下无可奈何的心情"（朱德才、薛祥生、邓红梅《辛弃疾词新释辑评》）。

据词题，此词乃赠韩淲（仲止），并视之为知己。但亦有谓韩淲此访似劝词人复起者，云："仲止见访，其事不可考，以词意窥之，似劝稼轩图起复事。稼轩于庆元四年主冲佑观，已有复用之望。仲止或以此为说。词之首三句即揭出厌薄功名之意，承以'作赋相如'二句，有愤慨失志之情。'医俗士，苦无药'一结，以言不必劝进。仲止为稼轩晚辈，不妨以俗士嘲之。后阕从顶上盘空而起，以'孤鹗'自况，平生往事，俱行摄入。'曹吞刘攫'，有不可一世之概。至此，忽然一转，又结到'自断此生天休问'二句，说出既已绝望于仕途，更不愿受朝廷不甚爱惜之官，甚欲以此意告之朝廷贵人，而仲止惜非其人，着一'倩'字，深有委蛇进退对仲止难言之意。结句'吾有志，在丘壑'，则明说本意。"（吴则虞选注《辛弃疾词选集》）而辛弃疾约作于嘉泰元年（1201）之《行香子》（少日尝闻）词中言，韩淲、赵蕃尝劝其"把相牛经，种鱼法，教儿孙"；此则劝其复起，似有悖。且《行香子》词称韩淲、赵蕃之劝为"老语弥真"，则韩淲当为辛弃疾同辈，而非"晚辈"。又，淳熙十一年（1184）韩淲父韩元吉六十七岁寿辰时，四十五岁的辛弃疾尝上贺词《水龙吟·甲辰岁寿韩南涧尚书》，亦可推知辛弃疾、韩淲为同辈。

夜游宫

苦俗客

几个相知可喜，才厮见说山说水^①。颠倒烂熟只这是。怎奈向^②，一回说，一回美。　　有个尖新底^③，说底话非名即利。说得口干罪过你^④。且不罪^⑤，俺略起，去洗耳^⑥。

【注释】

① 厮见：相见。

② 怎奈向：怎奈何。向，语气助词。

③ 尖新底：特别的。

④ 罪过你：得罪于你。

⑤ 不罪：不怪罪。

⑥ 洗耳：典出《高士传》：尧让天下于许由，由不受而逃。尧又召为九州长，由不欲闻之，洗耳于颍水滨。其友巢父牵犊欲饮之，见由洗耳，问其故，对曰："尧欲召我为九州长，恶闻其声，是故洗耳。"巢父曰："子若处高岸深谷，人道不通，谁能见子？子故浮游欲闻，求其名誉，污吾犊口。"牵犊上流饮之。

【评析】

邓广铭据词题"苦俗客"，谓此词与上词《贺新郎》（听我三章约）作于"同一期内"（《稼轩词编年笺注》），即庆元六年（1200）夏、秋间。

词题所谓"俗客"，当涵盖词中"几个"与"有个"之所指。下片这一"有个"之客，言谈"非名即利"，自然是"俗"，且与《贺新郎》(听我三章约)中"谈功""谈名""谈经"之"俗士"不同。同样是"俗"，谈"功名"者，是俗常之"俗"，词人称"医俗士，苦无药"，是因为他们无从体验像词人那样壮志难酬、功名难成之人的人生经历，词人对他们只是摇头、叹息。而谈"名利"者，则是庸俗之"俗"，他们是只求个人名声和利益的卑下之人，词人对其持鄙视、厌恶态度，故一点也不客气，径直离开，急去"洗耳"。

　　相比这"有个"之客显见之"俗"，上片"说山说水"之"几个"是否也"俗"，则略存异议。肯定者为多，如谓："上片写那些附庸风雅的俗人。他们自命为作者这个'山林隐士'的'相知'，但他们在生命境界上，无法与作者接近，他们不了解作者，却自以为了解。于是这些附庸风雅的家伙，与作者一见面，就颠三倒四地'说山说水'。也许初听之下，作者虽然觉得其浅薄，还能够忍受。可是他们本来无货色，只知道作者放形山水，于是翻来覆去、'颠倒烂熟'只有那么一点内容。他们说得美滋滋的，还以为这样就打进了作者的心胸，能为作者所认可、接纳，可怜不知作者正在忍受着这些无聊的聒噪呢！"(朱德才、薛祥生、邓红梅《辛弃疾词新释辑评》)亦有否定者，如谓："此词把山水客与俗客作了强烈的对比，同时写出了主人(词人自己)对待这两种人爱憎截然不同的态度。山水客来，虽话题单一，说了千遍万遍，不但不嫌，反而回回皆美。俗客来，说名说利，说得再多再久，也令人讨厌。对前者，反笔正写，虽极话题之烦，却越烦越见其美；对后者，正笔反写，虽极写其话题诱人又说得用尽气力，而且似乎礼貌，却于中越见其面目之可憎。笔法巧妙，词中罕见。"(樊维纲选注《辛弃疾陆游诗词精选》)

　　此词以俗为雅，即以俗的形式表现雅的主题。俗的形式，主要表现在三个方面：一是在语言上，多用口语和虚词；二是在句式上，多用散文化的句子；三是在手法上，通过"俗客"的语言、神态，勾勒其漫画式的滑稽形象，幽默辛辣，讥讽有力。

玉楼春

效白乐天体①

少年才把笙歌盏，夏日非长秋夜短。因他老病不相饶，把好心情都做懒。　　故人别后书来劝，乍可停杯强吃饭②。云何相见酒边时③，却道达人须引满④。

【注释】

①白乐天：唐代诗人白居易。

②乍可：宁可。

③云何：为何。

④达人：豁达豪放之人。引满：斟酒满杯而饮。

【评析】

此词作年无确考。邓广铭《稼轩词编年笺注》系庆元六年（1200），谓据词中"故人别后书来劝"句，"知作于杜叔高别去之后"。词中言"夏日非长秋夜短"，或作于秋时。郑骞《稼轩词校注》则谓："赵昌父、韩仲止均曾劝稼轩节饮，此云'故人别后书来劝，乍可停杯强吃饭'，未必即指杜叔高。"

词题曰"效白乐天体"，当指效仿白居易明白如话、通俗明快的文笔风格。此词之写，确乎如此，浅易明了，如同口出，"即使白傅作，亦不过如此"（李濂《批点稼轩长短句》卷十）。上片对比今昔，叹今而怀昔。"少年"时精力充沛，赏歌把盏，夜以继日，无有餍时；"夏日非长秋夜短"，乃泛指少年时日。如今既"老"且"病"，衰朽不堪，无有"好心情"，只有倦"懒"意。下片写友人劝止饮，却谐谑以对。从故人"停杯"之劝，知上片"老病"且"懒"的背后，是杯常在手，借饮求得"好心情"。友人为其身体着想，劝其"停杯强吃饭"，即不能为了求得"好心情"而损坏身体，情意殷切。而词人非但不买账，还笑驳友人道：那我俩"相见酒边"时，你怎么却说我既为"达人"，即须满饮呢？其实，作者并不是真在驳难友人，故人相见，哪有不开怀畅饮的呢？然偶饮可，常饮则非可，友人之劝自然成理。词人这样写，乃言在此而意在彼，语含别意。"这样写，既照应了词的开头，又从他欲戒酒又思饮的矛盾态度中，写出了他对酒的留恋。而此处的恋酒，事实上是留恋少年时的欢快生活，厌恶老来生活之寂寞，内涵是极为深厚的。"（朱德才、薛祥生、邓红梅《辛弃疾词新释辑评》）

辛词中，此种"效"他人"体"之作并非偶见，此词之外，又如《丑奴儿近》（千峰云起）题"效李易安体"，《念奴娇》（近来何处）题"效朱希真体"，《唐河传》（春水）、《河渎神》（芳草绿萋萋）题"效《花间》体"，《暮山溪》（饭蔬饮水）题"效""赵昌父""体"等。"这些都足以表明辛弃疾在创造并形成自己独特词风的同时，还在仿效不同的诗风词风进行创作，而这也正是稼轩词在形成主导风格之外呈现出风格多样性的原因所在。"（陈学广《词学散步》）然此类词"皆一时兴到之戏作，并非辛词之本色"（叶嘉莹《唐宋词名家论稿·论辛弃疾词》）。

玉楼春

用韵答叶仲洽 ①

狂歌击碎村醪盏②，欲舞还怜衫袖短③。心如溪上钓矶闲④，身似道旁官堠懒⑤。　　山中有酒提壶劝⑥，好语怜君堪鲊饭⑦。至今有句落人间，渭水秋风黄叶满⑧。

【注释】

①用韵：即用前首《玉楼春·效白乐天体》词韵。叶仲洽：辛弃疾友人。

②村醪（láo）：乡村酿的酒。醪，汁渣混合的酒，浊酒。

③怜：可惜。

④钓矶：钓鱼时坐的石头。矶，水边突出的岩石。

⑤官堠（hòu）：标记里程的土墩。白居易《社日关路作》："愁立驿楼上，厌行官堠前。"

⑥提壶：即杜鹃鸟，"提壶"是其叫声的谐音。黄庭坚《演雅》："提壶犹能劝沽酒。"

⑦鲊（zhǎ）：腌制的鱼。

⑧"渭水"句：贾岛《忆江上吴处士》："秋风生渭水，落叶满长安。"

【评析】

此词作年无确考。邓广铭《稼轩词编年笺注》谓其与上词《玉楼春·效白乐天体》作于同时，即庆元六年（1200）。"秋风黄叶"云云，亦知作于秋间。

据词题，词乃赠答友人叶仲洽；"用韵"者，即步《玉楼春·效白乐天体》词韵。上片写自我处境与心境。"村""钓矶"，示隐居乡野；"道旁"，亦隐示与正途、政路疏离。身处此境若何？"狂歌"二句，写激愤与悲凉；"狂歌"而"击碎"酒"盏"，"欲舞"而"袖短"难成，激愤悲凉程度可见。接以"心如"二句，写心"闲"而身"懒"；此"闲"与"懒"，自非真正开解后的旷达与淡然，而带有浓重的悲凉、无奈意味。词人原注："谚云：馋如鹞子，懒如堆子。"知"身似"句乃化用谚语。由前之激切不平转至后之空寂漠然，其间所经历的挣扎与煎熬，可想而知。且这种折转不是单向的、一次性的，而是双向的、循环式的，所经历的痛苦自然也是反复的、不断循环的。下片写对友人的感谢、思念与赞誉，词境、词意转暖。"山中"二句，用"鲈饭"比友人所赠之"好语"，称其似珍馐佳肴，可佐美酒，感激甚殊。末"至今"二句有二意：一是用类比手法，赞友人所赠词"句"堪比贾岛诗句，皆似从天上"落"于"人间"；二是借贾岛诗题《忆江上吴处士》，表达对友人的忆怀思念之情。

有评此词"煞有奇气"（李濂《批点稼轩长短句》卷十）。此"奇气"，首二句与末二句体现得尤为明显。

卜算子

闻李正之茶马讣音[①]

欲行且起行，欲坐重来坐。坐坐行行有倦时，更枕闲书卧。　　病是近来身，懒是从前我。净扫瓢泉竹树阴，且恁随缘过[②]。

①李正之：名大正，淳熙十四年（1187）由利州路提点刑狱改任茶马提举。讣音：去世的噩耗。

②恁：如此，这样。

【评析】

邓广铭《稼轩词编年笺注》推定此词作于"淳熙十六年或绍熙元年（1189或1190）"，云："据《建炎以来朝野杂记》及《宋会要》参互推考，李正之由利州路提点刑狱改任茶马提举，其事当在淳熙十四年。据《涧泉集》卷九《李正之丈提刑挽诗》中'符节多遗爱，玺书行九迁。岂期归蜀道，乃尔閟重泉'诸语，是李氏之卒，乃在茶马任满东归途中，至晚当在绍熙元年。因推定此词作年如上。但详词中语意，与题语不相应，似非追悼李氏之作，疑是另有闻讣之《卜算子》一首，原置右词之前，当广信书院本编刊时偶尔夺落也。"此推测有理据，则此词不必作于居上饶带湖时。又词中"净扫瓢泉竹树阴"句明点"瓢泉"，且所写为平居生活情形，则此词作于铅山瓢泉时期之可能性为大。又因词中言"病""懒"，情形与上二词《玉楼春·效白乐天体》《玉楼春·用韵答叶仲洽》为近，则三词或作于同时。姑亦系庆元六年（1200）秋间。

词写闲居生活之日常情形。上片写行、坐、卧，"欲行"便行，"欲坐"便坐，"倦时"便"卧"，且得"枕闲书卧"，闲而且雅。然此"亦可谓之一种无奈之风雅"，"十年闲居，消煞英雄豪杰矣"（于永森《稼轩词选笺评》）。下片写病、懒、缘。"坐坐行行"便"倦"，即非常态，原来是"近来"身"病"，不同于"从前"之闲极而"懒"倦。但不管是何种样态，皆为因"缘"，我且"净扫""竹树阴"，清心"随缘过"。一"净"一"缘"，似已至佛家华严境界，一切圆通，诸事无碍。而设若词题无误，则听到友人"讣音"，觉人生总会走到尽头，自己既已老、病，不如放下一切，接受一切，面对一切，但求适意，随缘而过，得过且过。所谓"若要足时今足矣，以为未足何时足"（辛弃疾《满江红·山居即事》）也。

此篇不避重字。如上片"行""坐"即各出现四次，却恰能凸显词人日常闲暇乃至无所聊赖之境况。

归朝欢

题赵晋臣敷文积翠岩[①]

我笑共工缘底怒，触断峨峨天一柱。补天又笑女娲忙[②]，却将此石投闲处。野烟荒草路，先生挂杖来看汝。倚苍苔，摩挲试问[③]，千古几风雨。　　长被儿童敲火苦，时有牛羊磨角去[④]。霍然千丈翠岩屏[⑤]，锵然一滴甘泉乳[⑥]。结亭三四五，会相暖热携歌舞[⑦]。细思量，古来寒士，不遇有时遇[⑧]。

【注释】

①赵晋臣：赵不遇，字晋臣，铅山人。敷文：官名，敷文阁学士的省称。积翠岩：在铅山县西。《江西通志》卷十一载，八字岩，在铅山县西四里，近有积翠岩，在铜宝山侧。晋太始间高将军逐白鹿至此。南唐徐锴《方舆记》云："积翠岩房蓄烟霭，五峰相对。"

②"我笑"三句：典出司马贞《史记索引》，云诸侯有共工氏，"与祝融战，不胜而怒，乃头触不周山崩，天柱折，地维缺，女娲乃炼五色石以补天，断鳌足以立四极，聚芦灰以止滔水，以济冀州。于是地平天

334

成，不改旧物"。缘底，为何。峨峨，高耸貌。

③"倚苍苔"二句：语出王安石《谢公墩》："摩挲苍苔石，点检屐齿痕。"摩挲，用手抚摸。

④"长被"二句：语出韩愈《石鼓歌》："牧童敲火牛砺角，谁复着手为摩挲。"

⑤霍然：忽然。

⑥锵然：本是形容玉石的清脆之声，此处形容滴泉的声音。甘泉乳：钟乳石滴下的甘甜的泉水。

⑦"会相"句：谓待春暖花开时带歌儿舞女来。会相，应当。

⑧"不遇"句：有时不遇，有时遇。不遇，指怀才不遇。

【评析】

此词约作于庆元六年（1200）。郑骞《稼轩词校注》云："晋臣于庆元五年己未自江西漕任归铅山，买得积翠岩，始得陆续造屋其上，即所谓'结亭三四五'也。此词盖六年庚申建佛堂时作，名泉为'拄杖'，当是用右词'拄杖'之语。"词题"题赵晋臣敷文积翠岩"，即证积翠岩时已属赵不遇。辛弃疾当特往观览，并作此词。

词开端"我笑"四句，悬想积翠岩之来历，谓其乃共工"触断"之天柱山，女娲补天"投"弃之五色石。来历神秘，想象奇特，色彩奇幻，与后吴文英叹苏州灵岩山"是何年青天坠长星"（《八声甘州·陪庾幕诸公游灵岩》）似。然奇则奇矣，却是柱被"触断"、石投"闲处"，遭遇、处境让人感叹；又两出"笑"字，戏嘲、无奈之意亦显见。后又以"野烟荒草""苍苔""风雨""儿童敲火""牛羊磨角"之写，烘托、强化此意，令人叹惋。至眼下，"先生"赵不遇"拄杖来看"、"摩挲"抚问，又悉心拓辟、整治，积翠岩之面目、声容始焕然而出，所谓"霍然千丈翠岩屏，锵然一滴甘泉乳"。然此尚为不足，主人又"结亭"其侧，"携"以"歌舞"，其方由"不遇"转为今日之"有时遇"。末句乃巧用赵晋臣"不遇"名，自然贴切，堪称妙绝。显然，此词作意，实以积翠岩之"遇"与"不遇"情形，比类"古来寒士"之"遇"与"不遇"遭际，寄意深婉，感慨深沉。而又以"有时遇"收结，意在"慰人穷愁，坚人壮志"（卓人月汇选、徐士俊参评《古今词统》卷十四），使人不致在不遇时颓丧萎靡、沉沦绝望。

而此词意蕴之基本点，乃借积翠岩为自身写照。"在许多词篇中，稼轩将内心抑郁兀傲之气投射于山，使山成为作者自我的象征。咏积翠岩词《归朝欢·题赵晋臣敷文积翠岩》堪称此类作品的代表。……稼轩此词大处着眼，讲述积翠岩的来历遭遇，藉此与自己的人生经历相比照，从而抒发郁结于心的不平之气。首二句写积翠岩巍峨之状，仿佛是传说里共工发怒时所撞断的天柱；次二句说积翠岩是女娲补天余下的闲石。'却将此石投闲处'系全篇之眼，实借此山被女娲所弃来抒写词人被闲置的痛苦和愤懑。而这被弃置于'野烟荒草路'的积翠岩，便成为英雄词人怀经世之才而未能为世所用的自我写照。"（陶文鹏、赵雪沛《唐宋词艺术新论》）"一块补天之石被遗弃此间，被儿童敲火，牛羊磨角，这不是作者的自我写照吗？在这'野烟荒草'间，巨石会倚重于翠岩、甘泉，而结束被冷遇的生活，这是作者希望自己最终能被用于'补天'。"（邓乔彬《爱国词人辛弃疾》）

西江月

示儿曹^①，以家事付之

万事云烟忽过^②，百年蒲柳先衰^③。而今何事最相宜？宜醉宜游宜睡^④。　　早趁催科了纳^⑤，更量出入收支。乃翁依旧管些儿^⑥，管竹管山管水。

【注释】

① 儿曹：儿辈。

② "万事"句：苏轼《宝绘堂记》："譬之烟云之过眼，百鸟之感耳。"

③ 蒲柳先衰：《世说新语·言语》："顾悦与简文同年而发早白。简文曰：'卿何以先白？'对曰：'蒲柳之姿，望秋而落；松柏之质，经霜弥茂。'"蒲柳，即水杨，一种入秋就凋零的树木。

④ "宜醉"句：南宋陈与义《菩萨蛮·荷花》："南轩面对芙蓉浦，宜风宜月还宜雨。"

⑤ 催科：催收租税。租税有科条法规，故称。了纳：完纳赋税。

⑥ 乃翁：你们的父亲。

【评析】

此词作年无确考。郑骞《稼轩词校注》谓："据词境推测，总在六十岁以后。"吴企明《辛弃疾词校笺》系庆元六年（1200），时辛弃疾六十一岁。

本篇写向儿辈交付家事，虚实相生，极富情趣。实者，只下片"早趁"二句，即教儿辈如何管家。管家要领有二：一要先想国家，及时

完纳赋税，尽好公民应尽义务；二要掌握好家庭收支平衡，量入为出，支费有度。此既见出家国一体、以国为先的观念与境界，又要言不烦，明了确当，堪称管家典则。然此词之出神处，还在虚笔之写，即词人托付完家事、不再管家后，他要做些什么。苏辙晚年所作《闲居五咏·买宅》诗尝云："生理付儿曹，老幸食且眠。"仅一"食"一"眠"耳。此词则有三"宜"三"管"，闲而不闲，不闲而闲，畅言快语，妙趣横生，与同时期杨万里（诚斋）之诗词类。"杨诚斋词：'一道官衔清彻骨，别有监临主守。主守清风，监临明月，兼管栽花柳。'当与稼轩相视而笑。……此词意极超脱，其人可想见矣。"（卓人月汇选、徐士俊参评《古今词统》卷六）"宜醉、宜游、宜睡，是不宜入仕也。管竹、管山、管水，只管风景不管家计。国事他人了之，家事儿曹任之。此类词与杨诚斋诗境有相近处。"（吴则虞选注《辛弃疾词选集》）

但轻松洒脱只是表面样态，内里却包含着词人对一生不遇、常年闲置的无奈与感慨。"乍读此词，往往容易着眼于它的上下两结，为其狂放不羁、清雅洒脱的风神所吸引。琐细家事，信笔写来，平易自然，尤其'三宜''三管'，笔调轻松流畅，更富诙谐幽默情趣。但细细想来，起首两句也至关重要。往事如烟云过眼，自身似蒲柳先衰，其间思绪纷纭，一边参悟人生，看破红尘，一边却又自伤不遇，感慨万千，牢骚满腹。由此看来，'三宜''三管'，不过聊以自我遣怀，为稼轩独具之抒情方式而已。"（朱德才选注《辛弃疾词选》）"全词所写，如果与其所处生活环境联系在一起看，即与其胸怀大志而又被闲置的处境联系在一起看，则其所谓'最相宜'以及'依旧管些儿'，可能都是反话。即那是最不相宜，而最不愿意依旧管那么一些儿——无关紧要的一些儿。说的是家事，却包含着国事。其壮志未酬之感慨及无可奈何之情绪十分沉重，但是这一切都以十分轻松的形式加以表现。这就是辛弃疾的特殊本领。"（施议对《辛弃疾词选评》）

玉楼春

　　三三两两谁家妇^①，听取鸣禽枝上语。提壶沽酒已多时^②，婆饼焦时须早去^③。　　醉中忘却来时路，借问行人家住处。只寻古庙那边行，更过溪南乌柏树^④。

【注释】

　　①"三三"句：语出柳永《夜半乐》："岸边两两三三，浣纱游女。"

　　②提壶：即杜鹃鸟。

　　③婆饼焦：鸟名。"婆饼焦"是拟其叫声。南宋王质《绍陶录》卷下："婆饼焦，身褐，声焦急，微清，每调作三语，初如云'婆饼焦'，次云'不与吃'，末云'归家无消息'。后两声若微于初声。"

　　④乌柏树：一种落叶树，实如胡麻子，脂肪多，可用来做肥皂和蜡烛。

【评析】

　　此词作年无确考。郑骞《稼轩词校注》疑为庆元六年、嘉泰元年间（1200—1201）作，吴企明《辛弃疾词校笺》系庆元六年。

　　此为醉酒词。上片写村妇路听禽鸟，而"鸣禽"催其早归。"听取"句，写几个村妇或赶集归来，正聚在树荫下歇息；树上禽鸟鸣啭，甚是动听。"提壶"二句，写禽鸟们催她们早点回家；"婆"与"妇"应，似乎是鸟儿看到了家中婆婆急等她们归去的神色。这里，"提壶沽酒""婆饼焦时"情事，与鸟名、鸟鸣声合一，甚是绝妙。而禽鸟究竟在劝谁早归，却又见仁见智，颇有异解。有谓即指村女、村妇，云："提壶鸟的叫声，似乎在提醒一位受家长之命出来买酒的贪玩女孩子：还不赶快沽酒回家！更有趣的是那高叫'婆饼焦婆饼焦'的饶舌鸟，似乎是在戏谑另一个贪玩忘归的小媳妇：婆婆已把烙饼烧焦了，还不快回去帮忙！"（刘扬忠评注《辛弃疾词选》）而有谓乃劝词人，"沽酒"者即词人自指，云："这些鸟儿究竟是在劝谁早归呢？乍看是在劝游女们，因为是游女在听禽，其实却是劝打酒而路饮不归的词人。"（朱德才、薛祥生、邓红梅《辛弃疾词新释辑评》）其有谓"谁家妇"并不存在，乃词人醉中之幻象，云："'提壶'两句是禽言，醉人听了以为是女伴们的话。全片是倒写，并不是真有'三三两两'的女子，巧妙地运用'禽言诗'体刻划了醉人的情态。"（夏承焘、盛静霞《唐宋词选讲》）

下片写词人醉中问路，"行人"热心指路。"醉中"二字承上启下，既示上片场景"皆从醉人朦胧的视觉听觉中写出"（郑小军编注《众里寻他千百度：辛弃疾词》），又领起下片醉中问路情形。看来鸣禽之劝，不仅在劝村妇，也在劝词人。而词人听劝还归，却又忘了来时路；不得已，只得问起"行人"来。醉饮至此，令人失笑；这醉意，可要比"但寻牛矢觅归路，家在牛栏西复西"（苏轼《被酒独行遍至子云威徽先觉四黎之舍三首》其一）的主儿，又多出几分。如此着笔，"一方面描绘醉态，另一方面也反映了这一地方的人互相熟悉，互相亲睦的情况"（夏承焘、盛静霞《唐宋词选讲》）。

全词用语真朴，"竟是白话"（卓人月汇选、徐士俊参评《古今词统》卷八），而又妙趣横生，谐谑有味。而谐谑中又有苦涩。"一个曾经是那么积极有为的生命，居然到了这样的颓放光景，能不令人感慨"，"本词外示幽默轻闲但内不可测，余味甚远"（朱德才、薛祥生、邓红梅《辛弃疾词新释辑评》）。

西江月

遣兴

醉里且贪欢笑，要愁那得工夫[①]。近来始觉古人书，信著全无是处[②]。　昨夜松边醉倒，问松我醉何如。只疑松动要来扶，以手推松曰去[③]。

【注释】

① 那：同"哪"。

② "近来"二句：语出《孟子·尽心下》："孟子曰：尽信书，则不如无书。"是，正确。

③ "以手"句：典出《汉书·龚胜传》："博士夏侯常见胜应禄不和，起至胜前谓曰：'宜如奏所言。'胜以手推常曰：'去！'"

【评析】

此词作年无确考。邓广铭《稼轩词编年笺注》系于"庆元中"，郑骞《稼轩词校注》疑庆元六年、嘉泰元年间（1200—1201）作，吴企明《辛弃疾词校笺》系庆元六年。

此为醉酒词。上片泛写"醉里"情形。起首二句写醉中"欢笑"，而"实写一'愁'字，纯从反面写"（吴则虞选注《辛弃疾词选集》），即应反向寻其意味，谓醒时没有"欢笑"，只有"愁"闷。"且贪"二字，凸显出"欢笑"得来不易，及暂得"欢笑"而贪享之堪怜神情与酸涩心态，犹如李煜之"梦里不知身是客，一晌贪欢"（《浪淘沙令》）。而词人之"愁"从何而来？乃来自个人理想、追求与现实残酷、荒诞之间，所产生的巨大龃龉与矛盾。而自己的理想、追求，又是从"古人书"里得来的，则"古人书"之误人而不能"信著"可知，甚至是"全无是处"。当然，这是词人的激愤之语。"作者说古人书'信著全无是处'，意思不是菲薄古人，否定一切古书的意义，而是针对当时政治上没有是非和古人至理名言都被抛弃的现状，发出的激愤之辞。词中写醉态、狂态，都是对政治现实不满的一种表示。"（胡云翼选注《宋词选》）"我们知道，辛弃疾二十三岁自山东沦陷区起义南来，一贯坚持恢复中原的正确主张。南宋统治集团不能任用辛弃疾，迫使他长期在上饶乡间过着退隐的生活。壮志难酬，这是他生平最痛心的一件事。这首词就是在这样的环境、这样的心境中写成的，它寄托了作者对国家大事和个人遭遇的感慨。'近来始觉古人书，信著全无是处'，就是曲折地说明了作者的感慨。古人书中有一些至理名言。比如《尚书》说：'任贤勿贰。'对比南宋统治集团的所作所为，那距离是有多远呵！由于辛弃疾洞察当时社会现实的不合理，所以发为'近来始觉古人书，信著全无是处'的浩叹。这两句话的真正意思是：不要相信古书中的一些话，现在是不可能实现的。"（夏承焘《唐宋词欣赏》）

下片乃具写"昨夜"醉中情形。"醉倒"松边，醉语"问松"，疑松"来扶"，"推"松曰"去"。四句四"松"，口不离"松"，颇类醉者声口。此一过程风趣诙谐，富戏剧性，"足令人解颐"（傅庚生《中国文学欣赏举隅》）。"四句不仅写出维妙维肖的醉态，也写出了作者倔强的性格。仅仅二十五个字，构成了剧本的片段：这里有对话，有动作，有神情，又有性格的刻划。小令词写出这样丰富的内容，是从来少见的。……'以手推松曰去'，这是散文的句法。……用散文句法入词，用经史典故入词，这都是辛弃疾豪放词风格的特色之一。"（夏承焘《唐宋词欣赏》）又，"醉倒松树边，无人照应，故醉眼蒙眬中唯有问讯松树，见出孤独无奈、世无知音的悲凉"（郑小军编注《众

342

里寻他千百度：辛弃疾词》）。

在语言上，全词"通俗简洁，明快自然"，"将警策的议论与生动的白描结合起来，使得所写的形象和意境十分耐人寻味"（刘扬忠评注《辛弃疾词选》）。

卜算子

千古李将军，夺得胡儿马①。李蔡为人在下中，却是封侯者②。　　芸草去陈根③，笕竹添新瓦④。万一朝廷举力田⑤，舍我其谁也⑥。

【注释】

①"千古"二句：李将军，即李广。夺马故事，见《史记·李将军列传》："广以卫尉为将军，出雁门，击匈奴。匈奴兵多，破败广军，生得广……广时伤病，置广两马间，络而盛卧广。行十余里，广佯死，睨其旁有一胡儿骑善马，广暂腾而上胡儿马，因推堕儿，取其弓，鞭马南驰数十里，复得其余军，因引而入塞。匈奴捕者骑数百追之，广行取胡儿弓射杀追骑，以故得脱。"

②"李蔡"二句：《史记·李将军列传》载："初，广之从弟李蔡与广俱事孝文帝。……蔡为人在下中，名声出广下甚远，然广不得爵邑，官不过九卿，而蔡为列侯，位至三公。"

③芸草：除草。

④"笕（jiǎn）竹"句：剖竹为瓦。笕，对剖竹子，连接成引水的管道。又，吴则虞选注《辛弃疾词选集》："'笕竹'以竹凿通而接流水，灌溉田亩，接榫之处添瓦以保护之。今江南犹有此法。"

343

⑤朝廷举力田:《汉书·惠帝纪》:"春正月,举民孝弟力田者,复其身。"力田,乡官名,汉置。亦指努力耕田、勤于农事。

⑥"舍我"句:语出《孟子·公孙丑下》:"如欲平治天下,当今之世,舍我其谁也。"

【评析】

此词作年无确考。郑骞《稼轩词校注》系于庆元六年、嘉泰元年间(1200—1201),吴企明《辛弃疾词校笺》系庆元六年。

词中出现了三个人物:汉代同期、同姓、同宗的李广、李蔡二人,及词人自己。词人通过对三人境遇的描画与比照,表达出社会、人生的无限感慨。"上片将李广、李蔡两人的才能和遭遇进行对比,借古事讽刺当今朝廷用人失当,赏罚不明,是从正面来说。下片写自己退隐后的劳动生活,自称朝廷倘若推举力田之官,则舍我莫属,是用反语来说。上片充满了不平之气;下片则故作姿态,仿佛煞有介事,读来更觉入木三分。"(常国武《辛稼轩词集导读》)比照是本词的基本手法。其中,李广与李蔡的对比、李广与词人的类比是显性的,而以词人为代表的才士、志士的失意与其时庸碌、卑下之徒的得意,及词人非凡才能、志向、气概与其老于村野境况间的对比,则是隐性的。通过诸种比照,社会、人生的荒唐味与荒谬性就显出了。特别是词末拈出之"舍我其谁",内涵指向由"平治天下"遽转为"芸草""力田",荒唐味与荒谬性就更加突出了,与"汗血盐车无人顾,千里空收骏骨"(《贺新郎》)同一机杼。这也正是此词尖锐批判性之所在,"意气所寄,可击唾壶而歌之"(卓人月汇选、徐士俊参评《古今词统》卷四)。当然,词人这里并无轻视农事之意,否则就不会有"人生在勤,当以力田为先"之言,并"以'稼'名轩"了(《宋史·辛弃疾传》)。

辛弃疾另有专咏李广之《八声甘州》（故将军饮罢夜归来），乃正笔述写，语含苍凉。此词则以小令出之，语带谐谑，而表意力度和效果却有过之而无不及。有评之云："南渡以后名家，长词虽极意雕镌，小调不能不敛手。以其工出意外，无可着力也。稼轩本色自见，亦足赏心。"（先著、程洪辑《词洁》卷一）所谓"本色"，即指此词"看似漫不经心，肆口而成，实则胸中有郁积，腹中有学养，一触即发，一发便妙"，乃"不可以寻常率笔目之"（上海辞书出版社文学鉴赏辞典编纂中心编《唐宋词鉴赏辞典》钟振振解析此词）。

卜算子

万里蹑浮云，一喷空凡马①。叹息曹瞒老骥诗，伏枥如公者②。　　山鸟哢窥檐③，野鼠饥翻瓦。老我痴顽合住山④，此地菟裘也⑤。

【注释】

①"万里"二句：语出《汉书·礼乐志·郊祀歌》："太乙况，天马下。……蹑浮云，晻上驰。"蹑（niè），通"躡"，追踪。

②"叹息"二句：曹操《龟虽寿》："老骥伏枥，志在千里。烈士暮年，壮心不已。"曹瞒，即曹操，小名阿满。

③哢（lòng）：鸟鸣。

④痴顽：痴呆固执。《新五代史·冯道传》："无才无德，痴顽老子。"合：应该。

⑤菟（tù）裘：隐居之地。典出《左传·隐公十一年》："使营菟裘，吾将老焉。"杜预注："菟裘，鲁邑，在泰山梁父县南。不欲复居鲁朝，

故别营外邑。"

【评析】

此词与上词同调同韵，当为同时之作。郑骞《稼轩词校注》系于庆元六年、嘉泰元年间（1200—1201），吴企明《辛弃疾词校笺》系庆元六年。

此为激愤之作。"上片赋志，写理想，格调高昂；下片抒情，写现实，情绪低沉。两相对照，既不甘隐逸山林，却又无可奈何。曰'痴顽'，自嘲语，亦自愤语，正见此老清贫自守、不俯首向人的刚倔个性。"（朱德才选注《辛弃疾词选》）词人之理想，乃借天马与"老骥"形象显出。天马"万里籋浮云，一喷空凡马"，"老骥"虽"伏枥"而"志在千里"，分别象征有志之士人生的两个阶段，即青壮年时期尽情施展才力，建功立业、有志获骋，老年时期功成名就，虽身体衰弱而心志不减、"壮心不已"。与之相较，词人的人生是功名未就、破碎难堪的，前一阶段不是官卑职微、任非所愿，就是屡遭贬黜、空耗岁月，老年时期更是境况凄凉，只能与"山""野"间之"鸟""鼠"为伍，心志虽在，徒尔奈何！可以与命运相抗衡的，也只有"痴顽"样的倔强了。全词的激愤之情，就是在这种情形下产生的。

上、下两片间的顺承过渡，在"叹息"二句所蕴含的言外之意。"天马式的不凡人物即使到了暮年，也依然如曹操所写的老骥一样，'志在千里'。但是，作为不遇的英雄，他们却被迫'伏枥'，这不能不让作者愤怒难平，他站出来，叹息'伏枥如公者'，也就是说，象那样不遇的情况，实在是太令人感慨不平了。"（朱德才、薛祥生、邓红梅《辛弃疾词新释辑评》）则如何"伏枥"，下片就转写隐居"山""野"间之境况。至于句中的"公"之所指，则有不同理解。有谓："公，指曹操。"（徐汉明选注《配画辛词一百首》）又有谓："这里的'公'，在他心中应有所指，但既以'曹瞒'来称呼曹操，当不是指曹操，况且曹操与其他历史英雄如李广等人相比，也算不得不遇。值得注意的是，在这样的神马形象和不遇的老英雄的形象，虽然是为历史上不遇的英雄写照，但却又是作者自己的精神自画像。"（朱德才、薛祥生、邓红梅《辛弃疾词新释辑评》）"公，指骏马，实乃作者自谓。"（彭国忠、刘锋杰编注《豪放词》）

贺新郎

邑中园亭，仆皆为赋此词。一日，独坐停云，水声山色，竞来相娱，意溪山欲援例者，遂作数语，庶几仿佛渊明"思亲友"之意云①

甚矣吾衰矣②。怅平生、交游零落③，只今余几。白发空垂三千丈④，一笑人间万事⑤。问何物、能令公喜⑥。我见青山多妩媚⑦，料青山、见我应如是。情与貌，略相似。

一尊搔首东窗里⑧。想渊明、停云诗就，此时风味。江左沉酣求名者⑨，岂识浊醪妙理⑩。回首叫、云飞风起⑪。不恨古人吾不见，恨古人、不见吾狂耳⑫。知我者，二三子⑬。

【注释】

①邑：县邑，指词人所居铅山县。此词：指《贺新郎》调。停云：辛弃疾在瓢泉所筑停云亭。意：猜想。援例：依照惯例，即为每个亭子赋词。庶几仿佛渊明"思亲友"之意：约略与陶渊明"思亲友"之意相似。陶渊明《停云》诗序："《停云》，思亲友也。"

②"甚矣"句：《论语·述而》："子曰：甚矣吾衰也，久矣吾不复梦见周公。"

③交游零落：指老友纷纷离世。欧阳修《江邻几文集序》："不独善人君子难得易失，而交游零落如此，反顾身世，死生盛衰之际，又可悲夫！"

④"白发"句：语本李白《秋浦歌》："白发三千丈，缘愁似个长。"

⑤人间万事：语出寇准《和蒨桃》："将相功名终若何，不堪急景似奔梭。人间万事何须问，且向樽前听艳歌。"

⑥能令公喜：典出《晋书·温峤传》："时王珣为温主簿，亦为温所重。府中语曰：'髯参军，短主簿，能令公喜，能令公怒。'（郗）超髯，（王）珣短故也。"髯，多须或须长。短，身材矮小。

⑦"我见"句：化用唐太宗语。《新唐书·魏徵传》："帝曰：'人言（魏）徵举动疏慢，我但见其妩媚耳。'"

⑧尊：盛酒器，泛指杯盏。搔首：以手搔头。焦急或有所思貌。语本陶渊明《停云》："静寄东轩，春醪独抚。良朋悠邈，搔首延伫。"

⑨江左：江东，此指南朝。苏轼《和陶渊明饮酒二十首》："江左风流人，醉中亦求名。"

⑩浊醪（láo）：浊酒。杜甫《晦日寻崔戢李封》："浊醪有妙理，庶用慰浮沉。"

⑪云飞风起：刘邦《大风歌》："大风起兮云飞扬，威加海内兮归故乡。"

⑫"不恨"二句：《南史·张融传》："融善草书，常自美其能。……常叹云：'不恨我不见古人，所恨古人又不见我。'"

⑬二三子：《论语》中孔子对其弟子的称呼。如《述而》篇："子曰：二三子，以我为隐乎，吾无隐乎尔。"

【评析】

　　郑骞《稼轩词校注》系此词于庆元六年、嘉泰元年间（1200—
1201）。邓广铭《稼轩词编年笺注》系嘉泰元年（1201）春，云："词
题中谓'邑中园亭'已'皆为赋此词'，其意即谓铅山之园亭，俱已
为赋《贺新郎》矣。今按本卷《贺新郎》调下咏铅山园亭者计有五阕，
其中题赵晋臣之积翠岩一阕作于庆元六年夏、秋间，则此二词（按包
括下词《贺新郎·再用前韵》）自应作于稍后，即嘉泰元年之春。……
《桯史》之记事，亦可证知此二词实距稼轩守京口为时不甚远也。"是
年，辛弃疾六十二岁。

　　据题序，此词乃仿陶渊明《停云》诗而表"思亲友"之意；开
篇言"甚矣吾衰矣"，即为此提供年岁与心理背景。"'怅平生交游零
落'二句，云稼轩在上饶隐居十年间，洪景伯、罗瑞良、韩南涧、汤
朝美、钱仲翔、王宣子、施圣与、陆九渊、陈同父先后下世。平生故
交，零落殆尽，但余陆放翁、朱晦庵、刘政之数人而已。'停云亲友'
之思，正自此中生出。"（吴则虞选注《辛弃疾词选集》；其系此词于
庆元元年，时辛弃疾五十六岁）下片"一尊"三句、"知我者"二句
亦含此意。"知我者"，即我之"亲友""交游"者，或曰如亲之友。
其"零落"者，我"怅"然追怀；"今余"者，我"一尊"在手、"搔
首延伫"、引颈而望之，皆合"思亲友"之旨。而另一方面，"此词稼
轩自拟彭泽诗意，然彭泽一爵醺如，二爵闲如，此则'坎坎鼓我，蹲
蹲舞我'矣"（卓人月汇选、徐士俊参评《古今词统》卷十六），即在
客观表达上，词作又大大超出"思亲友"意，塑造出了巍然如山、峻
烈狂放的志士、烈士形象。与山一样，此形象顶天立地、坚执刚正，
不管别人是否亲近于我，我都屹然挺立在那里。"妩媚"者，非指外
貌柔和秀美，而表亲睦、亲近之意；否则，后之"狂"态就无处安

放。这里，词人并没有恪守儒家所谓"怨而不怒""温良恭俭"之训谕，他可以肆意地"叫云飞风起"，可以放言"恨古人不见吾狂耳"，峻烈狂放之气，世罕与匹。"'回首叫'以下，风云跌荡，有老骥伏枥之慨。'知我者，二三子'，关照上片之故人余几，且又表出胸中之无限气势。此等处如满纸牢愁，有何呈取。假用张融语，放开境界，益觉荦兀。使读者知此词是借题寓慨，用意不在本位上。"（吴则虞选注《辛弃疾词选集》）此种不在思亲"本位上"的形象，是以胸怀国家、力图恢复而又才力超卓为内质的，远非那些"江左沉酣求名者"可比。当政者不识、不觉"我"之"妩媚"，自有青山与如青山一样的"知我者"赏爱我、亲近我。对昏聩的当政者我只轻蔑一"笑"，对"知我者"我则满心而"喜"。同时，词中用"江左"语，亦含深意。"辛氏喜欢用南北朝人的语言入词，象这首词'不恨古人吾不见'二句，是用《南史》张融语。'江左沉酣求名者'两句则是评议南朝人语。因为南宋偏安江左，政治局面和南朝相似，所以南宋人的感慨，也与南朝人相近。陆游诗、辛弃疾词都多用南朝人语，这是和他们的时代身世有密切的关系的。"（夏承焘、盛静霞《唐宋词选讲》）

在写法上，此词化用语典，自然巧妙。"词以抒情为中心，广征博引，驱遣自如，先后用了《论语》《世说新语》《南史》《新唐书》以及陶潜、李白、杜甫和苏轼的诗句，而意境却浑然天成，无一点斧凿痕迹。"（喻朝刚、周航主编《分类两宋绝妙好词》）"如'甚矣吾衰矣''二三子''不恨古人吾不见，恨古人不见吾狂耳'等句，采自古代散文和史传，却不仅使它们妥帖入词，不牾格律，而且浑如己出，浑化无碍，有点铁成金之妙。又如'白发空垂三千丈'一句，在李白诗句上著一'空垂'，感慨更分明，更沉重，更切合全词的情味。再如'一尊搔首东窗里'，浓缩陶渊明诗意，精华具在，有后来居上

之妙。"（朱德才、薛祥生、邓红梅《辛弃疾词新释辑评》）

另，岳珂《桯史》卷三载，辛弃疾"每燕必命侍妓歌其所作，特好歌《贺新郎》一词，自诵其警句曰：'我见青山多妩媚，料青山见我应如是。'又曰：'不恨古人吾不见，恨古人不见吾狂耳。'每至此，辄拊髀自笑，顾问坐客何如"；岳珂尝指此四句为"警语"而"差相似"，辛弃疾也"咏改其语"，然"日数十易，累月犹未竟"。这说明"我见""不恨"四句表意独特，不可改易。"岳珂批评他'警语差相似'，从句式结构看，有一定道理。但仔细加以品味，则两联的意境毕竟不同。上一联是写'物'和'我'的关系，下一联是写'古'和'今'的关系；前者为物、我交融，后者为古、今一体。前者是横向的空间联系，后者是纵向的时间联系。加上作者这样反复吟唱，读者的印象就更深刻了。难怪辛弃疾虚心听取岳珂的意见后想作改动，而终究改动不了。"（上海辞书出版社文学鉴赏辞典编纂中心编《唐宋词鉴赏辞典》蔡厚示解析此词）

贺新郎

再用前韵

鸟倦飞还矣①。笑渊明、瓶中储粟，有无能几②。莲社高人留翁语③，我醉宁论许事④。试沽酒、重斟翁喜。一见萧然音韵古⑤，想东篱、醉卧参差是⑥。千载下，竟谁似。　　元龙百尺高楼里⑦，把新诗、殷勤问我，停云情味⑧。北夏门高从拉攞⑨，何事须人料理⑩。翁曾道、繁华朝起⑪。尘土人言宁可用，顾青山、与我何如耳⑫。歌且

351

和，楚狂子^⑬。

【注释】

① 鸟倦飞还：陶渊明《归去来分辞》："云无心以出岫，鸟倦飞而知还。"

② "笑渊明"二句：陶渊明《归去来辞序》："余家贫，耕植不足以自给，幼稚盈室，瓶无储粟。"

③ 莲社：东晋时，慧远法师曾在庐山东林寺结社。因寺中多白莲，故称莲社。《东林十八高贤传》："时远法师与诸贤结莲社，以书招渊明。渊明曰：'若许饮，则往。'许之，遂造焉。"

④ 许事：此事，这等事。

⑤ 萧然：潇洒，悠闲。苏轼《游惠山诗序》："爱其语清简，萧然有出尘之姿。"

⑥ 东篱醉卧：陶渊明《饮酒二十首》其五："采菊东篱下，悠然见南山。"参差是：差不多是这样。白居易《长恨歌》："中有一人字太真，雪肤花貌参差是。"

⑦ 元龙：陈登。百尺高楼：典出《三国志·魏书·陈登传》：许汜对刘备说："昔遭乱过下邳，见元龙。元龙无客主之意，久不相与语，自上大床卧，使客卧下床。"刘备说："君有国士之名，今天下大乱，帝主失所，望君忧国忘家，有救世之意。而君求田问舍，言无可采，是元龙所讳也。何缘当与君语？如小人，欲卧百尺楼上，卧君于地，何但上下床之间邪？"卧百尺高楼，本是刘备说的话，宋人写诗词用典，常把百尺楼附会到陈登身上，说"元龙百尺楼"。不仅辛弃疾如此用，苏轼《次韵答邦直子由五首》也有"懒卧元龙百尺楼"之句。

⑧ 停云：指陶渊明《停云》诗。

⑨ "北夏门"句：典出《世说新语·任诞》："任恺既失权势，不复

352

自检括。或谓和峤曰：'卿何以坐视元裒败而不救？'和曰：'元裒如北夏门，拉攞自欲坏，非一木所能支。"北夏门，指洛阳北的大夏门。《洛阳伽蓝记》："北面有二门：西头曰'大夏门'，汉曰'夏门'，魏、晋曰'大夏门'。尝造三层楼，去地二十丈。"从，听凭，任从。拉攞（luǒ），坍塌，崩溃。

⑩ 须人料理：《晋书·王徽之传》：桓冲尝谓徽之曰："卿在府日久，比当相料理。"徽之初不酬答，直高视，以手版柱颊云："西山朝来，致有爽气耳。"料理，照顾，照料。

⑪ 翁：指陶渊明。繁华朝起：陶渊明《荣木》："采采荣木，于兹托根。繁华朝起，慨暮不存。"指表面的繁华不可久恃，转瞬即逝，早上出现，黄昏时就没有了。

⑫ "尘土"二句：典出《史记·陈丞相世家》："吕嬃常以前陈平为高帝谋执樊哙，数谮曰：'陈平为相非治事，日饮醇酒，戏妇女。'陈平闻，日益甚。吕太后闻之，私独喜。面质吕嬃于陈平曰：'鄙语曰："儿妇人口不可用。"顾君与我何如耳？无畏吕嬃之谗也！'"尘土人，俗人，指热衷功名的人。宁可用，没什么好听的，即不可信。顾，看。

⑬ "歌且和"二句：《论语·微子》："楚狂接舆歌而过孔子曰：'凤兮凤兮，何德之衰。往者不可谏，来者犹可追。已而已而，今之从政者殆而！'"楚狂子，即楚狂人接舆。

【评析】

词题"再用前韵"，即步上词《贺新郎》（甚矣吾衰矣）韵。邓广铭《稼轩词编年笺注》同系于嘉泰元年（1201）春。

此词再申身处老境之心迹与心志，即隐居乡野而姿态挺拔、意气不衰，远离朝廷而虑怀国事、愤激疏狂。"此词以'鸟倦飞还'开头，以与青山为友、与楚狂相唱和作结，都是实笔，中间则是发挥想象，以浪漫主义手法，把渊明、元龙两位古人拉入词中，他们都曾有豪情猛志，但在词里一个是在酒中寻妙理，一个是以诗来抒写性情，他们走的路，就是词人现在走的路，而这都是由于'北夏门高从拉擢'所使然，是朝中'繁华朝起'的权贵所使然。词中的三个形象似乎都疏狂放达，实则人人都有一腔英雄之泪。"（樊维纲选注《辛弃疾陆游诗词精选》）"顾青山"句、"歌且和"二句，分别与上词"我见青山多妩媚，料青山、见我应如是""不恨古人吾不见，恨古人、不见吾狂耳"之句应合。

对下片前半、尤其"北夏门高"三句言朝廷抑或词人自己，存有不少争议。有谓："过片接前词'欲作亲旧报书'之意，先表明有位像陈元龙一样堪居百尺楼上的湖海豪士寄来新诗，热情地问候自己在停云堂中的生活滋味如何，言下其人有希望他再用世济时的劝告。接韵词人借用典故，表明自己已经颓放而不检束、也不须他人扶助的意思，这是对'停云情味（如何）'之问讯的回答。这里语气显得干脆硬气，但也未尝不含有怨气，只是后者隐藏得很深而已。因为不免于思想的内在痛苦，所以三韵再次归依于陶渊明的思想方法上去，以鲜花开落的迅速，比喻良辰美景容易消逝，表达人应该珍惜时光的用意；同时在容易凋谢的鲜花意象中也含有一切不居、价值虚无的深意。"（朱德才、薛祥生、邓红梅《辛弃疾词新释辑评》）"'北门拉擢'……意谓吾之事业已如北夏门之摊倒，何须要人料理。至此而作一转折，接以'翁曾道繁华朝起'，用陶诗以自勉。"（吴则虞选注《辛弃疾词选集》）而持反对意见者则谓："'北夏门高'两句，当代某些学者的解释，都把它当作作者自喻，是非常错误的。这本是借来比喻时局难以挽回的痛愤语，和下面陶渊明的'繁华朝起，慨暮不存'的比喻相扣，哀伤愤慨，情绪十分悲凉。这些悲愤语全都是转而关注世事时局的话，是表明作者绝不愿意出山相助，为衰亡的黑暗势力援手的态

354

度，也是作者和青山心意相通的表白，是应该和结句连续诵读，而不能割裂的。"（辛更儒选注《辛弃疾词选》）

本词在修辞上主要有两个方面的特点。"一是多用问句。如'有无能几''宁论许事''竟谁似''何事须人料理''尘土人言宁可用'等，使感情表达显得浓郁可感，也增加了词意的起伏和句子的弹性。二是多用典故。如'鸟倦飞还'，'瓶中储粟'，'莲社高人留翁语'，'东篱醉卧'，'北夏门高从拉擢'一韵，'繁华朝起'，'歌和楚狂'等，用得贴切稳妥，含有丰富的情思信息，比直说无隐滋味更厚。"（朱德才、薛祥生、邓红梅《辛弃疾词新释辑评》）

行香子

博山戏呈赵昌甫、韩仲止 ①

少日尝闻：富不如贫，贵不如贱者长存 ②。由来至乐，总属闲人。且饮瓢泉，弄秋水，看停云 ③。　　岁晚情亲 ④，老语弥真 ⑤。记前时劝我殷勤 ⑥：都休殢酒，也莫论文 ⑦；把相牛经 ⑧，种鱼法 ⑨，教儿孙。

【注释】

① 博山：在今江西上饶。赵昌甫：即赵蕃，字昌父，号章泉，其先郑州（今属河南）人，徙居信州玉山（今属江西）。韩仲止：即韩淲，详见前《贺新郎》（听我三章约）注释。

② "富不如贫"二句：《后汉书·向长传》谓，向长"潜隐于家，读《易》至《损益》卦，喟然叹曰：'吾已知富不如贫，贵不如贱，但未知死何如生耳！'"

③瓢泉：稼轩在铅山的居所。秋水、停云：稼轩瓢泉的两处堂名。《庄子》有《秋水》篇，陶渊明有《停云》诗。

④"岁晚"句：杜甫《奉简高三十五使君》："行色秋将晚，交情老更亲。"

⑤"老语"句：苏轼《和犹子迟赠孙志举》："诗词各璀璨，老语徒周谆。"

⑥劝我殷勤：即"殷勤劝我"。

⑦殢（tì）酒：醉酒，沉湎于酒。殢，沉湎。

⑧相牛经：《郡斋读书志》后志卷二："《相牛经》一卷，右序曰宁戚传之百里奚。汉世河西薛公得其书以相牛，千百不失其一。至魏世高堂生又传晋宣帝，其后秘之。细字，薛公注也。"是南宋时犹传其书。

⑨种鱼法：北宋裴若讷《江阴绝句》："何必陶公种鱼法，雨汀烟渚尽生涯。"宋时似流传有"陶公种鱼法"。

【评析】

此词作年无确考。郑骞《稼轩词校注》、吴企明《辛弃疾词校笺》系于嘉泰元年（1201）。是年，辛弃疾六十二岁。词言"弄秋水"，点节季。

词写老境感受。上片"少日"对下片"岁晚"，以"岁晚"之体验，证"少日"听闻之可信。今虽"贫"且"贱"，却"闲"而"乐"，饮泉、弄水、看云，无往而不适心惬意。秋水、停云，既是实景，又是辛弃疾瓢泉居所两处堂名，又是《庄子》、陶渊明诗文篇名，一而及三，含蕴丰富，耐人寻味。下片写赵蕃（昌父）、韩淲（仲止）两位"情亲"老友之"殷勤"劝慰，即"休殢酒""莫论文"，抛却功名之念，将相牛经、养鱼法"教儿孙"。词人称此劝言为"老语弥真"，见其赞同并感念之意。然表面的安于老境、旷达适意，却潜含着难言

356

的愤懑与无奈。"稼轩以一员武将被罢还山，竟落得雕弓无用，剑铗生苔，只能'管竹管山管水''检校长身十万松'，只能'把相牛经，种鱼法，教儿孙'。其内心必然是非常痛苦的。但他却偏要说：'由来至乐，总属闲人。'故意把山居生活说成是乐趣无穷，表示自己安于山林生活，愿意如此终老。这显然不是他真正的心声，所以他在题中特地标明是'戏呈''戏作'，是以游戏之笔掩饰、遏制激怒之情，以自我宽慰。"（邓魁英《辛稼轩的俳谐词》）其中，"把相牛经"三句，与"却将万字平戎策，换得东家种树书"（《鹧鸪天》）、"君恩重，教且种芙蓉"（《小重山》），同一悲慨。

理解此词，要句意和句法兼顾。"此词稼轩自写退而自乐之境，且记瓢泉今雨之劝也。'少日尝闻'三句，用《汉书·逸民传》语，此时觉有至理。句法两个四字句俱叶韵，亦可第一句不叶；对否不拘。'由来至乐'二句，盖稼轩此时绝无再出山之意，由无责无欲而生至乐，方是闲人。此二句流水对法。'且饮瓢泉，弄秋水，看停云'三句，以互对为多，亦可两句相对。后阕'岁晚情亲'至'劝我殷勤'三句，记赵、韩二人之相劝。'都休殢酒'至'教儿孙'五句，即赵、韩相劝之语。前二事言修养精神，后二事指治生计之道。"（吴则虞选注《辛弃疾词选集》）

又，此词重在记言，又多散文化句式，充分体现出"以文为词"的特点。

357

千年调

开山径得石壁，因名曰苍壁。事出望外，意天之所赐邪，喜而赋

左手把青霓①，右手挟明月。吾使丰隆前导②，叫开阊阖③。周游上下④，径入寥天一⑤。览玄圃⑥，万斛泉，千丈石。　　钧天广乐⑦，燕我瑶之席⑧。帝饮予觞甚乐⑨，赐汝苍壁。嶙峋突兀，正在一丘壑⑩。余马怀，仆夫悲，下恍惚⑪。

【注释】

①青霓：霓虹。

②"吾使"句：语出屈原《离骚》："吾令丰隆乘云兮，求宓妃之所在。"丰隆，雷师，一曰云师。

③"叫开"句：语出《离骚》："吾令帝阍开关兮，倚阊阖而望予。"阊阖，天门。

④"周游"句：语出《离骚》："及余饰之方壮兮，周流观乎上下。"

⑤寥天一：浑然一体的高天。语本《庄子·大宗师》："安排而去化，乃入于寥天一。"

⑥玄圃：即悬圃，传说中的神山。《离骚》："朝发轫于苍梧兮，夕余至乎县圃。"注："具（悬）圃神山，在昆仑之上。"

⑦钧天广乐：天上的音乐。《史记·赵世家》载，赵简子曰："我之帝所甚乐，与百神游于钧天，广乐九奏万舞，不类三代之乐。"钧天，天的中央，传说中天帝住的地方。

⑧燕：通"宴"，宴请。瑶之席：瑶池中的宴席。瑶池，在昆仑山

上，群仙宴饮处。《九歌·东皇太一》："瑶席兮玉瑱，盍将把兮琼芳。"

⑨ 饮予：劝我饮。

⑩ 丘壑：山陵和溪谷，泛指幽僻之地。

⑪ "余马"三句：语本《离骚》："陟升皇之赫戏兮，忽临睨夫旧乡。仆夫悲余马怀兮，蜷局顾而不行。"下，指从天庭而回。

【评析】

此词作年无确考。邓广铭《稼轩词编年笺注》谓其"移居瓢泉之晚期所作"，郑骞《稼轩词校注》谓庆元六年（1200）后作，吴企明《辛弃疾词校笺》系嘉泰元年（1201）。

全篇由词序"意天之所赐"引发开来。上片写入于天宫，"周游上下"。"左手把青霓，右手挟明月"，浪漫奇幻，瑰丽多姿；"使丰隆前导，叫开阊阖"，威仪赫赫，声势壮伟；观览玄圃之"万斛"神"泉"、"千丈"仙"石"，惊人耳目，爽人心脾。下片进一步写受天帝赐乐、赐宴、赐酒，并终赐苍壁情形，尽显眷顾之隆盛、所遇之非常。所赐苍壁就在所"开山径"之"丘壑"中，即词人"望外"之所见。苍壁"嶙峋突兀"，卓尔不凡，"正与词人傲岸偃蹇的气度相似"（郑小军编注《众里寻他千百度：辛弃疾词》）。末三句蓦然由"喜"转"悲"，写由天庭返回人间；兹"隐寓罢官回乡之感"，"自不免恍惚惆怅，感喟不已"（同上）。且从整体上看，"全词可能影射自己的身世——当年跻身朝廷，今日退归林下。怅恨之情，隐寓其中"（常国武《辛稼轩词集导读》）。

从风格上看，全词充满了热烈奔放的浪漫主义色彩，"用笔如龙跳虎卧，不可羁勒，才情横溢，海天鼓浪"（李佳《左庵词话》卷下）。其虽本于《离骚》，又能自出新意。如有谓："本词在构思上多处受到屈原《离骚》的影响，他叫阊阖、游览玄圃与最后归来的细节，与

《离骚》取径相同。当然，本词也有自己的创新之处：在《离骚》中，屈原始终没有能够与天帝见面，陈诉心理的痛苦；词人则不仅把阊阖叫开了，进入了天的最高处，而且还得到天帝赐宴、赐苍壁的恩遇。这样的构思，不仅是因为要表现天赐苍壁的意思，也是因为他并没有屈原那样精神绝望，在某种意义上讲，他已经凭借陶渊明归化自然思想所给予的养料，多少滋养了理想完全失败的精神创伤。"（朱德才、薛祥生、邓红梅《辛弃疾词新释辑评》）

临江仙

　　苍壁初开，传闻过实，客有来观者，意其如积翠、清风、岩石、玲珑之胜①。既见之，乃独为是突兀而止也，大笑而去。主人戏下一转语②，为苍壁解嘲

　　莫笑吾家苍壁小，棱层势欲摩空③。相知惟有主人翁。有心雄泰华，无意巧玲珑④。　　天作高山谁得料⑤，解嘲试倩扬雄⑥。君看当日仲尼穷，从人贤子贡，自欲学周公⑦。

【注释】

　　① 积翠：指赵晋臣所有之积翠岩，参前《归朝欢·题赵晋臣敷文积翠岩》注释。清风：即清风峡。《江西通志》卷十一："状元山在铅山县西北六里，其东曰桂林，西曰清风峡。"辛弃疾有《满江红·游清风峡和赵晋臣敷文韵》。岩石、玲珑：山名，为辛弃疾友人何异所有。南宋陈振孙《直斋书录解题》卷八："《何氏山庄次序本末》一卷，尚书崇仁何异同叔撰。其别墅曰'三山小隐'。三山者，浮石山、岩石山、玲珑山，其实一山也。……其山闻今芜废矣。"

②转语：佛教语。禅宗谓拨转心机，使之恍然大悟的机锋话语。引申为解释的话。

③稜（léng）层：形容山石的高峻。稜，同"棱"。摩空：即摩天。摩，迫近，接近。

④泰华：指泰山、华山。玲珑：指玲珑山。

⑤天作高山：语出《诗经·周颂·天作》："天作高山，大王荒之。"

⑥"解嘲"句：汉扬雄作有《解嘲》。

⑦"君看"三句：典出《论语·子张》："叔孙武叔语大夫于朝曰：'子贡贤于仲尼。'""陈子禽谓子贡曰：'子为恭也，仲尼岂贤于子乎！'"又，《论语·述而》："子曰：甚矣吾衰也，久矣吾不复梦见周公。"穷，困窘。从人，门人，门生。

【评析】

此词作年无确考。邓广铭《稼轩词编年笺注》谓"移居瓢泉之晚期所作"，郑骞《稼轩词校注》谓庆元六年（1200）后作，吴企明《辛弃疾词校笺》系嘉泰二年（1202）。

此词后于上词《千年调》（左手把青霓），为其姊妹篇。"苍壁"之得，《千年调》词序中已叙明，且专词赋咏。盖所咏太过奇异，传播既广，即引惹得众多好奇者"来观"。而因"传闻过实"，"来观"者有大失所望、"大笑而去"者，词人即下此"转语"来"解嘲"。词人首先承认这苍壁是"小"，但随又话锋一转，言其"势"其"心"绝大，而劝嗤"笑"者"莫笑"。则苍壁之势之心若何？乃"稜层势欲摩空""有心雄泰华，无意巧玲珑"也；且上天本来就可能让其"作高山"的。而此意，"惟有"作为苍壁"主人翁"的词人能体味得出。"吾家"之语，足见词人对苍壁爱惜、"相知"之深。词末乃由苍壁引申开来，由物及人，由苍壁及于孔子，言孔子"当日"虽处"穷"途，而心志高崇，"欲学周公"。正因为此，"贤"如子贡者，才虔心追随相从，孔子也最终成为了后世尊崇的圣人。是故，无论物、人，皆要观其气象、气度、气势与灵魂、精神，而不是只看其体量大小、所遇穷通。由此可见，词人所谓之"戏"语，是蕴含着深刻的人生哲理的。而且，词人也有意把自己与苍壁比类。有谓："不过是区区一石壁，人们对它怎样看其实并不重要，而词人却为它下了这样重的'转语'来'解嘲'。又是刻画它精神的追求，又是要扬雄这样的才华寂寞者来为其解嘲，又是拉出孔子的遇与不遇的生死对比来比拟之，可见这并非是游戏笔墨。仔细读来，其中自有借石壁以自写的遥深寄意。"（朱德才、薛祥生、邓红梅《辛弃疾词新释辑评》）

"君看"三句，有不同解读。有谓："天赐苍壁，初不为人赏识；而孔丘生时也不为人知，以致有'子贡贤于仲尼'之说，但他终成千古一圣。"（朱德才选注《辛弃疾词选》）而又有谓："末尾二句，发愿要学习孔子的贤徒子贡，追步周公的事业——实际就是想按儒家的美好理想来治国平天下，把宋朝振兴起来。"（刘扬忠评注《辛弃疾词选》）

又，"有心"二句，亦可看作辛弃疾审美个性与审美理想的诗意表达，即看重气魄宏大、气势雄伟的壮美，而不重玲珑精致、小巧柔婉的优美。辛词的主体风格，也正如此。

临江仙

壬戌岁生日书怀

六十三年无限事，从头悔恨难追。已知六十二年非①。

只应今日是，后日又寻思。　　少是多非惟有酒^②，何须过后方知。从今休似去年时。病中留客饮，醉里和人诗。

【注释】

① 六十二年非：活用《淮南子·原道训》之"蘧伯玉年五十，而知四十九年非"典。

② "少是"句：化用韩愈《游城南十六首·遣兴》"断送一生惟有酒，寻思百计不如闲"句意。

【评析】

辛弃疾生于高宗绍兴十年（1140）五月十一日。词题"壬戌岁"，为宁宗嘉泰二年（1202）；则"生日书怀"者，示此词作于是年五月十一日。

上片反思过往岁月。这一天，自己的生命已进入第六十三个年头。而回想起来，前六十二年都是错的，虽做了"无限事"，却让人"悔恨难追"。那就从"今日"开始，只做"是"的事情吧。可"今日"又该做些什么，"是"的事情是什么呢？这又是拿不准的，难保"后日"又来"寻思"追悔今日。那该怎么办呢？下片即给出答案。因为自己做事总是"少是多非"，就索性什么都不做，只沉醉于酒中好了。酒远是非，这个是不用"过后方知"，而可明确预知的。"从今"三句，即下定决心，从今后只与诗酒为伴，"病中"也要"留客饮"，"醉里"也要"和人诗"。"下片写其对付是非的办法。换头二句写饮酒。屈原《渔父》说：'举世皆浊我独清，众人皆醉我独醒，是以见放。'此处化用其意，言只有醉酒才可以减少是是非非，这是尽人皆懂的道理，'何须过后方知'。'从今'句写其改弦易辙，不再因病止酒。结尾二句写其实施办法。言其虽然有病，只要有客人来访，就一定留他饮酒；只要醉酒，就一定和客人共同吟诗，使自己的生活自由舒适，称心如意。这是一种随缘自适的生活态度，是作者在苦闷中寻求精神慰藉的理想方式，不可以消极视之。"（朱德才、薛祥生、邓红梅《辛弃疾词新释辑评》）而对此，有持反对意见，谓："该词作于嘉泰二年（1202）夏，既言'从今休似去年时'，说明嘉泰元年（1201）他曾'病中留客饮'，而且还'醉里和人诗'，而今年表示了不要像去年那样的悔过心情。这从一个侧面说明其身体状况已不允许他'留客饮'与'和人诗'了，这不是病了，又是什么呢？"（程继红《带湖与瓢泉——辛弃疾在信州日常生活研究》）并有结合辛弃疾《感怀示儿辈》诗"安乐常思病苦时，静观山下有雷颐。十千一斗酒无分，六十三年事自知"，谓"诗词意明白告诉大家'因病止酒'"（吴企明《辛弃疾词校笺》）。

至于此词主旨，应是词人通过对自己人生经历的回顾，表达壮怀空落、壮志难酬的激愤之情。有谓此词之作，或另有触因云："稼轩有《感怀示儿辈》七律一首，辞意与此正同，不知受何刺激，怨愤乃尔。想是醉里和诗，开罪于人，或竟触时讳，几蹈危机耶？"（郑骞《稼轩词校注》）按，上引《感怀示儿辈》为此诗前二联，后二联为："错处真成九州铁，乐时能得几缲丝。新春老去惟梅在，一任狂风日夜吹。"

临江仙

　　醉帽吟鞭花不住①，却招花共商量。人生何必醉为乡②。从教斟酒浅③，休更和诗忙。　　一斗百篇风月地^④，饶他老子当行^⑤。从今三万六千场^⑥。青青头上发，还作柳丝长。

【注释】

① 醉帽：指醉中帽子歪着戴。语出司马光《和明叔九日》："雨冷弊裘薄，风高醉帽倾。"吟鞭：诗人的马鞭。

② 醉为乡：即醉乡。

③ 从教：任凭，随便。

④ 一斗百篇：杜甫《饮中八仙歌》："李白一斗诗百篇，长安市上酒家眠。"

⑤ 饶他：让他，任他。当行：内行。

⑥ 三万六千场：李白《襄阳歌》："百年三万六千日，一日须倾三百杯。"苏轼《满庭芳》："百年里浑教是醉，三万六千场。"

【评析】

此词作年无确考。邓广铭《稼轩词编年笺注》谓其"语意"与上词《临江仙·壬戌岁生日书怀》"颇相近"，故"附缀于其后"。郑骞《稼轩词校注》、吴企明《辛弃疾词校笺》皆系嘉泰二年（1202）。

上词言以酒泯灭是非，从醉乡中寻求精神慰藉；此词亦然。上词可看作词人与自己的对话，此词则可看作自己与"花"的对话。上片借"花"语写欲止酒。"醉帽"二句，乃营设与花对话情景。自己已然醉中，手执马鞭，口中漫吟，从花前经过。本是马蹄不停，却反怪花不停"住"，径从自己身旁闪过。于是，就招手让花停下，要和花攀谈一番，"商量"探讨下自己现在的生活状态。所写种种，醉情醉态，宛然在目。"人生"三句，可视为"花"之建言，即劝词人不要沉湎"醉""乡"，酒可饮但要"浅""斟"，诗可和切勿着"忙"。下片则可视为词人对花之建言的答复，即自己对醉乡的不能舍离。"换头二句仍关合诗酒来写。杜甫说：'李白一斗诗百篇。'此处化用其意，言斗酒百篇，那是李白的当行本色，我做不到由他去吧，我还是要饮酒的。苏轼《满庭芳》词说：'百年里，浑教是醉，三万六千场。''从今'句化用其意，言自己还是要醉酒，还是要以醉为乡，做醉仙的。为什么？'青青头上发，还作柳丝长'，有益于身体健康吧！其实这是托辞。王绩在《醉乡记》里说，醉乡之俗'淳寂'；而在《五斗先生传》里又说，为'圣人之所居'，'绝思虑，寡言语，不知天下之有仁义厚薄'，泯灭是非，借以减轻精神痛苦，这也许是作者想说但又不愿明说的醉酒的原因所在。"（朱德才、薛祥生、邓红梅《辛弃疾词新释辑评》）

全词设境新奇，意气豪健，幽默中含有苦涩，俏皮中含有无奈，既情趣盎然，又耐人寻味。

浣溪沙

常山道中即事

北陇田高踏水频[1]，西溪禾早已尝新[2]。隔墙沽酒煮纤鳞[3]。　　忽有微凉何处雨，更无留影霎时云。卖瓜人过竹边村。

【注释】

　　[1] 陇：同"垄"，田垄，田埂。踏水：踏水车以引水灌溉。

　　[2] 禾早：水稻早熟。尝新：指品尝新稻。

　　[3] 纤鳞：指鱼。

【评析】

邓广铭《稼轩词编年笺注》系此词于嘉泰三年（1203），云："稼轩于嘉泰三年以朝请大夫、集英殿修撰知绍兴府，兼浙江东路安抚使。张淏《会稽续志》卷二《安抚题名》即以稼轩为始，以续前志嘉泰初元之李大性，谓其于六月十一日到任。右词中所述道中景物，如'踏水''尝新''卖瓜'等，与其赴浙东帅任之时令恰相合，因推定其作年如上。"即此词作于是年夏辛弃疾赴任绍兴"道"途中。词题"常山"，指衢州常山县（今属浙江），县境有常山。

词人黜居信州上饶、铅山前后长达十七八年时间，虽出于不得已，但早已和乡村、乡民建立起了深厚的感情，对农事、乡景有着特别的亲近感，不啻为一乡中人。再者，此次起复与朝廷意欲出兵伐金而起用抗战派人士相关，词人心情自然畅快惬意。故此词之写，虽是道中所见他乡村野景致，也无一不惬于词人之心。"此农村小景，一如闲居信州同类词作，清新淳朴，富有生活气息。上片耕耘与收获并举，足见早稻尝新、沽酒煮鱼之乐，实从频频车水辛勤劳作中来。'北陇''西溪''隔墙'，一句一景，地点不同，风光自异。合而观之，则一幅生机盎然的浙西农村图卷。下片七言对起，写雨晴不定奇妙之景：蓦地雨丝拂面，清凉宜人，转眼却又云影飘散，红日蓝天。'卖瓜人过竹边村'，一结悠然，依旧田园恬静本色。"（朱德才选注《辛弃疾词选》）其中，"忽有"二句属对工巧、空灵俊逸，其意又可作别解、深解。如谓："夏日阵雨，先从感觉写，再从眼前写，突出了这是隔山雨。"（樊维纲选注《辛弃疾陆游诗词精选》）"下片写道中遇雨，一阵微凉，转瞬又雨过天晴的景象，那种霎儿雨、霎儿风、霎儿晴的天气，似乎隐含着人生乍雨乍晴、时沉时浮的意味，暗合词人此时境遇，耐人寻味。"（郑小军编注《众里寻他千百度：辛弃疾词》）

又有从中体味出词人之性云："咏乡村风物，潇逸出尘。稼轩于荣利之场，能奉身勇退，其高洁本于天性，故其写野趣弥真也。"（俞陛云《唐五代两宋词选释》）

苏轼亦有《浣溪沙》词云："簌簌衣巾落枣花，村南村北响缫车。牛衣古柳卖黄瓜。　酒困路长惟欲睡，日高人渴漫思茶。敲门试问野人家。"二词差可相拟。惟"惟欲睡"者，此时的辛弃疾是不可能有的，他的兴致正高、诗意正浓。又不知闻得村酒、纤鳞香后，辛大人是否也去"敲门试问野人家"了呢？

南乡子

登京口北固亭有怀^①

何处望神州^②？满眼风光北固楼^③。千古兴亡多少事，悠悠，不尽长江滚滚流^④。　年少万兜鍪^⑤，坐断东南战未休^⑥。天下英雄谁敌手？曹刘^⑦。生子当如孙仲谋^⑧。

【注释】

① 京口：在今江苏镇江。北固亭：在城北北固山上，下临长江。

② 神州：指被金人占领的中原地区。

③ 北固楼：即北固亭。《南史·萧正义传》："京城之西有别岭入江，高数十丈，三面临水，号曰北固。蔡谟起楼其上，以置军实。"《北固山志》卷二《建置》："北固楼在山上，晋蔡谟建。……乾道己丑（按1169年）守臣待制陈天麟补建，有碑记。楼或名亭。旧亭在郡圃后，绍熙壬子（按1192年）殿撰赵彦逾徙于山，西向。嘉泰壬戌（按1202年）阁学黄由增广之。"（邓广铭《稼轩词编年笺注》引）

④"不尽"句：语出杜甫《登高》诗句"不尽长江滚滚来"。

⑤年少：指孙权。孙权十九岁即继承父兄江东基业，故称。兜鍪（móu）：作战时戴的头盔，指代士兵。

⑥"坐断"句：《三国志·吴书·吴主传》载，魏文帝曹丕向东吴来使赵咨询问吴王孙权是何等之主，赵咨对曰："聪明仁智，雄略之主也。"文帝具问所以，赵咨回答说："纳鲁肃于凡品，是其聪也。拔吕蒙于行阵，是其明也。获于禁而不害，是其仁也。取荆州而兵不血刃，是其智也。据三州，虎视于天下，是其雄也。屈身于陛下，是其略也。"坐断，坐拥，占据。

⑦"天下英雄"二句：典出《三国志·蜀书·先主传》，曹操曾对刘备说："今天下英雄，唯使君与操耳。"曹刘，即曹操和刘备。

⑧"生子"句：典出《三国志·吴书·吴主传》注引《吴历》。曹操在濡须见孙权"舟船、器仗、军伍整肃"，"喟然叹曰：'生子当如孙仲谋。刘景升儿子，若豚犬耳。'"孙权字仲谋。孙权先治京口，建安十六年（211），迁治秣陵。曹操（155—220）年长于孙权（182—252）二十七岁，故云。

【评析】

邓广铭《稼轩词编年笺注》系此词于嘉泰四年（1204），时辛弃疾知镇江府（今属江苏）。《宋史》本传载："差知镇江府，赐金带。"《嘉定镇江志》卷一五《宋太守·镇江府》载："辛弃疾：朝议大夫、宝谟阁待制，嘉泰四年三月到。"郑骞《稼轩词校注》云："似是初到任作。"

此词怀古伤今，乃"有慨于南渡之不振也"（杨希闵《词轨》）。"此时稼轩已六十五岁高龄，出镇京口，而登临远眺，借古喻今，以抒写其愤懑气概之词也。'何处望神州'，五字点出江北一片沦陷山河。'望'字尤沉痛。'何处'一问，更逼进一层。……'千古兴亡多少事'三句，想起千古兴亡，英雄安在，正如东坡《念奴娇》词所云'浪淘尽、千古风流人物'耳。'悠悠'二字……既形容悠悠往事，又关涉滚滚流水。浪淘不尽，时日悠悠而去，竟无英雄后起，收拾河山。"（吴则虞选注《辛弃疾词选集》）即此次登楼，非为赏"满眼风光"，而为望难复之地、抒难抑之慨。兹恰如乾道五年（1169）知府陈天麟于《重建北固楼记》中所言："兹地控吴负楚，襟山带江，登高北望，使人有焚龙庭、空漠北之志。神州陆沉殆五十年，岂无忠义之士奋然自拔，为朝廷快宿愤，报不共戴天之仇，而乃甘心恃江为固乎？则予是亭之复，不特为登览也。"上片侧重伤今，而关涉怀古；下片侧重怀古，又归旨于今。"京口城孙权所筑，故后章叙仲谋事。"（郑骞《稼轩词校注》）孙权为吴主时年仅十九岁，赤壁破曹时也才二十七岁。其"年少"而无惧劲敌"曹刘"，与之争锋，雄踞江东，令人怀思。有谓："作者对孙权在历史上的地位，评价并不过高（参看《美芹十论：自治第四》）。这里把他作为杰出的英雄来歌颂，主要是认为他和不战而屈的刘琮不同，能抵抗并战胜进犯者，含有极其明显的借古讽今之意。"（胡云翼选注《宋词选》）

　　此词"魄力雄大，虎视千古"（陈廷焯《云韶集》卷五），是辛弃疾豪放词代表作之一。其写法上的突出特点，是采用问答形式与巧用古人语。"全篇章法奇特，设三问，作三答，以问答来层层推进地凸显主题：第一组问答，点出产生怀古伤今之情的特定环境；第二组问答，引出深沉浩茫的历史感与现实感；最后一组问答，直接用古人成句来赞扬凭吊对象，揭示本篇借古讽今的题旨。最耐人寻味的是，结尾的句子只用了曹操原话的上半句'生子当如孙仲谋'，却将下半句'刘景升儿子若豚犬耳'留给读者去接续，去联想，去品味。当今之世谁是'刘景升儿子'？词人不明说，也不必说，这种类似于歇后语的表达方式自会引导人去作出应有的判断。"（刘扬忠评注《辛弃疾词选》）"'天下英雄'三句原是曹操的话，善于把古人的语言融化入自己的词中，是辛词的特点之一。"（夏承焘、盛静霞《唐宋词选讲》）又，全词写景、用事，"信手拈来，自然合拍"（陈廷焯《词则·放歌集》卷一）；"州""楼""刘""谋"等韵字又连结地域名、楼名、古人姓名，人工天巧，自然成韵。

永遇乐

京口北固亭怀古

千古江山，英雄无觅，孙仲谋处。舞榭歌台①，风流总被②，雨打风吹去③。斜阳草树，寻常巷陌④，人道寄奴曾住⑤。想当年，金戈铁马，气吞万里如虎⑥。　　元嘉草草⑦，封狼居胥⑧，赢得仓皇北顾⑨。四十三年⑩，望中犹记，烽火扬州路⑪。可堪回首，佛狸祠下⑫，一片神鸦社鼓⑬。凭谁问，廉颇老矣，尚能饭否⑭？

【注释】

①舞榭：歌舞游乐之所。榭，建在高台上的木屋。

②风流：遗风，流风余韵。

③雨打风吹：语出杜甫《三绝句》："不如醉里风吹尽，可忍醒时雨打稀。"

④"斜阳"二句：语出刘禹锡《乌衣巷》："朱雀桥边野草花，乌衣巷口夕阳斜。旧时王谢堂前燕，飞入寻常百姓家。"

⑤寄奴：南朝宋武帝刘裕小字寄奴。《宋书·武帝本纪》谓刘裕的曾

371

祖"始过江,居晋陵郡丹徒县之京口里"。

⑥"想当年"三句:写刘裕当年率师北伐收复山东、河南、关中失地的气势。《宋书·武帝本纪》说刘裕"龙行虎步,视瞻不凡"。

⑦元嘉:南朝宋文帝刘义隆的年号,时在公元 424—453 年。草草:谓草率从事。

⑧封狼居胥:典出《南史·王玄谟传》:"(玄谟)每陈北侵之谋,上谓殷景仁曰:'闻王玄谟陈说,使人有封狼居胥意。'"按,《史记》和《汉书》都载,汉大将霍去病曾击败匈奴,封狼居胥山(即今蒙古国境内肯特山)。故宋文帝刘义隆听到王玄谟北伐的谋划后,便飘飘然,以为可以像霍去病那样到狼居胥山封禅庆功了。

⑨仓皇北顾:《宋书·索虏传》及《南史·宋文帝本纪》载,元嘉七年(430),宋文帝刘义隆命檀道济北伐,北伐至滑台战守弥时,遂至陷没,败还。文帝作诗曰:"惆怅惧迁逝,北顾涕交流。"后元嘉二十七年(450),宋文帝又命王玄谟北伐,大败。北魏军追至长江北岸,声称欲渡江。宋都建康(今江苏南京)震惧,文帝登烽火楼北望,深悔草率出兵。

⑩四十三年:辛弃疾于绍兴三十二年(1162)奉表南归,至开禧元年(1205)作此词时,整整四十三年。

⑪扬州路:指辛弃疾当年奉表南归时从北方过淮河,经扬州到达建康之路。《三朝北盟会编》卷二四九载,绍兴三十二年正月,贾瑞、辛弃疾等"十一人同行到楚州,见淮南转运副使杨抗,发赴行在","是时,上巡幸在建康。乙酉,瑞等入门,即引见,上大喜,皆命以官"。按,楚州(今江苏淮安)当时属扬州路。自楚州到建康,途中需经扬州。

⑫佛(bì)狸祠:北魏太武帝拓跋焘字佛狸,其庙在江苏省南京市六合区东南瓜步山顶。元嘉二十七年,拓跋焘率军追击宋军至瓜步山,在山上建行宫;后世改建为祠,称佛狸祠。

⑬神鸦社鼓：谓佛狸祠香火很旺，成群的乌鸦常来争抢祭品。社鼓，祭祀时鸣奏的鼓乐。南宋刘克庄《魏太武庙》："荒凉瓜步市，尚有佛狸祠。俚俗传来久，行人信复疑。乱鸦争祭处，万马饮江时。意气今安在，城笳暮更悲。"

⑭"廉颇"二句：典出《史记·廉颇蔺相如列传》。廉颇为赵上将，以谗奔魏，赵王思复用之，派使者探视廉颇尚可用否。廉颇为之一饭斗米、肉十斤，被甲上马，以示可用。使者被仇家收买，还报赵王曰："廉将军虽老，尚善饭，然与臣坐顷之，三遗矢（屎）矣。"赵王以为老，遂不召用。

【评析】

邓广铭《稼轩词编年笺注》系此词于开禧元年（1205）春，云："词中之'四十三年，望中犹记，烽火扬州路'诸句，当即指其'壮岁旌旗拥万夫，锦襜突骑渡江初'（《鹧鸪天》中语）之事而言，以此诸句及《桯史》中所记诸事节次考之，知此词为开禧元年春作。立春后第五个戊日为春社，稼轩本年秋即归铅山，不及在京口逢秋社。此词有'神鸦社鼓'句，知应作于本年二三月间。白石和章，有'人向何处'句，显系写于稼轩已离京口归铅山之后，故以'数骑秋烟，一篙寒汐，千古空来去'诸句深致其感慨也。"辛弃疾于绍兴三十二年（1162）南归，至开禧元年，恰四十三年。《嘉定镇江志》卷一五《宋太守·镇江府》载："辛弃疾……开禧元年六月十九日改知隆兴府，七月初五日宫观。"

此篇怀古。但"虽曰怀古，实寓伤今之意"（唐圭璋选释《唐宋词简释》），隐含着对国事的巨大忧虞，慷慨苍凉，满纸"忠愤"（刘永济《唐五代两宋词简析》）。"起三句，言江山犹昔，而当时之英雄如孙权者，则已不见，言外有无人可御外侮之意。'舞榭'三句，言

373

不但英雄无觅处，即其遗迹亦不可见，言外有江山寂寞、时势消沉之意。'斜阳'三句，暗用刘禹锡吊古诗意，以见与此江山有关之英雄去后，其故居都呈一片荒凉之象。'想当年'二句，极写刘裕北伐时之声威，表示仰慕，以见己抗敌情切。'元嘉'三句，言欲恢复中原必须先有准备，否则必致败亡，因举宋文帝故事以见此意。……考此词作于宁宗开禧元年韩侂胄定议伐金之时。稼轩以此事准备不足，近于冒昧，与玄谟贪功相同，故举宋元嘉往事而言。稼轩为各州安抚使时，必储粮练兵以为用兵准备，今见韩氏无备而举事，不免忧虑，故于登览山川之际，感慨及之。或谓侂胄北伐之议，稼轩所赞成，观此词知其不然。'四十三年'三句，则由今忆昔，有'美人迟暮'之感。盖四十三年之前率众南归，其时具有大志，思凭国力恢复中原，乃今老矣，登亭远望，山川如故而国事日非，能无感叹！'可堪回首'三句，更由此而惊心。盖江北各地沦陷已久，民俗安于外族之统治，故于'佛狸祠下'迎神赛会，如此热闹。此稼轩远闻鼓声不觉惊起之故也。末二句，有廉颇思复用于赵之志，无奈朝廷无复用己之心，故以廉颇自比，而言外叹其不如也。"（同上）"这首词，就是通过怀古来表达自己既积极支持和参与抗金北伐，同时又坚决反对轻率冒进的正确战略思想的。"（刘扬忠评注《辛弃疾词选》）

或可从另一个角度看，上片在说现在没有什么，下片在说有什么。首句"千古江山"，从时间和空间两个维度勾画了一个巨大的历史和现实背景。在这个背景中，所有的功业和英雄光辉都已黯淡下来。就关联京口的历史人物言，最负盛名的两个王朝基业的开创者孙权和刘裕，他们的英雄业绩都已成为过去，化为尘埃；"无觅""去""曾""当年"云云，缅怀与失落之意显见。即现在已没有英雄，没有伟业，没有恢复中原的希望。下片说有什么："元嘉"三句，是失败的印记；"四十三年"三句，是异族的猖獗；"可堪"三句，是民众对国耻的漠然；"凭谁问"三句，是朝廷对才士的冷遇。但这只是显性的，隐性的，是韩侂胄等急功冒进之辈策动北伐的轻率，及可以预见的"赢得仓皇北顾"的失败结局。从自身角度言，词人虽被起用为镇江知府，而韩侂胄等当权者并非真正重用和信任他，只是想借用他主战者的名声而已，且仅几个月后就又罢免了他；其本年秋离职镇江所作《瑞鹧鸪》词中，即有"郑贾正应求死鼠，叶公岂是好真龙"之叹。即现在所有的只是惨淡的现实和可忧的将来。这有什么和没有什么两下交攻，词人的"无限感慨悲凉之意"（李濂《批点稼轩长短句》卷五），就凸显出来了。

运用典事是这首词的突出特点。岳珂《桯史》卷三记云，岳珂尝指此词"微觉用事多耳"，辛弃疾亦曰"中予痼"，并试"味改其语"，然"日数十易，累月犹未竟"。说明此词"用事"虽"多"而恰当，"典故一经其手，正不患多"（卓人月汇选、徐士俊参评《古今词统》卷十四）。正所谓"吾心为主，而书卷其辅也。书卷多，吾言尤易出耳"（况周颐《蕙风词话》卷一）；然若"非稼轩之盛气"，"勿轻染指"（谭献《复堂词话》）。具而言之，全词共用前代五人五事。"它所用的故事，除末了廉颇一事之外，都是有关镇江的史实，眼前风光，是'京口怀古'这个题目应有的内容，和一般辞章家用典故不同；况且他用这些故事，都和这词的思想感情紧密相联，就艺术手法论，环绕作品的思想内容而使用许多史事，以加强作品的说服力和感染力，在宋词里是不多见的，这正是这首词的长处。"（夏承焘《唐宋词欣赏》）而且，词人"善于将故实融化于具体生动的描叙之中，且手法多变"，"所以读来不觉枯燥单调"，"如怀孙权，从'舞榭歌台'无觅处立意，而念寄奴，则从'寻常巷陌'有迹处落笔；'元嘉草草'，明用事，'佛狸祠下'，暗用事；'烽火扬州'，插入法，而以廉颇自况作结，最为警动"（朱德才选注《辛弃疾词选》）。

375

明代杨慎谓："辛词当以京口北固亭怀古《永遇乐》为第一。"（冯金伯《词苑萃编》卷五引《升庵词话》）的确，此词是辛弃疾豪放词与爱国词的重要代表作品。读而思之，思而感之，可哀可叹，可赏可赞！

洞仙歌

丁卯八月病中作

贤愚相去，算其间能几。差以毫厘缪千里①。细思量义利，舜跖之分，孳孳者，等是鸡鸣而起②。　　味甘终易坏，岁晚还知，君子之交淡如水③。一饷聚飞蚊，其响如雷④，深自觉、昨非今是⑤。羡安乐窝中泰和汤，更剧饮，无过半醺而已⑥。

【注释】

①"差以"句：《礼记·经解》："《易》曰：君子慎始，差若豪牦，缪以千里。"

②"细思量"四句：语出《孟子·尽心上》：孟子曰："鸡鸣而起，孳孳为善者，舜之徒也。鸡鸣而起，孳孳为利者，跖之徒也。欲知舜与跖之分，无他，利与善之间也。"跖（zhí），相传为柳下惠弟，春秋时大盗。孳孳，同"孜孜"，努力不懈。

③"味甘"三句：《庄子·山木》："君子之交淡若水，小人之交甘若醴；君子淡以亲，小人甘以绝。彼无故以合者，则无故以离。"

④"一饷"二句：化用韩愈《醉赠张秘书》"虽得一饷乐，有如聚飞蚊"和《汉书·中山靖王传》"众煦漂山，聚蚊成雷"句意。

⑤昨非今是：语本陶渊明《归去来兮辞》："觉今是而昨非。"

⑥"美安乐窝"三句：用邵雍故事。《宋史·邵雍传》："雍岁时耕稼，仅给衣食，名其居曰安乐窝，因自号安乐先生。旦则焚香燕坐，晡时酌酒三四瓯，微醺即止。常不及醉也。"邵雍《无名公传》："性喜饮酒，尝命之曰泰和汤。所饮不多，微醺而罢，不喜过量。"

【评析】

词题"丁卯"为开禧三年（1207），据知此词作于是年八月，辛弃疾时居铅山。邓广铭《稼轩词编年笺注》谓："稼轩卒于九月十日，此绝笔也。"又据邓广铭《辛稼轩年谱》，辛弃疾开禧元年（1205）六月由知镇江府改知隆兴府，"旋以言者论列，与宫观"，"秋，归铅山"。

此词所写关乎性命义理，有谓："作道学先生诗者，何不仿此？"（卓人月汇选、徐士俊参评《古今词统》卷十一）上片前二句之"贤愚"指才能多寡或聪明与否，即性命之天资禀赋；"算其间能几"，言二者相差无多，无甚紧要。紧要的，不在"贤愚"，而在义理范畴之"义利"，即包括"贤愚"者在内的人所共有的生命价值取向。同样是"鸡鸣而起"的"孳孳者"，一者为"义"，一者为"利"，一字"毫厘"之"分"，就造成了舜与跖的"千里"之别。下片言君子小人之交，本质上也是从与人交处的角度，继续申说"义利"之理的。盖与小人交之"甘"及与君子交之"淡"，应合的正是"君子喻于义，小人喻于利"（《论语·里仁》）之"义""利"观。以此为理据，"一饷"三句，似是对最近一次复出任职镇江而与权臣产生交集的反思，有谓："'昨非今是'，指德业言，非关进退。与韩平原（按即韩侂胄）之际，于此词下片中有一段悔意，极能道出心曲。"（吴则虞选注《辛弃疾词选集》）辛弃疾于嘉泰四年（1204）三月到任镇江时，有《跋绍兴辛巳亲征诏草》云："使此诏出于绍兴之初，可以无事仇之大

377

耻；使此诏行于隆兴之后，可以卒不世之大功。今此诏与此虏犹俱存也，悲夫！"此乃其本次应诏起复之由，即参与此次北伐，以期雪国耻、弭大悲、偿素志。但事与愿违，所期落空，不惟不被当权者信任重用，且年余即被诬解职。"一饷聚飞蚊，其响如雷"者，或即指权臣韩侂胄啸聚谋求功利之人匆促北伐之情形，而自身亦卷涉其中，此或即其所谓之"悔意"与"心曲"。也正是认清了权臣不足与谋这一点，落职后的两年中，辛弃疾虽又被数次征召，皆一一坚辞。谢枋得《祭辛稼轩先生墓记》即记云："稼轩垂殁，乃谓枢府曰：'侂胄岂能用稼轩以立功名者乎？稼轩岂肯依侂胄以求富贵者乎？'"此意与此词之意通。词末三句所言《安乐窝中》之"半醺"，亦不止是对安适境地的向往，也和韩愈在《醉赠张秘书》中所言与张署、孟郊、张籍等君子之交"所以欲得酒，为文俟其醺"相承，而与"长安众富儿"之"虽得一饷乐，有如聚飞蚊"相对。对此，有不同解读者云："'一饷'以下二韵，接住'小人'的话头继续深入。当年群小们如同乱飞的群蚊，嗡嗡如雷，交口攻击自己，我如今才深深地感到自己过去做错了（意谓不该与小人交往），今日的作为才是正确的。这就对上文的'岁晚还知'一语作出了具体的解释。结韵对自己的晚年生活境界即'今是'的境界作出交待：唯求沉醉于半醺微醉的安乐境界——不要彻底的清醒，也不要酩酊大醉。这是他对自己生命的省悟和总结，带着决不向政敌俯首的勇气和认可自己的生命价值的自信。"（朱德才、薛祥生、邓红梅《辛弃疾词新释辑评》）又有谓："其下片明确宣称'深自觉、昨非今是'，表明了自己皈依邵雍道学人格与情趣之志向。为何毕生以'外王'功业自许的辛弃疾，竟然是以孟子义利舜跖之分完成了临终前的'内圣'选择，这应是一个很令人思考的问题。"（赵晓岚《稼轩文学与儒家经典》）

此词大量用典，而又表意惬当，雅俗融一。"在这首词中，稼轩大量使事用典，并化典雅为平俗。……全词化用了《孟子》《庄子》《礼记》《汉书》《宋史》以及陶渊明《归去来兮辞》的典故或成句，确有'以文为词'的大家风范。而这些成语典故，在长期流传过程中，有的早已成为人们耳熟能详的日常用语，有的则经过词人俗化为口语后融入词中，从而收到了化雅为俗、雅俗共赏的艺术效果。"（何春环《唐宋俗词研究》）

此词虽为"绝笔"，但也不能等同于辛弃疾将逝之遗言或诀别之辞。人生无非事、人二端，此词以老年之境，将自己漫长人生之体察、体验、体悟形诸笔端，告诸世人，确能给人以启悟，即：做事、与人交，皆应取"义"而弃"利"，这样，不管禀赋浅深、成就高下，"鸡鸣而起"地勤勉努力过了，就可以达至适心无愧之境界。而若说这是"作者临终前于病中写下的'大觉醒'词"（朱德才、薛祥生、邓红梅《辛弃疾词新释辑评》），似也不必是。就像《〔康熙〕济南府志·辛弃疾传》载辛弃疾临终前大呼"杀贼"数声，也很带有推测性质，虽然也与辛弃疾一生志于恢复而愿终不遂的悲剧英雄形象相符。